En het woud zwijgt

Wilt u op de hoogte worden gehouden van de literaire thrillers en romans van uitgeverij Signature? Meldt u zich dan aan voor de literaire nieuwsbrief via onze website www.uitgeverijsignature.nl.

Gisa Klönne

En het woud zwijgt

Vertaald door Olga Groenewoud

2007
uitgeverij Signature / Utrecht

© by Ullstein Buchverlage GmbH, Berlin. Published in 2005 by Ullstein Verlag
Oorspronkelijke titel: Der Wald ist Schweigen
Vertaling: Olga Groenewoud
© 2007 uitgeverij Signature, Utrecht
Alle rechten voorbehouden.

Omslagontwerp: Wil Immink Design
Typografie: Pre Press B.V., Zeist
Druk- en bindwerk: Koninklijke Wöhrmann, Zutphen

ISBN 978 90 5672 204 3
NUR 305

Deze vertaling is mede tot stand gekomen dankzij een subsidie van het
Goethe-Institut.

Mixed Sources
Productgroep uit goed beheerde
bossen, gecontroleerde bronnen
en gerecycled materiaal.
www.fsc.org Cert no. CU-COC-802528
© 1996 Forest Stewardship Council
FSC

Dit boek is gedrukt op papier dat het keurmerk van de Forest
Stewardship Council (FSC) mag dragen. Bij dit papier is het zeker
dat de productie niet tot bosvernietiging heeft geleid. Een flink
deel van de grondstof is afkomstig uit bossen en plantages die
worden beheerd volgens de regels van FSC. Van het andere deel van de grondstof is vastgesteld dat hiervoor geen houtkap in de laatste resten waardevol bos heeft plaatsgevonden. Daarom mag dit papier het
FSC Mixed Sources label dragen. Voor dit boek is het FSC-gecertificeerde Munkenprint gebruikt. Dit
papier is 100% chloor- en zwavelvrij gebleekt en wordt geleverd door Arctic Paper Munkedals AB, Zwe-
den.

Voor Michael

Sahar International Airport, Mumbai 8 mei

De kleine man droeg stoffige, afgedragen teenslippers, een Adidas-short en een verschoten overhemd. Hij paste niet bij de anderen die in hun gladgestreken fantasie-uniformen met glimmend gepoetste bordjes naast hem stonden te wachten op vakantiegangers. DARSHAN KLEIN stond er op het stuk karton dat de kleine man boven zijn hoofd hield. De glazen deuren voor de bagagebanden braakten luidruchtige mensen uit. Ergens krijste een baby. Telkens wanneer iemand aan de andere kant van het luchthavengebouw de deuren opendeed, stroomde er een vlaag vochtig-warme uitlaatgassenlucht de geklimatiseerde hal in. Sandra Hughes zat achter de ticketbalie van British Airways en bekeek de kleine, uit de toon vallende man met het kartonnen bord omdat ze verder niets te doen had. Nu werd hij bijna omvergelopen door twee zakenmannen. Ze verontschuldigden zich niet, maar liepen gehaast door naar de infobalie, waar ze hun pilotenkoffers op de lichte, stenen vloer lieten vallen. De hostesses achter de balie toverden hun neutrale glimlach als vanzelf tevoorschijn.

Kennelijk wilde er vanmiddag geen mens een ticket kopen, er kwam geen einde aan haar dienst. Ze dacht aan haar vriend die morgen zou terugkomen uit Sydney. Die Jenny zat alweer op dezelfde vlucht als hij. Dat zat haar niet lekker. Misschien moest ze Anns advies opvolgen en er een punt achter zetten. Ze zou zich weer naar Engeland kunnen laten overplaatsen, maar de gedachte aan de eeuwige motregen was niet echt aanlokkelijk. Misschien moest ze gewoon stoppen met de pil. Inmiddels was ook American Airlines geland. Een zwerm bleke, zwetende toeristen in bontgekleurde vrijetijdskleding drong de hal binnen. Ze sleepten hun gigantische trol-

leykoffers achter zich aan en werden meteen door de chauffeurs in fantasie-uniformen naar de zijuitgang gedirigeerd. Alleen de kleine man op zijn plastic slippers bleef achter. Hij hield zijn kartonnen bord nog iets verder omhoog en hield de glazen deuren onafgebroken in de gaten.

Twee uur later, toen de gloeiend hete middag buiten was verduisterd tot de zoveelste nacht die geen verkoeling zou brengen, liep de kleine man aarzelend naar haar ticketbalie. Het kartonnen bord had hij onder zijn arm geklemd en zijn gekromde schouders gaven zijn manier van lopen iets onderworpens, iets gelatens. Wat zullen we nou …, dacht Sandra, maar toen stond hij al voor haar en kon ze zien hoe pezig en mager hij was en dat er gaten zaten rond de kraag van zijn overhemd. Hij rook naar curry en verse koriander. "Darshan Klein", zei hij, en een gouden kies flikkerde op. Een van zijn snijtanden ontbrak. Hij legde een verkreukeld papiertje op de counter. BA 756, 5:05 PM, DARSHAN MARIA KLEIN.
"Het vliegtuig uit Frankfurt is op tijd geland en alle passagiers zijn allang binnen." *Ze wist niet zeker of hij haar begreep.* "Dat is om vijf uur geland", *herhaalde ze.* "No more passengers here."
"Darshan Klein." *Er lag iets dringends in zijn woorden.*
Zijn donkere ogen hielden haar blik vast. Hij wees naar haar computer. Eigenlijk was hij helemaal niet zo onsympathiek.
Sandra zuchtte. "Oké, ik zal eens kijken." *Ze tikte het vluchtnummer en de merkwaardige naam in. Het vliegtuig was op tijd geland, zoals ze had gezegd, maar er was niemand met de naam Darshan Maria Klein aan boord geweest.*
"I'm sorry", *zei ze weer.* "Darshan was not on this flight."
De man leek het niet te begrijpen.
"Darshan not come", *zei ze in steenkolenengels.*
De man knikte, maar maakte geen aanstalten om weg te gaan.
"Darshan?" *herhaalde hij en hij wees opnieuw naar de computer en vervolgens naar de klok boven de informatiebalie.*
"O, u bedoelt of er nog een latere vlucht is van British Airways? Nee, die was de laatste van vandaag."
Naast haar aan de balie van Air India maakten de ticketverkoopsters zich op om naar huis te gaan. Ze moest van die hardnekkige man zien af te komen. Ze riep het boekingssysteem op en voerde de

naam opnieuw in. Bingo. Darshan Maria Klein was inderdaad geboekt voor het vliegtuig van vijf uur vanuit Frankfurt. Stik maar met je gegevensbescherming, dacht ze en ze draaide het beeldscherm een stukje en wenkte de man dichterbij te komen. Aandachtig volgde hij haar wijsvinger.

"Darshan was inderdaad geboekt op vlucht BA 756." Ze wees naar de naam in het boekingsmenu, wisselde vervolgens naar de passagierslijst. "Maar ze heeft niet ingecheckt, ziet u? In Frankfurt? Darshan not come."

"Darshan not come", herhaalde de man. Het klonk droevig.

Sandra schonk hem een professioneel glimlachje.

"Darshan not come. I'm sorry."

"Tomorrow?"

Ze zuchtte en voerde ook die optie in met het toetsenbord.

"No. I'm sorry." Ze stond op en begon de folders op de counter bijeen te verzamelen.

De man knikte aarzelend en liep eindelijk naar de uitgang. Een kleine, gebogen schaduw die door de glazen deur glipte en met de nacht versmolt, vastberaden en geluidloos als een kat.

Deel I

Het misdrijf

Zondag 26 oktober

Ze zien de vrouw zodra ze de open plek bereiken. Ze zit op haar knieën en geeft over. De weide is drassig, overal steken graspollen uit de grond als pruiken van stro. Egbert Wiehl drukt zijn vrouw het paddenstoelenmandje in de hand en probeert zo snel mogelijk bij de onbekende vrouw te komen zonder natte voeten te krijgen. Een onbegonnen onderneming, het heeft dagenlang geregend. De vrouw is nog jong en heeft een blonde paardenstaart. Ze slaakt een zachte kreet als ze Egbert Wiehl ziet, en ineens weet hij niet meer wat hij moet zeggen. Voelt u zich niet goed? Hebt u hulp nodig? Dat is allebei overduidelijk: het is een kille ochtend, maar de vrouw zit in een modderige plas geknield. Een hardloopster. Hij dwingt zichzelf niet naar haar lange, gespierde benen te staren, die gehuld zijn in een strakke, zwarte trainingsbroek.

De vrouw probeert iets te zeggen, maar haar tanden klapperen te erg. Het stinkt naar braaksel. De vrouw heeft heel ronde, grasgroene ogen. Aan haar kin bungelt een sliert speeksel die ze blijkbaar niet opmerkt. In elk geval maakt ze geen aanstalten om hem weg te vegen. Egbert Wiehl heeft het gevoel dat ze bang voor hem is en gaat op zijn hurken zitten.

"Hebt u misschien iets verkeerds gegeten? Paddenstoelen wellicht? Bent u gevallen?" Hij strekt zijn hand naar haar uit en ze deinst achteruit. Meteen dringt tot hem door dat hij zijn padvindersdolk nog in zijn hand houdt.

"Neem me niet kwalijk, het mes … wij verzamelen paddenstoelen, Helga en ik. Het is geen best paddenstoelenseizoen geweest, te koud, en nu is het al laat in het jaar, maar …" Hij klinkt als een idioot. Snel stopt hij het mes in de schede aan zijn riem en hij glimlacht.

"Kom." Weer strekt hij zijn hand naar haar uit. "Kunt u opstaan? U kunt hier toch niet in die plas blijven zitten. U wordt nog doodziek."

Bij wijze van antwoord begint de vrouw opnieuw te kokhalzen, haar gezicht ziet er grauw uit, een verwrongen masker.

"Mijn vrouw is daarginds. We willen u helpen. Ik ben arts, althans, ik ben sinds kort gepensioneerd."

Hoort ze hem eigenlijk wel?

"Kom", dringt hij nogmaals aan.

Eindelijk komt de vrouw moeizaam overeind. Ze trilt nog, maar ze tilt haar rechterhand op en wijst naar een wildkansel die aan de zuidkant van de open plek in de schaduw van de bomen staat.

"D-d-daar."

Egbert Wiehl volgt de lijn die haar wijsvinger beschrijft met zijn ogen. Is ze daar vanaf gevallen? Onwaarschijnlijk, ze kon lopen, haar voetsporen staan goed zichtbaar in het natte gras gedrukt. Ze lopen rechtstreeks van de kansel naar de plek waar ze geknield zit.

"Egbert! Is alles in orde?" Helga's stem lijkt van ver te komen. Met een afkappend gebaar maant hij haar tot zwijgen. Hij tuurt in de richting van de kansel. Kraaien fladderen rond de houten observatiehut boven aan de ladder, ze dringen door de schiet-vensters aan de zijkant en lijken zelfs door het dak te duiken om meteen weer naar buiten te worden gekatapulteerd, één groot getuimel, een rusteloos op- en neergaan. Er klopt iets niet.

"Wacht hier." Egbert Wiehl staat moeizaam op. Hitchcocks *Birds* schiet hem te binnen, hij verdringt de filmbeelden, zijn blik strak op de kansel gericht.

Er is geen enkele reden om bang te zijn, zegt hij tegen zichzelf. De vrouw maakt een beweging alsof ze weg wil lopen. Hij klopt op haar schouder. "Blijft u maar hier, ik ga wel even kijken." Geen ant-woord, alleen haar onrustige ademhaling. Hij loopt op de kansel af. De lucht is pastelblauw en wolkeloos en de zon is net hoog genoeg geklommen om de boomtoppen in het dal rood en geel te doen oplichten. Twee uur geleden heeft Helga koffie, mineraalwa-ter, belegde broodjes, appels, een reep hazelnootchocolade en het picknickkleed in de rugzak gestopt die hij nu op zijn rug draagt. Het weerbericht beloofde een stralende nazomerzondag. De laatste kans van het jaar om een paar melkzwammen te vinden en van het uitzicht vanaf de Bärenberg te genieten.

Egbert Wiehl bereikt de voet van de ladder en tuurt naar boven. De kraaien hebben geen enkel respect voor hem. Het zijn er veel, zeker twintig exemplaren.

"Ksjt, ksjt", doet Egbert Wiehl, "ksjt."

Hij zet de rugzak in het gras en draait zich om. Helga en de blonde hardloopster staan nu naast elkaar en kijken naar hem. Zo te zien houdt Helga de onbekende vrouw vast. Op dat moment ruikt hij de stank. Zoetig. Verrot. Zieken en stervenden ruiken vaak onaangenaam, maar toch niet zo. Ontbinding, melden zijn hersenen. Veertig jaar geleden heeft hij dat voor het laatst zo intens geroken toen ze in de kelder van de universiteitskliniek lijken moesten opensnijden. Er was geen airconditioning en je wist nooit wat je te wachten stond als je een lijk uit zijn formalinebad hees. Egbert Wiehl tuurt in het kreupelhout, maar ziet niets ongebruikelijks. Hij probeert zo oppervlakkig mogelijk adem te halen.

De stank wordt erger naarmate hij verder omhoogklimt. De zwarte vogels storten krijsend uit de lucht naar beneden en tuimelen weer omhoog. "Ksjt", doet hij weer, maar pas als hij helemaal boven aangekomen is, vliegen ze weg. Het bloed suist in zijn oren, zijn mond is droog, zijn tong een harig beest. Datgene wat de kraaien hebben achtergelaten, ligt op het houten bankje. Het stinkt godsgruwelijk. Het is naakt en aangevreten. Alleen het haar van het lijk ziet er nog menselijk uit. Het is zijdeachtig en blond, net als dat van de hardloopster.

Hoofdinspecteur Judith Krieger rijdt weer paard. Ze galoppeert door een zomerbos, met grote sprongen die haar wiegen totdat ze vergeet dat zij en het paard twee wezens zijn. Een schimmel. Hij praat met haar in een taal die ze intuïtief verstaat. Een donkere stem die tot diep in haar doordringt. Het doet pijn omdat het zo dichtbij is. Een deel van haar weet de hele tijd dat het maar een droom is en registreert de telefoon, maar toch blijft ze de nek van het paard liefkozen. Niet wakker hoeven worden. Nooit meer. Geborgen zijn, gewiegd worden als een kind. Het belgeluid verstomt en ze is weer alleen met die witte rug onder haar. Licht valt door de boomtoppen op het paard en danst op de maat van zijn spieren. Ergens diep in haar borst ligt de pijn op de loer.

Als ze de rand van het bos bereiken, wil ze omkeren, maar het paard gehoorzaamt haar niet meer. Dit wil ik niet, denkt haar wakkere ik. Ik wil deze droom niet, in elk geval niet dit einde, niet weer dit einde. Ver weg achter de akkers ligt een boerderij weggedoken in het dal. Daarnaast schitteren in plastic verpakte hooibalen, het landschap lijkt in een merkwaardige vervoering, net een installatie van Christo en Jeanne-Claude. De pijn in Judiths borst wordt heviger, vermengt zich met paniek, droogt haar keel uit. Je droomt, zegt haar verstand. "Je moet zoeken", fluistert de schimmel. Wat dan, wil ze vragen, maar dan gaat hij er ineens met haar vandoor – zo gaat het altijd – sneller en steeds sneller en er zijn geen teugels, alleen de manen waar ze zich aan vastklampt, de geur van aarde en van paard en de wind die de tranen in haar ogen drijft, en de angst. Ze begint te vallen. Blijf staan, ik wil niet naar die boerderij, probeert ze te roepen, maar de eenheid met de schimmel is plotseling opgeheven en ze kan haar stem niet meer vinden, alleen een vertwijfeld verlangen en het overweldigende gevoel van verlies.

Dan is ze alleen, binnen in de boerderij. Een steile trap, duisternis omringt haar. De geur van ranzig afval. Een gevlekte matras. Groezelig behang. Ergens ligt het slachtoffer. Vlees en botten. Haren. Vergankelijk. Te vergankelijk. Dan is er geen deur meer, geen trap, geen ontkomen, alleen nog een kamer met een te laag plafond. Waar zijn haar collega's? Een geluid voor het huis. Galopperende hoeven. Paniek. Het paard laat haar alleen. Ze is alleen. Ze heeft het niet gered. Waar is de deur verdomme? "Waarom ben je niet gekomen?" Patricks stem. Waarom kan ze niet antwoorden? Waarom neemt die paniek haar hele lijf in bezit, tot in al haar poriën? "Ik heb het gewoon niet gered." Een hees gefluister. Is dat echt haar stem? Haar lippen zijn stijf. Ze kan Patricks antwoord niet horen, weet alleen dat hij er is, ergens hier in deze muffe, donkerbruine kamer. Ze krijgt bijna geen lucht meer en hurkt op de vloer, snuift als een wild dier. "Patrick?" fluistert ze. Zoveel hoop in haar stem, zoveel verlangen. Ze moet hulp halen. Het duurt een eeuwigheid voor ze haar mobieltje vindt. Het ligt op een vensterbank waarachter de wei met de hooibalen verdwenen is, en haar paard ook. Ze krabbelt overeind en strompelt naar het mobieltje. Maar haar vingers zijn stijf en klam van het zweet en ze gehoorzamen haar niet meer. Ze slingeren haar mobieltje een bodemloos zwart gat in en ze weet dat ze verloren heeft.

Op het antwoordapparaat in de woonkamer is het getuut van de ingesprektoon te horen. Blijkbaar heeft de beller opgehangen zonder een bericht in te spreken. Judith Krieger ligt doodstil en probeert haar ademhaling onder controle te krijgen. Ze weet niet wat erger is, het moment in haar droom wanneer het paard er met haar vandoor gaat, de eindeloze eenzaamheid in de donkerbruine kamer of het ontwaken. Ze begrijpt deze droom niet die haar nu al maandenlang af en toe kwelt. Ze begrijpt het verlangen niet en de intensiteit. Begrijpt niet wat het paard moet betekenen. Afgezien van een korte, onplezierige fase in haar puberteit heeft ze nooit paardgereden.

Ze heeft koffie nodig en een sigaret. Muziek tegen zwarte gedachten aan witte paarden en tegen de stilte die Martin 's nachts in haar woning heeft achtergelaten. Ze zet een espresso op en gaat naar de wc. Vanuit de gang klinken de gedempte beginakkoorden van *Spread your wings* van Queen. Ze vindt haar mobieltje in de zak van haar leren jas.

"Krieger."

"Je bent er. Mooi." Axel Millstätt. Haar baas.

"Het is zondagochtend."

"Je moet naar het hoofdbureau komen, nu meteen."

Iemand heeft haar pasgeleden verteld dat de afhankelijkheid van sigaretten in hoge mate overeenkomt met die van heroïne. Ze vist een vloeitje en een filter uit haar pakje shag.

"Er is een lijk gevonden in het Bergische Land. Een nogal onappetijtelijke zaak. Identiteit niet meer vast te stellen. Wolfgang heeft angina. De anderen zitten tot hun nek in de zaak-Jennifer. Ik wil dat je naar het Bergische Land rijdt en er een kijkje neemt."

Ze steekt haar sigaret op en neemt het gorgelende espressoapparaatje van het fornuis. "Wil dat zeggen dat ik de leiding heb over het onderzoek?"

"Zo zou ik het niet willen zeggen."

Pauze.

"Je weet toch zelf, de afgelopen tijd …"

Judith neemt een slok espresso, verbrandt haar mond, giet de rest over in een glas en schenkt er koude melk bij. Ik wil het niet horen.

"Ja, ik weet het."

"Mijn god, Judith, dat gaat niet, met de beste wil van de wereld niet. We weten toch allemaal wat je hebt meegemaakt. Ik wil eerlijk tegen je zijn. Je was een uitstekend rechercheur, ik heb altijd achter je gestaan, dat weet je. Maar toen kwam die ongelukkige geschiedenis, nee, laat me uitpraten, die ongelukkige geschiedenis met Patrick dus, en verdomme, iedereen had er begrip voor dat je tijd nodig had."

Ik wil het niet horen.

"Maar we zijn nu twee jaar verder, en de felheid die hiervoor nodig is heb je nog steeds niet terug. Die zaak in het Bergische Land is een kans voor je."

Nicotine en cafeïne pulseren door haar hoofd. Een hete golf. Judith inhaleert diep, weet niet zeker of ze wel een kans wil hebben. Of ze zich voelt opgewassen tegen een kans.

"Manni. Manni en jij, jullie zullen dit varkentje wel wassen. En rapporteer aan mij."

"Manni?"

"Manni."

Ze hoort ook wat hij niet zegt, niet hoeft te zeggen: slikken of stikken, dit is je kans. Je laatste kans. Ze kan het hem niet eens kwalijk nemen.

"Over een halfuur in mijn kantoor?"

Judith blaast rook naar het plafond.

"Oké."

Axel Millstätt heeft spaniëlogen. Purechocoladebruine spaniëlogen die nooit lijken te knipperen. Ze staren degene tegenover hem net zo lang aan tot die zich voelt als een vlinder die op de naald van een entomoloog is neergefladderd. Ooit was hoofdinspecteur Judith Krieger zo eerzuchtig geweest dat ze geprobeerd had weerstand te bieden aan die chocoladeblik. Net als Icarus had ze haar vleugels uitgespreid en geprobeerd naar de zon te vliegen, en Millstätt had dat naar waarde weten te schatten. Nu laat ze haar hoofd hangen, weet ze niet waar ze moet kijken. Manni komt het bureau binnenstormen, enthousiast als een veel te groot veulen. Zijn knokige benen steken in een modieuze Cargo-spijkerbroek, zijn blonde haar is met gel in kleine opstaande stekeltjes geboetseerd. Vol verwachting schuift hij op zijn stoel heen en weer en kauwt op pepermuntsnoepjes terwijl Millstätt de hem bekende feiten afraffelt. Judith kent Manni niet goed, ze neemt steels van opzij zijn profiel op. Hoe heeft het zover kunnen komen dat zo'n groentje als gelijkwaardige aan mij wordt gekoppeld, vraagt ze zich af. Manni zit pas sinds een jaar bij de KK11 en gewoonlijk werkt hij bij een ander team dan zij. Judith weet dat hij elk weekend naar Rheinsdorf gaat, het gat waar hij is opgegroeid en waar hij een uitgebreide vriendenkring heeft, gevolg van het rijkgeschakeerde verenigingsleven waar hij zich vol overgave in heeft gestort. Schuttersvereniging, voetbal-vereniging, vrijgezellenvereniging. Als hij daarover vertelt, krijgt hij rode koontjes. Waarschijnlijk neemt hij zijn was nog mee naar zijn moeder en laat haar voor hem koken.

Ze is blij dat Manni zich geroepen voelt om op het hoofdbureau eerst de vermistenmeldingen na te gaan en de technische recher-che en het gerechtelijk laboratorium op te hoogte te stellen.

"Rij er maar vast heen", zegt hij tegen Judith. Het klinkt goedig, alsof hij haar superieur is en zij een stagiaire waar je zo snel mogelijk vanaf wilt. Judith dwingt zichzelf kalm te blijven. Het vooruitzicht de plaats delict als eerste en in haar eentje te kunnen inspecteren is zeer aantrekkelijk.

Even later rijdt ze in een gloednieuwe Ford Focus de snelweg op. Het absolute paradepaardje uit het wagenpark van de afde-ling Moordzaken, dat ze alleen maar heeft weten te bemachtigen omdat het zondag is. De piepschuim beker met koffie die ze tus-sen haar benen geklemd houdt, brengt haar in een nog beter humeur. Vlak voor Lindlar ziet ze langs de snelweg de eerste vak-werkhuisjes met de typische groene luiken van het Bergische Land. Maar er bestaat geen landelijke idylle meer, langs de ran-den van de dorpjes woekeren de onvermijdelijke tempels van de moderne tijd: bedrijfshallen, autoshowrooms en winkelcentra.

Een paar koeien vreten pal langs de A4 hun gras, waarschijnlijk zijn ze in de loop der tijd doof geworden of totaal versuft door de uitlaatgassen. Een silo en in wit folie verpakte hooibalen herinneren Judith weer aan haar droom. Ze zet de radio aan. Bij Overath verlaat ze de snelweg en rijdt over steeds minder verharde landweggetjes tot ze na vele bochten en heel veel geel bos het dorp Unterbach bereikt. Vanhier moet het nog zo'n drie kilometer zijn tot de plek waar het lijk is gevonden. Ze vindt de steenslagweg die een kilometer voorbij het dorp naar rechts afbuigt en het houten bord, precies zoals een collega uit het Bergische Land het heeft beschreven. SONNENHOF staat er in zwierige letters op. NAAR ASHRAM heeft iemand met lila verf op de boomstam gespoten waar het bord aan bevestigd is.

De steenslagweg kronkelt het dal in, hoge naaldbomen dempen het licht. Judith werpt een blik op het display van haar mobieltje – geen bereik meer. Het dal lijkt onwezenlijk, alsof het zo uit een boerderijspelletje voor kinderen komt. Er zijn schapenweiden en velden met oude fruitbomen, twee ruwharige ezels en een beekje. Boerderij, schuur en bijgebouwen staan onorthodox door elkaar, net alsof de bouwer als een klein kind die laatste bouwblokjes willekeurig midden in de wei heeft rondgestrooid. Dit is niet het landschap uit haar droom, er is geen wit paard te zien, en toch lijkt de herinnering eraan ineens een slecht voorteken. SONNENHOF – WELCOME. Het bord is aan een paal naast een drassige parkeerplaats gespijkerd. Een man staat tegen het hek geleund en kijkt naar haar. Hij draagt een witte katoenen broek met een oranje T-shirt dat behoorlijk vloekt met zijn rode paardenstaart. Aan zijn blote voeten draagt hij plastic badslippers. Judith draait het raampje naar beneden.

"Hallo, ik moet naar de Erlengrund. Er moet hier ergens een weg zijn die daarnaartoe afslaat. Weet u waar die is?"

Hij glimlacht, waardoor zijn gezicht iets krijgt van een kruising tussen Boris Becker en Kermit de Kikker.

"Pers?"

"Kent u de weg?"

"Natuurlijk." Hij buigt zich naar haar voorover. "Maar daar is alles afgezet. De smerissen laten je niet in de buurt, hoe lief je ze ook toelacht."

Ze kijkt strak in zijn lichtblauwe ogen. Ze wacht. Hij geeft toe.

"De weg volgen, de brug over en voor de vijvers naar rechts. Het is daar nogal modderig. Zeg niet dat ik je niet heb gewaarschuwd."

"Bedankt. Weet u wat er hier gebeurd is?"

Hij neemt haar aandachtig op. "Er is iemand dood. Niet van de Sonnenhof."

"Weet u dat zeker?"

"Er wordt hier niemand vermist." Zijn blik is nu helemaal niet meer vriendelijk. Hij slaat zijn armen voor zijn borst over elkaar en doet een stap achteruit.

"Waarom draagt u eigenlijk geen sokken? Uw voeten zijn helemaal blauw."

Tot haar verbazing lijkt hij dat een grappige vraag te vinden. Hij knipoogt tegen haar.

"Ciao, mevrouw van de pers. Kom maar eens langs tijdens een yogales, als u nog meer vragen hebt."

"Ciao, ciao." Judith geeft gas. Yoga. Misschien moet ze Kermit maar eens aan zijn woord houden. Ze weet bijna zeker dat hij dat niet prettig zou vinden.

Aan het einde van het dal ontdekt ze het bruggetje en ze stuurt de Ford er stapvoets overheen. Direct achter het bruggetje liggen de vijvers, star en glinsterend, als van flessengroen glas. Rechts ervan loopt een weg naar het bos, inderdaad erg modderig. Judith houdt de wagen precies in het spoor dat de voertuigen voor haar hebben gegraven. De afzetting die ze na zo'n vijf minuten bereikt, bestaat uit twee jonge agenten die van het ene been op het andere staan te wiebelen en die Judiths legitimatiebewijs nauwgezet controleren. De Erlengrund is een drassige open plek van zo'n honderd meter doorsnee. Op het bospaadje erlangs staan een paar politiewagens en een groen-wit busje. Judith parkeert achter een combi en stapt uit.

Hoewel de zon pal boven de open plek staat, is het koud. Het ruikt naar paddenstoelen en rottende bladeren. Vanuit de politiewagens klinkt het gedempte gepiep en gekraak van het mobilofoonverkeer. Een man met grijs haar loopt op haar af.

"Hans Edling. Bent u van de KK11?"

"Hoofdinspecteur Judith Krieger, ja."

Ze geven elkaar een hand.

"Het lijkt me het beste als u eerst zelf maar eens kijkt. Ziet er nogal beroerd uit, die vent. Ik heb maar meteen jullie in Keulen gebeld."

Hij draait zich abrupt om en springt over een slootje de open plek op.

"Ziet u die wildkansel daarboven? Daar ligt ie. Wandelaars hebben hem gevonden. Die zitten hier nu in het busje. Een van de collega's zit boven in de uitkijktoren de wacht te houden. Moet ik met u meelopen?"

"Bedankt, dat hoeft niet. Hoe minder sporen …"

"Ja." Hij springt terug de weg op. "We zien elkaar straks nog wel."

Erlengrund, denkt Judith, terwijl ze door het natte gras loopt. Waarschijnlijk heb je hier elzen, maar hoe zien die er eigenlijk uit? Het gedicht van de *Erlkönig* schiet haar te binnen, de lerares Duits met haar schichtige hazelmuisoogjes die achter haar schildpadbril heen en weer schoten. Ze had een prachtige stem, heel zacht en melodieus, maar in het laatste jaar van de lagere school had niemand meer naar haar willen luisteren en Judith had niet tegen haar klasgenootjes in durven gaan. *Wie rijdt er zo laat door nacht en wind?*, declameert juf Meinert in Judiths hoofd. Verdorie, alweer iemand die paardrijdt. Een kind is bang en gaat dood, daar gaat het gedicht over. De Erlkönig brengt de dood. Erlkönig, Erlengrund. Hou nou eens op, Judith.

Ze kijkt met hernieuwde belangstelling om zich heen. Vanuit verschillende richtingen lopen voetsporen naar de kansel, er loopt geen vast pad door de open plek. Ze zullen moeten uitzoeken welke sporen van wie zijn. De zon staat hoog. Met de bonte herfstbomen en de glinsterende plassen zou de open plek zonder meer een geschikt motief zijn voor een landschapsfotograaf. Niets wijst erop dat hier een gewelddaad heeft plaatsgevonden. De wereld is mooi en de mensen doen er alles aan om het leven voor elkaar tot een hel te maken, denkt Judith. De wildkansel staat half verstopt tussen wat verspreid staande bomen. Als ze er aankomt, komt een agent de ladder af. Hij heeft een sjaal voor zijn mond en neus gebonden, die hij snel wegtrekt.

"Hallo, collega, aan díé geur wen je nooit."

"Waarom wacht u niet hier beneden?"

Hij wijst met zijn duim naar een van de bomen waarvan de kale kruin wordt bevolkt door grote zwarte vogels.

"Dat is jammer genoeg onmogelijk vanwege die aasgieren."

Hij steekt een Marlboro op en inhaleert gretig. Judith bekijkt de toren. Haar voeten zijn nat. Het ruikt naar dood. Het enige geluid is het schorre gekrijs van de zwarte vogels. Ze trekt latex handschoenen en schoenovertrekken aan. Je stelt het je elke keer weer erg voor, en toch is het altijd weer anders, denkt ze als ze boven aankomt. Dan dwingt ze zichzelf heel nauwkeurig te kijken.

Hij vindt haar in de schuur waar ze het voer mengt voor de jonge beesten. Hij neemt haar in zijn armen en tilt haar dan op de stelling waar de scheerspullen in liggen. Ze is zo zacht, en toch voelt haar lichaam stevig aan. Warm en levend. Ze slaat haar armen om hem heen, dan haar benen. Hun lichamen wiegen zachtjes, ademen synchroon. Ze ruikt zo lekker. Een beetje naar sandelhout, een beetje naar patchouli, een heel klein beetje naar zweet. Hij trekt haar nog dichter tegen zich aan en schuift zijn hand onder haar fleecejack. Ze heeft spieren gekregen sinds ze op de Sonnenhof woont. Zachte welvingen links en rechts van de ruggenwervel, die levenszuil die zoveel draagt en die zo breekbaar is. Parvati, denkt hij. Goddelijke metgezel. Haar hier en nu nemen, zichzelf in haar begraven, en opnieuw en opnieuw en steeds weer opnieuw.

"Wacht hier, wacht even." Hij kust haar hals, maakt zich van haar los en loopt naar de deur. Hij loert naar buiten, ziet niemand en schuift de grendel ervoor. Hij pakt een stuk spaanplaat en zet dat voor het raam boven de stelling. Het past in de opening alsof het er speciaal voor gemaakt is. De geur van hooi, het schemerlicht en de wetenschap wat ze zo meteen gaan doen, winden hem nog meer op. In het voorkamertje van de stal staat een elektrisch oventje. Hij klemt het onder zijn arm, trekt een deken uit de kast en loopt terug naar de stelling waar zijn godin op zit terwijl ze hem gadeslaat.

"Ik wil je." Elke stap wordt nu een sluipen, een loeren, de spanning wordt bijna ondraaglijk.

"Je bedoelt hier, nu meteen? Maar …"

"Ssst. Niks zeggen." Hij zet het oventje op de grond, vindt een stopcontact, zet het aan. "Kleed je uit."

"Je bedoelt …?"

Hij knikt. Hij loopt naar haar toe en schuift zijn hand weer onder haar fleece. Vindt haar borsten. Ziet hoe de angst om ontdekt te worden op haar gezicht strijd levert met de lust, totdat het verbodene een aantrekkingskracht krijgt die ze niet kan weerstaan.

"Je bent onmogelijk!" Het klinkt in de verste verte niet als een berisping. Met een resoluut gebaar trekt ze de fleece en haar T-shirt over haar hoofd en gooit ze op de grond.

Schiet op, wil hij haar aansporen, maar nu is het aan haar om het tempo te bepalen. Ze geniet van zijn ongeduld, springt op de grond, draait speels een paar pirouettes. Het verbaast hem nog steeds dat zij, die gewoonlijk zo stug en ongenaakbaar is, zo zonder enige schaamte en ongeremd de liefde kan bedrijven. Omdat het zo moet zijn, omdat het goed is. Hij rukt de kleren van zijn lijf, verliest haar daarbij niet uit het oog. Ze lacht als ze zijn erectie ziet. Geen onaangenaam lachje, een vrolijk lachen.

"Kleed je uit", zegt hij weer.

Oneindig langzaam trekt ze de rits van haar Cord-spijkerbroek naar beneden, oneindig langzaam stroopt ze haar broek over haar heupen, haar slipje. Hij legt de deken over de stoffige houten bovenkant van de stelling, ze draait nog een pirouette en lacht hem toe. Maar nu houdt hij het wachten niet meer uit, met drie snelle stappen is hij bij haar, grijpt haar, houdt haar vast, tilt haar op de deken.

"Ga liggen." Hij is haar zo dankbaar dat ze meteen ophoudt met hem te spelen, dat ze zijn verlangen begrijpt, of het ten minste laat gebeuren. Dat ze zijn hese gefluister gehoorzaamt, gaat liggen, zich stilhoudt, zich beweegt, precies zoals hij dat wil. Dat ze geniet van alles wat hij met haar doet en hem dat ook laat merken.

Als ze klaar zijn, gaat hij naast haar zitten en houdt haar in zijn armen. Ze delen een sigaret. Dan nog een. Ook dat is allang een gewoonte geworden, een verslaving, net zo verboden als hun liefde.

"We moeten ons aankleden." Haar vingers krauwen zijn nek, zijn hals, zijn borst. "Het is al stom geluk dat er niemand is gekomen."

"Ik zou het het liefst meteen nog een keer doen."

"Nu is het even genoeg, ik moet voor de schapen zorgen." Ze gaat overeind zitten en kijkt hem recht in de ogen. Ze trekt haar wenkbrauwen op en perst haar lippen samen als een slechtgeluimde gouvernante.

"Foei toch, meneer, u bent volstrekt schaamteloos. Men dient zijn lusten te leren beheersen!"

Ze springt op de grond en grijpt naar haar onderbroek. Zo ongegeneerd jong en zo ongegeneerd sexy. Je lusten leren beheersen, denkt hij. Je hebt geen flauw idee hoe moeilijk dat is.

Het lijk heeft lege oogholtes en geen lippen. Geen neus. Zijn hele gezicht is slechts een rauwe, bedorven vleesmassa. Rondom de oogholtes schemert het schedelbot. De borst is bloed. Uit de buikholte komen bruinige darmen naar buiten, zo te zien zijn ze stuk voor stuk uit zijn onderlijf gerukt. Blonde haren. De dode leunt in een hoek op de houten bank, een elleboog bijna nonchalant in het schietvenster geklemd, de andere hand losjes naast zich op de bank, de benen wijd gespreid. De doodsoorzaak is niet te achterhalen. Hoofd en romp zijn bezaaid met wonden. Aasgieren, had de agent gezegd. Judith heeft er nog nooit over nagedacht wat kraaien eten en dat het spreekwoord over de kraaien die elkaar de ogen niet uitpikken weleens een heel reële oorsprong kan hebben. Ze schat de lengte van de man op ruim 1 meter 80. Ze gaat op haar hurken zitten en schuift de darmen een stuk uit de buurt van de lendestreek. Onmiskenbaar een man. Hij moet al minstens een week dood zijn, waarschijnlijk langer.

Heeft het lijk eigenlijk geen kleren? Ze bukt zich nog verder en tuurt onder het bankje. Opgedroogde donkere vlekken, ongeveer onder het lichaam van de dode. Een paar in het hout uitgedrukte sigarettenpeuken. Sjekkies, heel dun. Helemaal achteraan in een spleet ligt nog iets. Een stukje hard, doorzichtig plastic. Ze pulkt het tevoorschijn, houdt het tegen het licht. Een splinter, ongeveer drie centimeter lang, met geribbelde zijkant, misschien een stuk van een cassette- of cd-doosje.

"Mevrouw Krieger, uw chef uit Keulen wil u spreken." Hans Edlings stem schalt over de open plek.

"Ik bel hem zo!" Het enige wat ze nodig heeft is een moment rust. Tijd om een gevoel van deze plek te krijgen, een gevoel dat haar later zal leiden, zo werkte het vroeger tenminste altijd. Het is koud. Ze stopt haar handen in de zakken van haar leren jas. Zo meteen komt Manni, de technische recherche, en dan is het te laat voor ongestoorde observaties. Kom op, Judith, schiet op. Haar blik vliegt in het rond.

De dode had geen kleren, geen schoenen, geen papieren, geen wapen. In het dak van de kansel zit een groot gat. Judith gaat op haar tenen staan en voelt met haar vingers langs de rand van de opening. Waarschijnlijk zaten er ooit balken op vastgespijkerd, of teervilt. Waar zijn die balken nu? Ze kijkt naar beneden, maar ziet alleen struikgewas en de agent die net een nieuwe sigaret opsteekt. Er schiet haar een reportage te binnen die ze een paar weken geleden 's nachts op tv heeft gezien toen ze weer eens niet kon slapen. Het ging over een volk dat zijn doden een laatste rustplaats bood op draagbaren boven in bomen, onbeschermd tegen licht en vogels. Het had iets te maken met eerbied en met de wensen van de goden, maar Judith had niet tot het einde gekeken, had verder gezapt. Op alle wanden kleeft opgedroogd bloed in groteske patronen. L&A heeft iemand met zwarte viltstift in een groot hart op de achterwand van de kansel geschreven. Ook ene Sarah en ene Mick hebben zich in een hart vereeuwigd, zij het dat dit exemplaar met een mes in het hout is gekerfd. TOM, GEILE VIESPEUK staat daarnaast en iets verder links MELI WAS HERE. Diverse initialen en datums, allemaal hoogstwaarschijnlijk zonder enige samenhang met de moord. Zitten geliefden uit de omgeving hier in deze kansel, tegen elkaar aan gevlijd op het houten bankje, onzichtbaar voor de wereld aan hun voeten, de blik door de schietvensters op de boomtoppen gericht? Voorzichtig bukt Judith zich zover naar voren dat haar hoofd op gelijke hoogte is met het lijk. Wat was het laatste wat hij heeft gezien? Was het dag of nacht toen hij stierf? Ze weet ineens zeker dat het nacht was, dat hij alleen was met zijn moordenaar. In geen velden of wegen een wandelaar te bekennen die hem had kunnen redden. Alleen het bos, stoïcijns, stom bos en duisternis. Judith staat heel stil. Als ze haar ogen dicht doet, meent ze de angst van de dode nog te voelen, een razend, woest vlammend verzet.

Ze klimt de ladder af. Draait een sjekkie. De agent klapt een zilveren aansteker open en geeft haar vuur.

"Dat opbellen kun je vergeten."

"Hoezo?"

"Gewoon, doe geen moeite. Bereik heb je hier hooguit op de kansel, als je geluk hebt."

Judith vist haar mobieltje uit haar jaszak en bekijkt het display. NETWERK WORDT GEZOCHT. Hij heeft gelijk.

"Dan ga ik maar weer eens naar boven." Hij trapt zijn sigaret uit en stopt de peuk in het cellofaan van zijn pakje Marlboro.

"Klotewerk. Ik hoop dat de collega's uit Keulen een beetje opschieten."

Hij knikt naar haar en trekt de sjaal weer voor zijn gezicht.

Judith loopt terug over het weiland. Haar rechtervoet zakt weg in een plas, koud water siepelt haar laars binnen. Ineens is het gevoel van de droom er weer. Het onwezenlijke. Het verlangen dat nooit vervuld zal worden. Bedreiging in slow motion. Alsof ze voorgoed door vloeibaar glas liep. Ze duwt haar vuisten diep in haar jaszakken en versnelt haar pas. Als ze geluk heeft kan een van de collega's haar een paar rubberlaarzen lenen.

In het politiebusje is het vreselijk benauwd. Diana Westermann zit bij het raampje, ingeklemd tussen de blozende vrouw met haar lege paddenstoelenmandje en een klaptafeltje dat beplakt is met een schreeuwend lelijke plastic teakhoutimitatie. Het raampje kan niet open. Ze kan haar benen niet echt strekken. Ze heeft het nog steeds koud, hoewel de verwarming staat te loeien; geen wonder, haar broek en schoenen zijn kletsnat. Ze propt haar handen onder de wollen deken die een agent haar heeft gegeven. Ze wil naar huis, weg van hier. Het ruikt naar zweet, koffie en broodjes salami, allemaal geuren waar ze niet van houdt. Maar altijd nog beter dan die zoetige stank. Ze slikt. Ze wil er niet aan terugdenken.

"U bent in shock, u moet iets eten en drinken." De man in de kuitbroek die haar op de open plek heeft gevonden en die zich inmiddels heeft voorgesteld als Egbert Wiehl, gedraagt zich alsof hij haar persoonlijke adjudant is. Waarom moest hij haar nou net op die open plek betrappen? Wat had hij daar te zoeken, zo 's ochtends vroeg, in haar district? Zonder hem zou ik hier nu niet zitten, denkt Diana. Ik zou me weer hebben hersteld, ik zou zijn opgekrabbeld en had gewoon verder kunnen rennen. De adjudant bet zijn voorhoofd met een lichtblauwe zakdoek, laat twee klontjes suiker in een dampende beker vallen en schuift die naar Diana toe.

"Neemt u toch een broodje", echoot zijn vrouw voor de zoveelste keer. "Of op zijn minst een stukje chocola."

Ze pakt de beker, alleen maar zodat ze haar eindelijk met rust laten, en drinkt. De koffie smaakt karamelachtig zoet, maar ze voelt dat haar trillen minder wordt. Ze drinkt met dorstige slokken, het echtpaar glimlacht tegen elkaar. Laat ze. Ineens heeft ze zelfs honger. Ze eet een broodje met salami en drinkt nog een beker koffie.

"Dank u wel, ik had geen idee dat ik zo'n trek had."

De man wil de beker nogmaals vullen, maar ze schuift hem resoluut opzij.

"Twee bekers is echt genoeg. Ik drink anders nooit koffie."
Ze zitten weer in stilte en richten hun blikken langs elkaar heen. Net als in een lift, denkt Diana. Je kijkt elkaar niet in de ogen, nooit. Voor het raam van het busje woekeren haagdoornstruiken en sleedoorn, de open plek is niet te zien.

"Zulk mooi weer." De stem van de vrouw klinkt mopperig.

Ik wil hier weg, denkt Diana. Het was een prima ochtend, tot ik besloot naar de Erlengrund te joggen. De wilde ganzen zijn weg. Het bos was zo stil. Ik had nooit op de kansel moeten klimmen. Niet weer, niet vandaag. Ik had gewoon door moeten hollen. Waarom moesten die paddenstoelenplukkers me vinden?

"Zulk mooi weer." Kennelijk is dit een oeroude klaagzang die geen werkwoord en geen nadere uitleg behoeft.

De vrouw werkt op haar zenuwen. De situatie is door en door onaangenaam en dan doet het er absoluut niet toe dat het inderdaad mooi weer is. Gewoon herfst. Een prachtige dag. De bladeren zo bont dat je geneigd bent te vergeten dat het hier een miljoenenvoudig sterven betreft, veroorzaakt door een temperatuurafhankelijk gebrek aan chlorofyl. De lucht zo doorzichtig dat hij een belofte in zich lijkt te dragen. Natuurlijk weet je wel beter, maar je kunt je er niet aan onttrekken. Je loopt over de velden, door de roodgele kleurenpracht, staart naar het blauw daarboven en betrapt jezelf er onwillekeurig op dat je zin hebt om te zingen. En misschien is dat wel de eigenlijke reden waarom ik naar Duitsland ben teruggegaan, bedenkt Diana. Dat ik eindelijk weer een herfst wilde meemaken. Jaargetijden. En nu zit ik hier in de ellende en moet maar zien hoe ik er weer uitkom.

De minuten slepen zich voort, tergend langzaam. Het wordt steeds benauwder. Het is niet eerlijk, denkt Diana. De mensen hebben geen respect voor het bos. Ze smijten hun afval in het kreupelhout. Ze trappen alles kapot. Ze vechten met elkaar tussen het struikgewas als ze levensmoe zijn omdat ze denken dat het eenzaam is in het bos. Ze hangen zich op, schieten zichzelf door de kop of nemen hun tabletten in en het zal hun een rotzorg wezen dat er boswachters zijn, jagers, wandelaars, die hen vroeg of laat moeten vinden. Theoretisch heb ik dat altijd geweten. Doden in het bos behoren in zekere zin tot het risico van het vak. Maar ik heb het niet serieus genomen, tot voor kort heb ik het gewoon niet serieus genomen. Haar hart raast en ze begint te zweten. Haar tong zit aan haar gehemelte geplakt als schuurpapier. De cafeïne, denkt ze, daar kan ik niet tegen. Ik had die koffie niet moeten drinken. Ze schraapt haar keel.

"Neem me niet kwalijk, hebt u misschien nog iets anders te drinken dan koffie?" Haar stem klinkt hees.

De adjudant haalt een blikje mineraalwater uit zijn rugzak en schuift het naar Diana toe.

"Dank u." Ze maakt het blikje open. Het water spuit sissend uit de opening. Achteloos wrijft ze het met haar mouw van het tafelblad en drinkt tot het blikje leeg is. Het doet haar goed, maar haar gedachten blijven in een kringetje draaien. Ik wil gewoon mijn rust. Ik had niet op die kansel moeten klimmen. Shit, nou is mijn mouw nog nat ook. Ik wil naar huis.

"Het lijk had net zulk blond haar als u." De stem van de man klinkt verbaasd, alsof hem dat nu pas opvalt.

Hou je mond, dat gaat je geen bal aan, wil ze zeggen, maar ze beheerst zich.

"Er zijn zoveel mensen met blond haar."

De adjudant lijkt niet echt overtuigd, maar zegt niets meer. Zijn vrouw zucht. Weer kruipt de tijd als een slak voort. Hoe lang is de politie van plan hen nog in dit benauwde busje te laten wachten?

Het echtpaar begint nu ook te picknicken. De man trekt zijn padvindersdolk uit zijn riem en verdeelt zijn broodjes in hapklare stukken die hij op de punt van zijn mes naar zijn mond laat balanceren. De vrouw smakt zachtjes. Ik wil hier weg, denkt Diana. Ik had Ronja allang moeten afhalen. Ik wil ...

Een vrouw doet de deur van de VW-bus open. Ze draagt een zwarte leren jas die zo te zien niet erg nieuw is, en een vale spijkerbroek. Ze heeft een gespikkeld gezicht, helemaal bezaaid met enorme sproeten. Haar haar, van een ondefinieerbaar lichtbruin, hangt tot op haar schouders en zit verward.

"U hebt de dode gevonden?" Ze kijkt Diana aan op een manier die verraadt dat ze het antwoord al weet. Haar ogen zijn grijs met een merkwaardige turkooiskleurige rand rond de iris.

Diana knikt.

"Krieger, recherche Keulen." De sproetige vrouw lacht een glimlachje dat haar merkwaardige ogen niet bereikt. "Ik weet het, het is erg onaangenaam dat u moest wachten. Dat is helaas niet te vermijden." Ze hoest. "Ik zou graag even met u willen spreken. Alleen." Ze trekt de schuifdeur helemaal open. "Ik stel voor dat we met u beginnen." Ze richt zich tot het echtpaar. "Als u even bij mijn collega wilt wachten?"

Een geüniformeerde agent begeleidt hen. De gevlekte vrouw klautert de bus in en gaat tegenover Diana zitten. De grijsharige beambte, die zich eerder heeft voorgesteld als Edling, schuift naast Diana het bankje in.

"Uw naam is Diana Westermann? Woonachtig in het oude boswachtershuis in Unterbach?"

"Waarom woont u in het boswachtershuis?" Edling neemt Diana wantrouwig op. "Verhuurt de oude Hesse tegenwoordig kamers?"

"Ik woon daar omdat ik opzichter ben over dit district. Alfred Hesse is sinds februari met pensioen."

"U bent boswachter?" De sproetige hoofdinspecteur heeft de woordenwisseling met snelle blikken geobserveerd. Nu lijkt ze het gesprek weer naar zich toe te willen trekken. "Dan kent u het terrein hier zeker heel goed?"

"Mijn district is ruim 1500 hectare groot. Ik werk hier pas sinds een halfjaar."

"Is dat een ja of een nee?"

"Het Schnellbachtal ken ik vrij goed."

"Goed." Een spaarzaam lachje.

"Dus de oude Hesse is ook met pensioen." De grijze man is blijkbaar niet zo snel bereid op een ander onderwerp over te gaan. De hoofdinspecteur kucht en schroeft de dop van een duur uitziende, donkerblauw gemarmerde vulpen.

"Het lijkt mij het beste als u van begin af aan vertelt wat er vanochtend is gebeurd. Neem rustig de tijd. Elk detail kan voor ons van belang zijn."

"Ik was aan het joggen."

"Hoe laat bent u precies vertrokken?"

"Halfnegen, ik was aan de late kant." Dat klonk bijna als een verontschuldiging. "Gewoonlijk ga ik vroeger lopen, maar gisteravond was ik naar een feestje in Keulen. Het was laat geworden en Ronja was er niet, toen heb ik me verslapen."

"Ronja?"

"Mijn hond. Ze is nog jong. Als ik naar de stad moet, breng ik haar naar de Sonnenhof."

"Goed, u bent dus om halfnegen vertrokken."

"Ik besloot de weg door het dal te nemen, omdat ik Ronja onderweg wilde ophalen. Ik loop die route wel vaker, maar ik heb niet echt goed op de weg gelet." Diana denkt aan de wilde ganzen en hoe hun kreten zouden hebben geklonken aan de doorschijnende hemel. Dat zal de politie waarschijnlijk niet erg interesseren. "Bij de Erlengrund zag ik de kraaien."

Ze begint weer te rillen.

"Wat hebt u toen precies gedaan?" De hoofdinspecteur blijft Diana strak aankijken.

"Ik dacht er niet bij na. Ik ben er op afgegaan om te kijken of alles in orde was. Per slot van rekening is het mijn kansel."

Ze merkt meteen dat het fout was dat ze dat heeft gezegd.

"Ik bedoel daarmee te zeggen dat het een boswachtersvoorziening is, ik gebruik hem vaak."

De blik van de hoofdinspecteur vliegt even richting haar collega.

"U jaagt dus?" vraagt die alsof hij een wachtwoord heeft gekregen. Het klinkt als: "U moordt dus wel vaker?"

"Het bejagen van mijn district is onderdeel van mijn werk." Diana slaat haar armen over elkaar. "Dat is toch geen misdaad, wel?"

"Wind u nou niet meteen zo op, mijn collega stelde toch gewoon een vraag."

Maar zojuist bevielen de vragen van je collega jou ook niet zo, denkt Diana. Ze gaat wat meer rechtop zitten.

"Ik wil eindelijk naar huis."

"Dat begrijp ik. Maar helaas zijn de omstandigheden dusdanig dat u eerst onze vragen moet beantwoorden. En hoe sneller u dat doet, hoe sneller u hier weg kunt."

"Ik ben dus naar de kansel gelopen. Ik dacht er helemaal niet bij, ik liep er gewoon naartoe, ging de ladder op, en toen lag hij daar. Het was net een horrorfilm. Ik dacht nog steeds niet na. Ben gewoon weer naar beneden gegaan en weggelopen, maar toen werd ik misselijk en moest overgeven. Het volgende wat ik me herinner, is dat die meneer, meneer Wiehl, voor mij stond en op mij inpraatte."

Buiten klinkt het geluid van motoren, een autoportier wordt dichtgeslagen. Een hond blaft.

"Een ogenblik alstublieft." De hoofdinspecteur draait de dop op haar vulpen, stopt hem in haar jaszak en springt het busje uit. Diana probeert onopvallend te ontcijferen wat ze tot nu toe heeft opgeschreven, maar geeft de poging al snel weer op. Het handschrift is hoekig en kriebelig, volstrekt onleesbaar. De agent bekijkt haar met haviksogen.

"Waarom brengt u uw hond naar de Sonnenhof?"

"Ik ken de meubelmaker daar, ik breng hem soms wat beukenhout. In zijn werkplaats heeft hij een meisje dat hem helpt, Laura, en die past graag op Ronja."

"Hout, hm, hm."

Uit de mond van de grijsharige beambte klinkt dat als iets obsceens. Diana Westermann zit met haar armen over elkaar en begint geconcentreerd naar de teakhoutimitatie te staren.

Achter het politiebusje staan Manni en de twee K's van de technische recherche. Ze staan van de ene voet op de andere te trappelen en lijken vol ondernemingslust, als kinderen voor een schoolreisje. Manni lijkt meer dan ooit op een reuzenveulen. Judith voelt zichzelf ineens stokoud en uitgeteld. Karin en Klaus, de twee K's, zijn ook nog vrij jong, maar ze passen bij elkaar als een duo dat sinds jaar en dag patrouillewagen en rayon met elkaar deelt zonder daar ooit bij stil te staan. Dat soort teams zie je niet veel meer. In een samenleving die steeds op zoek is naar de kick en daarbij volledig verleerd is om ergens genoegen mee te nemen, is geen plaats meer voor bezigheden die dag in dag uit worden herhaald. Bovendien worden de arbeidsomstandigheden van politieagenten er door de constante bezuinigingen ook niet beter op. Sommige collega's geven er de brui aan omdat ze genoeg hebben van de overuren. Anderen hebben er geen zin meer in zich te laten schofferen door Jan en alleman voor wie geen regels meer gelden omdat ze niks meer te verliezen hebben. Vorige week nog heeft weer een collega van de surveillance ontslag genomen, een leuke roodharige meid die volgens Judith wel potentieel had. *Er verandert toch niks*, had ze in de lift tegen Judith gefluisterd en met ferme tred en een lachje rond haar lippen was ze een nieuw leven tegemoet gehold. Judith had zichzelf erop betrapt dat ze haar had benijd.

"Oké, wie voelt zich geroepen ons zondagse programma samen te stellen?" Karin haalt een pakje juicyfruitkauwgum uit de zak van haar jack en biedt iedereen aan. Judith schudt haar hoofd en draait een sjekkie, Manni stopt een van zijn onvermijdelijke pepermuntsnoepjes in zijn mond, de twee K's beginnen ritmisch te kauwen. Ze hebben allebei een bleke teint die door de koude lucht rozig wordt.

"Ik breng jullie erheen."

Even later komt ook de patholoog erbij. Karl-Heinz Müller, midden veertig, zijn huid zo bruin als een gebraden haantje en met een driedagenbaardje. Als hij behendig de ladder naar de kansel opklimt, laat hij een scherpe wolk aftershave achter.

"Jullie wachten hier beneden." Müller is dol op gecompliceerde gevallen en beschikt over een zeer stabiel zelfvertrouwen. Hij fluit een deuntje van Boney M terwijl hij het lijk in ogenschouw neemt.

"Hoe lang is hij al dood?" roept Judith na een tijdje.

"Jullie veranderen ook nooit, hè?" Müllers gezicht verschijnt even boven aan de ladder.

"Bij benadering dan?"

"Eergisteren lag ik nog op Nassau Beach en liet verse kokosnoten openslaan, en toen was ik toch echt even totaal vergeten hoe lastig jullie kunnen zijn."

Müller vervolgt zijn muzikale voordracht. *Daddy Cool*. Judith denkt aan de boswachter in de bus. Er klopt iets niet met haar. Ze zou dit gevoel graag bespreken, maar ze weet niet hoe ze met Manni moet praten. Bij Patrick had ze dat wel geweten. Zwijgend staan ze naast elkaar in het natte gras op de plek die Karin en Klaus hun hebben toebedeeld. Het lukt me gewoon niet meer, denkt Judith. De dag is nog niet half voorbij en ik heb al het gevoel dat het onderzoek me ontglipt. Een kans, heeft Millstätt gezegd. Maar ik deug niet voor een kans. Ik verdien geen kans.

Ze kijkt om zich heen. Ergens moeten dader en slachtoffer vandaan zijn gekomen. Als het tenminste geen zelfmoord is. Maar ook dan zou hij hoogstwaarschijnlijk niet spiernaakt door het bos zijn komen aanrennen. Ergens moet hij sporen hebben achtergelaten. Kleren. Een wapen. Een voertuig. En waar zijn verdorie die balken uit het dak van de kansel?

"Kunnen jullie twee even bovenkomen?" Müller wenkt.

De kansel is te klein voor drie personen, Manni blijft op de ladder staan, Judith perst zich tegen de zijwand. De stank van de dood daalt als een stolp over hen neer. Onaangedaan buigt Karl-Heinz Müller zich dicht over de aangetaste overblijfselen van het gezicht van de dode en drukt met het uiteinde van een pincet voorzichtig in de rechter oogholte. Er zit daar iets, een metalen kogeltje. Müller richt zich op en wijst met het pincet naar de achterste wand van de kansel, waar verschillende donkere gaten zichtbaar zijn.

"Hagel!" Judith praat harder dan nodig is.

"Hagel."

"Het wapen is dus een jachtgeweer."

"Als de hagel de doodsoorzaak is wel, ja."

"Bedoel je dat iemand met een lading hagel in zijn kop een kansel op kan klauteren?"

"Dat niet, maar het is mogelijk dat hij al dood was toen op hem werd geschoten. Of dat hij later pas naar boven is gesleept. Hoewel, het is wel een stevige kerel."

Müller buigt zich nu over de aangevreten borst en begint ook daar met zijn pincet in te pulken. Even later verschijnt er weer een metalen kogeltje.

"Er is in elk geval meer dan eens geschoten."

Haat, denkt Judith. Jaloezie. Hartstocht. Woede. Het hele naargeestige palet. Maar waar zijn de kleren van de dode? En wie heeft dat gat in het dak van de kansel gezaagd? Dat was geen impulsieve daad. In elk geval was de dader koelbloedig genoeg om ervoor te zorgen dat wij zijn slachtoffer niet zo eenvoudig konden identificeren.

"Hagel", zegt Manni. "Wie schiet er afgezien van jagers met hagel?"

Müller haalt zijn compacte schouders op en heft zijn bloedige handpalmen ten hemel.

"Zijn jullie nog lang bezig?" De stem van Klaus. De twee K's hebben hun gereedschap geïnstalleerd en willen beginnen.

"Hoe lang is hij al dood?" vraagt Judith.

Müller houdt zijn hoofd schuin.

"Een dag of tien, maar pin me er niet op vast. Die kraaien hebben er een vreselijke rotzooi van gemaakt."

"Het zal wel niet mogelijk zijn te reconstrueren hoe hij er heeft uitgezien?"

"Vergeet het maar. We zijn hier niet in Amerika." Müller rommelt in zijn instrumentenkoffer en begint weer te fluiten. *Yesterday* van de Beatles.

Juliane Wengert zet haar koffer in de gang en voelt een korte duizeling. De deur naar de woonkamer staat open. De lucht die haar van daar tegemoetkomt is koud en muf. Onbewoond, denkt ze en ze verbaast zich erover dat ze dat daadwerkelijk kan ruiken. Mijn huis is onbewoond. Ze is een week naar een congres in Rome geweest en heeft zich uitsluitend geconcentreerd op het tolken. Nu heeft ze dringend behoefte aan een schuimbad, een lichte warme maaltijd, een fles wijn. Misschien een pianoconcert van Mozart en een vuur in de open haard. Iemand die haar pijnlijke schouders masseert. Ze voelt zich leeggepraat en tegelijkertijd tot aan de grens van het draaglijke gevuld met woorden en stemmen die niet van haar zijn, zoals altijd na een meerdaags congres.

Pas tijdens de vlucht terug heeft ze zichzelf toegestaan weer aan Andreas te denken. Ze houdt haar kasjmieren jas aan en loopt de kamer in. Alles is precies zoals ze het heeft achtergelaten, alleen de lelies in de hoge vaas voor de haard hebben hun bloemen laten vallen. Witte lelies, haar lievelingsbloemen, verslagen door de tand des tijds. Ze draagt de vaas de keuken in en giet het stinkende water door de gootsteen, loopt weer terug naar de kamer en zet de verwarming hoger. Ze veegt de bloemblaadjes van het tafeltje bij de bank in haar hand, ze zijn transparant als zijdepapier. Iets stoort haar, iets waar ze al een hele tijd niet aan wil toegeven omdat het niet past in het leven van de gelukkig getrouwde toptolk Juliane Wengert. Ze recht haar rug. Het iets wil haar op de bank sleuren en haar zover brengen dat ze gaat huilen en krijsen en met haar vuisten op de bank gaat trommelen, maar ze laat zich niet klein krijgen, ze is sterker dan Iets.

Boven is het koud en leeg. In de spiegel van de badkamer ontdekt ze een nieuwe rimpel tussen haar wenkbrauwen. Nu pas merkt ze dat ze de blaadjes van de lelies nog altijd in haar hand houdt. Ze klapt het deksel van de wc omhoog en strooit ze in de pot. De fijne lijntjes en adertjes doen haar denken aan een vrouwenhuid. Waar is haar leven gebleven? Wat heeft ze eigenlijk bereikt? Tot voor kort geloofde ze dat ze nog altijd jong was en dus de macht had om te allen tijde te kiezen. Voor wie ze tolkt, in welk restaurant ze wil eten, welke man ze neemt, ja, zelfs of ze een kind neemt. Geld was in haar familie altijd rijkelijk aanwezig, tijdens haar studie kon ze zich permitteren voor langere tijd naar Italië en Frankrijk te gaan en zo kon ze na het behalen van haar diploma tolk-vertaler al snel een goede naam opbouwen. Toen ze eenendertig was, erfde ze de jugendstilvilla van haar grootmoeder, haar burcht, haar veilige basis van waaruit ze kan opereren. En nu is die basis koud en leeg.

Juliane Wengert gaat op de rand van de badkuip zitten. Ze weet niet wat ze moet doen. Ze weet niet waar ze de kracht vandaan moet halen om haar jas uit te trekken, de koffer uit te pakken, de vuile kleren in de wasmand te stoppen en het bad te nemen waar ze zich zo op had verheugd. Ze staart naar de lelieblaadjes die langzaam door de toiletpot drijven. Wat heeft het allemaal voor zin? Voor het eerst in haar leven verlangt ze naar een kind. Het kind dat ze nooit zal hebben omdat ze te lang heeft gewacht. Een deel van Andreas dat ze kan houden. Dat er nog zou zijn. Dat haar kan troosten op een moment als dit. Een deel van haarzelf, op de toekomst gericht, omdat het haar, Juliane, zal overleven. Twee keer heeft ze een zwangerschap laten afbreken omdat de desbetreffende verwekkers geen enkele ambitie voor het vader- schap vertoonden. Bovendien hield ze van haar werk. Ik heb nog alle tijd, troostte ze zichzelf na die ingrepen, toen dat gat in haar buik het leek uit te schreeuwen. En daarna nam het alledaagse leven haar weer in beslag met zijn afspraken en bezigheden die altijd zo belangrijk leken. Die mateloze arrogantie dat je je eigen leven zou kunnen sturen, ja, het zelfs onder controle zou kunnen hebben als je maar een beetje je best deed – in dat opzicht paste Andreas perfect bij haar. Andreas, de charmeur. De eeuwige jon- gen met wie ze op haar achtendertigste verjaardag in een opwel- ling was getrouwd in een kitschkapelletje in Las Vegas. Aan voorbehoedsmiddelen hadden ze nooit gedaan, en toen zich geen nakomelingen aankondigden had Juliane haar onbehagen hier- over steeds weer verdrongen. Party's, vakanties, schouwburg- en concertabonnementen, vertalingen voor de VN, de wereld rond. Ze had de linkerweghelft van het leven genomen en geweigerd in te zien dat elke straat ooit ergens ophield.

Waar is de tijd gebleven, vraagt ze zich nu af. Over een paar weken wordt ze drieënveertig en haar man zal niet meer thuisko- men, dat weet ze zeker. Vandaag niet en volgende week, als de herfstvakantie voorbij is, ook niet. En tegen die tijd kan ze dat niet meer geheimhouden. De directrice van zijn school zal opbel- len en vragen waar Andreas blijft, en wat moet ze dan zeggen? Ze drukt op de spoelknop van het toilet, maar een paar lelieblaadjes weigeren stomweg weg te spoelen. Ze moet naar de politie gaan en haar man als vermist opgeven. Het zal verdacht lijken als ze dat niet doet. Ze drukt nogmaals op de spoelknop, langer deze keer, maar een paar bloemblaadjes zijn nog steeds niet weg. Julia- ne Wengert zakt in elkaar op het badkamerkleed. Tot haar ont- zetting begint ze te huilen.

Diana Westermann denkt aan Tanzania, de vlakten met de stoffige, rode aarde, het hoogland met zijn overdadige groen dat oplicht op een manier die verder ten noorden van de evenaar onmogelijk is. Alsof de onbarmhartig felle zon in Afrika alles net zo lang verbrandt tot alleen de essentie overblijft, dacht ze zo vaak terwijl ze in haar jeep door het oerwoud reed, op zoek naar een dorp, een waterplaats, een of ander teken van menselijk leven. Een puurheid die in Duitsland nooit zou kunnen bestaan. Ontstaan en vergaan, mateloosheid en honger, hitte en kou – in Afrika is het allemaal een voortdurende afwisseling van uitersten die nooit wordt afgeremd door zoiets geleidelijks als een Duitse herfst. En ik heb ook geen behoefte aan een Duitse herfst, niet aan de overzichtelijkheid van een al eeuwenlang geëxploiteerd bos waar niets de wandelaar naar het leven staat, had ze in Afrika gedacht. Wat had ze zich vergist. Ze had de wereld willen veranderen als ze 's ochtends vroeg het muskietennet boven haar hangmat omsloeg en haar hut uitkwam. Iets positiefs willen stellen tegenover de roofbouw, met al haar kracht, al haar energie. Het was niet gelukt, misschien was het van meet af aan slechts een illusie geweest. En nu dreigt dit kleine, overzichtelijke Duitse leven waar ze voor had gekozen, toch nog te ontsporen. Diana Westermann trekt de deken strakker om zich heen en staart naar de teakhoutimitatie. Ik wil hier weg.

De schuifdeur wordt weer opengetrokken en de gespikkelde vrouw klimt de bus weer in. Ze stinkt naar sigarettenrook. De grijze agent die Diana zwijgend heeft bewaakt, zet zijn haviksogen weer op. Met zijn drieën is het veel te benauwd in de bus. Te dichtbij. Diana probeert rechtop te gaan zitten. Haar benen lijken bijna gevoelloos. Het plastic bankje zit vreselijk ongemakkelijk.

"Wanneer kan ik nou eindelijk naar huis? Ik zit hier maar te wachten en te wachten. Ik heb wel wat beters te doen. Oké, ik heb een lijk gevonden, maar dat is toch geen misdaad? Ik wil naar huis, nu. Ik kan u verder niet helpen."

De hoofdinspecteur gaat tegenover Diana zitten en laat haar praten. Het lijkt alsof ze haar tanden op elkaar houdt om eventueel commentaar binnen te houden. Maar als ze uiteindelijk begint te praten, klinkt haar stem verbazingwekkend zacht en vriendelijk.

"Het spijt me dat we u zoveel overlast bezorgen. Maar ziet u, we kunnen u niet naar huis laten gaan voordat u een verklaring hebt afgelegd. We moeten een moord oplossen."

"Moord? Hij is dus …?" Diana voelt hoe haar hart tekeer begint te gaan. Haar voorhoofd wordt vochtig, ze wrijft erover, veegt haar hand droog aan de deken. Ze voelt hoe er nieuwe zweetdruppeltjes worden gevormd.

De gespikkelde vrouw bladert door haar notitieboekje en haalt met haar rechterhand haar vulpen uit haar jaszak. Zelfs op de rug van haar hand zitten sproeten. Ze glimlacht tegen Diana.

"Hebt u op de kansel iets aangeraakt, iets weggenomen of iets veranderd?"

Diana schudt haar hoofd.

"Zeker weten?"

"Zeker weten."

"Goed." De linkerhand bladert door het notitieboekje. En weer lacht de hoofdinspecteur dat glimlachje dat haar turkoois omrande ogen niet bereikt.

"U hebt verteld dat u bij het jagen gebruikmaakt van de kansel. Wanneer was u er voor het laatst, even afgezien van vandaag?"

"Dat weet ik niet precies. Een tijdje geleden."

"Ongeveer?"

"Ik weet het echt niet meer. Een paar weken."

"Maar u komt er regelmatig langs bij het joggen?"

"Niet regelmatig, nee."

"Maar u hebt eerder gezegd", de hoofdinspecteur knijpt haar ogen samen in een kennelijke poging haar eigen handschrift te ontcijferen, "dat u niet op de weg hebt gelet omdat u de route goed kent omdat u die wel vaker gebruikt."

"Dat klopt ook, alleen de laatste tijd niet meer."

"Waarom?"

"Waarom?"

"Waarom hebt u de route naar de Erlengrund de afgelopen tijd niet gebruikt?"

"Ik hou van een beetje afwisseling bij het lopen. Bovendien was ik de laatste tijd van 's morgens vroeg tot 's avonds laat in het Kürtenerbos, vanwege de houtoogst."

"En dat is de enige reden?"

Het bloed in Diana's oren begint weer te suizen. Ze kijkt de hoofdinspecteur recht in de ogen.

"Ja, dat is de enige reden."

Maar daarmee is de hoofdinspecteur niet tevreden. Ze vraagt maar door. Kan Diana zich echt niet herinneren wanneer ze voor het laatst in de Erlengrund is geweest? Is haar de afgelopen tijd iets opgevallen in het Schnellbachtal? Wanneer was de kansel nog intact? Wanneer heeft ze voor het laatst gejaagd? Wat voor buks bezit ze, wat voor jachtgeweer? Schiet ze met hagel? Wat voor kaliber? Waar bewaart ze haar wapens? De vragen komen uit haar mond gerold als een draad van een gigantische rol garen, ze ver- vlechten zich met elkaar en vormen een net om Diana heen, ze wordt ingeweven, verlamd. Wanneer was ze voor het laatst op de kansel? Telkens weer opnieuw die vraag. Net een gebedsmolen.

"Ik weet het echt niet!" Na een halfuur is het gedaan met Dia- na's zelfbeheersing. Ze begint te huilen.

Alsof iemand op dat commando heeft gewacht, wordt de deur van het busje weer geopend en een man springt het busje in. Hij is jonger dan de hoofdinspecteur, hooguit dertig. Hij draagt een jack van zilverkleurige ballonzijde en een modieuze spijkerbroek. De hoofdinspecteur werpt hem een messcherpe zijdelingse blik toe. Het is overduidelijk dat ze niet blij is met de versterking. Zil- verjackie lijkt even niet te weten of hij weer weg zal gaan, maar schuift dan naast Diana op het bankje.

Zijn bewegingen hebben de nonchalante efficiëntie van een geoefend atleet. Met zijn gelkapsel ziet hij er jongensachtig uit, waarschijnlijk is hij behoorlijk ijdel en vindt hij zijn outfit erg cool. Als Diana geluk heeft, is hij ook gevoelig voor vrouwelijke charmes. Ze trekt het elastiekje uit haar paardenstaart, houdt haar hoofd schuin en kijkt naar hem op.

"Ik voel me niet lekker, volgens mij ben ik in shock. Mag ik nou eindelijk naar huis?"

"Hebt u enig idee wie de dode man is?"

"Het is dus een man? Dat dacht ik al." Egbert Wiehl is blij dat het wachten eindelijk voorbij is. De hoofdinspecteur ziet er bleek en kouwelijk uit. Gespannen. Hoe oud zou ze zijn? Midden der- tig, schat hij. Eerst een vrouwelijke boswachter, nu een vrouwelijke hoofdinspecteur gespecialiseerd in moord en doodslag. De beroepen die die jonge vrouwen tegenwoordig niet allemaal uitoefenen. Hij zou haar graag de rest van de koffie in zijn thermoskan aanbieden, maar er is iets aan haar uitstraling wat hem doet aarzelen. Misschien zou ze het verkeerd opvatten en … Helga trapt hem onder de tafel tegen zijn scheenbeen. Blijkbaar is ze nog niet tevreden met zijn antwoord.

"Neem me niet kwalijk, wat wilde u weten?"

"Of u enig idee hebt wie de dode man zou kunnen zijn."

"Ik? Nee."

"Denkt u alstublieft goed na. Een man met schouderlang blond haar, circa 1 meter 85 lang, waarschijnlijk een jaar of dertig. Misschien is er iemand in Oberbach of in Unterbach die aan die beschrijving voldoet? Misschien wordt er iemand vermist?"

"Nee, ik dacht het niet." Egbert Wiehl kijkt zijn vrouw aan. "Jij wel, Helga?"

"Een man met lang blond haar? Nee, zo eentje woont er niet bij ons."

"Misschien in een naburig dorp?"

De hoofdinspecteur is vasthoudend. Hij zou haar graag helpen, maar Helga heeft gelijk. Er woont bij hen geen man op wie die beschrijving van toepassing is.

"Misschien is hij niet van hier."

"In dat geval woont hij waarschijnlijk op de Sonnenhof." Aan Helga's stem is duidelijk te horen dat ze niets te maken wil hebben met de bewoners van het oude landgoed.

"Op de Sonnenhof. Waarom denkt u dat?"

"Nou ja, vanwege zijn lange haar."

Egbert Wiehl pakt de koude, zachte hand van zijn vrouw en drukt die. Helga kan maar beter niet te veel zeggen. De hoofdinspecteur moet niet denken dat ze intolerant zijn, alleen maar omdat ze op het platteland wonen.

"Ja, dat is inderdaad een mogelijkheid. We kennen de mensen van de Sonnenhof niet zo goed. Bovendien logeren daar altijd weer andere mensen."

"Wat is de Sonnenhof eigenlijk precies?"

Helga haalt al adem, maar hij is haar weer voor. "Een opleidingsinstituut. Zover ik weet geven ze cursussen. Meditatie, yoga, dat soort dingen. Ze hebben wat velden en vijvers die ze bewerken."

"Er komen steeds weer andere mensen op af die de buurt hier onveilig maken. Dat loopt hier maar rond en dan zingen ze van die rare liedjes."

"Toe, Helga, als er hier vreemdelingen komen, dan is dat goed voor het toerisme hier in de streek."

"Een stelletje verwaarloosde alternatievelingen die onze wandelroutes gebruiken? Laat me niet lachen, Egbert! Alsof die hier ooit een bezoekje brengen aan een café."

"Nou ja, laat nou maar. Ik geloof niet dat dat interessant is voor de hoofdinspecteur."

"En boodschappen doen ze ook niet bij ons." Helga perst haar lippen op elkaar.

"Dat maak ik wel uit, wat er voor mij interessant is." De hoofdinspecteur glimlacht en krabbelt iets in haar notitieboekje. "Is er verder nog iets wat u is opgevallen of waarvan u denkt dat het van belang zou kunnen zijn voor het onderzoek?"

Eendrachtig schudden Helga en hij het hoofd. De hoofdinspecteur legt haar visitekaartje op tafel.

"Uw personalia heeft mijn collega al genoteerd, en u bent niet van plan binnenkort op reis te gaan?"

Ze onderstreept een nummer en schuift hun het kaartje toe.

"Een van mijn collega's zal u nu naar huis brengen. Morgen moet u dan nog een officiële verklaring afleggen. Mocht u toch nog iets te binnen schieten, belt u mij dan in elk geval, hoe onbelangrijk het misschien ook lijkt, en wanneer dan ook."

Ze geeft hun een hand en springt het busje uit. Moeizaam volgen ze haar. Ze rillen in de frisse lucht.

"Laten we naar huis gaan, Egbert."

Helga heeft gelijk. Voor een wandeling naar de Bärenberg is het te laat.

Dat met dat elastiekje en die kleinemeisjesblik was een smerige truc geweest, maar het werkte wel. Zilverjackie had zich meteen geroepen gevoeld om Diana in bescherming te nemen. De hoofdinspecteur was pisnijdig geweest, maar had zich ingehouden en Diana mag de rest van de vragen de volgende dag beantwoorden. Zilverjackie heeft zich inmiddels voorgesteld als

Manfred Korzilius. Hij zit nu naast haar op de achterbank van een patrouillewagen en wipt met zijn lange benen op een ritme dat alleen hij kan horen. Ze nemen de omweg langs de vijvers van de Sonnenhof; de rechtstreekse weg van de Erlengrund naar het boswachtershuis is alleen per jeep berijdbaar. Diana overweegt om te vragen of ze even kunnen stoppen zodat ze Ronja kan ophalen. Maar ze voelt er weinig voor zich daar in begeleiding van een paar staatsdienaren te vertonen, en de bewoners van de Sonnenhof zitten vast ook niet te wachten op nieuwsgierig rond hun ashram rondstruinende politieagenten. Zwijgend kijkt Diana uit het raampje en ze hoopt dat de patrouillewagen de weg naar het boswachtershuis kan nemen zonder te blijven steken.

Ze weet zich te beheersen als ze uiteindelijk bij het boswachtershuis aankomen. Ze holt niet weg zonder nog iets te zeggen, maar kijkt in de hemelsblauwe ogen van rechercheur Manfred Korzilius en schenkt hem een glimlachje. Hij heeft het verdiend. De chauffeur stapt uit en houdt het portier voor haar open.

"Oké dan, nog bedankt voor de lift." Ze stapt uit de auto, zwaait en loopt naar haar voordeur. Eindelijk!

Maar ze heeft zich vergist. Met twee grote stappen staat zilver-jackie naast haar.

"Sorry, dame, maar ik moet nog even met u mee naar binnen. Ik moet uw jachtakte even controleren. En dan wilde ik graag uw geweren hebben."

Aanvankelijk had ze een hekel gehad aan mediteren. Ze had aan alles een hekel gehad, omdat ze niet hier wilde zijn maar thuis. Laura pakt een kussen en een wollen deken uit het rek en gaat zoals altijd helemaal achteraan tegen de muur zitten. Van hieruit heeft ze goed zicht over de anderen en op het altaar. Inmiddels is het wel oké om hier te zijn. Wel meer dan oké, eigenlijk. De school, haar vriendinnen, Bonn, het oude huis waar ze met haar moeder woonde, het lijkt steeds verder weg. Een ander leven, een andere wereld, onbereikbaar nu. Losgekoppeld. Afgehaakt. Zelfs de herinnering aan hém begint te vervagen, ook al knaagt en vreet het verlangen soms nog aan haar. Maar dat gebeurt steeds minder vaak, ze heeft per slot van rekening nauwelijks vrije tijd. Er is zoveel te doen, zoveel te leren.

En dan is daar nog die ander, die ze niet bij zijn echte naam mag noemen, maar zoals hij graag genoemd wil worden: Jey. Ze denkt aan Andi's woorden. *Er zijn zoveel vormen van seks, kleine Laura, er is zoveel te ervaren. Maar houden van, dat is iets heel anders.* Houden van, denkt Laura. Andi, ik hou van je, waarom schrijf je me niet meer? Waar ben je? Andi is ver weg. En daarom is zij, Laura, hem niks schuldig. En als ze in de tussentijd met Jey naar bed gaat, dan moet Andi daar begrip voor hebben, hij heeft per slot van rekening zijn vrouw. *Ik kan niet van je verlangen dat je me trouw bent, Laura.* Dat heeft hij keer op keer gezegd. Andi. Maar dat is binnenkort allemaal voorbij. Binnenkort zullen ze elkaar voorgoed in de armen sluiten en dan zal al het andere onbelangrijk zijn. Andi's vrouw, Jey, Laura's moeder. Volgend jaar zal het zover zijn, als Laura achttien wordt en eindelijk kan doen wat ze wil. Weg van hier en een nieuw leven beginnen, met Andi. Ze denkt aan afgelopen nacht, aan vanmiddag in de schapenstal, met die ander. Met houden van heeft dat niets te maken, zegt ze tegen zichzelf. *Alleen maar seks, kleine Laura, alleen maar goeie ouwe seks,* hoort ze Andi's stem zeggen. En niemand hoeft er ooit iets van te weten. Laura balt haar vuisten. Deze keer zal het haar lukken, deze keer zal ze haar geheim bewaren. Deze keer zal ze niet toestaan dat iemand haar wegsleurt van iets wat ze meer dan wat ook ter wereld nodig heeft.

Heiner komt binnen en ontsteekt wierookstaafjes en kaarsen. Dan doet hij het licht uit. Beate zit in kleermakerszit op het verhoginkje en ze zingen driemaal het Ohm. Daarna wordt het zo stil dat Laura zelfs het zachte gesis meent te horen waarmee de kaarsvlammetjes de was verbranden. Laura's mantra heet *anandoham.* Dat is een uitdrukking in het Sanskriet die betekent 'ik ben gelukzaligheid'. Gisteren heeft ze eindelijk de moed bijeengeraapt om een andere mantra te vragen, maar daar wilde Heiner niks van weten. *Daar waar de grootste weerstanden zitten, daar zit ook de bron tot genezing,* heeft hij haar uitgelegd. *Hoezo genezing,* vroeg Laura, maar Heiner had alleen maar plechtig geknikt en haar net zolang aangekeken tot ze het niet meer uithield en haar hoofd liet zakken. *Je moet vertrouwen hebben, Laura,* en vervolgens had hij zijn handen van zijn borst genomen en zijn handpalmen bij wijze van afscheidsgroet tegen elkaar gelegd.

Vertrouwen. Vertrouwen is goed, controle is beter, zei vader altijd. Maar haar vader is dood, of in elk geval verdwenen. *Anandoham, anandoham*, herhaalt Laura in stilte. De geur van wierook en kamperfoelie zweeft door de ruimte. Wat voor mantra's zouden de anderen hebben? De mantra's worden door de meester persoonlijk vergeven en zijn strikt geheim, je mag je mantra aan niemand anders verklappen. Maar misschien is dat alleen maar bluf en zitten ze bij de meditatie zwijgend naast elkaar allemaal dezelfde mantra te herhalen. *Anandoham, anandoham, anandoham*. Het is zo moeilijk je geest leeg te maken, nergens anders aan te denken. Chris van het keukenteam, die naast haar geknield zit, laat zachtjes een scheet. Jey heeft ruwe, eeltige handen, heel anders dan Andi. *Anandoham, anandoham*. Overmorgen heeft ze haar vrije dag. Ze moet naar de stad, ze wil per se naar het internetcafé. Laura trekt de deken over haar knieën recht en strekt haar rug. *Anandoham, anandoham*. Misschien heeft híj wel geschreven en berust alles gewoon op een misverstand.

Het is al donker als Judith in de Ford Focus naar de Sonnenhof rijdt. In het licht van de koplampen flakkeren plassen op als dwaallichtjes, bomen en kreupelhout worden vervormd tot zwarte schimmen die zich elk moment op de auto lijken te willen werpen. Ze heeft weer het gevoel uit haar droom. Gevaar in slow motion, net als in een thriller in de bioscoop. Haar hoofd is verdoofd van de vele sigaretten die ze heeft gerookt, ze voelt steken in haar borst. Haar vingers zijn ijskoud. Het lukt me gewoon niet, denkt ze en ze grijpt het stuur steviger vast. De middag was de beroerdst denkbare inleiding tot het onderzoek geweest. Geen enkel spoor hebben ze gevonden en de samenwerking met Manni staat niet onder een gelukkig gesternte. Had ze die Diana Westermann net uit haar schulp weten te lokken, komt hij erdoorheen denderen en moet zonodig de gentleman uithangen. Maar goed, het is hem in elk geval gelukt om alle wapens uit het boswachtershuis te confisqueren.

Ze bereikt de brug bij de vijvers waar een melkachtige sluier boven hangt. Een paar honderd meter verderop schijnt vanuit de ramen van de Sonnenhof een vertrouwd geel licht in het duister van het dal. De koplampen van een auto schuiven in een voortdurende zigzagkoers de steile weg naar de rijksweg op. Judith rijdt de parkeerplaats op waar die ochtend de roodharige Kermit stond. Nu staat Manni er te wachten naast een modderige Vectra. Zodra ze uitstapt, draait hij zich om en snelt met grote stappen een houten trap op die naar de ingang van het hoofdgebouw leidt. Boven aangekomen leunt hij nonchalant tegen de trapleuning om op Judith te wachten.

"Je moet niet zoveel roken, dan zou je een stuk sneller zijn."

"Bemoei je alsjeblieft met je eigen zaken."

Ze kijken elkaar aan als twee opgefokte vechthonden. Na een tijdje haalt Manni luidruchtig zijn neus op.

"Probeer het hier eens mee." Judith houdt hem een pakje papieren zakdoekjes voor. Manni neemt een zakdoekje en stopt het ongebruikt in zijn broekzak, zijn ogen zijn blanco en uitdrukkingsloos. De Schnellbach ruist en gorgelt in zijn grindbed, van tijd tot tijd stuurt een windgong lemen akkoorden de nacht in.

"Kom op, dan hebben we het maar gehad." Judith voelt zich eindeloos moe. Veel te moe om ruzie te maken met Manni. Ze drukt op de bel. Ze staan naast elkaar, kouwelijk en gespannen als twee Jehova's getuigen.

Ze moeten lang wachten. Pas na drie keer aanbellen wordt de deur geopend. Een tengere jongeman met kaalgeschoren hoofd wenkt hen een soort foyer binnen die er licht en uitnodigend uitziet. Hij draagt witte, ruimvallende katoenen kleding, wat hem bijna iets doorzichtigs geeft. Links is een houten ontvangstbalie. WELCOME is er met bontgekleurde stenen als een soort intarsia bovenop ingelegd. Rechts bij het raam is een lage zithoek met van die bonte, satijnen kussentjes die je in Aziatische winkels kunt kopen. Op een verhoginkje in de hoek troont een houten boeddha tussen twee vazen met gele fresia's. De accessoires uit het verre oosten passen verbazingwekkend goed bij de houten balken van het oud-Duitse vakwerkhuis. Het ruikt naar wierookstaafjes. Boven het hoofd van de boeddha heeft iemand met gouden lak sierlijke letters op de muur geschilderd. De computer achter de balie staat uit.

"We zouden graag met de directeur van de Sonnenhof spreken."

"Dat gaat niet, we zijn net aan het mediteren." De jongeman heeft een volle, melodieuze stem.

De deur achter de receptietafel gaat open en Kermit, de man met het rooie haar, betreedt de hal. Hij draagt nog steeds geen sokken, maar zijn voeten zien er niet meer zo kouwelijk blauw uit. In plaats van de smerige plastic slippers draagt hij nu leren jezusslippers met teenriempjes. Zijn gezichtsuitdrukking zweeft ergens tussen ongeloof en ergernis als hij zich voor Judith posteert. De kale jongen sluipt als een schaduw naast hem.

"Jij weer!"

"Ik weer." Judith negeert Manni's verbijsterde blik.

"Ik heb toch gezegd dat er hier voor jou niks te halen valt."

"O ja? Volgens mij heb je me voornamelijk voor de politie gewaarschuwd."

"Da's ook weer waar. En ik had gelijk, of niet?"

"Ik ben bang van niet."

"Het spijt me, mevrouw van de pers, maar je moet niet denken dat je van ons wel een interviewtje kunt krijgen omdat je bij die smerissen niks gedaan krijgt. En voor een lesje yoga is het inmiddels ook te laat."

Manni's legitimatiebewijs belandt op de balie, Judith gooit het hare ernaast.

"Judith Krieger, recherche Keulen. Mijn collega Manfred Korzilius. Wij onderzoeken een moord die hier in het dal heeft plaatsgevonden."

Als de rooie verbaasd is, weet hij het goed te verbergen. Hij pakt de legitimatiebewijzen en bestudeert ze zorgvuldig.

"Judith Krieger van de recherche. Wat een krijgshaftige naam voor zo'n mooie vrouw."

"We moeten de directeur van de Sonnenhof spreken. En alle bewoners, en de gasten ook."

"We zijn net aan het mediteren."

De kale weet zich blijkbaar niet goed een houding te geven. Zijn blik vliegt van Manni en Judith naar de rooie en dan naar de boeddhafiguur. Even lijkt het erop dat hij zich wil omdraaien en weg wil lopen. Manni zet een stap naar voren.

"Het is belangrijk. En er is haast bij."

De rooie knikt de jongen toe.

"Informeer Heiner dan maar, maar maak geen heisa, stoor de rest niet."

Meteen draait de jongen zich om en hij verdwijnt door de deur achter de balie. Zijn blote voeten kletsen zachtjes op de houten planken. De rooie wijst naar de zitkussens.

"Wacht hier maar even." Hij gaat met de computer in de weer en weigert op hun vragen te antwoorden. "Vraag maar aan de bazen", is het enige wat ze uit hem weten te krijgen. Na een tijdje verdwijnt ook hij door de deur achter de receptie.

Wederom zwijgen ze en vermijden elkaar aan te kijken. Manni kauwt op een pepermuntsnoepje. Hoe moet ik met hem omgaan, vraagt Judith zich af. Ik ben nooit goed geweest in *small talk*. Misschien is dit inderdaad een kans, en ik maak er geen gebruik van omdat ik niet weet hoe.

De deur achter de receptie zwaait geluidloos open en een magere vrouw met dun henna-oranjerood haar staat voor hen.

"Beate von Stetten. Ik geef samen met mijn man leiding aan de Sonnenhof. U bent van de politie en u wilt mij spreken." Ze vertrekt haar lippen tot een vreugdeloos lachje. "Loopt u maar even mee, maar doet u alstublieft wel even uw schoenen uit."

Ze volgen Beate von Stetten door een zwak verlichte gang een houten trap af. Haar kleding – een witte, zijdeachtige pofbroek, een paarse tuniek en een wollen vest in dezelfde kleur – lijkt twee maten te groot. Ze draagt wollen polswarmers en omslagen, hoewel het aangenaam warm is in huis, alsof ze gewend is het koud te hebben. Aan het einde van weer een andere gang doet Beate von Stetten een deur open en gebaart hun binnen te gaan. Achter een bureau met daarop een flatscreen staat een rek met boeken. Er is een altaar met een bronzen boeddha, een beeldje van een olifantenkop en een berg zitkussens in oranje- en paarsachtige tinten. Daarbovenop troont een kale man met een ronde trommelbuik die zelf een boeddha lijkt. Achter zijn rug drukt een zwerm bontgekleurde vissen zich tegen de wand van een aquarium alsof ze een beter leven vermoeden aan de andere kant van het glas. Beate von Stetten gaat in kleermakerszit op een satijnen kussen zitten en gebaart Judith en Manni haar voorbeeld te volgen.

"Gaat u zitten. Mijn man, Heiner von Stetten."

De kale kop knikt en steekt zijn hand uit. Echtparen, denkt Judith. Het is moeilijk voor te stellen dat die vitale, ronde kaalkop en die afgetobde Beate elkaar in liefde, laat staan in passie

48

zijn toegedaan. Ze voelt de blik van Heiner von Stetten op zich rusten, niet indiscreet, maar toch langer dan haar aangenaam is.

"Het gaat niet zo goed met u", zegt hij tegen haar.

"Daar zijn we hier niet voor."

Hij wendt zijn blik niet van haar af en ineens voelt ze de behoefte om op te springen en zich te verstoppen. "Neem me niet kwalijk, dat komt door mijn beroep. Zulke dingen zie ik nu eenmaal."

"Dingen", echoot Judith. Een gevoel van oneindige zwakte dreigt haar te overweldigen.

"Dingen die mij iets vertellen over hoe het echt met mensen gaat. Achter hun façade, zogezegd."

"Heiner kan de aura van mensen waarnemen", legt Beate von Stetten uit. "Hij is een internationaal erkend specialist." Ze spreekt zonder enige emotie. Misschien heeft ze haar man al te vaak moeten loven. Of misschien is ze gewoon alleen maar moe. Ze ziet er ongezond uit. Tussen haar neus en mondhoeken hebben zich een paar dikke rimpels gegroefd. Haar schedel licht wit op.

"Neem me niet kwalijk, maar mijn collega heeft gelijk. We zijn hier niet voor haar aura", interrumpeert Manni. Judith kijkt hem verrast aan, maar hij ontwijkt haar blik. Ook Heiner von Stetten neemt hem belangstellend op.

"Maar dat zou eigenlijk wel moeten", zegt hij dan. "Haar aura is namelijk gevaarlijk donker." Hij kijkt Judith recht in de ogen. "U hebt verdriet, nietwaar? Al heel lang verdriet." Hij knikt bedachtzaam, als een goedmoedige opa. "Ja, dat weet ik wel zeker. Een verwaarloosd verdriet. Heel gevaarlijk. Uw aura daarentegen", hij richt zich tot Manni, "is licht en intact, een transparant oranje."

"Dat wil zeggen dat u vitaal bent en hartstochtelijk, u moet alleen soms oppassen dat u niet te hard van stapel loopt en opbrandt." Blijkbaar is het de rol van Beate von Stetten om de woorden van haar man te interpreteren. Wederom verraadt haar stem niets over hoe zij zelf tegenover het gezegde staat. Judith vraagt zich af hoe Heiner von Stetten de aura van zijn vrouw zou beschrijven. Ze probeert rechtop te gaan zitten. Het is belachelijk om iemand gehurkt op de grond te moeten verhoren. Ze verlangt naar een stoel met een leuning. Ze probeert het met de kleermakerszit. De hele situatie is absurd. Haar sokken zijn versleten en bij de grote tenen bijna door. Ze springt abrupt overeind.

"Meneer Von Stetten, als we psychologisch advies nodig hebben, dan zullen we u zeker raadplegen. Maar voorlopig houden we ons eerst bezig met een moordzaak. Is er hier ergens een ruimte met een tafel en stoelen waar we dit gesprek kunnen voortzetten?"

"Wat denk jij van die twee?" vraagt Judith voor ze op de parkeerplaats van de ashram in hun auto's stappen.

"Ongevaarlijke malloten." Manni gooit de prospectussen en de adressenlijst op de passagiersstoel van zijn Vectra. "Ik geloof niet dat de Von Stettens een van hun gasten of medewerkers hebben vermoord. Waarom zouden ze?"

"Een afvallige?"

"Afvallig waarvan? Tuurlijk, we moeten hun verklaringen nog nagaan, maar voor zover ik heb begrepen is het geen sekte, maar een open leefgemeenschap. Geen vast geloof, iedereen kan komen en gaan zolang hij zich aan de regels houdt."

"Zegt Heiner von Stetten."

"Zegt Heiner von Stetten. Maar denk nou even na: als iemand uit jouw kennissenkring niet terugkeert van de Sonnenhof, waar begin je dan te zoeken, wat zeg je tegen de politie? De Sonnenhof natuurlijk. Zo stom is die Von Stetten niet dat hij het lijk zo ongeveer voor zijn huisdeur zou leggen."

Denk nou even na. Zover is het gekomen dat een groentje als Manni zo neerbuigend tegen haar praat.

"De kansel is altijd nog twee kilometer van de Sonnenhof verwijderd. En noch die rooie, noch Beate von Stetten maken op mij een erg betrouwbare indruk." Het vleugje harmonie met Manni dat ze tijdens het verhoor van de Von Stettens voelde, is vervlogen. Judiths stem klinkt agressief en dat ergert haar. Ze wil zich tegenover Manni niet blootgeven. Maar ze wil vooral met rust worden gelaten. Ze wenst hem mijlenver weg. "Doet er ook niet toe wat wij vermoeden. Eerst moeten we achter de identiteit van de dode zien te komen."

Manni springt in zijn auto.

"Uiteraard moeten we dat. Maar als ik iemand zou hebben vermoord, dan zou ik het lijk wel bij een ander voor de deur leggen."

Diana Westermann loopt met snelle, woeste stappen voor haar haard te ijsberen. Die Manfred Korzilius heeft haar ijskoud belazerd. Eerst zo hoffelijk, om dan ineens de keiharde detective te gaan uithangen. En zij heeft zich laten overrompelen. De wapenkast in de gang heeft hij compleet leeggehaald: jachtgeweer, Mauser, munitie – alles weg. Vervolgens is hij zomaar zonder zelfs maar toestemming te vragen haar huiskamer binnengedenderd en heeft haar klein kaliber Anschütz van de muur gerukt. Hij grijnsde erbij. En toen moest ze hem ook nog haar kantoor laten zien. Hij had het liefst gelijk haar antwoordapparaat afgeluisterd, daar is ze van overtuigd, maar dat durfde hij dan toch niet. Ze geeft een trap tegen de mand met houtblokken. Ze kan gewoon niet stil blijven zitten. Lucht, ze heeft frisse lucht nodig, ze doet de achterdeur naar de tuin open en ademt een paar keer diep in. Het lijkt alsof de nacht naar het oude boswachtershuis komt kruipen, het bos is een grote zwarte muur.

Of ze nog meer wapens bezit, had hij gevraagd. Ze had haar hoofd geschud. Het oude dubbelloopsgeweer dat ze van Alfred Hesse heeft geërfd gaat de politie niets aan. Dat hangt in een bevestiging van leren lussen goed verstopt onder Diana's bed. Haar voorganger had die ophanging nog zelf geknoopt lang voordat de artritis zijn vingers krom had getrokken. Je moet gewapend zijn als je alleen midden in het bos woont, had hij gezegd. Het dubbelloopsgeweer is niet van haar maar van het boswachtershuis, in zoverre heeft ze niet eens gelogen tegen de beambte met zijn maffe zilveren jack. En trouwens, hij heeft niet anders verdiend.

Ze loopt de slaapkamer in en haalt het geweer uit zijn schuilplaats tevoorschijn. Drie weken geleden nog schoongemaakt, geolied en geladen. Ze controleert het wapen. Niet geladen. Diana's hartslag dreunt in haar oren. De nacht ligt als een zware deken over de ramen. Nog nooit is ze zich zo bewust geweest van het feit dat ze geen buren heeft en dat de kamers op de bovenverdieping van het boswachtershuis leeg staan. Hesse en zij zijn de enigen die weet hebben van het geweer. En Hesse woont bij zijn dochter ergens aan de westkust van Canada. Het meisje, denkt ze. Laura, die zo dol is op Ronja. Die duikt hier steeds weer onverwachts op. Misschien heeft ze gezien hoe ik het geweer heb schoongemaakt en heeft ze het stiekem tevoorschijn gehaald en ermee geoefend. Ze opent het geweer en staart in de dubbele loop. Kruitsporen. Iemand heeft er dus mee geschoten. Maar wie? Hou op, je ziet spoken, zegt ze tegen zichzelf. Je hebt het geweer niet zorgvuldig schoongemaakt en toen ben je ook nog vergeten het te laden, punt uit. Ze vist patronen uit het nachtkastje, laadt het wapen opnieuw en spant de haan. Ze neemt het geweer mee naar de huiskamer, legt nog wat hout op de haard, zet een pot rooibosthee. Ronja ligt voor de haard en trekt met haar poten, gelukkig verzonken in een hondendroom. Het huis is te stil.

"Kom, meisje." Diana hangt het geweer om haar schouder, pakt haar theekopje en loopt de veranda op. Ronja trappelt en strompelt overeind, dringt langs Diana heen en holt met overmoedige sprongen door de tuin zodat haar flaporen alle kanten op wapperen. Diana loopt een eindje achter haar aan en gaat op de tuintafel zitten, ze laat haar benen bungelen en ademt de ijzige nachtlucht met diepe teugen in. Het gedreun in haar oren ebt weg. Hier buiten voelt ze zich licht. Hier buiten hebben haar gedachten de ruimte die ze nodig hebben. De maan is halfvol met een melkachtige halo. Krijtwitte sterren fonkelen boven de toppen van de bomen, een paar wolkenflarden drijven langs de hemel. Hierbuiten worden de schaduwen draaglijk. Ze ziet de kansel weer voor zich, de stank, het rauwe, rottende vlees, de krijsende kraaien. Ze dwingt zichzelf om rustig te blijven ademen, om de beelden te laten komen en weer te laten gaan. Er komen andere beelden bij. De hoogvlaktes van Afrika, aan stukken gescheurde antilopen, olifanten waar de slagtanden van zijn afgebroken, kinderen met aids. En toch zoveel schoonheid.

Als ze weer naar binnen gaat, weet ze zeker dat ze meteen in slaap zal vallen. Ineens is ze dood- en doodmoe, erger dan na een marathon. Ze doet de verandadeur op slot. Net als ze haar tanden staat te poetsen gaat de telefoon. Diana spuugt een klodder tandpasta in de wasbak, rent de kamer in en grist, met de tandenborstel nog in haar hand, de hoorn van de haak.

"Er heeft iemand een bok aangereden, pal achter Oberbach, bij de B55", zegt een onbekende stem. "U moet hem afmaken."

Het zou een val kunnen zijn. Wie bent u, wil Diana vragen. Waarvandaan belt u? Maar voor ze een woord kan zeggen, hangt de beller op. Ze kan haar hart horen, harde staccatoslagen, boem, boem, boem. Rustig, Diana. Ze klemt de tandenborstel tussen haar tanden en roept met de functietoets van haar telefoon de lijst met bellers op. Het display vermeldt de laatste beller als ONBEKEND. Ofwel hij heeft niet vanaf een vast nummer gebeld, of hij heeft de weergave van zijn nummer opzettelijk onderdrukt. Ze heeft zijn stem niet herkend. Een mannenstem, alweer een mannenstem. Een tijdje geleden heeft ze bij het bureau van bosbeheer voorzichtig geïnformeerd of haar collega's ook zulke telefoontjes krijgen. Algemeen hoofdschudden. Zo af en toe krijg je anonieme meldingen van een gevaarlijke situatie, en waarom ook niet, zei haar baas. De mensen hebben per slot van rekening het recht zich tot hun plaatselijke bosbeheerder te wenden als er iets loos is in het bos. Omgevallen bomen, vossen met schuim op de bek, vernielde omheiningen, dode reeën. En sommige bellers vergeten inderhaast hun naam te noemen. *Is er iets, heb je hulp nodig?* had haar baas gevraagd en Diana had snel haar hoofd geschud. Ze zei niet dat ze de laatste tijd steeds meer van dat soort anonieme telefoontjes krijgt, en dat ze nooit de situatie aantreft die de beller heeft beschreven. Ze weet dat er collega's zijn die haar het district van de oude Hesse misgunnen. Dat ze iedere andere kandidaat liever als zijn opvolger hadden gezien dan haar, een jonge vrouw die sinds haar afstuderen en haar promotie in de Afrikaanse bush heeft gezeten en dus onmogelijk over de juiste kwalificaties kan beschikken om leiding te geven aan een bosdistrict in Duitsland.

"Volgens mij probeert iemand ons te pesten, meisje", zegt ze tegen Ronja, die haar geen moment uit het oog laat. "Of ben ik nu al paranoïde?"

Ik ga gewoon naar bed, besluit ze. Het had toch ook best gekund dat ik al had geslapen en de telefoon niet eens had aangenomen. En als het nou wel een automobilist was die in de war was en die wil dat er zo snel mogelijk een einde komt aan het lijden van een reebok en die daarom eenvoudigweg vergeten is zijn naam te noemen. Dan moet ie er maar iemand anders bij halen, zegt ze tegen zichzelf. De jachtopziener, de politie, de schuttersvereniging … Allejezus, ik heb toch ook recht op een vrije avond! *Er heeft iemand een bok aangereden.* De stem van de beller had niet erg opgewonden geklonken, juist merkwaardig beheerst. Bijna toonloos. Diana slikt de tandpastaresten door. Ze weet niet meer wanneer dat met die telefoontjes is begonnen. Een paar weken geleden? Maanden? Ergens laat in de zomer waarschijnlijk en aanvankelijk had ze er niets achter gezocht. Maar de afgelopen tijd geeft het haar een steeds onbehaaglijker gevoel om na zo'n telefoontje het bos in te gaan. Een diffuus soort van ontsteltenis, angst wil ze het niet noemen. Soms het gevoel dat ze geobserveerd wordt.

"Laten we gaan slapen", zegt ze tegen Ronja, maar haar lichaam gehoorzaamt haar niet. Het blijft maar bij de telefoon staan, de tandenborstel in de hand. Stel dat er iemand van bosbeheer achter de telefoontjes zit? Iemand die wil bewijzen dat ze niet tegen haar verplichtingen is opgewassen en die er alleen maar op zit te wachten dat ze zulke telefoontjes negeert? Ze zou zelf de jachtopziener kunnen bellen, dan kan niemand haar verwijten dat ze haar plichten verzuimt. Iedereen zal er begrip voor hebben dat ze na een dag als deze alleen nog maar naar bed wil. Maar dat is nu net het probleem. Het is maar een piepklein stapje van begrip naar medelijden.

"We gaan even poolshoogte nemen." Diana trekt haar parka over haar hoofd en stapt in haar rubberlaarzen. Ze wil zich er hoe dan ook niet onder laten krijgen, per slot van rekening heeft ze het in Afrika ook in haar eentje gered. En aan medelijden heeft ze al helemaal geen behoefte.

De Von Stettens houden iets achter, daar is Judith van overtuigd, ook al deelt Manni die mening niet. Zoals die twee Judith en Manni zaten aan te staren, als twee sardientjes in olie, terwijl Judith het handjevol feiten waar ze over beschikte opsomde en haar vragen stelde. Zonder resultaat. Er spelen geen conflicten op de Sonnenhof, het is een huis dat voor iedereen openstaat. Niemand wordt ergens toe gedwongen, de gasten voelen zich prettig, menigeen is hier niet voor het eerst. Een man waar de gebrekkige beschrijving van de dode in de Erlengrund op van toepassing zou kunnen zijn is nooit in de Sonnenhof geweest, zeker niet in de afgelopen weken. Judith rijdt langzaam, de achterlichten van Manni's Vectra zijn allang opgegaan in het duister. En toch is er iets daar in het dal, ze voelt het gewoon. Een auto haalt haar in, vlak voor een bocht. Blijkbaar is het in het Bergische Land een soort volkssport om met dodelijke ongevallen te flirten.

Ze bereikt een dorp waarvan de huizen tot pal aan de rijksweg staan. Uit een paar ramen flakkert blauwachtig televisielicht op het smalle trottoir, maar de meeste bewoners schermen hun privéleven af achter neergelaten rolluiken. Zelfs het Aral-tankstation is niet open. We stellen ons het leven op het platteland altijd zo vriendelijk voor, een vredig samenleven van mens en natuur, denkt Judith. Frisse lucht, reeën die door de voortuin banjeren. Kinderen die in een beekje bootjes van boomschors laten drijven en die na school pony gaan rijden. Maar in werkelijkheid bestaat het buitenleven uit claustrofobische benauwenis tussen inbouwkastenwand en satelliet-tv, argwaan tegen alles wat vreemd is en autolawaai, omdat diegenen die de sprong naar het platteland hebben gewaagd niets beters kunnen bedenken dan zo vaak mogelijk weer weg te rijden. Weer haalt een auto haar met hoge snelheid in.

Wie is de dode man van de Erlengrund? Komt hij uit het Bergische Land of is het een vreemdeling? Er is iets door en door verontrustends aan hem. Hij is gruwelijk verminkt, maar dat is het niet. Er knaagt iets anders aan haar dat niets te maken heeft met de macabere manier waarop het lijk als vogelvoer is gebruikt, maar dat direct met haar droom te maken lijkt te hebben. Wellicht heeft de dader helemaal niet aan de kraaien gedacht toen hij de balken uit het dak van de kansel verwijderde. Maar waarom zou hij dat anders hebben gedaan? Wat is er gebeurd in de laatste levensuren van de blonde man, wat kan er zijn gebeurd dat hij naakt op een kansel midden in het bos is beland? Ze moeten de afdeling vermiste personen inschakelen. Ze moeten alle parkeerplaatsen bij het bos controleren of er ergens een voertuig staat waarvan de eigenaar blond is en niet kan worden getraceerd. Ze moeten zien te achterhalen wie er gebruikmaakt van de kansel.

Ze laat het dorp achter zich en legt meerdere kilometers af zonder een ander voertuig tegen te komen. Bomen staan dicht tegen elkaar, uit de sloot naast de weg stijgen nevelslierten op die in het licht van de koplampen als suikerspinnen de straat over drijven. Haar oma had vroeger een plaatjesboek waarin feeën en elfen net zulke mantels droegen, mantels van nevel. Als kind kon Judith eindeloos naar die plaatjes kijken. Ineens ziet ze weer voor zich hoe ze als kind de vakanties doorbracht bij haar grootouders in Mecklenburg. De aangename warmte van de kersenpitzakjes die oma uit de oven haalde en meegaf onder het zware dekbed, want de slaapkamer was niet verwarmd. De smaak van DDR-cacao en zelfgebakken kerstkransjes. Oma's arm om haar schouders, vederlicht en toch zo onwrikbaar in zijn boodschap: hier mag je kind zijn. Hier wordt er van je gehouden. Onvoorwaardelijk.

In de auto is het nu erg warm en Judith merkt dat haar ogen dicht beginnen te vallen, hoewel haar voeten nog altijd ijskoud zijn. Ze zet de verwarming lager. Vijfentwintig minuten later duikt de slenk van de Keulse Bocht voor haar op. De hemel boven de stad is zalmkleurig transparant, de weerschijn van miljoenen ramen en straatlantaarns. *Deze stad wordt gewoon niet donker genoeg*, had Martin hun eerste zomer geklaagd toen ze hun nachten op terrasjes, bij kampvuren langs de oever van de Rijn of stevig ingepakt op een matras op Judiths dakterras doorbrachten. *Terwijl ik zo graag de Melkweg zou willen zien.* Die zomer vlogen ze naar Corfu en huurden een kamer in een pensionnetje midden in een olijvenbos. 's Nachts dronken ze harsachtige landwijn, luisterden naar de cicades en als ze de Melkweg of vallende sterren wilden zien, hoefden ze alleen maar hun hoofd in hun nek te leggen. Het was prachtig en tegen het einde hadden ze het over trouwen gehad. Het probleem is dat een gemeenschappelijke blik op de sterren niet noodzakelijkerwijse voldoende basis biedt voor een gemeenschappelijk leven.

Het water van de Rijn onder de Severinsbrücke is iets aan de hoge kant, de positielichten van een vrachtschip worden rood en groen gebroken in de stroming. De Dom rijst op vanuit de oude stad, vreemd verwijderd van de andere gebouwen. Nu, hiervandaan, vanuit dit nachtelijk gedistantieerde perspectief, lijkt Keulen mooi. Je ziet niks van de mislukte, smoezelige naoorlogse architectuur, je merkt niks van het geweld dat een voortdurende rechtvaardiging vormt van het bestaan van de KK11.

Voor Judiths woning aan de Martin-Luther-Platz is zoals gewoonlijk geen parkeerplaats vrij, maar ze heeft geluk en vindt een plekje in een zijstraat bij de volkstuintjes. Het geluid van mensen en verkeer verspreidt zich over de stad, een zacht gegons dat breekt tegen de verfijnde jugendstilgevels van de huizen in de Volksgartenstraße die de bommenregen van de Tweede Wereldoorlog hebben overleefd. In Keulen is het aanmerkelijk warmer dan in het Bergische Land en ze realiseert zich ineens dat ze het de hele dag koud heeft gehad en dat haar schouders verkrampt zijn.

In de keuken staan nog de resten van haar ontbijt en de afwas van gisteravond. Judith zet de oven aan en warmt een spinaziepizza op. Ze neemt een hete douche, trekt twee paar wollen sokken aan, een gemakkelijke broek en een versleten zeeblauwe mohair trui. De depressie vreet zich een weg haar woning binnen, onstuitbaar als zand in een vakantiehuisje dat te dicht bij het strand is gebouwd. Ze moet een manier zien te vinden om met Manni overweg te kunnen. Ze moet met Martin praten. Ze snijdt de pizza in acht stukken, strooit er peper en oregano over en eet de stukken uit het vuistje, met de ellebogen op tafel en haar voeten op een stoel. Als ze klaar is maakt ze een flesje Reissdorf-Kölsch open en neemt het mee naar de woonkamer. Ze gaat op haar lievelingsplekje in de vensterbank zitten, met gekruiste benen en een deken over haar knieën, en drinkt en rookt. Boven haar dakterras staan maar een paar sterren, ze fonkelen niet, lijken eerder vage aanduidingen. Boven het Schnellbachtal kun je vast de Melkweg wel zien, maar daar heeft noch haar verhouding met Martin, noch de blonde, dode man iets aan. Ik zal erachter komen wat er met je is gebeurd, belooft ze hem in stilte.

Naast de bank ligt nog Martins uitgelezen weekendlectuur, de *Frankfurter Rundschau*, de TAZ en het *Handelsblatt*. Had hij niet ten minste zijn rotzooi op kunnen ruimen? *Ik lijk goddorie wel een lamp die je kunt aan- en uitzetten, al naargelang het die lijken van jou uitkomt*, had hij geschreeuwd. *Ik wil verdorie weleens wat meer dan seks en af en toe een alcoholisch avondje. Ik wil een leven met je. Liefde, kinderen, lachen, huilen, samen oud worden. De hele rataplan.* Maar dat is meer dan ze hem kan geven. "Verdriet", zegt ze tegen haar spiegelbeeld in de vensterruit, "wat moet ik daarmee? Martin is weg, ik heb het zelf zo gewild. Ik kan nu niet om hem gaan zitten huilen."

Judith drukt haar voorhoofd tegen de koele ruit, zoals ze dat als meisje altijd deed als haar broers in de kamer naast haar hun deur op slot hielden, met zijn tweetjes afgesloten van de wereld als in een warme, zijdeachtige cocon. Weer overvalt haar het gevoel uit de droom, intensief en dringend. Gevaar dat ze alleen maar kan vermoeden. Morgen zal ze het onderzoek ter hand nemen. Morgen zal ze een manier vinden om met Manni overweg te kunnen. Ze drukt haar sigaret uit en draait meteen een nieuwe, al doen haar longen nu al pijn.

's Nachts praten ze nooit, met niemand, en dat is goed zo. De mensen praten te veel en daardoor verliezen ze het gevoel voor waar het werkelijk om gaat in deze wereld. Zinloos geklets, denkt Vedanja. Geen wonder dat er zoveel geschillen en oorlogen zijn, als de mensen het zwijgen niet in acht nemen. Hij buigt voor de boeddha in de ontvangsthal en controleert of de bloemen genoeg water hebben om de nacht door te komen. Hij loopt het kantoor binnen en controleert of alle computers uit zijn. Hij sluit zorgvuldig het hek en stopt de sleutel in zijn broekzak. Je moet voorzichtig zijn. Een paar weken geleden heeft hij, toen hij terugkeerde van zijn nachtelijke controlerondje, Laura betrapt toen die probeerde om met Karola's computer toegang tot het internet te krijgen. Het leek wel alsof ze huilde, maar toen hij haar aansprak had ze meteen weer zo vroegwijs eigengereid gedaan zoals alleen tieners dat kunnen. Ze had zich stokstijf gehouden in zijn armen, en toen hij desondanks niet had opgegeven, was ze met haar klompen op zijn tenen gaan staan.

Vedanja pakt zijn buitenslippers uit het rek en trekt de voordeur achter zich dicht. Er zal wel een oplossing komen, voor alles komt een oplossing, als je maar vertrouwen hebt en het juiste moment afwacht. Hij heeft geen zaklantaarn nodig om zijn weg te vinden op het terrein van de Sonnenhof. Er brandt nog maar in een paar gastenverblijven licht. Vedanja loopt naar de Schnellbach, schept het koude water tegen zijn gezicht en drinkt een paar flinke slokken. Het smaakt naar kalk, metaal en zand. Thuis, denkt hij. Hij waadt door de beek en loopt naar de schapenstallen. Hij controleert de tempel van Shiva, een achthoekig houten gebouw dat iets boven de Sonnenhof tegen de helling is gebouwd. Een lichte windvlaag draagt de melodieuze akkoorden van de bamboe windgong de nacht in. Hij staat daar, luisterend, en voelt zich begenadigd.

Let alsjeblieft een beetje op mijn dochter, had Laura's moeder, de mooie Hannah Nungesser, tegen hem gezegd toen ze haar dochter afgelopen zomer hierheen had gebracht. *Ik weet dat ze de laatste tijd erg afstandelijk en nukkig is, maar dat wil niet zeggen dat ze niemand nodig heeft.* Laura had het de afgelopen jaren, en vooral de afgelopen maanden, moeilijk gehad. Ze moest even bijtanken, had behoefte aan afstand en aan orde. *Maak je maar geen zorgen, Hannah*, had hij gezegd terwijl hij zich erover verbaasde waarom hij niet vroeg waarom een meisje van zeventien behoefte heeft aan afstand van school, van haar vriendinnen en vooral van haar moeder. Er was iets in Hannahs gereserveerde beleefdheid dat hem duidelijk maakte dat dergelijke vragen ongewenst waren en niet beantwoord zouden worden. Komt tijd, komt raad, had hij gedacht. Laura zal wel wennen en wat opener worden.

Een vergissing, zo weet hij nu. Wat weet jij nou helemaal, rooie, lijkt haar blik te zeggen, zo ze zich al verwaardigt hem aan te kijken. Meestal kijkt ze straal langs hem heen als hij tegen haar praat, geeft ze bij voorkeur eenlettergrepige antwoorden en dat alleen als het echt niet anders kan. Onwillekeurig kijkt hij omhoog naar haar kamer. Haar venster is donker en toch weet hij ineens zeker dat er achter het raam iemand beweegt. Misschien is ze opgestaan en ziet ze hem hier staan. Hij wijkt terug in de schaduw van de tempel. Oude, onverbeterlijke gek.

De B55 is leeg, het asfalt glinstert blauwachtig in het licht van de maan. Als ze de plek bereikt die de beller heeft beschreven, gaat Diana stapvoets rijden en doet het grote licht aan. Ronja jankt op de achterbank. De dubbelloops ligt geladen op de passagiersstoel, ook al is dat verboden, ook al heeft ze alleen maar haar jachtmes nodig om een gewonde reebok te bevrijden. Ze rijdt twee kilometer, haar ogen gefixeerd op de berm en de greppel. Geen spoor van een aangereden dier, helemaal niets wat op een ongeluk wijst. Ze keert en rijdt weer terug richting Oberbach, ditmaal geconcentreerd op de andere kant van de landweg. Ook niks. Vlak voordat de eerste huizen verschijnen, rijdt ze een landweg op en zet de motor af. Ze is nu volstrekt niet meer moe, alleen maar woedend. Iemand speelt een rotspelletje met haar en het lijkt haar ineens van levensbelang dat ze zich er niet onder laat krijgen. En daarvoor moet ze honderd procent zeker weten dat er hier geen ongeluk heeft plaatsgevonden. Misschien heeft de reebok nog kans gezien een paar meter het bos in te strompelen. Ze haalt de zaklantaarn uit het handschoenvakje, stopt hem in haar jaszak en springt de auto uit.

"Kom, meisje. Voet!" Ronja blaft en wervelt rond haar eigen as, elke centimeter pure energie gevoed door jeugdige overmoed.

"Voet!" Diana hangt het geweer over haar schouder en controleert of het jachtmes binnen handbereik aan haar riem hangt. Met vaste stappen loopt ze langs de rand van de B55, Ronja is een schaduw pal aan haar zijde. Als er ergens een gewond dier ligt, zal de hond het ruiken en aanslaan. Na ongeveer een kwartier steken ze de straat over, en net als Diana ervan overtuigd is dat het nachtelijke telefoontje inderdaad een macabere grap is geweest, slaat Ronja ineens aan, haar snuit in de lucht, haar oren gespitst. Diana voelt hoe haar hartslag weer versnelt. Ze luistert ingespannen, maar hoort niets. Dan draaft de hond het bos in.

"Voet, meisje." Diana fluistert haar bevel.

Blijkbaar heeft Ronja inderdaad iets geroken, want ze leidt Diana doelgericht door de greppel en vervolgens in een ingewikkeld zigzagpatroon tussen de hoog opgeschoten sparren door. Diana heeft moeite haar te volgen, want het terrein loopt hier steil af naar de Schnellbach. De droge takken van het kreupelhout trekken aan haar parka en raken steeds weer verward in haar paardenstaart. Met een ongeduldige beweging trekt ze het elastiekje uit haar haar en draait het in een knot. Beter. Haar ogen raken langzaamaan gewend aan het duister en ze kan zich beter oriënteren. Zie ik dit deel van de helling ook eens een keer, spreekt ze zichzelf bemoedigend toe. Op haar lijstje van bezichtigingen staat het bovenaan, want van wat ze van de oude Hesse heeft begrepen is het hier dringend aan exploitatie toe. Zodra ze klaar is bij Kürten begint ze hieraan, de oude sparren staan echt veel te dicht op elkaar. Blijkbaar heeft haar voorganger kalmaan gedaan in zijn laatste dienstjaren.

Ineens staat Ronja stil en begint te blaffen.

"Stil! Vooruit, meisje, laat eens zien wat er daar is, breng me erheen." De hond jankt, maar beweegt zich niet. Ze moet echt eens meer tijd in Ronja's opleiding steken. Zo zal ze nooit slagen voor de geschiktheidsproef voor jachthonden.

"Kom op, wat is er aan de hand. Vooruit, Ronja!" De kleine hond slaat aan en zet zich abrupt in beweging. Zie je nou wel. Ergens daar beneden in het donker is die reebok waarvan ze de geur heeft opgepikt. Ik kan haar maar beter aan de lijn doen, besluit Diana, maar het is te laat. Haar hand grijpt in het luchtledige, de hond sprint ervandoor en is verdwenen. Een tijdlang hoort Diana nog het geklingel van de hondenpenning aan haar halsband, geritsel en ijverig gesnuffel. Dan iets wat lijkt op opgewekt gekef en dan wordt het stil.

"Ronja?"

Diana blijft staan en wacht. Tevergeefs. Ergens daar beneden in het dal moet Ronja zijn. Ze haalt het hondenfluitje uit haar jaszak en blaast.

Geen geblaf. Geen vaag gerucht. Geen hond.

Diana zet het op een lopen en verzwikt bijna haar enkel. Idioot! Ga nou niet als een beginneling tekeer. Ze haalt de zaklantaarn uit haar jaszak. Boomstammen doemen voor haar op, de harsachtige basten zien er nu plastisch en glimmend uit, terwijl het zwart buiten het bereik van de lichtkegel bodemloos lijkt. Waar is Ronja heen? De helling af, dat heeft ze nog gezien. Weer struikelt ze. De bodem is oneffen, wortels steken als spataderen omhoog. Ze ontdekt een beekje en loopt erheen. In de slenk van de oever ervan komt ze beter vooruit. De doorweekte bodem zuigt zacht soppend aan haar rubberlaarzen.

Ze loopt zo snel ze kan en blaast steeds weer op het hondenfluitje, waar de hond gewoonlijk meteen op reageert. Varens en grassen doorweken Diana's broekspijpen, braamstruiken trekken aan haar jas, ze merkt het amper. Hoelang zou ze erover doen tot het dal? Ze wil niet stoppen om op haar horloge te kijken, ze wil Ronja vinden.

Ze bereikt de bodem van het dal en stopt. Geen gehijg, geen geschuifel van nijvere hondenpoten tussen de bladeren, geen enkel teken van leven. Diana staat doodstil. Weer roept ze de naam van de hond, maar haar stem draagt niet, alsof het bos op haar afkomt, haar omsingelt en alles wat van haar uitgaat opvangt en dempt. De bomen hebben ogen, denkt ze. Er zit iets tussen de stammen dat mij aan zit te staren. Dat is natuurlijk volstrekt belachelijk. Ze probeert haar adem onder controle te krijgen, die ineens veel te heftig uit haar longen stoot, veel te hard voor de donkere stilte die haar omringt.

Het bos bekijkt me, het luistert, het wacht. Dat gevoel laat zich niet negeren. Alsof er iets is gestorven, denkt ze. Alsof er íémand is gestorven. Te veel duisternis. Te veel stilte. Een pulserende stilte zoals in Afrika, als de vrouwen hun verdriet hebben uitgeschreeuwd en het eindelijk kunnen uithouden. Een onopgesmukt verdriet dat niemand probeert te verdoezelen met platitudes die oog in oog met de dood toch niet helpen. Oog in oog met de dood, hamert haar superego vol leedvermaak. Nou alsjeblieft niet ook nog melodramatisch worden. Maar het helpt niet, de paniek vliegt haar aan als een wild, ontembaar beest. Iets staart me aan. Iemand is hier. Ze neemt de zaklantaarn in haar linkerhand, grijpt met haar rechterhand naar het geweer. Omklemt het. Richt de lichtkegel vastbesloten tussen de boomstammen. Er is niets te zien dat ook maar in de verste verte bedreigend zou kunnen zijn. Niets heeft hier ogen, niemand is hier, niemand bekijkt mij, probeert ze zichzelf gerust te stellen. Maar het helpt niet. Haar hart jaagt, de beelden van die ochtend overvallen haar weer, rauw en ongefilterd, veel te dichtbij. Hoe de zon op de kansel scheen en onbarmhartig elk detail bescheen. Hoe de kraaien de kansel in vlogen, alsof het een gigantisch vogelvoederhuisje was. Hoe ze in de dode eik zaten te wachten tot ze verder konden vreten. Hoe toegetakeld het lichaam van de dode man was. Hoe blond zijn haar. Net zo blond als dat van haarzelf. Hoe ver ben ik nu eigenlijk van de Erlengrund verwijderd? Twee kilometer, drie? Waar is Ronja? Ze zal toch niet daarheen … maar dat slaat helemaal nergens op. Ik had haar niet eens bij me, vanochtend.

Nee, Ronja kan niet zomaar zijn verdwenen. Er moet een verklaring zijn, voor alles is een verklaring. Diana dwingt zichzelf na te denken. Misschien schrikt Ronja terug voor het licht van haar zaklantaarn. Ze doet hem uit, blijft stilstaan, met de dubbel-loops stevig in beide handen geklemd, en hoort hoe het bos om haar heen langzaamaan uit de stilte ontwaakt. Zo is het natuur-lijk helemaal niet, denkt ze. We laten ons alleen altijd weer mis-leiden door onze beperkte waarnemingsvermogens. Geef ons licht en we kunnen niet meer horen. Geef ons muziek en we zien wat we voelen, niet wat echt aanwezig is. De beek aan haar voeten kabbelt, de stammen van de sparren kraken. Voorzichtig vervolgt ze tastend haar weg langs de beek. Elke stap klinkt als een explosie.

Pas drie uur later is ze eindelijk bereid toe te geven dat al het gezoek en geroep en gefluit naar Ronja zinloos is. Het is ver na middernacht als ze zich een weg baant terug naar haar auto. Het plaatsnaambord van Oberbach reflecteert in het licht van de koplampen als ze zonder Ronja terugrijdt naar het boswach-tershuis. Een honende knipoog van een boos geel oog.

Diep in de nacht komt hij bij haar. Dringt onder haar deken, dringt zich tegen haar aan. Ze rolt op haar zij, neemt zijn stevige, gladde lichaam in haar armen, dat naar bos ruikt, en een beetje naar gras en muskus. Ze liggen een tijdlang in stilte en ademen synchroon. Ze denkt aan hém. Nee, wil ze zeggen, niet weer, dat is niet goed. Maar dan begeeft de wijsvinger van die ander zich op reis over haar lichaam. Hij glijdt over haar taille en arm, krin-gelt rond haar navel, vlijt zich rond haar heupen, tekent de con-touren van haar dijen na. Omhoog en omlaag, omhoog en omlaag, tot ze niet meer kan denken.

"Als kind had ik altijd het gevoel dat dingen me ontglipten." Zijn stem is niet meer dan een warme zucht aan haar oor. Omhoog en omlaag glijdt zijn wijsvinger, oneindig lokkend, oneindig zacht. Omhoog en omlaag. Ze gaat dichter tegen hem aan liggen. Het is zo vermoeiend om te praten. Ze wil niet meer praten. Praten is verraad. Andi is er niet, maar die ander is bij haar gekomen, hij is bij haar, dat is het enige wat telt.

"Er was geen zekerheid, begrijp je?" In zijn stem klinkt nu een ondertoon mee, donker en geconcentreerd als koffiedik.

"Waarom?" Het is zo moeilijk om de betekenis van zijn woor-den te begrijpen omdat zijn wijsvinger nu naar haar borsten kruipt en haar helemaal onrustig maakt. Ze probeert zijn hand te vangen, maar hij laat het niet toe.

"Vier kinderen", mompelt hij in haar hals. "Drie vaders. Geen een is er gebleven."

"Mijn vader is ook weg." Ze kan nog altijd niet dood zeggen.

"Ik weet het", mompelt hij. "Ik weet het."

Dood, dood, dood. Ze wil er niet over nadenken, er niet over praten. Ze tast naar de penis van haar minnaar en streelt hem tot hij niet meer over zijn verwondingen spreekt, maar haar haar gang laat gaan en de naam zegt die hij haar heeft gegeven toen ze voor het eerst de liefde bedreven. Parvati. Ze maakt zich uit zijn greep los en gaat op hem liggen. Andi zei altijd haar echte naam. Ze beweegt zich sneller en sneller en begint te vergeten. Ook als hun lichamen weer tot rust zijn gekomen laat ze Jey niet los. "In het bos is een dode man gevonden", zegt hij, "dat heeft de politie vanavond na de meditatie verteld. Morgen komen ze weer terug om iedereen te ondervragen. Maar morgen is morgen, en nu, hier, is er geen dood." De man naast haar begint weer te praten, maar ze sluit zijn lippen af met een kus.

"Niet meer praten, alsjeblieft. Ik ben zo moe."

Als ze wakker wordt is het nog altijd donker, maar hij is weg. De herinnering aan hun nachtelijke liefde komt haar nu voor als een onwerkelijke droom. Is hij echt bij haar geweest? Ze wil zijn naam roepen, ze wil protesteren tegen het feit dat hij haar alleen heeft gelaten, net als haar vader, net als Andi, net als alle mannen van wie ze heeft gehouden, maar ze wordt gewoon niet wakker genoeg.

Maandag 27 oktober

Ze schrikt wakker. Ze ligt alleen in bed. Hoe laat is het? Kwart over zeven. Veel te laat. Ze trekt ondergoed, spijkerbroek en sweatshirt aan die verspreid over de grond liggen. Eigenlijk had ze willen douchen, iets schoons aan willen trekken, maar daar is geen tijd meer voor. Ze schiet in haar klompen, grist nog snel een paar wollen sokken uit de commode en holt weg. Haar blaas staat gespannen en ze heeft een akelige smaak in haar mond, maar ze dwingt zichzelf er niet bij stil te staan en rent over de drassige wei naar het hoofdgebouw. Misschien kan ze naar binnen sluipen zonder dat iemand het merkt. Ze doet de deur naar de meditatieruimte open en sluipt de zaal in. Beate en Heiner zitten in lotushouding op het toneel, met gesloten ogen en ontspannen gezichten. Laura hurkt met ingehouden adem in kleermakerszit. Haar hart gaat als een razende tekeer, ze doet haar ogen dicht. *Anandoham, anandoham.* Ze ruikt het zweet onder haar armen, ze voelt haar T-shirt onder haar oksels plakken. Hopelijk merkt niemand er iets van.

Er klinkt een gong, het licht gaat aan, heel langzaam komt er beweging in de geknielde menigte, voorzichtig gerek en gestrek. Laura doet haar ogen open en kijkt om zich heen. Pal naast haar zit Vedanja geknield. Shit, shit, shit, waarom heeft ze niet opgelet, waarom is ze uitgerekend naast hem gaan zitten. Hij buigt zich naar haar toe, pakt haar arm vast.

"We moeten praten, kom alsjeblieft meteen naar mijn kamer."

Ik heb geen zin om met jou te praten, wil ze zeggen, maar ze durft niet. Ze onderdrukt haar opwelling om Vedanja's aanraking van haar arm te vegen. Glibberhanden, slakkenhanden. Ze begrijpt niet waarom haar moeder zoveel op heeft met Vedanja en haar steeds zit te pushen om hem in vertrouwen te nemen. Ze is gewoon blij dat ze van je af is, fluistert de bittere inwendige stem die de afgelopen maanden een vaste gast in Laura's hoofd is geworden. Ze wil gewoon rust hebben en daarom neemt ze de moeite niet om eens goed te kijken wat voor iemand Vedanja werkelijk is. Ze ziet alleen maar dat hij het hoofd pedagogie is op de Sonnenhof, de vertrouwenspersoon, haha, een broer van haar beste vriendin, en dat is genoeg voor haar. Ze denkt dat vertrouwen iets is wat je zomaar op bevel van de een op de ander kunt overdragen, maar dat is niet zo. In werkelijkheid geeft ze geen moer om je, in werkelijkheid wil je moeder alleen maar met haar nieuwe vlam neuken en er daarbij niet voortdurend aan worden herinnerd dat ze nog altijd met je vader getrouwd is, sist de stem.

"... dus moeten we hier vanmiddag nogmaals samenkomen om vragen van de politie te beantwoorden", zegt Beate. "Het spijt ons echt dat jullie seminars hiervoor moeten worden onderbroken, maar daar is nou eenmaal niets aan te doen."

De dode man in het bos! Met een schok is Laura terug in het hier en nu. Waar hadden ze die ook weer gevonden, wat zei Beate net – op een houten wildkansel? Ophouden, Laura, maant ze zichzelf. Ophouden! Dat heeft helemaal niks te betekenen! Dat heeft volstrekt niks met jou te maken.

"Oké allemaal, vanochtend gaan we gewoon verder zoals gebruikelijk. Dus yoga hier in de zaal, de ayurvedamensen beginnen over een kwartier in de bibliotheek ..."

Laura staat op en even wordt het zwart voor haar ogen. Vedanja staat meteen naast haar en legt een arm om haar heen.

"Je ziet bleek, Lauraatje."

"Het gaat alweer." Ze strekt haar schouders, ze wilde dat ze stekels had zoals een egel. Laat me onmiddellijk los, glibbervinger – waarom kan ze dat niet hardop zeggen?

"Kom, laten we een kopje thee gaan halen, dan gaan we even in mijn kantoor zitten om een beetje te kletsen." Kletsen, dat moet zeker cool klinken. Getsie, zoals die zich opdringt. Vedanja lijkt haar afkeer niet op te merken.

"Ik heb beloofd dat ik zou helpen in de werkplaats voor ik de schapen ga verzorgen."

Ze wacht zijn antwoord niet af, maar glipt langs hem heen en holt de trap af.

De lucht prikkelt koel en scherp in haar longen, maar daar laat ze zich niet door weerhouden. Na ongeveer een kilometer heeft ze haar ritme gevonden. Nu is ze een perfecte machine, soepel, onvermoeibaar, met vaste tred. Spieren en pezen in perfecte harmonie. Haar hersens werken in een halfbewuste toestand die de omgeving waarneemt maar tegelijkertijd de gedachten vrij laat rondvliegen. Zonder haar tempo terug te brengen stroopt ze haar sweatshirt over haar hoofd en knoopt het rond haar heupen. Ronja stuift voor haar uit, verdwijnt in het kreupelhout en haalt haar met wapperende oren weer in. Even dreigt de herinnering aan de afgelopen nacht Diana opnieuw te overweldigen. Die plotselinge zekerheid dat Ronja dood is. Dat iets in het bos haar gadeslaat, haar zelfs achtervolgt. En toen zat Ronja, toen ze na haar urenlange, panische zoektocht in het bos terugkeerde naar het boswachterhuis, doodgemoedereerd en ongedeerd op de deurmat. Diana verhoogt haar tempo. Waarom heeft ze zich in het bos zo laten gaan, waarom is ze niet uit zichzelf op het idee gekomen dat de hond weleens naar huis kon zijn gelopen? Ze springt over een plas. Ze moet kalm blijven, ze mag niet toelaten dat die dode man in de kansel haar leven overhoop gooit. Ze zal niet hysterisch worden.

Een paar verlate spreeuwen dansen aan de witte hemel boven het dal alsof ze op gang proberen te komen voor de reis die ze te wachten staat. De lange reis naar Afrika die zij, Diana, niet meer zal maken. Maar hier in Duitsland zal ze zich haar bewegingsvrijheid niet laten afnemen. Ik ben een vrij mens, zegt ze tegen zichzelf. Dit is mijn district. Ik loop langs de Erlengrund en dan terug door het Schnellbachtal, langs de Sonnenhof. Ik laat me niet intimideren door een lijk, en ook niet door een anonieme beller en zeker niet door de politie. Met dat besluit lijkt er een last van haar schouders te vallen. Natuurlijk is het absurd om te denken dat het bos haar de afgelopen nacht heeft gadegeslagen. Ze gaat nog wat sneller lopen en geniet van haar kracht, totdat het glibberige moeras aan de rand van de Erlengrund haar dwingt te stoppen. De kansel lijkt net zo dichtbij als gisteren, maar van de kraaien is niets meer te zien. Twee politieauto's staan langs de rand van de open plek.

Onwillekeurig deinst ze achteruit het kreupelhout in. Waarom is ze hiernaartoe gelopen? Ze heeft hier niets te zoeken. Ze neemt de hond kort aan de lijn en loopt achter de bosjes de open plek langs, totdat ze bij een ruiterpad komt dat parallel loopt aan de autoweg naar het Schnellbachtal. Na een paar honderd meter wordt de bodem steviger en herneemt ze haar looptempo, ze geniet weer van het vliegende gemak van een goede training, ze laat de Erlengrund ver achter zich. Na ongeveer twintig minuten heeft ze de dalzool bereikt, rechts van haar begint het terrein voorzichtig te stijgen in de richting van de B55. Ze hoort een auto, dan nog een.

Het is tijd om de nachtspoken definitief te verdrijven. Even later herkent ze de loop van de beek die ze de afgelopen nacht heeft gebruikt om zich te oriënteren. Geen twijfel mogelijk, haar voetsporen zijn overduidelijk in de modder te herkennen, ze volgt ze bergopwaarts. Steeds weer kijkt ze speurend om, maar er is niets, alleen de harsachtige, geschubde stammen van een verouderd sparrenbestand dat zijn wortels dapper in de steile helling boort. Waarschijnlijk was ik gisteren gewoon overspannen, denkt ze. Dat is ook niet zo gek. Eerst ontdek ik dat vreselijke lijk, dan gaat mijn hond er nog vandoor ook. Ze neemt Ronja kort aan de lijn. Er zit iets tussen de takken en het staart me aan. Ze verbiedt het zichzelf zo te denken.

Als ze al bijna bij de B55 is aangekomen, stapt ze met haar rechtervoet op iets hards. Het geeft niet mee, het breekt niet zoals een tak. Klein, langwerpig, glad. Ze doet een stap opzij en kijkt naar de grond. Een mobieltje, half verborgen onder bruine varens. Nat en besmeurd. Het zit in een doorzichtig plastic beschermhoesje en zo te zien ligt het er al een hele tijd. Ze hurkt neer en pakt het op. Geen duur ding, een Siemens, ze heeft er zelf ook ooit zo eentje gehad. Mensen zijn zwijnen, denkt ze gefrustreerd. Nergens is het bos veilig voor ze. Overal laten ze hun sporen achter. Ze speurt de omgeving van de vindplaats af op zoek naar een handtasje, een portefeuille, iets wat bij het mobieltje zou kunnen horen. Aan een takje van een braamstruik hangt iets rozigs, ze grijpt ernaar maar laat het meteen weer los. Gewoon een stukje versleten stof. Ze

komt weer overeind en haalt het mobieltje uit het beschermhoesje. Het ziet er opmerkelijk ongehavend uit. Een Siemens S 35, an-
tracietkleurig. Ze drukt op een paar toetsen, maar hij doet het niet
meer. Natuurlijk niet, wie weet hoe lang het hier al heeft gelegen.
Het beschermhoesje is helemaal beslagen en bemost. Ze draait het
mobieltje om. Op de achterkant heeft iemand een zwierig teken
geschilderd. Onder het teken staat iets, in handgeschreven goudkleurige letters. Misschien een naam. DARSHAN.

Waar tot voor kort nog de gebouwen van de chemische fabriek
stonden, baant nu een graafmachine zich schuifelend een weg
door het natte zand. Alleen de oude watertoren hebben ze laten
staan, hij lijkt naakt en misplaatst. Lange tijd was zijn bakstenen
silhouet het herkenningsteken van de fabriek die het stadsdeel
Kalk zijn identiteit gaf, nu is hij het gedenkteken van een tijdperk
dat tot puin is geslagen, een tijdperk waarin mannen met smerig
werk een fatsoenlijk inkomen verdienden. Kalk heeft het hoogste
percentage werklozen in Keulen. Iemand zei laatst in de kantine
dat op het oude fabrieksterrein een winkelcentrum wordt
gebouwd. Judith leunt tegen de venstergevel van de vergaderka-
mer in het hoofdbureau van politie en kijkt toe hoe de machine
zijn stalen scheppen in de fundamenten van de fabriekshal
begraaft. Haar koffie smaakt bitter en olieachtig, alsof iemand
hem per ongeluk de hele nacht op een warmhoudplaatje heeft
laten staan, wat waarschijnlijk ook zo is. Ze verlangt intens naar
een fatsoenlijke koffie verkeerd. Haar hoofd voelt aan alsof de
graafmachines van het fabrieksterrein er de hele nacht in tekeer
zijn gegaan. Ze heeft onmiskenbaar te weinig geslapen en te veel
bier gedronken.
    "Manni heeft jullie zaak uitstekend vertegenwoordigd in de
ochtendbriefing." Axel Millstätt smijt een stapel foto's van de
plaats delict op tafel. "Hij is alweer op weg naar het Bergische
Land, hij wil daar mensen ondervragen samen met de collega's
van de recherche. En Karin en Klaus zijn al een hele tijd aan de
slag. Alleen jij komt pas om acht uur aanzetten en dan zie je er
nog uit alsof je de hele nacht hebt doorgehaald. Verdorie, Judith,
zo gaat het niet langer."
    "Ik was in het forensisch laboratorium."

"Daar wist Manni niks van."

"En ik wist niet dat jij ons vanochtend hier wilde zien." Ze voelt zich net een schoolmeisje.

"Jezus, Judith, wat is er met jou aan de hand? Je werkt hier toch al langer dan gisteren? Jullie brengen verslag uit aan mij, uiteraard verwacht ik jullie dan bij de ochtendbriefing. Allebei! Je had zelfs je mobieltje niet aan staan. Gisteren niet, vanochtend niet."

"In het Schnellbachtal heb je geen bereik. En vanochtend was ik hem vergeten aan te zetten. Zodra ik jouw bericht hoorde, ben ik hiernaartoe gekomen, hoewel Müller nog lang niet klaar is met de sectie. Het spijt me echt."

Millstätt zucht, waardoor hij net een opblaasbeest lijkt waar iemand plotseling de lucht uit laat lopen.

"Ik zal ons allebei besparen om je voor de zoveelste keer uit te leggen hoe belangrijk het is dat je je zaken weer op de rails krijgt. En ga nu in godsnaam terug naar Müller. Maar bel eerst Manni en sluit het met hem kort. Jullie zijn een team! Morgenochtend verwacht ik dan een verslag. Van Manni en jou. Samen."

Het forensisch instituut is een jarenzeventigkolos van meerdere verdiepingen met een gevel van gewassen grind, pal naast het oudste kerkhof van Keulen waar stoïcijnse jugendstilengelen hun vleugels over de graven uitspreiden alsof het stadsverkeer, dat vierentwintig uur per dag achter de muren van het kerkhof raast, helemaal niet bestaat. Karl-Heinz Müllers gebronsde teint, waar hij tijdens zijn vakantie op de Bahama's ongetwijfeld flink voor heeft moeten zweten, lijkt in het kunstmatige licht van de sectiezaal zo onnatuurlijk als theaterschmink. Er hangt een walm van rotting in de ruimte. Karl-Heinz Müller is in topvorm. Hij fluit *Ma Baker* en jongleert met buisjes, messen en zagen.

"Manni was er net ook al, waarom komen jullie niet gewoon samen, dan hoef ik niet alles twee keer te zeggen."

Voordat Judith een antwoord kan bedenken, praat hij al verder.

"Maakt niet uit. Voor zover ik kan beoordelen is hij overleden aan meerdere ladingen hagel. Op de kansel waar jullie hem hebben gevonden. De schoten zijn afgevuurd van een afstand van zo'n tien, hooguit twintig meter, vanaf de grond. Ze hebben hem in zijn hoofd en in zijn borst getroffen en dat zal ook wel de doodsoorzaak zijn. Geen verse botbreuken, niets wat op verstikking wijst. We laten nog wat tests doen of hij medicijnen, drugs of alcohol in zijn lichaam had, maar dat betwijfel ik. De hagelkogels hebben een doorsnede van 3,5 millimeter. Wat hij voor het laatst heeft gegeten weten alleen de kraaien. Van zijn maag is niet veel meer over." Müller trekt zijn handschoenen uit, propt ze tot een bal samen en geeft Judith een klopje op haar arm. "Kop op, meisje, we zullen nog wel iets weten te vinden."

Müller krijgt vaderlijke neiginkjes, hoe moet ik daar nou weer mee omgaan? Judith besluit het eenvoudigweg te negeren. Het kost al kracht genoeg om haar adem onder controle te houden. Er is iets aan de dode man wat haar raakt, veel meer dan gezond is. Iets wat haar op de knieën wil krijgen, dat haar tegen de grond wil werken. Ze recht haar schouders, verplaatst haar gewicht van haar rechter- op haar linkervoet.

"Hoe lang is hij al dood?"

"Moeilijk te zeggen. Met kraaien heb ik geen ervaring, zeker niet in deze extreme vorm, armen en benen zijn enigszins intact, maar de wonden aan hoofd en buik zijn aangevreten door maden, niet veel, het was per slot van rekening de afgelopen weken al behoorlijk koud. Zoals gezegd, een dag of tien misschien, minstens zeven."

Judith wil protesteren, maar hij is haar voor. "Ik stuur een paar monsters naar onze vereerde vliegenprof, collega Benecke. Volgende week weten we dan meer."

"Je kunt toch op zijn minst verraden hoe oud onze vriend was. En wat je verder nog is opgevallen. Alles wat ons kan helpen bij een persoonsbeschrijving."

Müller zucht en gooit zijn handschoenen in de afvalbak. "Geen bemoedigend woord voor onze vlijtige, vermoeide vrijgezel. Zelfs geen schouderklopje. Alleen maar eisen."

"Het leven is hard."

Judith probeert te glimlachen, maar het mislukt. Ze draait snel een sjekkie. Waarom beginnen haar vingers verdomme te trillen. "Alsjeblieft, Karl-Heinz, ik ben vandaag absoluut niet in de stemming voor grapjes. Er is je toch vast wel iets opgevallen?"

Müller, meteen weer helemaal de gentleman, neemt haar scherp op, haalt zijn gouden aansteker uit zijn broekzak en geeft

71

haar vuur. Zelf steekt hij een Davidoff op. Een van zijn twee assistenten stopt de buisjes met de monsters in piepschuim bakjes en kucht demonstratief. Müller lijkt het niet te merken, hij werpt nog een lange blik op de dode, dan draait hij zich naar Judith.

"De feiten dus, omdat jij het bent. 1 meter 85 lang, schoenmaat 44, gewicht 83 kilo. Dat wil zeggen, wat er nog over is. Vrijwel geen vet, veel spieren. Kan een sportman zijn geweest. In elk geval een niet-roker en goed getraind." Hij inhaleert diep. "Mijn god, voor zo'n long zouden jij en ik heel wat overhebben!" Hij bekijkt zijn sigaret, tikt de as in het afvoerputje op de grond en gaat op weg naar zijn bureau. "Tja, zoals gezegd dus, een goed getrainde vent. Verschillende oude botbreuken, waaronder een gecompliceerde scheenbeenbreuk, typische snowboardersverwonding. Meniscusoperatie aan de linkerknie. De kom van het schoudergewricht heeft ook een keer een opdonder gehad – gebeurt ook vaak bij het snowboarden." Hij overweegt een moment. "Kan natuurlijk ook een motorongeluk zijn geweest. Of iets heel anders. Koffie?"

"Graag, met melk. Een sportief type dus. Wat is je verder nog opgevallen?"

"Hij had cariës, maar goed behandeld, alles met goud. Lijkt Duits kwaliteitswerk, arm was ie dus niet."

"Was het een Duitser?"

"Ja, daar ga ik tenminste van uit, en zo niet, dan heeft hij hier lang gewoond, of anders in Midden- of Noord-Europa of in de *US of A*. Ergens waar ze goeie tandartsen hebben. Zal ik de gouden vullingen laten analyseren?"

"Ja, graag! Momenteel klampen we ons aan elke strohalm vast."

"Röntgenfoto's van de tanden heb ik al laten maken."

"Prima. Dank je."

"Van zijn gezicht hebben de vogels helaas niet al te veel overgelaten. Maar ik vermoed dat hij weinig rimpels had."

Müller wordt serieus.

"Boven de dertig, zou ik zeggen, niet ouder dan veertig. Preciezer kan ik het op het moment niet zeggen, maar persoonlijk zou ik zo rond de midden dertig tippen. Voor een man had hij weinig lichaamsbeharing. Maar alles puur natuur, niks geschoren. Geen sieraden, geen tatoeages. We hebben geprobeerd zijn vingerafdrukken te nemen. Het laboratorium analyseert ook zijn dna-code, misschien hebben jullie geluk en past die bij iets wat jullie vinden."

"Wat voor ogen had hij?"

"Dat moet je de kraaien vragen. Hij was blond, misschien had hij dus lichte ogen. Blauw." Müller zucht en trapt zijn sigaret uit. "Maar zijn wenkbrauwen waren tamelijk donker, dus pin me er niet op vast. Blauw, groen, grijs, bruin – echt alles is mogelijk."

"Nog iets?"

Het lijkt alsof de patholoog niet wil antwoorden. Dan vermant hij zich. "Nou waren zijn vingers dus niet in al te beste staat, maar ik ben er tamelijk zeker van dat hij aan zijn rechter ringvinger langere tijd een ring heeft gedragen. Een kleine, nauwelijks nog waarneembare afdruk aan de onderkant. De ring was waarschijnlijk van goud of van platina, want oxidatie, zoals je dat bijvoorbeeld bij zilver krijgt, heb ik niet aangetroffen. Misschien een trouwring." Hij zucht. "Die kraaien – dat gat in het dak heeft het feestmaal voor ze waarschijnlijk nog een stuk eenvoudiger gemaakt. En het schot in zijn gezicht ook. De dader wilde hem niet alleen vermoorden, hij wilde zeker zijn dat wij het slachtoffer niet zouden kunnen identificeren, als je het mij vraagt. Kleren of sieraden hebben jullie nog steeds niet gevonden, toch?"

Judith schudt haar hoofd.

"Ik ben natuurlijk nog niet klaar met mijn onderzoek, maar tot nu toe ben ik in de schotwonden geen enkel vezelspoor tegengekomen."

"Hij was dus naakt toen hij werd doodgeschoten?"

"Ja, daar ziet het wel naar uit. Maar hij is niet naakt op die kansel geklommen, daar durf ik heel wat om te verwedden. Hij moet op zijn minst schoenen hebben gedragen. Als hij blootsvoets door het bos was gelopen, dan zouden daarvan sporen te vinden zijn op zijn voeten, modder, verwondingen, je weet wel."

Om tien uur brengt de postbode de post. Ze hoort het klepperen van de brievenbus, dan het zachte geritsel waarmee de brieven in de gang op het parket vallen. Wat moet ik daarmee, denkt Juliane Wengert. Andreas was nooit een groot brievenschrijver, eerder een man van het woordeloze gebaar. Een omhelzing die kon uitlopen op gepassioneerde seks in een openbaar toilet of ergens in de bosjes. Een hele bos rode rozen die hij in een opwelling kocht van een van die Indiërs die 's nachts door de steegjes van het centrum rondsluipen, altijd een beetje ineengedoken, altijd glimlachend. De paar schriftelijke mededelingen die Juliane van haar echtgenoot heeft ontvangen, zijn haastig neergekrabbelde momentopnames op kitscherige ansichtkaarten, meestal zonder aanhef. *Zenuwenlijers! Maar het bier smaakt ook hier zoals Duits bier moet smaken. Wacht maar tot ik weer thuis ben ...* – de boodschap van een schoolreisje naar Rhön. Of: *Ahoy, zeemansbruid. I miss you, A.* – van een weekendje met vrienden naar Hamburg. Grappig dat ik die teksten uit mijn hoofd ken, denkt Juliane, terwijl ze haar zijden kamerjas omslaat. Koele, vloeiende stof, een liefkozing op de naakte huid, een cadeau van Andreas voor haar veertigste verjaardag. Ze kreeg altijd zo'n chic gevoel als ze die ochtendjas aantrok. Zo kostbaar. Zo mooi.

En nu? Houterig loopt ze naar de vestibule, haar hoofd is zwaar, haar lichaam in één klap ouder geworden. Ze hoeft niet in de spiegel te kijken om te weten dat ze er afgrijselijk uitziet. Ze heeft zelfs geen nachtcrème opgedaan voordat ze op een gegeven moment in slaap is gevallen, haar handen rond de fles rode wijn geklemd als waren het de handen van een geliefde. In de gang blijft ze staan en kijkt toch even in de spiegel. Een gewoonte. Een slechte gewoonte. Op haar linkerwang ontdekt ze een gesprongen adertje, tussen haar wenkbrauwen en rond haar mondhoeken diepe rimpels, haar mascara is uitgelopen. Mee-eters op haar neusvleugels. Afgrijselijk ziet ze eruit. Een ouder wordende vrouw. Wanneer heeft haar huid zijn elasticiteit verloren? Ze zeggen dat je boven de wolken sneller oud wordt en ze is allang gestopt de airmiles te tellen die ze elk jaar aflegt.

Ze bukt zich en raapt de post op. Ze voelt hoe haar borsten onder de zwarte zijde bewegen. Hangborsten. Aan dat kind met wie ze Andreas heeft betrapt op de rode, leren bank, hing natuurlijk niks. Zoals Andreas naar haar had gekeken terwijl hij zijn handen rond haar spitse ... Ze probeert het beeld te verdringen. Voorbij, voorbij, voorbij. Daar waar de leren bank stond – haar lievelingsbank – staat nu een nieuwe van Ligne Roset, met witte bekleding. Alsof eenmaal verloren onschuld ooit nog door wat dan ook teruggehaald zou kunnen worden. Mechanisch bladert ze door de post. Creditcardafrekeningen. Een ansichtkaart uit Toronto van haar vriendin Anne. Het contract voor haar volgende opdracht in Brussel. Een reclamefolder van een pizzakoerier, smakeloos, in schreeuwende kleuren.

Ze gooit de post op de keukentafel, zet water op voor koffie. Nog drie dagen, dan is de herfstvakantie voorbij, ze zou echt de politie op de hoogte moeten brengen. Toen ik terugkwam uit Rome, was mijn man er nog steeds niet, hoort ze zichzelf zeggen. Maar hoe moet de politie daarop reageren? Andreas heeft per slot van rekening herfstvakantie. En als ze er dan eenmaal achter komen dat hij tien jaar jonger is dan zij, dan zullen ze haar sowieso alleen nog maar zien als een smachtend, hysterisch wijf. Ze zullen haar verdenken en de pers zal er lucht van krijgen en haar klanten en dan … Nee, die schande zal ze zichzelf niet aandoen, in elk geval niet zolang het nog te vermijden valt. Ze schenkt de koffie in een kopje en neemt dat mee naar haar slaapkamer. Zwarte koffie in de ochtend – haar grootmoeder bezwoer al dat dat het beste middel is voor een frisse teint. Ze drinkt met kleine slokjes, maar het helpt niet. Het gezicht dat haar vanuit de make-upspiegel aankijkt, ziet er nog altijd spookachtig uit. Weer loopt het water uit haar ogen, maar ze drukt haar vingers tegen haar ooghoeken, dringt het met alle macht terug.

"Alsjeblieft", fluistert ze, "alsjeblieft."

Ze haalt nog een kop koffie uit de keuken en eet twee sneetjes knäckebröd en een bakje yoghurt met kokossmaak. Dan voelt ze zich sterk genoeg om opnieuw een dag zonder haar man aan te kunnen en ze grijpt naar de telefoon. Exact zevenenveertig seconden later heeft ze haar kapper overgehaald om vandaag nog twee uur voor haar vrij te maken.

Judith treft Manni in Oberbach, in Supergrill Rosi's. Een automaat spuugt cappuccino in bruine geribbelde plastic bekertjes, zo te zien uit hetzelfde pijpje waar ook de bouillon, citroenthee en cacao uit komen. Het melkschuim ziet er onnatuurlijk glanzend uit. Toch is het een duidelijke verbetering ten opzichte van de koffie op het hoofdbureau. Ze bestellen curryworst met patat en kijken toe hoe de gepermanente kokkin de friteuse bedient.

Twee mannen op rubberlaarzen komen binnen en bestellen het menu van de dag. Kapucijnerschotel garni.

"Biertje erbij, jongens?" Rosi's gezicht glanst zo rozig als haar naam doet vermoeden. Ze zet de borden in de magnetron en flirt met de gasten. Bezadigd en geroutineerd. Een vrouw die haar geloof in de liefde al lang geleden heeft begraven.

"Morgenochtend wil Millstätt ons op het hoofdbureau zien." Judith weet niet hoe ze het gesprek anders moet beginnen.

"Ik was er vanochtend wel."

O fijn hoor, strebertje. "En, nog nieuws?"

"Niks bijzonders. Versterking kunnen we vergeten, de anderen zitten nog altijd op de zaak-Jennifer."

"Op ons kunnen jullie in elk geval rekenen!" Hans Edling heeft het gesprek aandachtig gevolgd. Blijkbaar voelt hij zich geroepen om tussen Judith en Manni te bemiddelen.

"Karl-Heinz Müller gaat ervan uit dat het slachtoffer zich pas op de wildkansel heeft uitgekleed." Judith besluit open kaart te spelen.

"Misschien had hij een rendez-vous?" Manni neemt een slok van zijn cola. "Een stelletje wil ongestoord zijn en ontmoet elkaar op de kansel? Gaat dat zo bij jullie daar in het Bergische, Hans?"

"Uitsluiten kun je het niet. Maar het is wel al oktober, behoorlijk fris dus, en de Erlengrund is nou niet echt gemakkelijk te bereiken."

"Maar als hij zich had uitgekleed voor een nummertje, wat is er vervolgens dan gebeurd?" vraagt Judith. "Zijn vriendinnetje zegt ineens 'Wacht even, schatje', klimt naar beneden en begint er dan op los te knallen? Lijkt me onwaarschijnlijk, niet?"

"Misschien heeft de dader het stelletje verrast?" stelt Edling voor.

"Maar de K's zijn er zeker van dat het slachtoffer alleen op de kansel was toen de schoten vielen." Judith neemt nog een koffie.

"Hij kan in een val zijn gelokt." Manni staart naar het etiket van de plakkerige ketchupfles alsof dat informatie over het verloop van de daad bevat. "De dader dwingt hem de kansel op te klimmen, dreigt hem dood te schieten als hij zich niet uitkleedt. Dan moet hij zijn kleren naar beneden gooien, staat dus in de deuropening, en vormt zo een prachtige schietschijf."

"En eerst heeft hij delen van het dak verwijderd. Best mogelijk. Maar dan is het zeker geen daad in een opwelling geweest, hoewel de dader meerdere keren heeft afgedrukt. En wat is het motief?"

"Haat? Of de dader heeft gewoon geluk gehad dat hij zo weinig sporen heeft achtergelaten."

"Nogal veel geluk."

Manni haalt zijn schouders op. "Karin en Klaus hebben een paar sigarettenpeuken onder de bank gevonden."

"Waarvan wij niet weten of die wel iets met de moord te maken hebben. Volgens Müller was het slachtoffer niet-roker. En zelfs al zou het lab speekselresten en gedeeltelijke vingerafdrukken kunnen analyseren, wat doen we daarmee? De complete bevolking van het Schnellbachtal laten testen op overeenkomst?"

Rosi brengt hun borden en ze beginnen te eten. De patat smaakt naar papier-maché. Judith staat op en haalt een zoutvaatje.

"We moeten erachter zien te komen wie het slachtoffer is", zegt ze. "Anders komen we niet verder."

"Het zou me verbazen als hij hiervandaan kwam, hier in het Bergische verdwijn je niet zomaar ongemerkt." Hans Edling spreekt met volle mond.

"Ergens moet een verbinding zijn." Judith denkt weer aan haar droom. Het gevoel dat er iets wacht in het dal. Dat de oplossing hier ergens sluimert en het er alleen maar op aankomt om de aanwijzingen juist te interpreteren. En er knaagt nog iets anders in haar onderbewustzijn, iets wat nog minder grijpbaar is. Het gevoel dat ze iets is vergeten, of over het hoofd heeft gezien. Hou op met aan jezelf te twijfelen, Judith, verman je. "Bos, niks dan bos rondom die hele Erlengrund. Geen straat. Daar kom je niet toevallig terecht. Er moet een verband bestaan tussen het slachtoffer en de plaats van het misdrijf", herhaalt ze zachtjes. De twee mannen antwoorden niet, zijn in hun eigen gedachten verzonken.

Op de parkeerplaats van de Grillstube neemt Hans Edling afscheid, hij gaat weer terug naar de Erlengrund. Manni en Judith rijden naar de Sonnenhof. Het Schnellbachtal lijkt vandaag al bijna vertrouwd. Een meisje met bruine rastavlechten drijft een kudde schapen naar een weiland, twee mannen wieden onkruid. Van de gasten is niets te zien.

De kale jongen begroet hen bij de receptie en geleidt hen twee steile houten trappen op naar een zaal met een houten vloer. Op planken naast de deur liggen kussens, dekens en matten. De dakconstructie met de donkergepolijste vakwerkbalken welft zich boven hen als een kathedraal. Ook hier is een soort altaar met bronzen fabelfiguren en een boeddha. Schalen met rijst, wierookstaafjes en bloemblaadjes dienen waarschijnlijk als offergaven. Zo'n twintig mensen in joggingbroek zitten op de vloer en houden onmiddellijk op met praten zodra Judith en Manni binnenkomen. De zaal moet zo groot zijn als het grondvlak van het huis, want in alle vier de muren zijn grote ramen gesneden waar bladgroen omheen groeit. Het is een geniale architectonische kunstgreep, want op deze manier lijken de beboomde hellingen buiten dichtbij, bijna alsof je hier in een boomhuis zit.

"De rest komt zo", zegt de kaalgeschoren jongeman en hij gaat op de grond zitten.

Buiten begint het te motregenen. Het moet heerlijk zijn om hier alleen in deze zaal op de vloer te gaan liggen en alleen maar in het groen te staren, denkt Judith. Niets te hoeven doen. Niets voelen. De patat heeft zich in haar maag tot een zware klomp samengeperst. Ze moet nodig weer eens boodschappen doen en voor de lunchpauze broodjes meenemen. Van warm, vet eten wordt ze altijd veel te traag. De deur gaat open en er komen nog tien mensen, inclusief Heiner en Beate von Stetten, de zaal binnen. Even later wordt de deur nogmaals op een kier geopend en het meisje met de bruine rastavlechten glipt naar binnen, op de voet gevolgd door de rooie Kermit. Er is iets aan die twee wat Judiths aandacht trekt. Het lijkt bijna alsof Kermit verwacht dat het meisje elk moment kan omkeren en weglopen. Hij is veel te erg op haar gefixeerd, ook al raakt hij haar niet aan. Ze probeert de blik van het meisje te vangen. Zonder succes. Het meisje gaat achteraan op de grond zitten en begint zo met een van haar warrige haarlokken te draaien dat haar gezicht erdoor verborgen wordt. Kermit gaat naast haar zitten. Als een waakhond.

Manni bladert door de lijst die Beate von Stetten hem de vorige avond heeft overhandigd en controleert de personalia. Zeventien mensen wonen vast op de Sonnenhof, daarbij komen deze week eenentwintig gasten van wie er niet één vorige week of de week daarvoor al in het Schnellbachtal was. We moeten die lijsten erbij halen en alle gasten van de afgelopen weken bellen, bedenkt Judith.

"Kent iemand van jullie de Erlengrund?"

Hoofdschudden bij de gasten, knikken bij de bewoners.

"Is iemand er de afgelopen twee weken geweest?"

Hoofdschudden. Niet de afgelopen tijd. Per slot van rekening heeft het de afgelopen twee weken bijna aan één stuk door geregend.

"Kent iemand een man van een jaar of vijfendertig met blond haar tot op zijn schouders die in het Schnellbachtal woont of wellicht zelfs op de Sonnenhof te gast was?"

Nog meer hoofdschudden.

"Maar het zou toch kunnen dat een vroegere gast of de begeleider of een kennis van een gast ...?"

"Ja, dat is mogelijk." Heiner von Stetten heeft een donkere, sonore stem die de zaal moeiteloos vult. "Mogelijk wel, maar niet waarschijnlijk."

"Waarom?" vraagt Manni.

"Waarom?"

"Waarom is het niet waarschijnlijk?"

"Omdat wij de mensen die hier in- en uitgaan kennen."

"Ook hun begeleiders en hun vrienden?"

"Natuurlijk niet, maar ..."

"Is iemand van u in het bezit van een jachtvergunning? Een geweer?" Judith besluit tot de aanval over te gaan.

"Dit is een ashram."

"Is dat een ja of een nee?"

Voor het eerst ziet Heiner von Stetten er een klein beetje geïrriteerd uit. "Nee natuurlijk. De weg van de yoga is niet in overeenstemming te brengen met geweld."

"Nou ja, maar u woont hier op het platteland, daar beschikken veel mensen over een jachtvergunning."

"Wij niet." Koeltjes. Zeer beslist.

"Wij zullen dat uiteraard nagaan."

"Doe wat je niet laten kunt, Judith." Heiner von Stetten staat op en kijkt haar recht aan. "Doe dat. Als er verder geen vragen meer zijn …"

Ze kunnen gaan. Zo voelt het althans. De rooie Kermit begeleidt hen naar de parkeerplaats. Alsof hij er zeker van wil zijn dat we ook daadwerkelijk wegrijden, denkt Judith. In zijn blik ligt iets wat ze als leedvermaak interpreteert.

"Misschien kom ik eens langs tijdens een yogales", zegt ze om hem een beetje te stangen. Maar als dat al lukt, laat hij het niet merken. Hij maakt een vage buiging, houdt haar portier open en glimlacht.

"Wat deed u voordat u hier dit district overnam?"

De hoofdinspecteur heeft vandaag een zenuwtrekje bij haar linkeroog. Ze drukt er steeds weer tegenaan met haar wijsvinger, maar dat helpt natuurlijk niks. Ze ziet er vreselijk uit, ongekamde haren, haar huid zo bleek dat de zomersproeten nog meer opvallen, de roodomrande ogen stralen bijna iets fanatieks uit. De zijkant van haar wijsvinger is geel verkleurd van de nicotine van haar stinkende sjekkies …

"Ik zat in Afrika." Diana wacht op het gebruikelijke 'O in Afrika!'-gedoe, maar de hoofdinspecteur reageert amper.

"Waarom?" vraagt ze alleen maar.

"Omdat ik daar een baan had gekregen."

"Vertel."

"Wat heeft dat te maken met die dode man op de kansel?"

"Misschien niks. Maar dat kan ik pas beoordelen als ik meer weet."

"Ik hoef u niets over mijn privéleven te vertellen."

De hoofdinspecteur zucht. "Nee, dat hoeft u niet. Maar het zou prettig zijn als u als getuige het onderzoek zou ondersteunen." Ze kucht. "Mijn dag is vanochtend om zeven uur begonnen in het forensisch instituut, daarna heb ik getuigen gehoord en een paar uur door de stromende regen met de collega's van de technische recherche het bos doorgekamd. Nu is het zeven uur 's avonds en ik ben moe. En u hebt ongetwijfeld ook een lange dag achter de rug. U bent toch ook ambtenaar? Kent u dat niet, al die verzoekschriften en dagvaardingen en aanvraagformulieren, al dat gedoe, en uiteindelijk gaat het dan om futiliteiten. Zoveel verspilde energie. Hebt u daar nooit genoeg van?"

"Dat is nou precies waarom ik naar Afrika ben gegaan toen ik de kans kreeg." Shit, ze is er rechtstreeks ingetuind. Maar het kan toch ook geen kwaad als ze deze Judith Krieger daarover vertelt. Die laat haar anders toch niet met rust.

"Het was een ontwikkelingsproject. 'Nature – Nurture', een Amerikaans privé-initiatief dat inmiddels ook van Duitsland uit actief is."

"Wat deed u daar?"

"Ik zat in Kenia en in Tanzania, heb geprobeerd de mensen daar weer een gevoel voor hun bossen te geven, zogezegd. Het bos is in Afrika erg negatief geladen. Het is de plek waar boze geesten wonen. De bomen leven, voodoo en zo."

Bos dat haar gadeslaat, gefluister. Boomstammen die dichterbij komen. Het gevoel van afgelopen nacht is even weer terug. Ze schuift het resoluut terzijde. "Bovendien wordt het tegenwoordig in Afrika als ouderwets gezien om in harmonie met het bos te leven. Het past gewoon niet bij die fantastische plastic wegwerp-producten die onze geglobaliseerde wereldgemeenschap tot in alle hoeken van de aarde uitspuwt. En dus mijden de mensen het bos of ze ontbossen het, ze houden zich bezig met monoculturen en dan zijn ze verbaasd als de bodem onvruchtbaar wordt en ze van het kleine beetje geld dat ze op de plantages verdienen niet kunnen leven. Nog even afgezien van het feit dat veel familie-hoofden liever de opbrengsten in de stad verbrassen in plaats van voedsel voor hun vrouwen en kinderen te kopen."

"En dat wilde u veranderen?"

"Het was mijn werk om de mensen duidelijk te maken dat ze het bos nodig hebben, ja. Dat ze het duurzaam moeten gebruiken zoals hun voorouders en dat ze dan geen honger meer hoeven te lijden omdat er voldoende vruchten en brandhout in het bos zijn als ze die verdomde vooroordelen maar aan de kant willen zet-ten."

"Ik wist helemaal niet dat er zoveel bos is in Afrika."

"De meeste mensen denken bij Afrika alleen aan steppen met leeuwen en olifanten."

"Hoe maakte u zich verstaanbaar?"

"Ik ken Kisuaheli."

"Indrukwekkend."

"Dat is niet zo moeilijk."

"En, is het gelukt?"

"Wat bedoelt u?"

"Was uw werk succesvol?"

Diana moet denken aan de kindhoertjes in Mombassa. De onophoudelijke stroom dikke, blanke toeristen die hun eigen levenswijze als standaard eisen, ongeacht waar ze heen reizen, en zo ook de armste, stoffigste boerenhutjes in de verste uithoeken van de wereld infecteren met hun mateloosheid. Elke dag een douche, meergangenmenu's zelfs op safari in de bush, technische apparaten om elke denkbare gril te bevredigen. Willige vrouwen met slanke tailles en pronte borsten. Ze denkt aan het geluksgevoel dat ze ervaarde als ze met Kate en Jo-Jo voor de hut naar de avondzon over de pas bewerkte akkers keek en maïspap at. De stilte. Robs passie voor het project en hoe ze hem op een dag met Kates dochter aantrof. Ze dwingt zichzelf de hoofdinspecteur een moment lang aan te kijken.

"Min of meer. In elk geval in mijn drie dorpen wel, denk ik."

"En waarom bent u naar Duitsland teruggekeerd?"

Hij had niet eens een condoom gebruikt, die vuile rat. *Ze is toch pas vijftien, Diana, ze heeft heus geen aids. En van mij heeft ze ook niks opgelopen, ik ben voorzichtig geweest. Mijn god, ze wilde het toch zelf ook, ga nou niet de zedenpreker uithangen!*

"Ik vond drie jaar Afrika wel genoeg."

"Drie jaar was u daar. Dat is lang."

"Het leek niet lang."

"Geen moeite om te acclimatiseren?"

Diana staat op en loopt naar het raam.

"Het regent hier meer." Ze merkt zelf hoe lam dat klinkt. Het bos is hier niet zo gevaarlijk, wil ze eraan toevoegen, maar dan denkt ze aan de dode man op de Erlengrund en ze laat het bij het cliché over het weer.

"En hoe bevalt het leven hier in het Schnellbachtal?"

"Goed."

"Is het niet erg eenzaam?"

"Ik vind het prettig zo."

Ja, denkt Diana. Dat is inderdaad zo. Het is weldadig. De rust.

Afzondering. Anders zou ik het waarschijnlijk niet uithouden. De terugkeer naar Duitsland was een shock geweest. Amper was ze door de paspoortcontrole van de luchthaven Düsseldorf of het land overviel haar al met zijn kou en zijn ontevreden mensen die duizend keer meer bezaten dan de meeste volkeren en desondanks een vlammend Ik, Ik, Ik in hun ogen hadden en in hun samengeknepen mondhoeken. Zelfs de spreekwoordelijk opgewekte Rijnlanders waren haar vreemd voorgekomen met hun overdreven individualisme. Haar ouders hadden haar voorzichtig omarmd en op haar wangen gekust, haar zusje had haar amper een blik waardig gekeurd. Tamara was nu vijftien, een stuntelig, mager meisje in een keurig gestreken, wit bloesje. Zodra Diana haar bagage in de kofferbak van de Mercedes had gezet, plofte Tamara op de achterbank en begon met haar vingers in de lucht te trommelen.

Tamara heeft zaterdag een belangrijk concert, legde haar moeder uit.

Wabenzi, zei Diana. *In Kenia noemen ze blanken Wabenzi, naar Mercedes Benz, vind je dat niet treffend?*

Heel treffend. Vertel je grote zus eens waar je zaterdag speelt, Tamara.

In Gürzenich. De iele vingertjes blijven partituren in de lucht hameren.

Wow, zei Diana, *dat klinkt belangrijk.*

Het zijn de deelstaatkampioenschappen van Jugend musiziert. Tamara heeft dit jaar uitstekende kansen.

Wat speel je?

Schubert, Moments musicaux, en Liszt.

Wow, zei Diana weer.

Ze had zitten wachten tot haar familie zou vragen wat ze de afgelopen drie jaar had meegemaakt en waarom ze ineens uit Afrika was teruggekomen om als boswachter in het Bergische Land te gaan werken. Maar een halfuur later, toen de Mercedes de garage naast de fraaie villa in Keulen-Rodenkirchen binnengleed, wachtte ze nog steeds.

Om zeven uur eten we, je kunt je dus eerst nog in alle rust opfrissen. De blik van haar moeder bleef even aan Diana's stoffige spijkerbroek hangen. Zonder een woord nam Diana haar rugzak en volgde haar vader naar haar oude kinderkamer. Hij zette de twee koffers keurig naast elkaar voor het raam en keek zijn oudste dochter voor het eerst echt aan.

Het is goed dat je weer in Duitsland bent. Je moeder is momenteel erg gespannen, Tamara staat voor haar grote doorbraak, waarschijnlijk krijgt ze een platencontract, maar ze heeft haar moeder nog erg nodig.

Ik kom hier niet meer wonen. Dit weekend ga ik al naar het boswachtershuis in Unterbach.

Het is goed dat je weer in Duitsland bent, herhaalde haar vader. *Van het Bergische Land naar Keulen is niet erg ver.*

"Volgens mij luistert u helemaal niet", zei de hoofdinspecteur.

"Neem me niet kwalijk, u hebt gelijk. Wat zei u?"

"Is het u ooit opgevallen dat de wildkansel door iemand anders werd gebruikt dan door u?"

"Ik weet het niet. Waarschijnlijk. Ik neem aan van wel. Wandelaars kunnen naar boven klimmen, bijvoorbeeld. Dat is weliswaar verboden, een kansel is voor de jacht bedoeld, maar je kunt het niet verhinderen. Misschien wordt hij ook gebruikt door mannen uit het dorp die toestemming hebben om in dit district te jagen."

"Ik moet een lijst hebben met hun namen."

"Die heb ik daar in mijn kantoor, ik haal hem even." Diana staat op. De telefoontjes, denkt ze, terwijl ze de lijst kopieert. Kan er een samenhang zijn? Maar dat is uitsluitend haar zaak en bovendien is ze nooit naar de kansel gestuurd. Laura schiet haar te binnen. Heeft die niet ooit verteld dat ze soms naar de Erlengrund gaat als ze wil nadenken? Laura en god weet wie nog meer. Als ze terugkomt in de keuken zit de hoofdinspecteur nog altijd aan tafel en bestudeert haar sproetige handen.

"Er loopt een fraai voetpad van de Sonnenhof naar de Erlengrund", zegt Diana. "Misschien moet u daar eens navraag doen."

"Denkt u aan iemand in het bijzonder?"

"Nee, hoe komt u daarbij?"

De hoofdinspecteur fronst haar voorhoofd. "Is het zo?"

"Nee."

"Zeker weten?"

De hoofdinspecteur drukt weer met haar gele wijsvinger op

haar linkeroog. Ze ziet er echt heel moe uit. En toch is ze verdomd hardnekkig.

"Ik denk aan niemand in het bijzonder", zegt Diana Westermann.

"En zelf gebruikt u de kansel regelmatig?"

"Dat heb ik toch al een paar keer verteld."

De hoofdinspecteur staat op. Haar vreemde turkooisgrijze
ogen weerspiegelen wantrouwen en moeizaam onderdrukte irritatie.

"Goed dan, we wachten op de resultaten van het sporenonder-
zoek. Dat duurt helaas een paar dagen."

"Ik weet zeker dat u vergeefse moeite doet."

"U bent niet van plan op korte termijn op reis te gaan?"

Diana schudt haar hoofd.

"Tot ziens", zegt de hoofdinspecteur. "Ik laat mezelf wel uit."

Woensdag 29 oktober

Manfred Korzilius werkt zo nauwkeurig als een Zwitsers uurwerk. Hij heeft er bepaald geen lol in om als een idioot in dit troosteloze gat genaamd Unterbach van deur tot deur te gaan en te vragen of er nou echt niemand is die een blonde man vermist. Maar succesvol onderzoek, zo hebben de docenten aan de politieacademie hem geleerd, zo staat in elk handboek en zo herhaalt zijn chef keer op keer, bestaat vooral en in de allereerste plaats uit zorgvuldige routine. Samen met Hans Edling heeft Manni een plattegrond getekend en daarop elke, maar dan ook echt elke parkeerplek bij het bos gemarkeerd en hij is ter plekke persoonlijk gaan kijken of er een voertuig staat dat slachtoffer of dader gebruikt kan hebben. In alle omringende plaatsen hebben ze opsporingsverzoeken doorgegeven en opgehangen. Maar de mensen zijn nou eenmaal raar. Je kunt er niet van op aan dat ze naar de politie gaan en vrijwillig alles vertellen wat ze weten. En daarom moet je ze persoonlijk ondervragen.

Aanbellen, identificatie tonen, uitleggen, luisteren, nieuwsgierige vragen afwimpelen en dan weer een adres afvinken en op naar het volgende huis. Manni draaft met verende tred bergop. Zijn jack is inmiddels veel te warm, maar als hij het uittrekt, heeft hij zijn handen niet vrij. Bovendien zou zijn mobilofoon eruit kunnen vallen. Zijn verbinding met Hans Edling die in Oberbach precies hetzelfde doet als hij hier. Manni laat zijn adem in één lange, gecontroleerde teug uit zijn longen stromen. Het Bergische Land doet zijn naam alle eer aan, de meeste huizen zijn ergens op een helling gebouwd. Hij bestijgt de volgende ingangstrap. Krieger met haar eeuwige sigaretten, die zou het, vooropgesteld dat ze enig belang zou stellen in dit routineklusje, allang hebben opgegeven. Hopelijk verzorgt ze ten minste de landelijke aangifte van vermissing. Manni controleert zijn lijst. Goed werk, collega. Nog twee straten en een boerderij, dan kan hij Unterbach afvinken en wordt zijn hypothese bevestigd dat het slachtoffer niet hiervandaan komt. Niet dat hij serieus rekening heeft gehouden met een ander resultaat. Per slot van rekening heeft die vent op de kansel twee weken liggen rotten en geen mens heeft hier iemand gemist. Het kan dus geen lokaal iemand zijn. Uit een gat met duizend zielen verdwijn je niet zomaar onopgemerkt. En daarmee daalt ook de waarschijnlijkheid dat de dader uit het Schnellbachtal afkomstig is. De meeste moorden vinden nu eenmaal in de relationele sfeer plaats.

Nog een huis en nog eentje. En weer geen resultaat. Zou Krieger iets ontdekken? Erg gemotiveerd lijkt ze niet, die ochtend was ze alweer te laat op het hoofdbureau, maar op de een of andere manier weet ze het toch zo te draaien dat het lijkt alsof zij het onderzoek leidt. Even voelt Manni zich gefrustreerd. Ik lijk verdomme wel een loopjongen, denkt hij, en wat schiet je ermee op. Zelfs al zou de moordenaar hier in het Schnellbachtal wonen, hij zal heus niet de deur opendoen en zeggen: *Hé, ja, inderdaad, nu u het vraagt: de minnaar van mijn vrouw wordt al een poosje vermist, en tussen haakjes, ik heb het gedaan.* Het is niet eerlijk dat Axel Millstätt Krieger zo in bescherming neemt. Het zit hem dwars dat Krieger zich niet aan de regels houdt, daar is Manni van overtuigd, en toch laat hij haar haar gang gaan. Vroeger, toen Manni nog als dienstklopper bij de zedenpolitie in Essen zat, toen moet die Krieger een hele goeie zijn geweest, dat zeggen ze tenminste op het hoofdbureau. Killerinstinct en zo. Maar nu lijkt ze volgens hem de meeste tijd afwezig, voelt zich te goed om met hem te praten, en die uitgehongerde manier waarop ze aan die stinkende sjekkies van d'r lurkt, werkt hem op zijn zenuwen. Na zijn eerste dag samen met haar heeft hij Axel Millstätt gevraagd weer te worden overgeplaatst naar het team-Jennifer. Maar Millstätt was onverbiddelijk. *Ik heb Rossmann gevraagd wie hij kan missen en hij heeft jouw naam toen genoemd. – Hoezo, Rossmann kan mij wel missen? Ik heb me honderd procent op dat onderzoek gestort, net als de anderen. – Kalm aan, Manni, iemand van jullie moest daar weg, en bovendien vind ik dat Krieger en jij een goed team vormen. – Maar ze is … – Het is al besloten, Manni. En bovendien: zo'n onderzoek met zijn tweeën geeft je een heleboel speelruimte. Laat zien wat je kunt, dan zul je de resultaten vast en zeker terugzien op je volgende beoordeling.*

De gedachte aan een snelle promotie geeft Manni nieuw elan. Speelruimte, ja, nou inderdaad, die heeft hij. Want Krieger lijkt zich steeds meer blind te staren op het idee dat het slachtoffer van de Sonnenhof afkomstig is. Die zit kettingrokend aan haar bureau te broeden terwijl ze de hele adressenlijst afbelt die ze van de Sonnenhof hebben gekregen. Wil gewoon niet inzien dat ze zich daarop blind zit te staren. Laat haar. Manni holt naar het volgende huis, vergelijkt de naam op zijn lijst met die naast de deurbel en drukt op het messing knopje. De vrouw die opendoet, draagt een roze gebloemde nylonschort en heeft een plumeau in haar handen.

"Mevrouw Petra Weißgerber?"

"Ja?"

"Recherche. Mijn naam is Korzilius. Neem me niet kwalijk dat ik u stoor, maar we hebben uw hulp nodig. Kent u een jonge, blonde man die sedert een week of twee verdwenen is?"

"Die dode man uit het bos?" Ze kijkt hem aan met ronde, bruine koeienogen die niet echt bij haar stroblonde permanent passen. Hij dwingt zichzelf tot een bemoedigend glimlachje.

"Blond, lang haar. Waarschijnlijk een jaar of dertig."

"Nee, ik zou niet weten wie dat zou moeten wezen." Ze glimlacht nu ook, vanuit een beleefde reflex, zoals de meeste vrouwen.

"Is u verder iets opgevallen wat met de moord te maken zou kunnen hebben?"

Ze bijt op haar onderlip, waardoor haar gezicht er nog sulliger uitziet.

"Ik weet niet. Wat bijvoorbeeld?"

Allejezus!

"Dat kan ik u helaas niet zeggen. Dat kan van alles zijn. Alles wat u in de afgelopen weken is opgevallen als uitzonderlijk."

Ze staat daar maar op haar onderlip te kauwen. Doet haar mond open, doet hem dan weer dicht. Ze kijkt hem hulpzoekend aan. Glimlacht. Haalt adem, doet haar mond open. Genoeg.

Manni recht zijn schouders.

"Enfin, in elk geval bedankt voor uw medewerking. En nog-maals sorry dat ik u heb gestoord."

"Maar ..."

Er is iets in dit 'maar' dat hem doet aarzelen.

"Ja?"

"Marc. Mijn zoon. Die is zestien en hij is vaak in het dal. Met zijn fiets. Misschien moet u eens met hem praten. Als er ergens iets opvallends gebeurt, weet hij het."

Tegen vijf uur weet de zon een paar minuten lang door de wolken heen te breken. Vedanja zit gehurkt op de veranda en speelt met de jonge katjes. Een kleine tijgerkater wordt overmoedig. Hij vangt Vedanja's wijsvinger met zijn voorpoten en hapt ernaar met zijn spitse melktandjes. Jammer eigenlijk dat de herfstkatjes de winter meestal niet overleven. Vanuit het huis weerklinkt de gong. Het is zo tijd voor de avondmeditatie. Vedanja pakt het minikatertje bij zijn nekvel en zet hem bij zijn broertjes en zusjes. Gun hem zijn lol zolang het nog kan. Vedanja is al bijna bij het huis als de donker-groene terreinwagen de parkeerplaats op rijdt. Een vrouw met een blonde paardenstaart stapt uit en zwaait. Ze draagt een groene spijkerbroek, een parka en kniehoge, modderige rubberlaarzen. De boswachter. Hij heeft haar al een paar keer met Laura in de meubelmakerij gezien. Ze loopt recht op hem af met gelijkmatige, snelle stappen, als een getraind hardloopster.

"Wil je hier misschien even naar kijken?" Ze overhandigt hem iets.

"Dit mobieltje heb ik in het bos gevonden. Eerst dacht ik dat het van de dode man was. Maar het lag heel ergens anders. Ken je dit teken? Is het mogelijk dat dit toestel van iemand van de Sonnenhof is? Ik weet het niet zeker, maar volgens mij heb ik een dergelijk teken hier in huis al eens eerder gezien – er wordt hier toch niemand vermist, wel?" Haar ogen lichten mosgroen op. Past precies bij haar beroep, denkt hij. Hij pakt het mobieltje vast, bekijkt het goudkleurige handschrift. DARSHAN. Hij voelt hoe zijn hartslag versnelt. Rustig blijven, ouwe jongen, heel rus-tig blijven. Rustig ademhalen.

"Nee, hier wordt niemand vermist. Dit is het OHM."

"Het OHM?"

"Ja, een teken uit het Sanskriet. Het oudste woord ter wereld. Het meest oorspronkelijke van alle mantra's." De woorden geven hem kracht. De boswachter kijkt alsof ze niet tevreden is met deze uitleg.

"Oorspronkelijk heet het AUM." Hij tekent een cirkel in de lucht. "A U M. Drie letters die alles omvatten. Het begin van alles. Het einde. Drievuldigheid. Verleden, heden, toekomst. Schepping, behoud, verwoesting. De hele wereld, het hele universum, alle veranderingen, gewoon alles, zeg maar."

De gong klinkt voor de tweede keer.

"Waar heb je dat mobieltje gevonden?"

Ze maakt een vage beweging. "In het bos, in de buurt van de B55."

"Dus niet …" Hij weet niet hoe hij het moet vragen.

"Nee, natuurlijk niet op de plek waar de dode man is gevonden, anders had ik het aan de politie gegeven."

Hij klemt het mobieltje steviger in zijn hand.

"Het lijkt mij het beste als ik het meeneem naar ons kantoor."

"Weet u dan van wie het is? Is er bij jullie iemand die Darshan heet?"

De herinnering is als een golf die zich boven hem dreigt te sluiten. Darshan. Zoals ze altijd naar hem keek. Even is hij weer dertien en in de slaapzaal van de jeugdherberg draaien ze hem zijn armen op zijn rug, net zolang tot het hem niet meer kan schelen dat ze zijn pyjamabroek naar beneden trekken en lachen. *Lulletje rozenwater, lulletje rozenwater! Zo slap als een dooie vis.* Maar zij, zij had niet gelachen.

"Darshan, ja. Er heeft hier ooit een paar maanden lang een Darshan gewoond."

"Nu niet meer?"

"Nee."

"Heb je een adres van haar?"

"Nee. Hoezo?"

"Nou ja, omdat ze haar mobieltje wel zal missen. Weet je niet waar ze nu is?"

"De mensen komen en gaan hier, weet je." Er dreunt iets in zijn slaap. Ze had niet gelachen, maar ze had hem ook niet begeerd.

"Darshan was zo'n typische drop-out. Ze kwam hier op een dag aanzetten met haar rugzak, bleef een tijdje hangen en trok toen weer verder. Iemand had haar geld gestuurd. Ze wilde naar India." Hij ziet de luchthaven van Frankfurt voor zich. Allemaal keurige mensen, opgewonden over de op handen zijnde reis, en daartussen Darshan met haar blonde vlechten, in haar lila zijden jurk met de zwarte Doc Martins. Ja, zo moet het zijn geweest. De golf breekt en rolt weg. Hij kijkt de boswachter recht aan en glimlacht.

"Maar het kan net zo goed van iemand anders zijn."

"Maar haar naam staat er toch op."

"Darshan is een Indiase heilige. Veel yogi's nemen haar naam aan als een soort pseudoniem. Misschien wil de eigenaar van dit mobieltje alleen maar uitdrukking geven aan zijn verering van Darshan."

"Misschien heeft iemand die Darshan wel eens zien telefoneren?"

Vedanja schudt zijn hoofd. "Het gebruik van mobiele telefoons is verboden op de Sonnenhof, bovendien heb je hier helemaal geen bereik. Misschien is het wel van een gast die het nog niet heeft gemist." Hij wijst naar het hoofdgebouw. "Ik zal navraag doen. En mocht Darshan zich melden, dan zal ik het haar ook vragen."

De boswachter lijkt het liefst het mobieltje weer mee te willen nemen.

"Ik moet ervandoor. Bedankt voor je bezoek. En als je ooit behoefte hebt aan een yogales, kom vooral langs."

Hij is al bijna aan de overkant van het terras als de golf zich opnieuw achter hem verheft.

"Doe de groeten aan Darshan, als ze zich meldt", roept de boswachter.

Vrijdag 31 oktober

De nacht behoort aan de beelden. Weer rijdt Judith Krieger op het witte paard. Weer brengt het haar naar het dal, en dan naar de benauwde, donkere kamer. Weer weet ze dat Patrick haar heeft geroepen, dat ze hem moet bereiken, hem moet redden. Hij is hier ergens, haar collega, haar vriend. Ze kan hem voelen. Maar ze kan zich niet bewegen, ze kan niet praten, alleen zijn naam fluisteren. Zoveel hoop in haar stem. Zoveel verlangen. Weer ontdekt ze het mobieltje in de vensterbank, weer kruipt ze er oneindig traag naartoe, weer slingeren haar vingers deze laatste redding de bodemloosheid in.

Ze wordt wakker van haar schreeuw en ligt met razende hartkloppingen onder het dekbed dat veel te warm en te zwaar is. Het is benauwd in haar slaapkamer, de digitale cijfers van haar wekker geven 4:14 aan. Naakt strompelt ze naar de badkamer en gaat onder de douche staan. Ze leunt tegen de tegels en laat het water over zich heen spoelen tot ze het koud krijgt, dan trekt ze haar badjas aan en gaat naar de kamer. Ze gaat in de vensterbank zitten roken. Ineens verlangt ze naar Martin. Ze hebben niet meer met elkaar gesproken sinds hun ruzie afgelopen weekend, toen hij midden in de nacht is vertrokken. Morgen bel ik hem op, denkt Judith. Morgen of uiterlijk zondag. Tegen die tijd is zijn ergernis vast wel vervlogen. Het ging toch goed tussen ons, het afgelopen jaar. Hij moet toch kunnen begrijpen dat ik nu nog geen kind wil. Dat wij geen kind nodig hebben om gelukkig te zijn. En ook geen huwelijk. Hij weet toch hoe onberekenbaar mijn baan is. We hebben vast nog wel een kans.

Het is te laat om weer naar bed te gaan. Ze doet haar ogen dicht en ziet de Erlengrund voor zich. Daar ligt de oplossing van de zaak. Ze heeft iets belangrijks over het hoofd gezien, ze weet het zeker.

Als ze om zeven uur het hoofdbureau binnenstapt, is ze al zo moe alsof ze een hele dag achter de rug heeft. Manni ziet er daarentegen onuitstaanbaar uitgeslapen uit. Axel Millstätts chocoladeogen fixeren haar.

"Geen succes?"

Judith schudt haar hoofd.

"De boswachter gaat vrijuit", zegt Manni op hetzelfde moment. "De K's hebben zichzelf weer eens overtroffen en uit de smurrie op de open plek daadwerkelijk de resten van een patroonhuls gevist, weliswaar tamelijk doorweekt, maar precies daar waar de schutter moet hebben gestaan."

Waarom hoort ze dat nu pas? Judith hoopt van harte dat Millstätt haar verbazing niet merkt.

"Kaliber-16/70, merk Rottweil Jagd", zegt Manni tevreden. "De producent heeft bevestigd dat de loden kogeltjes bij dit type een doorsnee hebben van 3,5 millimeter, dus dat klopt. Meer details heb je niet bij schroot. Maar de dubbelloops Simson van de boswachter is definitief een kaliber twaalf. Die huls kan dus niet van haar afkomstig zijn."

"Prima, Manni, verder nog?"

"Ik heb zo meteen een afspraak met ene Marc Weißgerber uit Unterbach. Een jongen van zestien. Volgens zijn moeder zou hij iets gezien kunnen hebben waar wij iets aan hebben. Verder zijn Hans Edling en ik alle huishoudens in Unter- en Oberbach af geweest. De dode man komt niet uit de naaste omgeving van de plaats delict."

"Prima."

"En jij, Judith?"

"Van de Sonnenhof wordt niemand vermist, dat heb ik gecontroleerd. Toch moeten we daar volgens mij verder zoeken. Of bij de boswachter. Er klopt daar iets niet, ik voel het gewoon."

Manni wil iets zeggen, maar Millstätt is hem voor.

"Alle respect voor je gevoel, Judith, maar ik stel voor dat jullie je voorlopig strikt aan de feiten houden. Nog reacties op de aangifte van vermissing?"

Ze schudt haar hoofd.

"Heb je de röntgenfoto aan de *Zahnärztliche Mitteilungen* gestuurd?"

De envelop die Karl-Heinz Müller haar in het forensisch instituut heeft gegeven. Ze heeft hem in het bakje POST UIT op haar bureau gelegd, maar ze had het adres van de *Zahnärztliche Mitteilungen* niet bij de hand. Die stomme envelop is nog altijd niet geadresseerd. Ze voelt dat ze rood wordt.

"Ja, uiteraard." Ze dwingt zichzelf Millstätts chocoladeblik te trotseren. Meteen na de briefing zal ze haar fout corrigeren en geen mens zal het merken. Gewoon sneu dat wij als recherche een oproep moeten plaatsen in zo'n snertblaadje als de *Zahnärztliche Mitteilungen*, denkt ze. Het mag een wonder heten dat er een enkele keer zowaar een tandarts is die het gebit van een patiënt herkent en zich bij ons meldt. Maar wat moeten we anders? Een landelijk computersysteem met de gegevens van alle vermisten en onbekende lijken bestaat alleen in krimi's op tv. Even lijkt het alsof Millstätt haar een kruisverhoor wil afnemen, maar dan staat hij op. De ochtendbriefing is voorbij. Bij de deur draait hij zich nog een keer om.

"Jullie zijn een team, dus gedraag je ook zo. Ga liever met zijn tweeën naar die getuige, Marc Weißgerber. Ik wil niet nog een keer meemaken dat een van jullie pas in de ochtendbriefing hoort waar de ander mee bezig is. Van nu af aan wil ik een gezamenlijk verslag van jullie. Geen einzelgängerei meer. Is dat duidelijk?"

Millstätt verdwijnt de gang op, laat hen alleen in zijn kantoor. Verbouwereerd, zoals dat heet, denkt Judith. Ze overweegt wat ze zal zeggen, maar er schiet haar niets te binnen. Vroeger zou ze dat wel hebben geweten.

"Oké, dan stel ik voor dat we de auto nemen." Manni staat op. "Eens kijken wat ons grandioze wagenpark vandaag te bieden heeft."

"Ik moet nog snel even iets op mijn bureau …"

"Ik heb om negen uur een afspraak met die Weißgerber. En daarvoor moeten we Hans Edling nog briefen." Manni staat al op de gang.

"Ik ben zo klaar. Als je niet wilt wachten, dan kom ik wel na."

"Laten we samen gaan."

Judith wil bezwaar maken, maar knalt bijna tegen de oksel van Millstätt op die net met een kop koffie en zijn post zijn kantoor in wil.

"Kom je?" Manni loopt naar de lift. Ze voelt Millstätts blik. Er is geen uitvlucht, ze zit in de val. Dan moet dat tandartsenblad nog maar een paar uur wachten. Judith trekt haar jas aan en loopt snel langs haar chef.

"Ja, ik kom."

Marc Weißgerber is bleek, puisterig en nerveus. Hij draagt zo'n spijkerbroek waarvan het kruis ergens tussen de knieën hangt. Hij kan niet stilzitten, trapt aan een stuk door met zijn Puma's tegen de stoelpoten. Zijn bruine koeienogen, die hij strak op zijn knobbelige vingers gericht houdt, heeft hij onmiskenbaar van zijn moeder, maar zijn haar is donkerder dan dat van haar. Tussen zijn neus en zijn bovenlip cultiveert hij wat dun donshaar. Toen ik zo oud was, zag ik er net zo bezopen uit, denkt Manni Korzilius, en ik keek ook nooit iemand in de ogen. Dat hoeft niks te betekenen. Volwassen worden is nu eenmaal verdomd moeilijk. Man worden, haha. Petra Weißgerber fladdert rond de keukentafel als een nachtvlinder rond een gloeilamp. Druk in de weer met kopjes en schoteltjes. Een schaal met gebak. Ze schenkt koffie in en lacht te veel. Ze weet iets. Marc weet iets, denkt Manni. Hij kijkt naar Judith en beeldt zich in dat zij het ook ziet. In elk geval ziet ze er eindelijk een beetje wakkerder uit. Manni schept suiker in zijn kopje en roert. Je moet de jongen tijd geven om uit zijn schulp te kruipen, als je hem in een hoek dringt, dan krijg je er helemaal niks uit. Hij legt zijn lepeltje op het gebloemde schoteltje.

"Dus jij bent veel in het bos onderweg."

"Hm, weet niet. Soms wel, misschien. Met mijn bike en zo."

"Je mountainbike?"

"Ja." Zijn blik vliegt over de tafel, glijdt dan snel weer naar zijn handen. "Of met mijn motor. Alleen waar dat mag, natuurlijk."

"Marc heeft voor zijn zestiende verjaardag een Enduro gekregen. De jongens oefenen soms samen motorcrossen. Dat is volstrekt legaal."

"Wij zijn niet van de verkeerspolitie." Manni glimlacht tegen Marc. "Ik had een Mokick toen ik zo oud was als jij. Wij bouwden springschansen in het bos. Dat was niet legaal."

"Serieus, man?"

"Zeg ik toch."

Hij voelt hoe Marc zich een beetje ontspant. Mooi zo, laat hem maar praten, laat hem warm draaien. Ze kletsen even over hoe je de perfecte afzet maakt. De sportschoenen trappen niet meer zo heftig tegen de stoelpoten. Tijd om toe te slaan, besluit Manni.

"En je hebt in het bos iets gezien wat ons kan helpen?"

"Hm, nouja, kweet niet."

"Heb je iemand gezien, misschien iemand die je niet kent?"

"Nee, zeker weten."

"Marc", zegt Petra Weißgerber. "We hebben het er toch over gehad. Je moet de inspecteur vertellen wat jullie hebben gezien."

Inspecteur, denkt Manni. Dat klinkt verdomme wel erg goed.

"Weet je waar het lijk is gevonden?"

"Hm, ja, de Erlengrund. Iedereen heeft het erover."

"Ben je daar nog geweest, de laatste tijd?"

"Nee, nee, echt waar niet."

"Als ik erachter kom dat je liegt, dan kan dat nare gevolgen voor je hebben, Marc."

"Ik ben daar niet geweest, man, echt niet!"

"Maar?"

De schouders van de jongen zakken een stuk voorover.

"We gaan ook met je vrienden praten, Marc."

"Shit man, ik heb niemand gezien, echt niet."

"Zeker weten?"

"Alleen die motor."

"Die motor?"

"Ja, man, een BMW, echt vet. In de schuur van die ouwe Bielstein. Maar die is niet van Bielstein, en ook niet van iemand anders hier. Dat kun je alleen al aan het kenteken zien."

Bingo! Manni voelt dat hij het warm krijgt. Hij ziet bezorgdheid in het gezicht van Petra Weißgerber, haar zoon is nog wat verder in elkaar gezakt, zijn puistjes lichten nu nog meer op op zijn bleke huid. Manni staat op en glimlacht geruststellend.

"Dus alleen een BMW. Nou, die wil ik dan weleens zien."

"Je moet meedoen met de meditatie", zegt Vedanja.

"Weet ik." Laura kijkt hem niet aan.

"Altijd. En stipt."

"Weet ik."

"Je was net alweer te laat."

"Ik had me verslapen."

"Dat is geen excuus."

"Mijn wekker stond stil. De batterij was leeg."

"Dat zei je de vorige keer ook al."

"Het spijt me."

Dat is niet genoeg, bij lange na niet. Wat moet hij doen als Heiner Laura weer naar huis stuurt? Dat is voor hem ook een afgang, hoe moet hij dat Laura's moeder uitleggen? Hij zal een mislukkeling lijken. Dat moet ik hoe dan ook zien te voorkomen.

"Ik heb er een nieuwe batterij in gestopt. Het zal niet weer gebeuren."

Blijkbaar werkt zijn zwijgen intimiderend. Die truc moet hij onthouden.

"Kijk me eens aan."

Met tegenzin gehoorzaamt ze. Ze heeft mooie ogen. Gespikkeld barnsteen, zondoordrenkte honing. Licht gewelfde wenkbrauwen, zijdeachtige wimpers. Vedanja herinnert zich de afgelopen nacht. Als een verliefde kater heeft hij naar haar raam omhoog staan staren. In de verte hoort hij gelach.

"En nu?" Laura praat demonstratief verveeld, haar blik is alweer afgedwaald.

"We laten het erbij, Laura, voor deze keer. Ik geloof wat je belooft. Maar de volgende keer dat je er niet bent moet ik Heiner en Beate inlichten en dat kan vervelende gevolgen voor je hebben."

"Kan ik nu gaan?"

Vedanja neemt een slok van zijn thee en bekijkt haar onderzoekend. Haar lange, lichtbruine haar vervilt steeds meer. Ze heeft alle ontelbare staartjes en vlechtjes met een blauwe doek uit haar gezicht gebonden en bijt op haar nagelriem. Hij moet haar vertrouwen zien te winnen, zo moeilijk kan dat toch niet zijn.

"Morgen rijd ik naar Kürten, voor boodschappen. Heb je zin om mee te gaan?"

Een sprankje hoop in haar ogen. "Ja."

"Om negen uur op de parkeerplaats?"

"Hm."

Hoe moet ik tot haar doordringen?

"Verder alles in orde? Bevalt het in de landbouwgroep?"

"Heel wat beter dan in de keuken!"

Voor het eerst een spontane reactie. Vedanja glimlacht. "Goed, dan laten we het zo, jij blijft bij je schapen."

Laura knikt en Vedanja bedenkt dat hij wel wat meer dankbaarheid zou willen. Het was per slot van rekening niet eenvoudig om Heiner en Beate ervan te overtuigen om Laura tegen alle regels in een ander baantje te geven. Waarom wordt daar altijd weer zo'n punt van gemaakt, vraagt hij zich, niet voor het eerst, af. En veel interessanter: waarom leggen we ons daar allemaal bij neer en blijven we dag in dag uit hetzelfde werk doen dat Heiner en Beate ons ooit hebben toegewezen? De mens neigt tot traagheid, bedenkt Vedanja berustend. Hij heeft behoefte aan rituelen en aan overzichtelijkheid, zelfs al woont hij in een commune voor drop-outs. De meeste mensen zijn niet geschikt om te rebelleren. Een beeld flitst in zijn hoofd op. Lichtblonde vlechtjes en die hartelijke lach die zich boven elke onzinnige norm verhief. Hij rilt onmerkbaar. Aan háár wil hij nu al helemaal niet denken.

"Ik moet nu echt gaan, vandaag moeten we aardappels rooien."

Laura staat op en onderbreekt daarmee zijn gedachten.

"Ik zag je pasgeleden toen je uit de schapenstal kwam. Je zag er echt gelukkig uit."

Een laatste poging haar tegen te houden. Tevergeefs. Laura loopt snel naar de deur, alsof het kantoor in brand staat. Vedanja blijft achter met een laffe smaak op zijn tong. Misschien is dat teleurstelling. Hij begrijpt niet wat er nu weer verkeerd is gegaan.

De schuur van boer Bielstein ligt eenzaam naast een veldweg in een kom van het dal, omgeven door verwaarloosd uitziende stukken weiland. Een koude oostenwind zwiept motregen in hun gezichten zodra ze uit de Vectra stappen die Manni in het wagenpark van de politie te pakken heeft gekregen. "De oude Bielstein is net zo koppig als zijn ossen", zegt Petra Weißgerber. "Sinds zijn hartaanval heeft hij nog maar een paar koeien, vlak bij zijn huis in Unterbach, maar hij blijft stug weigeren om zijn land te verpachten. Ik denk dat dat voor hem zou betekenen dat hij de hoop opgeeft dat hij ooit nog weer normaal kan lopen", zegt ze zachtjes, "die arme man."

"Een ideale plaats om iets te verstoppen dus", antwoordt Manni, en hij werpt Marc, die nog wat dieper in zijn spijkerjack wegduikt, een blik toe. "Nou, laten we dan maar eens gaan kijken."

Judith heeft weer het gevoel alsof ze onder een glazen stolp zit. Is dat die schuur uit mijn droom? vraagt ze zich af. Heeft Manni daadwerkelijk de sleutel voor het oplossen van deze zaak gevonden? Maar als dat zo is, dan voelt ze het niet. De verkeerde plaats, zegt haar instinct, maar dit is wel Manni's feestje, en wat voor resultaten kan zij naar voren brengen om hem te weerspreken? Manni en zij hebben sinds ze het hoofdbureau in Keulen hebben verlaten amper met elkaar gepraat. Hij schijnt het prettig te vinden dat ze hem de gesprekken laat voeren en het initiatief aan hem overlaat, en totnogtoe doet hij zijn werk vlekkeloos.

De weg naar de schuur is een grindpad. Niet goed, denkt Judith. Hoe wil je daar nog sporen vinden? Manni trekt handschoenen aan.

"Niks aanraken, alstublieft", zegt hij tegen de Weißgerbers.

De deur van de schuur is alleen met een houten schuifbalk afgesloten. De ramen zitten helemaal dicht van de smurrie. Binnen liggen een paar grauwe strobalen, touwen, draad, jerrycans, smerige lappen en lege blikjes. Sigarettenpeuken op de grond. De motorfiets staat achter een roestige tankaanhangwagen. Iemand heeft er een dekzeil overheen gegooid.

"Heb jij dat gedaan?" Manni draait zich naar Marc om. "Heb jij dat zeil over de motor gegooid?"

"Olli."

"Olli. Een vriend van je, neem ik aan?"

Marc knikt. Hij heeft enorm grote voeten, denkt Judith. Minstens maat 46. De vloer is stoffig, er is een wirwar van voet- en bandensporen op te herkennen. Blijkbaar is de motorfiets meermaals heen en weer geschoven.

"Wie is hier verder nog geweest, behalve Olli en jij?" Manni krijgt het voor elkaar om volledig neutraal te klinken.

"Kevin. Steffen. Toby. Boris een keertje."

"Is dit een soort ontmoetingsplek van jullie?"

"Hm, neuh, niet echt."

"En dit?" Judith wijst naar de bierblikjes. "Zijn die niet van jullie?"

De jongen kijkt haar verrast aan. Waarschijnlijk ging hij ervan uit dat ze een soort assistente was. Manni werpt haar een geïrriteerde blik toe. Oké, oké, denkt ze. Je hebt gelijk. Het is jouw beurt.

"Dus?" Manni richt zich weer tot Marc.

"De afgelopen tijd waren we hier steeds, vanwege die motor."

Ze hadden de motor bij toeval ontdekt, vertelt hij met tegenzin. Op 18 oktober, een zaterdag. Ze waren op weg met hun mountainbikes en wilden schuilen omdat het zo plensde. "Dat slot is door iemand anders opengebroken, dat hebben wij niet gedaan, serieus niet." En dus waren ze gewoon naar binnen gegaan en toen hadden ze meteen de motorfiets gezien. Het sleuteltje zat nog in het contact. "Krankzinnig toch, man, zo'n coole BMW in de ouwe schuur van Bielstein, waar het binnenregent en waar geen mens ooit komt en met overal rondom alleen maar modderige veldweggetjes en zo, maar het ding was tiptop gepoetst en de tank zat nog bijna vol." Natuurlijk waren ze de volgende dag teruggekomen, en de dag daarna weer, enzovoort. Ze hadden per slot van rekening vakantie.

"Maar toch niet om alleen maar naar de motor te kijken, wel?" Manni trekt het zeildoek van de BMW. Die is zwart en groot en ziet er nieuw uit. En inderdaad glimmend gepoetst. Het sleuteltje zit in het contact. Manni draait het voorzichtig in het slot, bestudeert de benzinemeter.

"Die tank zit niet echt vol."

"Marc, je bent toch niet op die motorfiets ... zonder rijbewijs?" Petra Weißgerber pakt haar zoon bij zijn mouw vast, alsof ze verwacht dat hij elk moment op de BMW kan springen.

"Marc?" Manni probeert de aandacht van de jongen terug te krijgen.

"Hm, nouja, neuh, niet echt. Gewoon zo'n beetje rond het weiland." En tegen zijn moeder: "Hebben ze toch allemaal gedaan, maakt dat nou uit."

"En daarna hebben jullie hem altijd weer opgepoetst?"

"Ja. Natuurlijk, man, we wisten toch niet wanneer degene van wie die was terug zou komen."

"Mag ik vanmiddag op Ronja passen?"

Diana krimpt ineen. Als bij toverslag staat Laura ineens in haar kantoortje, en Ronja, die verraadster, is niet eens aangeslagen, maar drukt zich kwispelend tegen haar aan.

"Mag ik? Ronja heeft ook zin in een wandeling, dat zie ik."

"Hoe ben je hier binnengekomen?" Diana's hart slaat staccatoroffels.

"De terrasdeur stond open."

"Maar je had toch kunnen aanbellen? Ik schrik me rot."

"O, sorry, dat was niet de bedoeling."

Laura hurkt neer en krauwt Ronja's flaporen. "Ronja is zo lief!" Ze gooit haar warrige haarbos in haar nek, schuift haar haarband een stuk uit haar voorhoofd en kijkt op naar Diana, haar handen nog altijd in Ronja's vel begraven.

"Alleen een wandeling, oké? Vanmiddag heb ik namelijk vrij. En als jij toch papierwerk te doen hebt, dan heb je haar ook niet nodig, wel?"

"Hoe zou jij dat weten? Bovendien ben ik hier bijna klaar en dan ga ik het veld in, bomen blessen. Dan wilde ik Ronja meenemen."

Ze ziet de teleurstelling in Laura's gezicht en onderdrukt een vloek. Houdt het dan nooit op? Moet ze nou echt voor altijd de grote zus zijn? Laura is twee jaar ouder dan Tamara en veel zelfstandiger. Maar de hardnekkigheid waarmee ze voor haar belangen opkomt is dezelfde. *Je moet me voorlezen, je moet me afhalen, je moet vierhandig met me spelen, je moet me de wereld uitleggen –* vanaf het moment dat Tamara ter wereld kwam heeft ze eisen gesteld, en Diana, die veertien jaar ouder is, heeft ze altijd vervuld. Aanvankelijk vol wrevel, maar later, toen Tamara de muziek ontdekte, steeds bereidwilliger. Ik heb voor mijn slechte geweten betaald door altijd te doen wat Tamara me vroeg, denkt Diana niet voor het eerst. Mijn slechte geweten, omdat ik er niet tegen kon mijn moeder teleur te stellen. Onze gruwelijk dunne, gruwelijk verzorgde, hypergevoelige moeder, wier droom het is dat haar dochter bereikt wat haar zelf mislukt is: een carrière als pianiste. Zolang ze kan denken heeft Diana met haar vingers boven de toetsen van de piano gehangen, verscheurd tussen haar eigen liefde voor de muziek, de wensen van haar moeder en het onstelpbare verlangen om alleen te zijn, ver weg, buiten in de bossen die ze destijds alleen uit de verte kende. Diana, godin van de jacht. Hoedster van de bossen, dieren en kinderen. Na haar eindexamen had ze eindelijk toegegeven aan dat verlangen en was ze bosbouw gaan studeren. Ontelbare keren heeft haar moeder sindsdien theatraal betreurd dat ze haar eerstgeborene uitgerekend naar haar overgrootmoeder heeft vernoemd. Alsof een naam daadwerkelijk een omen is. Alsof een andere naam Diana tot een andere dochter zou hebben gemaakt.

Tamara had daarentegen de muziek helemaal zelf veroverd, toen ze nog maar amper kon lopen was al duidelijk dat haar talent dat van Diana veruit overtrof. Toch was het niet gemakkelijk geweest haar moeder ervan te overtuigen dat uitgerekend haar jongste dochter, wier verwekking slechts een ongelukje was geweest in een liefdeloos huwelijk, haar grote hoop zou zijn. *Kom vierhandig met me spelen, Dia.* Terwijl Diana Laura in de ogen kijkt, is Tamara even heel dichtbij. Ik heb haar niet ondersteund om haarzelf, alleen maar om vrij te zijn, denkt Diana. En toch geloofde ze dat ik aan haar kant stond. Pas toen ik naar Afrika ging, is ze wakker geworden. Ze staat abrupt op.

"Ik moet nu bomen gaan blessen en daar wil ik Ronja graag bij hebben. Als je wilt kun je wel meekomen."

Diana parkeert haar jeep op dezelfde plek als in de nacht dat Ronja is weggelopen. Ze stopt twee spuitbussen verf in de zak van haar parka en geeft er eentje aan Laura, die Ronja aan de lijn houdt en er gelukkig uitziet. Denk niet aan de schaduwen, vermaant Diana zichzelf in stilte. Het bos heeft geen ogen. Kijk goed om je heen, dit is gewoon een bos. Ze wendt zich tot Laura.

"Goed, je mag me dus helpen. Deze sparren hier tegen de helling staan veel te dicht op elkaar. Wij moeten beslissen welke bomen gekapt gaan worden. Ongeveer een vijfde van het hele bestand moet weg, zodat de rest beter kan groeien. Overal waar twee sparren dicht tegen elkaar staan, haal ik er eentje weg. Ik probeer zo veel mogelijk exemplaren te verwijderen die zijn kromgegroeid, die een dubbele top hebben of waarvan de schors letsel vertoont. Alle bomen die geveld moeten worden, krijgen een teken, dat mag jij doen. Twee rode stippen, ongeveer op ooghoogte."

Aanvankelijk treuzelt Laura, ze wil steeds discussiëren of een boom wel echt geveld moet worden voordat ze het teken voor de bosarbeiders erop spuit. Maar na een uurtje begint ze in te zien waar het op aankomt en is ze een ware hulp. Het begint licht te motregenen, maar dat lijkt haar niet te deren. Ergens hier ligt er iets op de loer en het staart me aan. Weer dat gevoel. Met tegenzin moet Diana toegeven dat ze blij is dat ze niet alleen is. Iets observeert me, wacht op me. Ze schuift het gevoel terzijde. Binnenkort zal ze haar bosarbeiders hierheen sturen. Die zullen deze helling dunnen en dan zal definitief blijken dat er volstrekt niets ongewoons is in dit bestand. Laura's lach schalt door het dal. Een uitgelaten lach, vanwege Ronja die tekeergaat in het struikgewas en die haar schatten apporteert: een oude sandaal, het plastic omhulsel van een graflicht, een colafles, tapijtresten. De mensen zijn varkens, denkt Diana voor de zoveelste keer. Soms krijg ik in het bos het idee dat ik van de vuilnisopruimdienst ben. Maar ze krijgt het niet over haar hart om het geluk van dat meisje te verstoren door een tirade af te steken over die milieuvervuilers.

"Gooi alles maar op een hoop", roept ze tegen haar. "Als we weggaan, stoppen we het in een zak en nemen het mee."

Later houden ze een pauze in de bescherming van een eik in het dal en drinken thee uit Diana's thermoskan.

"Ik denk dat ik ook boswachter wil worden", zegt Laura.

"Dan moet je eindexamen doen."

"Kan toch. Volgend jaar, als ik achttien ben, kan ik alles doen wat ik wil."

"Waarom woon je eigenlijk op de Sonnenhof, waarom ga je niet gewoon naar school?"

Er trekt een schaduw over Laura's gezicht. Ze houdt op Ronja te krauwen, haalt een pakje shag uit haar broekzak en draait een sigaret.

"Beloof je dat je het niemand vertelt?"

"Als dat belangrijk voor je is, natuurlijk."

"Mijn moeder wil van me af", zegt Laura heftig. "Ze heeft een nieuwe vriend, ze wil papa dood laten verklaren. Maar dat gebeurt niet! We hadden op het laatst alleen nog maar ruzie. Ik heb zelfs een keer een fles rode wijn door de kamer gesmeten, midden op haar innig geliefde berbertapijt. Dat was de eerste keer dat ze met het voorstel van de Sonnenhof kwam. Die Vedanja, die hier op mij moet passen, dat is de broer van haar beste vriendin." Ze haalt haar schouders op. "In school had ik toch geen zin meer. En in die vent van mijn moeder al helemaal niet."

"Ze wil je vader dood laten verklaren, hoezo dan?"

"Hij was geoloog – hij is geoloog, bedoel ik. Hij zocht water, in Afrika. Waarschijnlijk is hij met een vliegtuig boven de Sahara neergestort, maar ze hebben hem nooit gevonden. Dus het kan toch best nog zo zijn dat hij nog leeft, ergens bij een woestijnstam. Hij weet per slot van rekening hoe je in de woestijn moet overleven."

"Hoe lang is hij al weg?"

"Vijf jaar, drie maanden en elf dagen." Laura drukt haar sigaret uit, stopt de peuk in de zak van haar jack en gooit haar bruine rastavlechten in haar nek.

"Als ik achttien ben, ga ik hem zoeken. Vertel eens over Afrika, Diana."

"Vertel eens over je vader."

Tegen de tijd dat ze Bonn bereiken, is het al donker. In de etalage van een bakkerswinkel knippert een sliert pompoenlichtjes, de drogisterij ernaast prijst een schminkset aan voor 'de perfecte horror'. Halloween, denkt Judith. De enorme reclamecampagne van de industrie heeft dus geloond, de Duitsers hebben het Amerikaanse feest overgenomen, pompoenen en doodskoppen waar je maar kijkt. Weer een reden erbij om elkaar in cafés plat te drukken en dronken te worden. Manni rijdt de wagen een laan in met chique jugendstilhuizen. Een windstoot drukt natte bladeren tegen de voorruit.

"Na vijftig meter rechts afslaan", zoemt de stem van het gps-systeem.

In de Hölderlinstraße worden keurige voortuinen beschermd

door smeedijzeren hekken. De straatlantaarns doen historisch aan. Manni remt voor een lichtgeel geverfde villa met erker van twee verdiepingen en fluit zachtjes door zijn tanden.

"Niet slecht voor een gymleraar!"

WENGERT staat er op het naambordje onder de onopvallende roestvrijstalen intercominstallatie gegraveerd.

"Misschien heeft ie geërfd", zegt Judith.

"Of zijn vrouw heeft geld."

"Ook mogelijk."

"Of zijn vrouw wilde zijn geld", Manni grijnst hatelijk en legt twee vingers tegen zijn slaap, "en dan – peng! Ciao, schatje."

In een mum van tijd hadden ze de eigenaar van de motor in de schuur van boer Bielstein geïdentificeerd: Andreas Wengert uit Bonn. Geen strafblad, geen aangifte van vermissing bij de plaatselijke politie. Hij is op reis, ze kan hem momenteel helaas niet bereiken, zei zijn vrouw aan de telefoon. Koel en gereserveerd had haar stem geklonken. Niet ongerust. Maandag begint de school weer, ze was ervan overtuigd dat Andreas tegen die tijd weer terug zou zijn. Of ze niet zolang konden wachten? Helaas niet, had Judith geantwoord. De foto die het bevolkingsregister had gefaxt, toont een man met een ovaal gezicht en blond haar tot op zijn schouders. Lengte een meter vijfentachtig, geboren 1 juni 1970.

De vrouw die de deur voor hen opendoet, ziet er al net zo chic uit als haar villa. Judith krijgt ineens het gevoel alsof ze in een aflevering van *Derrick* is beland. De vrouw strekt een smalle, verzorgde hand met parelmoerkleurig gelakte nagels uit.

"Juliane Wengert. U bent van de politie, neem ik aan?"

Ze is mooi, denkt Judith, terwijl ze achter Juliane Wengert aan een hoge gang met antieke zachthouten meubels doorlopen naar een huiskamer die net als de eigenaresse zo uit een glossy magazine afkomstig lijkt te zijn. Leeftijdloos, feilloos, denkt Judith en ze krijgt het gevoel alsof ze het koud heeft. Ook Juliane Wengert lijkt deze kou te voelen, want ze loopt snel naar de open haard, bukt zich en legt een paar houtblokken op het vuur. Ze beweegt zich met een nonchalant soort gratie, die erg vrouwelijk en sensueel werkt. Ze draagt een zijdeachtige zwarte broek met wijde pijpen, een witte crêpe de Chine blouse en een donkerrode pashminasjaal rond haar schouders. Haar gelijkmatige gezicht met hoge jukbeenderen en beschaafd opgebrachte make-up, verraadt niets van de emoties die ze ongetwijfeld voelt. Of misschien voelt ze ook wel helemaal niets, denkt Judith, misschien is ze helemaal niet echt, alleen maar een huls, schone schijn. Juliane Wengerts haar is al net zo blond en schouderlang als dat van de dode man op de kansel die vermoedelijk haar echtgenoot is. Het hangt los en lijkt op het eerste gezicht ongekapt, maar iets in de manier waarop het glanst en zich in zijdeachtige golven langs haar gezicht vlijt, maakt duidelijk dat dit effect heel wat meer heeft gekost dan Judith voor een van haar spaarzame kappersbezoekjes neertelt. In Juliane Wengerts nabijheid voelt ze zich slecht gekleed, ongekamd en te dik. Ze verlangt intens naar een sigaret.

"Mooi huis", zegt Manni naast haar.

"Dank u." Juliane Wengert gebaart richting bankstel. "Neemt u toch plaats. Kan ik u iets aanbieden? Ik heb net thee gezet. Of misschien mineraalwater?"

Het theeservies staat al klaar op de glazen tafel bij de bank, melkkannetje, meerdere schaaltjes met diverse soorten suiker, schijfjes citroen in een zilveren persje, een kan op een theelichtje en chocoladetaartjes. In het midden van het arrangement troont een hoge vaas met witte lelies, uiteraard eveneens van het bijpassende, overduidelijk dure porselein.

"Graag thee voor ons", hoort Judith zichzelf zeggen. De witte bank zit comfortabel en ze voelt de absurde aandrang om zich achterover in de kussens te laten wegzakken, de lichte, oranje kasjmierdeken, die naast haar op de vloer ligt, over zich heen te trekken en de ogen te sluiten. Wat ze 's morgens ook aantrekt, ze krijgt het gewoon niet echt warm, en ze heeft een gigantisch slaapgebrek. Ze voelt zichzelf vreemd gedempt en afgesneden, alsof haar lichaam is vastgevroren in een soort besparingsmodus. Mijn hart heeft het ook koud, had ze net op de wc van een wegrestaurant gedacht, en ze was geschrokken van het bleke, gesloten gezicht dat haar vanuit de spiegel aankeek. Ogen klein als kiezelsteentjes, schitterend van vermoeidheid. In de eerste jaren bij moordzaken had het haar verbijsterd dat de doden haar niet tot in haar slaap achtervolgden. Ze had zich angstig afgevraagd of ze hardvochtig was. Nu komt dat haar voor als het verloren paradijs. Ooit was de slaap mijn bondgenoot, denkt ze. Betrouwbaar, elke nacht – mijn redding uit een wereld waarin mensen elkaar dingen aandoen om slechts één reden: omdat het mogelijk is.

"Dit huis is van u?" Manni heeft plaatsgenomen op het randje van de bank en ziet er volstrekt niet moe uit. Elke centimeter van zijn slungelachtige lijf lijkt klaar om overeind te springen.

"Waarom vraagt u dat? Heeft dat iets te maken met de motor van mijn man?"

"Nee, ik dacht alleen maar hardop." Het lukt Manni om vrijblijvend vriendelijk te liegen. "Een mooi huis, zoals ik al zei. Ik neem aan dat het uw eigendom is. Dit lijkt me geen buurt waarin je huurt?"

"Nee, voor zover ik weet niet", zegt Juliane Wengert en ze druppelt citroen in haar thee.

Judith staart in haar kopje terwijl Manni en Juliane Wengert over onbeduidende zaken als de woonomgeving en de grondprijzen in Bonn praten. Juliane Wengert heeft de stem van een professionele nieuwslezeres: accentvrij, aangenaam melodieus en rustig. De thee in Judiths kopje glanst goudkleurig. Hij heeft een mild rokerig aroma, net zo uitgelezen als Juliane Wengert zelf, net zo uitgelezen als deze villa. En toch klopt er iets niet, denkt Judith. Er ontbreekt iets. Meer en meer bekruipt haar het gevoel dat ze een zorgvuldig geregisseerde toneelopvoering bijwoont. Ze kijkt op en probeert in Juliane Wengerts grijsblauwe ogen te identificeren wat die zo behendig verbergt. Op datzelfde moment besluit Manni blijkbaar ook dat het nu tijd is om ter zake te komen.

"Uw man, mevrouw Wengert", zegt hij. "U weet dus niet waar die zich momenteel bevindt?"

"Dat heb ik toch al gezegd."

"Is dat niet wat, eh, ongebruikelijk?"

"Hij heeft herfstvakantie."

"Hij is op reis?"

Vernauwen Juliane Wengerts ogen zich een fractie van een seconde? Trilt de hand waarmee ze nu een van haar glanzend blonde haarslierten uit haar gezicht strijkt een heel klein beetje? Judith is er niet zeker van.

"Op reis, met zijn motor. Ook dat heb ik u al gezegd."

"En u hebt geen idee waarheen?"

"Rondtoeren op zijn motor is een hobby van mijn man die ik niet met hem deel. Wij hebben een huwelijk dat dergelijke ruimte toelaat. Mijn man geniet ervan om van tijd tot tijd alleen met zijn BMW op pad te zijn, zonder een vast doel. Ik gun hem dat en ik zou niet weten wat ik ermee opschiet als ik zijn route zou controleren. Als hij terug is, vertelt hij me alles. Bovendien ben ik zelf de afgelopen tijd amper thuis geweest."

"Heeft uw man een mobiele telefoon waarop u hem kunt bereiken?"

"Ja zeker, maar die staat niet aan."

"U hebt dus geprobeerd hem te bereiken?"

"Meteen nadat u hebt gebeld, ja, want u hebt blijkbaar veel haast. Ik wil het nog wel een keer proberen."

Juliane Wengert staat op, loopt met gracieuze passen naar een zilverkleurige designtelefoon, draait een nummer en luistert met de hoorn tegen haar oor. "Alleen zijn voicemail." Ze legt de hoorn weer neer. "Luister, ik weet zeker dat Andreas zich meldt zodra hij mijn boodschap hoort."

Ze is niet nieuwsgierig, denkt Judith. Ze beantwoordt Manni's vragen, ze probeert ons op afstand te houden, maar ze is niet echt verbaasd dat wij zo geïnteresseerd zijn in haar man.

"Mevrouw, wanneer hebt u uw man voor het laatst gesproken?" Manni's stem klinkt net zo beleefd gedistantieerd als die van Juliane Wengert. En weer moet Judith toegeven dat haar collega handiger te werk gaat dan ze van hem had verwacht.

"Op de laatste schooldag voor de herfstvakantie."

"Twee weken geleden dus?"

Juliane Wengert denkt even na. "Vandaag is het vrijdag. Ja, precies twee weken geleden."

"Vertelt u eens wat er die dag is gebeurd."

"Wat er is gebeurd?"

"Uw man nam afscheid van u met de bedoeling twee weken op pad te gaan met zijn motor, zonder u te vertellen waar hij heen ging, klopt dat?"

Juliane knikt. "Ja."

"Hoe hebt u afscheid genomen?"

"Hij kwam uit school, pakte zijn motorkoffer en is voor in de middag vertrokken. Hoe laat precies weet ik niet meer, ik was in mijn werkkamer om me voor te bereiden op een congres."

"Neemt u mij niet kwalijk, maar dat lijkt me wel ongebruikelijk voor een stel dat elkaar twee weken niet zal zien."

"Maar ik wist toch niet dat hij ..." Juliane Wengert krimpt ineen als een betrapt kind, ze gaat iets rechter in haar stoel zitten. Ze schraapt haar keel. Als ze weer begint te praten, heeft haar stem voor het eerst een licht geagiteerde ondertoon. "Ik geloof niet dat ik tegenover u hoef in te gaan op de emotionele details van mijn huwelijk, te meer daar u nog steeds niet hebt gezegd wat u eigenlijk van mijn man wilt."

"Mevrouw Wengert." Ook Manni probeert wat rechter te gaan zitten, maar op de zachte bank heeft hij weinig kans. Het ziet er een beetje dommig uit zoals zijn knieën vanuit de lage kussens boven de theetafel uitsteken, denkt Judith, maar dan richt ze haar aandacht meteen weer op Julianes gezicht.

"Wij hebben de motor van uw man in een schuur in het Bergische Land gevonden", zegt Manni.

"In het Bergische Land?" Juliane kijkt oprecht verbaasd. "Waar dan?"

"In de buurt van Unterbach."

"Unterbach", mompelt ze.

"Kent u Unterbach?"

Juliane Wengert schudt haar hoofd. "Unterbach", herhaalt ze zachtjes. Het klinkt verbaasd.

"Uw man is niet op pad met zijn motor, mevrouw Wengert. Zijn motor staat in elk geval al twee weken in die schuur. Wij zijn bang dat uw man iets is overkomen."

"Overkomen?"

"Helaas wel, ja. Of hebt u toch nog een idee waar we uw man kunnen bereiken?"

Heel langzaam, als in slow motion, tilt Juliane Wengert haar verzorgde, smalle handen op en houdt ze voor haar mond, alsof ze zichzelf het spreken wil beletten. Net een kind dat iets ongepasts heeft gezegd. Alleen heeft de uitdrukking in haar ogen helemaal niets kinderlijks. Elk moment kan de feilloze façade nu beginnen af te brokkelen, denkt Judith. Ineens heeft ze medelijden met haar. Dat verdient niemand, dat wat haar nu te wachten staat: het leven na het onherroepelijke verlies van een geliefde, een nachtmerrie waar je niet uit kunt ontwaken.

"Mevrouw Wengert, waar is uw man?" Manni praat nu iets harder, probeert tot haar door te dringen. Maar Juliane lijkt hem niet eens te horen. Ze drukt haar hand zo mogelijk nog steviger tegen haar lippen, haar grijsblauwe ogen fixeren de lelies, of misschien ook iets anders dat daar ergens ver achter ligt, onbereikbaar voor Manni en Judith.

"Mevrouw Wengert?"

"Excuseert u mij even." Ze fluistert, maar het klinkt als een schreeuw. Het volgende moment, sneller dan Manni of Judith kan reageren, springt Juliane Wengert overeind en stoot daarbij haar theekopje omver dat luid rinkelend op de parketvloer in stukken breekt. Zonder zich daarom te bekommeren snelt ze de kamer uit. Haar pashminasjaal wappert als een bloedrode vlag achter haar aan. De vleugeldeur valt achter haar dicht. Manni en Judith zitten naast elkaar op de bank, als twee kinderen die midden in hun favoriete televisieprogramma met een storing geconfronteerd worden, te verrast om iets te ondernemen. In de haard knapt een blok hout, vonken vliegen in het rond. Ergens in huis valt weer een deur dicht.

"Ze is bang." Judith is er ineens van overtuigd dat dat zo is. Ze loopt naar het raam en spiedt de straat af. Het is donker en het is weer gaan regenen. De straat is verlaten.

"Onzin, die wil ons voor de gek houden." Manni holt de vleugeldeur door naar de entree met de houten trap met de fraai gevormde leuning.

"Mevrouw Wengert?"

Geen antwoord. Het is alsof het huis Manni's roep inslikt, hem simpelweg absorbeert in de donkere gedegenheid van zijn hoge ruimtes.

"Misschien wil ze ervandoor. Kom op!" Zonder om te kijken of Judith hem volgt, vliegt Manni voorbij de houten trap naar het achterste deel van het huis. Maar Judith is er ineens zeker van dat Juliane Wengert naar boven is gehold. Ze kan haar aanwezigheid bijna voelen.

De houten treden kraken onder haar voetstappen. De trap leidt naar duisternis. Boven klinkt een geluid. Ademhaling, een soort hijgen, net als in haar droom. Haar borst wordt samengedrukt, ze zweet en heeft het tegelijkertijd ijskoud. Ze moet nu echt binnenkort eens stoppen met roken. Ze zet een paar stappen de gang in, dan stopt ze, ze staat even heel stil, probeert zich te oriënteren. Ze weet zeker dat ze iets heeft gehoord. Ze houdt haar adem in. Geen geluid meer. Alleen stilte. En angst. Een bekende angst. Het gevoel te laat te komen.

Met haar rechterhand voelt Judith op de tast een houten deurkozijn, rechts daarnaast een lichtknop. Ze drukt erop. Meteen baadt de gang in een geelachtig licht. De gang is leeg. Als een slaapwandelaar doet Judith de deuren open. De een na laatste leidt naar een slaapkamer. De ene helft van het bed is omgewoeld, een oriëntaalse gouddoorstikte sprei is op de grond gegleden. In de wand naast een jugendstilkaptafel met geslepen, driedelige spiegel is nog een deur. Zonder na te denken loopt Judith erop af, ze struikelt ergens over, maar weet op het laatste moment net haar evenwicht te bewaren.

Beneden hoort ze gestommel, snelle voetstappen, Manni die haar naam roept. Maar ze kan niet op haar collega wachten, het leven is fragiel en er zijn te veel manieren om het te vernietigen. En hier, nu, op dit moment, heeft ze haar kans. Als ze snel genoeg is, kan ze Juliane Wengert ervoor behoeden een stommiteit te begaan, zichzelf iets aan te doen. Ze drukt de porseleinen klink naar beneden, bijna verbaasd dat de deur opengaat.

Duisternis. Koortsachtig tasten Judiths vingers de deuropening af. Wat zal ze zien als ze die verdomde lichtknop heeft gevonden? Bloed? Juliane Wengert met brekende ogen, omdat de voorsprong die ze had genomen voldoende was om haar maag vol met gif te pompen, haar polsaders door te snijden, zichzelf …?

Een schaduw beweegt zich over de grond. Hijgt. Zonder na te denken springt Judith erop af en grijpt hem vast. Zijdeachtig haar onder haar vingers, het schouderbeen onder de dunne blouse zo teer als het skelet van een vogel.

"Wat doet u hier? Wat hebt u ingenomen? Snel, zeg op!"

"Alstublieft", Juliane snakt naar adem. "Laat me los!"

"Wat hebt u ingenomen?" Het bloed ruist in Judiths oren. Ergens moet een lichtknop zijn. Ze staat op, sleurt Juliane met zich mee, zodat ze in een groteske omhelzing heen en weer zwalken als twee ongeoefende tangodansers. "Wat hebt u ingenomen?" Steeds weer schreeuwt Judith haar vraag, ze schreeuwt en ze schudt Juliane door elkaar, die zich stijf houdt en probeert iets te zeggen.

Dan, na een moment dat een eeuwigheid lijkt te duren, wordt de ruimte in een fel licht gedompeld. Een deur vliegt open – vanaf de gang, realiseert Judith zich –, Manni springt met getrokken pistool naast een gigantische hoekbadkuip.

"Loslaten, meteen!" Er is iets in zijn stem waardoor Judith haar greep op Julianes schouders verslapt.

"Ze gaat dood", schreeuwt ze. Ze wil nog meer zeggen, ze wil zeggen dat Manni haar moet helpen om Juliane te redden, dat hij een ambulance moet bellen, maar Juliane is haar voor.

"Wat een onzin!" Juliane schudt Judiths greep van zich af en richt zich tot Manni alsof Judith helemaal niet aanwezig is. "Neem me niet kwalijk dat ik kennelijk voor enige verwarring heb gezorgd. Ik voelde me niet goed." Ze knikt veelzeggend in de richting van de toiletpot. "Een lichte indigestie die ik uit Rome heb meegenomen. Ik was zeer zeker niet van plan mezelf iets aan te doen, al schijnt uw collega dat te denken."

Toeval bestaat niet. Alles is voorbestemd, met elkaar verweven, je kunt je noodlot niet veranderen, je kunt het alleen maar accepteren, je erin schikken. Diana Westermann denkt aan deze onwrikbare overtuiging van de Zoeloes terwijl ze het deksel van de piano in haar huiskamer openklapt. Hoe vaak heeft ze niet geprobeerd verantwoordelijkheid, eigen initiatief, ambitie aan te voeren als waarden tegen deze Afrikaanse, elk initiatief in de kiem smorende berusting in het lot. Zo af en toe zelfs met succes, als het om kleine dingen ging. Maar uiteindelijk moest ze altijd weer capituleren voor het noodlot. Ze slaat een paar toetsen aan, dan een snelle opeenvolging van mineur- en majeurakkoorden, aangenaam verrast door de volle klank. Kennelijk heeft de oude Hesse de piano regelmatig laten stemmen. Het is een volumineuze zwarte Schimmelpiano met gedraaide poten en messing kaarshouders die je heen en weer kunt zwenken om de noten optimaal te belichten. Zoals alles in het boswachterhuis – meubels, servies, het jachtgeweer – heeft ze ook de piano van de oude Hesse overgenomen. Is het echt toeval dat hij ook een piano voor me heeft laten staan, vraagt ze zichzelf nu voor het eerst af. Of is het *noodlot?*

Ze heeft in geen jaren piano gespeeld, in Afrika heeft ze zichzelf verboden ernaar te verlangen. Iedereen moet nu eenmaal een prijs betalen, en haar prijs was om als enfant terrible van de familie zichzelf het pianospelen te verbieden, de rol van muzikante definitief op te geven voor haar zus Tamara. Naar verhouding een geringe prijs voor de vrijheid om op duizenden kilometers afstand van het huilerige vastklampen en het onverbiddelijke egocentrisme van haar moeder te leven. En toch – ook hier in het Schnellbachtal heeft Diana zich tot nu toe aan haar stomme belofte gehouden. Ze heeft geprobeerd om de piano van de oude Hesse gewoon te beschouwen als een soort nutteloos meubelstuk waarvan je het bestaan op de koop toe neemt, zoals in een hotelkamer.

De telefoon begint te rinkelen en Diana voelt hoe haar hart onwillekeurig sneller begint te kloppen. Nee, zegt ze tegen zichzelf, ik neem niet op, vanavond niet. Kan niet schelen wat voor noodsituatie het is, ik ben er niet, dat kan toch geen mens nagaan. Het antwoordapparaat slaat aan en ze ontspant zich weer. Ze verschuift het met leer beklede bankje zodanig dat ze gemakkelijk achter de piano zit. Haar voorganger had vrijwel niets mee willen nemen naar zijn nieuwe leven in Canada en voor haar was het prettig geweest dat ze zich nergens druk om hoefde te maken. Lakens, handdoeken en een theepot had ze nieuw aangeschaft, een paar Afrikaanse kleedjes over de bank gespreid, haar cd-speler geïnstalleerd. De inrichting is niet fraai, maar functioneel. En waar komt het uiteindelijk nou op aan? De wereld is veel te veel gericht op consumptie, sommigen hebben niets, anderen hebben alles en beschouwen het als hun recht om steeds weer meer te willen, alleen maar om nog meer weg te gooien. Er is geen enkele reden om mee te doen met die vorm van roofbouw. Maar misschien is het net zo'n verspilling om datgene wat het leven – het *noodlot* – je aanreikt te negeren, bedenkt Diana nu, terwijl haar vingers allang voor haar hebben besloten en over de toetsen glijden, tonenreeksen en akkoorden aanslaan die in de stilte van het boswachtershuis te lang verdrongen zijn, en lang gemiste melodieën verbinden, aangrijpend en troostrijk tegelijk.

Ze heeft er geen idee van hoeveel tijd er is verlopen sinds ze begonnen is met spelen, als de telefoon opnieuw begint te rinkelen. Ze stopt, haar handen zweven boven de toetsen. Weer slaat het antwoordapparaat aan, maar wie het ook is die haar probeert te bereiken, blijkbaar heeft hij geen zin om een boodschap achter te laten. Bij de gedachte dat ze opnieuw ergens heen geloodst wordt, krijgt ze de behoefte te gaan gillen. Het is begonnen met een kennelijk dolle vos, ergens laat in de zomer. Toen kwam het creperende wilde zwijn dat ze niet kon vinden.

Toen weer een vos, daarna een paar tips over stropers die evenmin bevestigd konden worden. Toen gebeurde er een tijdlang niets, alleen af en toe telefoontjes waarbij niemand zich meldde. Eerst had ze er verder niet bij stilgestaan, maar de afgelopen tijd waren er steeds meer van zulke telefoontjes gekomen. En toen begonnen ook weer de meldingen van zogenaamde misstanden in haar district. Altijd na werktijd en altijd anoniem. Eergisternacht was het die reebok die aangereden zou zijn op de B55. Afgelopen nacht een omgevallen boom die de weg naar de Erlengrund versperde. Maar toen wist ze inmiddels beter en is er niet eens naartoe gereden, en de volgende ochtend bleek dat ze gelijk had gehad: in geen velden of wegen een omgevallen boom te bekennen, alles keurig in orde. Wie haat mij, wie wil mij het leven zuur maken? vraagt ze zich koortsachtig af. O ja, natuurlijk weet ze maar al te goed dat niet iedereen op het bureau Bosbeheer het eens is met haar aanstelling en ook dat de jagers hier uit de dorpen problemen met haar hebben omdat zij het veel nauwer neemt met de jachtquota en met de vergunningen om brandhout te kappen dan Alfred Hesse. Maar rechtvaardigt dat deze telefoonterreur?

Ronja tilt haar kop op en kijkt haar aan, alsof ze Diana's zorgen aanvoelt.

"We nemen vandaag gewoon die nare telefoon niet meer op, we spelen hun spelletje niet mee", belooft Diana haar hond. Het klinkt halfslachtig, maar Ronja kan dat niets schelen. Ze gaapt vol overgave en rolt zich weer in elkaar op het tapijt. Op dat moment gaat Diana's mobieltje over en Ronja heft haar kop opnieuw op.

Opmerkzaam bekijkt ze haar bazinnetje.

"Kijk niet zo, ik heb niks gezegd over een mobieltje."

Diana staat op. NUMMER ONBEKEND zegt het display. Misschien is het haar vriendin Sabine die nog altijd een analoge aansluiting heeft. Het is vast Sabine. Sabine, Diana's studievriendin die sinds vijf jaar de leiding heeft over een district in de buurt van Aschaffenburg.

"Westermann, hallo?"

Zwijgen, het soort zwijgen dat eigenlijk een intens luisteren is, een bijna knisperende oplettendheid. Diana voelt een koude rilling over haar rug lopen. Weerloos voelt ze zich. Geobserveerd. Overgeleverd. Het is een bijna fysiek gevoel. Wie de beller ook is, hij is heel dichtbij, denkt ze en ze probeert in haar nachtelijke tuin iets te herkennen.

"Hallo? Wie is daar?"

Stilte. Waarom kan ze niet gewoon de verbinding verbreken? Dan ineens een zwaar ademhalen en een merkwaardig lichaamloze mannenstem, een soort gesis.

"Ga weg hier, slet!"

"Wie ben je, wat wil je verdomme van mij?"

Maar bij wijze van antwoord wordt de verbinding verbroken – zoals alle keren hiervoor. Diana's handen trillen als ze het mobieltje op de piano legt. Ze voelt hoe zich in haar oksels stinkend angstzweet vormt. Ze heeft nooit de moeite genomen de scharnieren van de oude houten luiken te smeren. Er zijn per slot van rekening geen buren, de oprit naar het boswachtershuis is geen openbare weg, dus voor wie zou ze 's avonds de ramen afsluiten? Nu heeft ze spijt van die onbekommerde nalatigheid. Ronja begint onrustig door de kamer heen en weer te drentelen, kop in de lucht, oren recht overeind. Reageert ze op mijn angst of hoort ze echt iets buiten? vraagt Diana zich af. Maar dan zou ze aanslaan. Of niet? Het licht van de woonkamer valt op de weide vlak voor het huis. Daarachter liggen de tuin en het bos als een zwarte muur. Als er daar iemand staat, zou ik hem niet kunnen zien.

Ineens moet ze aan de dode man op de kansel denken. Op háár kansel. Heeft hij zijn moordenaar aan zien komen, was het nacht? Kon hij hem in het donker herkennen voor het eerste schot viel?

116

En de moordenaar, wist hij op wie hij schoot, of dacht hij dat alleen maar, toen hij op de gestalte met het halflange, blonde haar richtte? Stel nou dat die moord een vreselijke vergissing was, dat in werkelijkheid zíj het slachtoffer had moeten zijn?

Hij ziet me, wie híj ook is, hij kan me zien. Paniek spoelt door Diana's lichaam, een hete golf die haar op de knieën dreigt te dwingen. Hier en nu kan iemand op haar aanleggen zonder dat ze het zelfs maar zou merken. Ze is een perfect doelwit, perfect uitgelicht, hier in haar woonkamer. Híj zou haar nu dood kunnen schieten.

Ze kan nauwelijks de behoefte onderdrukken om zich op de grond te werpen en te gaan gillen. Maar wie zou haar horen? Doe iets, beveelt ze zichzelf. Het lichtknopje zit op de tegenover liggende wand van de woonkamer, naast de deur naar de gang. Oneindig ver weg. Ze doet een stap in de richting, struikelt, haar knieën knikken. Ze hervindt haar evenwicht. Nog een stap. En nog een stap. Haar benen willen haar niet dragen, ze geeft eraan toe, valt op haar knieën, kruipt over de vloer verder.

Tegen de tijd dat ze het lichtknopje heeft bereikt en de woonkamer in het beschermende duister dompelt, baadt ze in het zweet en trilt ze zo heftig dat ze op de vloer blijft zitten. Meteen is Ronja bij haar en besnuffelt haar gezicht. Diana leunt met haar rug tegen de muur, pakt de hond vast en drukt haar tegen haar borst, de warme, zijdeachtige vacht en het bestendige kloppen van haar hart kalmeren haar.

"Stil, Ronja, heel stil."

Lang blijven ze zo zitten, Diana kan later niet zeggen hoe lang. Pas als ze zeker weet dat haar benen haar weer kunnen dragen, laat ze Ronja los. In het donker vindt ze tastend een weg door de gang naar haar slaapkamer waar ze, zonder licht te maken, het geweer van de oude Hesse onder het bed vandaan graait en ontgrendelt. Met het geweer schietklaar onder haar arm geklemd sluipt ze naar de zolder en loopt daar systematisch van raam tot raam, alsof het boswachtershuis een vesting is die verdedigd moet worden. Het regent niet meer en een zilveren driekwartmaan geeft voldoende licht zodat ze details kan herkennen. De tuinbank voor het keukenraam. De houten tafel op de weide, de staken voor de bonen in het groentebed, de forsythiastruiken en de seringen. Nog verderop achter in de tuin de fruitbomen en ten slotte het schaarhekje, waar 's zomers vingerhoedskruid, kaasjeskruid en voederwikke bloeien. Maar hoe ingespannen ze ook tuurt, ze ziet niets ongewoons. Wie het ook is die haar heeft geobserveerd, hij is er niet meer. Of hij heeft zich teruggetrokken in het bos.

Hij had van begin af aan geweten dat hij niet kon vertrouwen op hoofdinspecteur van recherche Judith Krieger. Manni knarsetandt als hij achter zijn collega en Juliane Wengert aan terugloopt naar de woonkamer. Waarom moeten vrouwen altijd zo emotioneel betrokken raken? Waarom moeten ze altijd zo hysterisch worden? Hoewel, die Wengert lijkt eerder van het onderkoelde soort. Ze had die hele situatie boven in de badkamer overduidelijk gênant gevonden, maar toch had ze zich beheerst. *Het zou prettig zijn als u mij even een moment alleen zou laten,* had ze gezegd nadat hij zijn pistool had opgeborgen en Krieger eindelijk doorhad dat ze zich zojuist immens belachelijk had gemaakt. Wengert had dat natuurlijk ook gemerkt en zich daarentegen voornaam gedragen. Ze had voor hun neus de badkamerdeur afgesloten en binnen, aan de geluiden te horen, in alle rust de ondergekotste plee schoongemaakt, haar handen en gezicht gewassen en gegorgeld. Toen ze met bijgewerkte make-up weer de hal betrad, glimlachte ze. IJskoud.

De hele situatie loopt volledig uit de hand, denkt Manni. Het is altijd hachelijk om met verwanten te spreken zolang niet honderd procent duidelijk is hoe hun verhouding met het slachtoffer is. Dan moet je tactisch te werk gaan, zo veel mogelijk informatie inwinnen, zo weinig mogelijk prijsgeven over de stand van het onderzoek, want niets is zo pijnlijk als een overlijdensbericht overbrengen en er dan achterkomen dat de vermoord gewaande echtgenoot in werkelijkheid met zijn minnares vakantie viert aan de Stille Zuidzee. Bovendien hoort het bij het tactisch te werk gaan dat je je godallemachtig nog aan toe weet te beheersen. Dat je cool blijft, zodat je de controle over de situatie behoudt. En dat kunnen ze nu na het optreden van Judith Krieger dus wel vergeten. Persoonlijk heeft hij geen seconde geloofd dat Wengert van plan was zichzelf iets aan te doen. Best mogelijk dat ze buikgriep heeft. Best mogelijk dat ze van pure stress moest kotsen of dat ze aan boulimie lijdt. In elk geval wilde ze tijd rekken, dat staat wel vast. Over tot de aanval dus, besluit Manni. Miss Marmer breken.

"Vindt u het goed als ik even een doekje uit de keuken haal?" Zodra ze de kamer weer betreden, bukt Juliane Wengert zich om de scherven van haar porseleinen kopje op te rapen. Haar stem klinkt volkomen neutraal. Manni observeert aandachtig hoe ze een nieuw kopje op de glazen tafel zet en met een witte, gesteven linnen doek de thee opdept. Vervolgens draait ze de doek tot een onordelijke worst en weet klaarblijkelijk niet wat ze daarmee aan moet. Toch een teken van angst? Ongerustheid? Vooral geen medelijden krijgen, denkt Manni. Allemaal toneelspel, en daar kan natuurlijk maar één reden voor zijn, namelijk dat Miss Marmer heel goed weet waar haar man zich bevindt en in welke toestand, omdat ze hem namelijk zelf om zeep heeft geholpen. Maar als zij vindt dat we nog wat moeten spelen, best, dan spelen we nog wat.

"Gaat u zitten en neemt u nog een kopje thee." Hij verheugt zich over de natuurlijke autoriteit die in zijn stem meeklinkt. Hij kijkt even kort Judiths kant op, die net weer op de chique witte bank gaat zitten. De frambooskleurige vlekken op haar wangen verbleken maar langzaam en ze ontwijkt zijn blik. Eindelijk is ze op haar grenzen gestuit en kan ze haar fouten niet langer verbergen.

"Goed, mevrouw Wengert, ú hebt de afgelopen weken dus geen levensteken van uw man ontvangen en wíj kunnen definitief uitsluiten dat hij in die periode op zijn motor onderweg was", vervolgt hij zijn ondervraging.

"Ja, maar waarom zou hij zijn motor in een schuur in … hoe heet die plaats ook weer?"

"Unterbach."

"O ja, in Unterbach parkeren?"

"Dat zouden wij graag van u horen."

"Ik weet het echt niet. Weet u zeker dat het de motor van mijn man is waar u het over hebt?"

Iedere normale vrouw zou niet naar de motor maar naar de eigenaar ervan informeren, denkt Manni. Hij heeft ineens het gevoel dat ze Juliane Wengert al uren zitten te verhoren. Keer op keer laat ze hen afketsen op haar beleefd beheerste façade. Ze is net een fata morgana, denkt hij kwaad, kilometer na kilometer kun je haar niet te pakken krijgen, maar ooit kom je toch bij de bron. Zakelijk dreunt hij het kenteken op en hij reikt Miss Marmer over de lelies heen als bewijs een foto aan. De zoetige geur van de lelies die om hen heen zweeft, lijkt steeds penetranter te worden.

"Mevrouw Wengert, hebt u een recente foto van uw man?" Het is Krieger die dat vraagt, blijkbaar heeft zij ook genoeg van de hele charade. Verrast haalt Juliane Wengert haar wenkbrauwen op, ze staat op en haalt een foto in een roestvrijstalen lijstje uit de vitrinekast. Ze bekijkt hem even nauwkeurig voordat ze hem aan Krieger geeft. Haar hand trilt daarbij, dat is niet over het hoofd te zien. Met snelle stappen loopt ze terug naar haar stoel, ze gaat zitten en klampt zich weer vast aan de natte, verfrommelde linnen doek.

Krieger houdt de foto zodanig dat Manni en zij hem allebei kunnen bekijken, heel collegiaal. Bingo, denkt Manni. Dat is onze man, *no doubt*. De foto is beter dan die van het bevolkingsregister. Hij voelt hoe de huid op zijn hoofd begint te tintelen. Een sportief type – ook dat past precies. Blond halflang haar, smalle heupen, bruinverbrand, nonchalant met zijn ellebogen op de tank van zijn BMW geleund, een vaag spottende grijns rond zijn mondhoeken, en dan die *lonesome cowboy*-uitdrukking in zijn ogen waar vrouwen op vallen. Natuurlijk moet Müller nog een paar tests doen, ergens in deze villa is vast wel een haar te vinden van Andreas Wengert, en een tandarts en huisarts zullen er ook wel zijn die hen kunnen helpen, want een identificatie door Miss Marmer is eigenlijk niet mogelijk, daarvoor is het lijk te zeer aangetast. Hoewel het natuurlijk wel spannend zou zijn om haar reactie te zien als ze geconfronteerd zou worden met de sterfelijke resten van haar man. Maar alles op zijn tijd, vermaant hij zichzelf in stilte. Hij kijkt naar Krieger die hem toeknikt. Bingo, bingo, bingo, zij denkt het dus ook. En dat zou dan ook bewijzen dat hij gelijk had met zijn stelling dat slachtoffer en dader niet uit het Schnellbachtal afkomstig hoeven te zijn, ook al is dat de plaats delict. Mensen die een misdaad willen begaan, gaan per slot van rekening vaak naar een bos, omdat ze zich daar onbespied wanen, dat leer je al op de politieschool. Nu hoeft alleen nog de precieze toedracht van de daad te worden achterhaald en moet bewijs worden gevonden dat Miss Marmer de dader is. Er zijn vast wel buren die daarbij kunnen helpen. Vrienden van de familie. Collega's. Hij schraapt zijn keel.

"Mevrouw Wengert, het ziet ernaar uit dat uw man daadwerkelijk dood is."

Nu verschijnen er een paar scheurtjes in de marmeren façade. Opengesperde ogen, trillende mondhoeken.

"Dood", echoot Juliane Wengert en ze trekt de rode sjaal mechanisch wat dichter rond haar schouders.

"Dood", herhaalt Manni.

"Maar dat kan niet waar zijn, maar waarom dan, als hij toch helemaal niet met zijn motor onderweg was ..." Juliane Wengerts stem wordt zachter en ze schudt met haar hoofd heen en weer, heen en weer, alsof ze zichzelf tegen de woorden kan beschermen door die woordeloze ontkenning. Maar daarvoor is het nu te laat, denkt Manni boosaardig. De jacht is geopend.

"Het sterfgeval dat wij onderzoeken betreft geen ongeval", legt hij uit. "Het betreft moord."

Heel langzaam verzamelt het water zich in de ooghoeken van Miss Marmer. Nee, nee, nee zegt haar hoofdbeweging nog altijd, maar daar schiet ze niks mee op, ze kan de feiten niet ontlopen. Toch begint ze niet te huilen, maar blijft ze Manni recht aanstaren.

"Wij onderzoeken een moord", zegt Manni. "Wij zijn er vrijwel zeker van dat het slachtoffer uw echtgenoot is, ook al is het lijk nog niet definitief geïdentificeerd. En daarbij hebben we uw hulp nodig. Kunt u ons het telefoonnummer van uw mans tandarts geven? En er zijn hier in huis vast wel wat persoonlijke dingen die hij heeft gebruikt – een haarborstel bijvoorbeeld – die u ons ter beschikking kunt stellen. Of hebt u toch nog een idee waar uw man zou kunnen zitten?"

Juliane Wengert staat op. "Ik wil hem zien", zegt ze. "Hem identificeren, zo noemen jullie dat toch? Dan weet ik tenminste zeker dat het Andreas is waar u het over hebt."

"Ik ben bang dat dat niet mogelijk is." Manni staat eveneens op. "Het slachtoffer is behoorlijk, eh, toegetakeld. Geen fraaie aanblik, begrijpt u. U zou uw man helemaal niet herkennen."

Langzaam, heel langzaam rolt er nu toch een traan uit Juliane Wengerts rechter ooghoek. Meteen dept ze hem weg met de linnen doek die ze nog steeds in haar slanke vingers fijnkneedt.

"Ik wil hem zien", herhaalt ze koppig.

"Alstublieft, weest u verstandig."

"Verstandig!" Juliane Wengert stoot een misnoegd lachje uit. "U komt hierheen en vertelt mij zulke vreselijke dingen en vervolgens wilt u mij verhinderen om mijn man te zien en dan vraagt u van mij om verstandig te zijn? Dat is wel heel kras!"

Ze loopt gedecideerd naar de telefoon en drukt een paar toetsen in.

"Albrecht, gelukkig dat ik je meteen te pakken krijg", zegt ze in de hoorn. "Ben je nog op kantoor? Dat hoopte ik al."

Ze heft haar rechterhand, een gebiedend gebaar, bedoeld om Manni tegen te houden.

"Albrecht, ik heb je hulp nodig", zegt ze in de hoorn. "Het is erg dringend. Kun je alsjeblieft meteen hierheen komen? Het gaat om Andreas."

Hij was sinds de wouten die middag langs waren geweest niet meer in de gelegenheid geweest om met Laura te praten. Hij had geen idee wat Laura daarna had gedaan. Wat is er met haar aan de hand? Waarom verstopt ze zich voor hem? Het leek alsof ze van de aardbodem verdwenen was geweest, pas bij de avondmeditatie had hij haar weer gezien. En nu, terwijl het laatste OHM amper is weggestorven, is ze hem alweer ontglipt. Zijn slapen dreunen als een bezetene als hij het huis uit rent. Waar is Laura heen gegaan? Het dal waar de Sonnenhof in ligt ingebed, is donker. Niets beweegt, alleen die vervloekte beek ruist en herinnert hem eraan dat hij moet pissen. Laura, Laura, Laura, waar ben je, herhaalt hij in zijn hoofd, bidt hij als een mantra. Ze had er bleek uitgezien, bijna doorzichtig. Een fractie van een seconde heeft hij haar kunnen aanraken, voor de meditatie, hij heeft haar heupbot door haar Cord-spijkerbroek heen gevoeld. Die subtiele welving die hem zo opwindt omdat hij weet hoe het aanvoelt als je je hand er stevig omheen legt. Hij weet dat hij Laura wild kan maken als hij zijn handen rond haar heupbot legt. Dat ze dat verrukkelijk vindt. Maar vandaag is ze voor zijn aanraking weggedoken als een zieke kat. Nog geen glimlachje heeft ze voor hem overgehad. Ver van hem vandaan en zonder hem een van die blikken toe te werpen die zijn begeerte gewoonlijk nog verder opwekken, heeft ze op haar kussen gezeten. Hij loopt met grote passen over de vochtige weide, staat steeds weer stil om rond te kijken, een dier dat zijn maatje ruikt. Het raam van haar kamer en de werkplaats zijn donker, de schapenstal is leeg. Voor Shiva's tempel tingelt de windgong zachtjes in een bries, alsof die hem uitlacht. Waar is Laura verdomme nog aan toe heen gerend? Waarom ontloopt ze hem? Zijn borst wordt samengedrukt, het doet bijna pijn. Alsjeblieft, ze mag niet verdwijnen, zij niet. Hij dwingt zichzelf rustig adem te halen. Denk na, man, denk na. Ver kan ze niet zijn. Hij zet het op een lopen.

Met een ruk en zonder richting aan te geven stuurt Manni de Vectra de inhaalstrook op, wat voor een automobilist achter hen aanleiding is uitvoerig lichtsignalen te geven.

"Ja, ja, ja." Manni steekt verontschuldigend zijn hand op en geeft vol gas. De Vectra schiet vooruit, rakelings langs een vrachtwagen, de signalerende auto in zijn kielzog. Judith trekt stiekem haar rechtervoet een stukje naar achteren en doet haar ogen dicht. Ze is nooit een goede bijrijder geweest, maar als ze zo fanatiek op de vloer blijft zitten trappen, dan geeft ze zich nogmaals bloot voor Manni, wat toch echt nergens voor nodig is.

"Jij bent ervan overtuigd dat Juliane Wengert de dader is."

"Het ligt uiteindelijk toch altijd in de relationele sfeer: geld of liefde."

"Nou, geld kan het in dit geval niet zijn. De villa is van haar, ze zijn op huwelijkse voorwaarden getrouwd en een hoge levensverzekering had Andreas Wengert niet."

"Zegt die dandyfiguur van een Tornow."

"Hij is advocaat. Je gelooft toch niet echt dat hij riskeert geroyeerd te worden met een valse verklaring die wij zo onderuit kunnen halen."

"Liefde dus. Of misschien is hij niet volledig geïnformeerd." Zonder gas terug te nemen gaat Manni weer terug naar de rechterrijbaan. De achterlichten van een andere vrachtwagen, die ver voor hen rijdt, komen beangstigend snel dichterbij. De bumperklever die net zo genereus zijn lichten heeft bediend, ontdekt nu blijkbaar zijn pedagogische roeping. Hij gaat naast de Vectra rijden, precies zo dat hij net naast hem rijdt, maar remt dan af, zodat Manni niet naar de linkerrijstrook kan. Met 180 kilometer scheuren ze op de achterlichten van de vrachtwagen af.

"Rem toch! Ben jij nou helemaal!" schreeuwt Judith die zich niet meer kan inhouden. Manni negeert haar gevoelsuitbarsting met een minzaam, triomfantelijk lachje en trapt eindelijk op de rem.

"Rustig maar, ik heb alles onder controle."

De klever zwaait en geeft gas.

"Waarom rijd je eigenlijk zo agressief?"

"Hoezo agressief? Die vent blokkeerde opzettelijk de rijbaan. Eens kijken of we hem kunnen inhalen om zijn kenteken te noteren." Manni geeft weer gas en zwenkt naar links, maar hij komt niet ver, omdat de linkerrijbaan nu goddank geblokkeerd wordt door een rammelende Polo die centimeter voor centimeter een vrachtwagen probeert in te halen. Ver voor hen in de bocht verdwijnen de achterlichten van de klever. Judith stuurt een dankgebedje richting hemel.

"Fuck you! Nou ja, dan maar niet." Terwijl hij de wagen met twee vingers bestuurt, begint Manni in zijn jaszakken te frunniken, vindt wat hij zoekt en stopt een van zijn onafscheidelijke Fishermanns Friends in zijn mond. Hij werpt Judith een blik toe. "Dus, liefde als motief, wat denk je daarvan?"

"Ik hou niet van speculeren. We weten op dit moment nog helemaal niets over het huwelijk van Juliane Wengert."

"Da's niet waar. We weten een heleboel. Bijvoorbeeld dat ze twee weken lang niks van haar man heeft gehoord en dat ze dat niet vreemd vindt. Dat ze eerst naar zijn motor informeert en dan pas naar hem. Bovendien is ze tien jaar ouder dan hij."

"Wat heeft dat ermee te maken?"

"Kom op, Judith. Onze Miss Marmer is welgesteld en ze ziet er, eerlijk is eerlijk, niet gek uit. Dus slaat ze een jongere vent aan de haak, een gymleraar met een strak lijf. Maar wellicht had die er genoeg van om haar toyboy te zijn en heeft hij er voor zichzelf iets bij gezocht. En dan komt zijn vrouw erachter, en als ze hem dan niet terug kan krijgen, dan knalt ze hem neer."

"En waarom moet dat uitgerekend in het Schnellbachtal gebeuren?"

"Waarom niet? Vanuit Bonn is het minder dan een uur rijden, het is daar verlaten. Verdomme, daar komen we nog wel achter."

"Daar moeten we achter komen. Ik weet zeker dat die plek niet toevallig is uitgezocht. Het slachtoffer moet een link hebben gehad met het Schnellbachtal. Meer nog, de dader wil ons er iets mee zeggen. Zoals dat daar allemaal gearrangeerd was, op een kansel met een gat in het dak. En trouwens: kan jij je dat echt voorstellen, Juliane Wengert, op en top verzorgd, die met een jachtgeweer in de aanslag haar man in het bos opwacht? Nee, ik geloof niet dat zij het heeft gedaan."

"Je wilt gewoon niet dat zij het heeft gedaan."

Ze bereiken de afslag Keulen-Kalk en Manni neemt eindelijk wat gas terug. Voor hen rijst het hoofdbureau van politie als een vesting op uit het braakliggende terrein waar pasgeleden nog een chemische fabriek stond. Het puntje van de antenne op het platte dak van het hoofdbureau schittert rood, een waakzaam oog. Judiths voet slaapt bijna vanwege de manier waarop ze in de bijrijderstoel de vloer heeft gemaltraiteerd. Ze onderdrukt een zucht.

"Met willen heeft dat niks te maken."

"Een alibi voor het tijdstip van de moord lijkt mevrouw Wengert in elk geval niet te hebben. Je kunt natuurlijk nooit controleren of ze in het weekend inderdaad in haar villa heeft zitten werken." Manni grijnst zelfingenomen. Dankzij zijn hardnekkigheid hebben ze de motor ontdekt, hij is degene die de ondervraging van Juliane Wengert nog enigszins heeft gered, het is slechts een kwestie van uren tot Karl-Heinz Müller de röntgenfoto's van Andreas Wengerts tandarts zal hebben vergeleken met die van de dode man. En de kans dat die niet identiek zijn is praktisch nihil.

"Laten we gewoon in alle richtingen zoeken, oké?" Ze parkeren de dienstwagen en gaan voor de parkeergarage van het hoofdbureau uit elkaar. Judith is blij dat ze voorlopig een verdere discussie kan ontlopen. Maar zodra de achterlichten van Manni's GTI zijn verdwenen, is het knagende gevoel weer terug. Het gevoel dat ze iets over het hoofd heeft gezien. Ze heeft iets belangrijks op de plaats delict niet opgemerkt, ze heeft een fout gemaakt, ze weet het zeker.

Diana Westermann staat onder de douche, ze gebruikt schandalig veel douchegel. Twee keer zeept ze haar hele lichaam van boven tot onder in om de geur van de angst kwijt te raken. Ze heeft de donkerblauwe gordijnen van de badkamer veel zorgvuldiger dichtgedaan dan anders voordat ze het licht aandeed en zich uitkleedde. De dubbelloops ligt op de wastafel, talisman en kalmeringsmiddel in één. Ze dwingt zichzelf haar haar droog te föhnen en zich met crème in te smeren, in een poging de rusteloosheid te bestrijden die de paniek in haar heeft achtergelaten. Wat moet ze doen? Aan slaap valt niet te denken. Ze zou Ronja in de tuin kunnen laten en dan een rondje om het huis maken en alle luiken dichtdoen, desnoods kan ze de verroeste scharnieren met olijfolie wat losser maken. Ze zou een vuur kunnen maken in de open haard. Een fles wijn openmaken en eindelijk haar post afhandelen. Ze zou weer piano kunnen spelen. Ze trekt een schone spijkerbroek en een T-shirt aan en slaat bij wijze van proef een paar toetsen aan. Maar de melodieën waar ze zich net nog zo over heeft verheugd, klinken nu saai en stumperig, haar vingers zijn veel te stijf. En eigenlijk let ze toch niet op de muziek, ze is veel te druk bezig al haar zinnen op buiten te concentreren.

Het helpt niet, ze moet iets doen. De aanval is de beste verdediging, met die instelling heeft ze in Afrika het leven alleen onder de knie gekregen. Met het geweer in haar handen loopt Diana naar de verandadeur. Ze staat wijdbeens als een boer boven aan de houten treden en spiedt de tuin in. Ronja wurmt zich langs haar heen en sprint overmoedig naar het hek en weer terug. Wijd en zijd geen vijand te bekennen, en toch voelt Diana zich onaangenaam ontbloot. Ze bedwingt de impuls om weer naar binnen te vluchten. Dit is haar grondgebied, haar tuin. Ze kan hier staan wanneer en zolang ze maar wil. Ze laat zich niet door een of andere irrationele angst van haar vrijheid beroven.

"Ik maak mezelf belachelijk", zegt Diana tegen haar hond. "Belachelijk, begrijp je. Waarschijnlijk ben ik gewoon te veel alleen. Je bazinnetje wordt kierewiet, alleen maar omdat er iemand een paar keer hiernaartoe heeft gebeld. Kom op, Ronja, doe er wat aan."

Ronja komt kwispelend op haar af gerend. Onwillekeurig moet Diana lachen. Ze gaat op haar hurken zitten en aait Ronja's flap-oren. Maar de speelsheid verdwijnt net zo snel als ze gekomen is. Elke vezel van haar lichaam wil alleen maar vluchten.

Diana kijkt op en staart naar het bos. Beweegt daar iemand? Daar bij de helling, in de richting van de B55, waar Ronja eergis-teravond verdwenen is? Waar ze de volgende dag dat mobieltje heeft gevonden? Een fractie van een seconde is ze ervan over-tuigd dat er daar iets is. Een beweging, misschien het oplichten van een zaklantaarn. Stel je niet zo aan, Diana, je ziet spoken. Het mobieltje. Misschien heeft het toch iets met de moord te maken. Stel nou dat het van de dode man was? Of van zijn moordenaar? Ik had het aan die inspecteur moeten geven, denkt ze gefrus-treerd. Waarom ben ik ermee naar de Sonnenhof gereden? Alleen maar vanwege dat teken. En vanwege die naam. Darshan. Hoe langer ze erover nadenkt, hoe meer ze ervan overtuigd raakt dat ze die Darshan zelfs een keer heeft gezien. Een vluchtige herin-nering. Een jonge vrouw met blonde vlechten, wijde rokken en een gezicht dat elke weerstand gewoon weglacht.

Maar wat had die Vedanja er merkwaardig omheen zitten draaien, zoals hij het mobieltje uit haar handen had gegrist en niet meer terug wilde geven. Wat weet hij over die Darshan, dat hij het liever zelf wil houden? Wat heeft hij te verbergen? Ronja heeft genoeg van de tuin, ze wurmt zich weer langs Diana heen de kamer in. Diana volgt haar. Morgen rij ik naar de Sonnenhof om nog een keer met die Vedanja te praten, besluit ze. Ik vraag hem gewoon mij het mobieltje terug te geven als hij die Darshan toch nog niet heeft weten te bereiken. Of om de politie op de hoogte te stellen. En als hij het niet doet, dan doe ik het.

Weer denkt ze ter hoogte van de zwarte helling een licht te zien. Dat is te veel, ze moet hier weg. Ze heeft afwisseling nodig, de geborgenheid van de anonimiteit van een overvolle kroeg, een paar stevige borrels en harde muziek. Misschien een man met wie ze voor één nacht alles kan vergeten. Het inzicht komt als een bevrijding. Ze kan iets doen, ze kan deze geesten verdrijven die zich zo hardnekkig in haar dreigen vast te zetten. Ze kan er in elk geval voor een nacht aan ontsnappen. Helemaal achter in haar klerenkast vindt Diana een batikjurk tot op de knieën met smalle taille, diep decolleté en wijde mouwen die ze over haar spijkerbroek heen trekt, een zijden sjaal die ze bij wijze van haarband omdoet en de Afrikaanse armband met de parels. Ze kijkt kritisch naar haar spiegelbeeld. Haar outfit is wellicht niet conform de heersende mode, maar is prima geschikt voor haar bedoelingen. Ze stopt een paar condooms, rijbewijs, identiteitsbewijs en twee briefjes van vijftig euro in haar broekzak.

Als ze in de auto zit, dwingt ze zichzelf om niet in de achteruitkijkspiegel te kijken, maar al haar aandacht op de hobbelige weg te richten die in het licht van haar koplampen op haar af lijkt te glijden. Ze heeft Ronja's gepiep genegeerd en het boswachtershuis zorgvuldig afgesloten. Het is voor het eerst dat ze de hond alleen in het boswachtershuis achterlaat, maar het is te laat om haar nog naar Laura in de Sonnenhof te brengen, en bovendien is Ronja net nog uitvoerig in de tuin geweest en morgenochtend zal Diana weer stipt op tijd voor haar joggingrondje terug zijn. In het handschoenvakje vindt ze een oud cassettebandje uit de jaren tachtig dat om duistere redenen meerdere verhuizingen en levensfasen heeft overleefd zonder ooit te zijn gaan janken of vast te lopen. *Goin' out tonight* zingt Chi Coltrane. Hoe toepasselijk, denkt Diana en ze draait het volume hoger. De B55 duikt voor haar op, leeg en donker. Ineens voelt Diana zich lichter worden. Ze stuurt de jeep over de provinciale weg en grijpt het stuur steviger vast. Ze voelt zich net de pilote van een ruimteschip. Ze schakelt naar de vijfde versnelling. Chi's rokerige soul katapulteert de jeep de nacht in.

Er is iets veranderd in haar woonkamer. Judith staat in haar opgeruimde kamer en kijkt om zich heen, de leren jas die ze gewoontegetrouw heeft uitgetrokken zodra ze binnenkwam, heeft ze nog in haar hand. Martin, denkt ze en ze merkt dat het zweet haar uitbreekt. Was hij hier en heeft hij op haar zitten wachten? Is ze weer een afspraak vergeten? Ze heeft hem nog altijd niet gebeld, op de een of andere manier leek het tijdstip nooit geschikt, en ze weet hoe dan ook niet wat ze tegen hem moet zeggen. Ik mis je, laten we gewoon op de oude voet doorgaan. Maar wat heeft het voor zin om dat te zeggen? Dat wil hij niet, dat heeft hij afgelopen weekend op niet mis te verstane wijze duidelijk gemaakt. En god weet dat hij niet de eerste partner van een politieagente is die de handdoek in de ring werpt. Ze wil er niet over nadenken dat het om iets anders gaat. Als in slow motion hangt ze haar jas aan de kapstok. Hoe vaak is ze niet terneergeslagen thuisgekomen en dan was hij er voor haar. Ineens verlangt ze hevig naar hun nachtelijke gesprekken in de keuken, naar Martins pastasaus met Spaanse pepertjes, knoflook en sardines, naar het moment na het eten, wanneer rode wijn, knoflook, tabak en espresso zich op haar tong met elkaar vermengen en ze in zijn ogen kan lezen dat ze zich eindelijk ontspant. Ze verlangt naar zijn handen. Ja, ook naar zijn handen.

Ze doet de keukendeur open en doet het licht aan. Tussen alle vuile borden en schalen, de gelezen krant, de koffiekan en het pak melk dat ze blijkbaar vergeten is in de koelkast terug te zetten, ziet ze de brief meteen. Het is een witte enveloppe. JUDITH staat erop, in blokletters. Elke stap die ze zet dreunt in haar oren. Ze pakt de brief, hij is zwaar, er zitten twee sleutels in met een roestvrij stalen sleutelhanger. J. Haar sleutels.

Lieve Judith, heeft Martin geschreven. *Neem me alsjeblieft niet kwalijk dat ik je je sleutels niet persoonlijk teruggeef. Je zou bellen, zei je. Nu is er weer een week voorbij en ik wil niet langer wachten. Je kent me, ik hou van duidelijkheid.*

Ik ben niet boos op je, dat moet je echt geloven. Maar ik zie dat jij niet kunt veranderen en ik ook niet, ook al had ik gehoopt dat het ons zou lukken. Waarschijnlijk hoeven we onszelf dat niet te verwijten. We hebben het geprobeerd, maar het is niet gelukt. Punt uit. En waarschijnlijk heb jij gelijk, we hebben elkaar niets meer te zeggen. Dus wil ik hier mijn argumenten ook niet meer herhalen, jij kent ze net zo goed als ikzelf.

Hier zijn je huissleutels. Je kunt de mijne gewoon per post sturen. Pas goed op jezelf. Ik wens je alle succes met alles. Maar ik wens je vooral toe dat je gelukkig wordt. Dat meen ik oprecht. Martin.

Later weet Judith zelf niet meer waar die tomeloze, ziedende woede vandaan kwam die haar de eerstvolgende uren opjaagt. Als in een roes raast ze door de kamer onder het gekrijs van Nirvana. Als ze weer tot zichzelf komt, is haar hele huis tot in de verste uithoeken opgeruimd en schoongepoetst. Ze heeft alle sporen vernietigd die Martin hier ooit heeft weten achter te laten. Ze heeft de lakens van het bed gehaald en woedend in de wasmachine gestompt. Ze heeft de zeep die ze samen gebruikten weggegooid en zijn lievelingshanddoek ook. Om zijn tandenborstel, zijn wekker, zijn scheerspullen, deodorant, aftershave en zijn setje schoon ondergoed hoefde ze zich niet te bekommeren, die had hij zelf al meegenomen. Maar de cd's die hij haar heeft gegeven kon ze nog wel in stukken breken. De zomerjurk die ze had gekocht omdat hij vond dat die haar zo goed stond, kon ze in een vuilniszak smijten, samen met de laatste pagina's van zijn kranten, zijn dure keukenmessen, het kruidenmolentje en de roestvrijstalen kaasrasp. Ze gunt zichzelf geen tijd om na te denken, ze brengt elke vuilniszak, zodra ze hem heeft vol gepropt, meteen naar de container beneden op de binnenplaats.

Dan zijn er alleen nog Martins brieven en die oneindig hunkerende, oneindig uitzichtloze liefdesgeschiedenis die hij haar voor Valentijnsdag heeft gegeven, *Licht* van Christoph Meckel. Judith maakt nog een flesje bier open, is het het derde of vierde sinds ze thuis is gekomen? Ze weet het niet meer en de sigaretten die haar longen wegvreten zijn al helemaal niet meer te tellen. Systematisch, met weer een sjekkie tussen haar lippen, scheurt ze boek en brieven in kleine snippertjes en laat die in de blank gepoetste roestvrijstalen spoelbak dwarrelen. In een moeite door vult ze twee kommen met water. Haar handen zijn volledig kalm als ze Martins afscheidsbrief tot een lont draait, die aansteekt en daarmee de papieren overblijfselen van haar relatie in brand steekt. Het duurt lang voordat ook de laatste snippers tot een fijne, zwarte as zijn geworden die in het water oplost en door de gootsteen kan worden weggespoeld.

Als ze de spoelbak weer heeft schoon geschuurd, voelt Judith iets wat ze een hele tijd heeft gemist: vrede. Twee jaar en een maand zijn voorbijgegaan sinds haar beste vriend en collega werd doodgeschoten bij een politieactie waar hij inviel voor haar. Anderhalf jaar lang heeft Martin geprobeerd in haar leven binnen te dringen, haar weg te lokken uit die afstandelijkheid die haar sinds de dood van Patrick meer dan ooit omhult. Martin had aanvankelijk gedacht dat Patrick en zij een stel waren geweest, later dat zij dat in elk geval wel had gewild. Dat denkt iedereen, omdat ze hem blijft missen. Maar zo was het niet, zo is het niet. *U voelt zich schuldig omdat hij die fatale nacht voor u inviel. Dat is heel natuurlijk, dat zou iedereen doen. Laten we daarover praten.* Dat had de politiepsycholoog gezegd waar Millstätt en de politiearts haar naartoe hadden gestuurd. Maar ze had er niet over willen praten, ze was opgestaan en had die kwibus met zijn sinterklaasbaard in zijn versleten fauteuil laten zitten. Op de volgende afspraken was ze niet eens meer verschenen.

Misschien voelt ze zich inderdaad schuldig. Hoe valt haar belachelijke gedrag tegenover Juliane Wengert anders te verklaren? En al die nachtmerries waarin ze altijd weer te laat komt, hoe ze ook haar best doet. Maar zelfs al is het zo, denkt ze bokkig, wat heb je eraan om erover te praten? Schuld en de daaruit voortvloeiende gevolgen, dat is iets waar je op de een of andere manier mee klaar moet zien te komen. Daar moet je mee leven. Daar kun je mee leven. Maar het verlies van een vriend, dat is iets heel anders.

Ze had Patrick leren kennen bij een hoorcollege aan de rechtenfaculteit. Ze waren allebei eenentwintig, helemaal aan het begin, allebei nieuw in Keulen, allebei compromisloos in hun streven naar gerechtigheid. Maar dat was niet alles. Om een of andere reden, en daar heeft ze tot op heden geen verklaring voor, heeft Patrick van begin af aan iets in haar geraakt, en dat was omgekeerd net zo. Met Patrick was het gemakkelijk om de komische kanten in te zien van haar schooltijd, die oneindige periode van steeds weer andere scholen en het constante gevoel er niet bij te horen. Net als hij, de mijnwerkerszoon uit Hückelhoven, die ondanks alle weerstanden uit zijn omgeving naast zijn mijnbouwopleiding ook het avondgymnasium had gevolgd, had ook Judith geleerd om haar kwetsbaarheid achter cynisme te verbergen. Maar als ze samen waren, dan hadden ze dat niet nodig. Ze konden volstrekt serieus en oprecht praten, over eenzaamheid, muziek, seks, dromen, angsten, pijnlijke momenten en politiek. Om zich vervolgens weer te laven aan hun zwarte humor. Kettingrokend en Kölsch drinkend in een of andere kroeg en afgeven op hun medestudenten die in vergelijking met hen zo vreselijk kinderachtig waren.

Bovendien was Patrick een van de weinige mannen die belang stelde in Judiths betrokkenheid bij het vrouwenhuis en die zich niet bedreigd voelde als ze in lange monologen tekeerging tegen zelfgenoegzame macho's, tegen vrouwenhaters en vrouwenmishandelaars, tegen de onrechtvaardige abortuswetgeving. En tegen vrouwen die niet eens in de gaten hebben hoe ze zichzelf vernederen als ze hun gedrag en hun kleding onderwerpen aan de normen die reclame en media hun als 'vrouwelijk' voorspiegelen. En Patrick luisterde niet alleen, hij begreep haar woede en deelde die ook.

Uiteindelijk waren ze een paar keer met elkaar naar bed geweest, omdat dat aanvankelijk de enig logische consequentie van hun innige band leek. Het was een aangename ervaring, bijna speels, heel vertrouwd en natuurlijk, maar ze merkten al snel dat het daar in hun vriendschap niet echt om ging en met een inzicht dat hun leeftijd verre oversteeg besloten ze hun vriendschap niet verder op de proef te stellen door verdere erotische experimenten, maar er gewoon van te genieten.

En zo was het gebleven. Samen hadden ze geblokt voor de tentamens die de weg naar hun hoofdvak vrijmaakten, ze hadden bij elkaar uitgehuild na hun diverse relaties, waren blij geweest voor elkaar als het goed ging. Met Pinksteren gingen ze altijd met Patricks VW-busje naar de Noordzee, soms met zijn tweeën, soms met zijn vieren. In het vierde semester had Patrick zijn studie rechten opgegeven om bij de politie te gaan. Hij was ervan overtuigd dat hij daar meer voor de samenleving kon doen dan op een advocatenkantoor. Ze hadden tegelijkertijd hun opleiding in Keulen afgerond, Judith aan de universiteit, Patrick aan de politieacademie. Ze hadden elkaar in die tijd niet meer zoveel gezien, maar dat was niet belangrijk, want zodra ze elkaar weer zagen was de oude verbondenheid er meteen weer. Twee jaar later volgde Judith Patrick naar de recherche, na een frustrerende stage bij het kantongerecht. Er volgden nog twee jaar waarin ze elkaar weinig zagen, Judith werkte bij Zeden, Patrick bij Narcotica in Düsseldorf. En toen waren ze collega's geworden bij de afdeling KK11 van de recherche Keulen, de afdeling van het hoofdbureau die in de volksmond Moordzaken heet en door agenten wel de Lijkzakverwerking wordt genoemd.

Dat was het begin geweest van weer een nieuwe fase in hun vriendschap. Net als in de eerste jaren zagen ze elkaar nu dagelijks, soms werkten ze zelfs in één team. Aanvankelijk maakten collega's af en toe hatelijke opmerkingen, maar dat hield al snel op. Op een gegeven moment werd Patrick tot plaatsvervangend teamchef gepromoveerd, maar ook dat veranderde niets aan hun vriendschap. Ze dachten dat ze het leven in hun greep hadden. Hoewel ze in hun beroep dagelijks met de dood geconfronteerd werden, meenden ze daar zelf immuun voor te zijn. Soms gingen ze na het werk naar de kroeg, ook wel met andere collega's. Zelfs Judith had bij de KK11 het gevoel dat ze erbij hoorde, een gevoel van verbondenheid, van geborgenheid. Ze hield haar overuren niet bij. Ze deed haar werk grondig en verliet zich op haar intuïtie, zoals ze dat had geleerd bij het vrouwenhuis waar ze naast haar studie als nachtportier had gewerkt, en haar succes bevestigde haar gelijk. Axel Millstätt, die op het hoofdbureau toch al als vrouwvriendelijk te boek stond, kreeg haar in het vizier, promotie leek nog slechts een kwestie van tijd. Alles was perfect. Tot die zondagavond toen Judith dienst had en te kampen had met de eerste symptomen van een griep.

Het was puur toeval dat ze net op het moment dat haar dienstmobieltje overging bij Patrick thuis was. Ze had koffie gedronken met hem en zijn vriendin. Als het telefoontje maar een paar minuten later was gekomen – hoe vaak had ze dat niet gedacht. Maar zo ging het niet. Ze stond net op het punt weg te gaan en had haar jas al in haar hand, toen ze het telefoontje aannam, luisterde en onwillig kreunde.

Dat stoombad kan ik vergeten. Een of andere gek heeft zijn schoonouders neergeschoten, en nu bedreigt hij zijn vrouw en kinderen. Dat wordt vrees ik een kolerelange en kolerekoude nacht.

Laat mij dat van je overnemen, je ziet er echt beroerd uit.

Onzin, ik neem een aspirientje, dan gaat het wel weer. Laat Sylvia liever niet alleen.

Sylvia heeft zo meteen een afspraak met een vriendin, maak je daar geen zorgen over. Kom op, Judith, ik neem het vandaag van jou over, en dan neem jij mijn dienst op eerste adventszondag over. Dan is Sylvia's moeder jarig.

In dat geval – oké, bedankt, graag. Ik voel me echt niet erg lekker.

Woorden, achteloos uitgesproken. Hoe vaak heeft ze sindsdien niet gewenst dat ze ze kon terugnemen. Maar zo zit het leven niet in elkaar. Ze heeft Patrick ten afscheid niet eens echt omhelsd omdat ze hem niet wilde aansteken. Ze was rillerig naar haar auto gehold, vol zelfmedelijden omdat haar keel pijn deed.

Twee uur later werd Patrick doodgeschoten terwijl zij in bad lag. Zijn dood had een krater in haar leven geslagen, een gapende wond die gewoon niet ophield met etteren. Slechts af en toe, als ze met Martin in haar keuken had gezeten, op het dakterras of 's zomers aan de Rijn, als ze tegen hem aan leunde en zijn lach in haar rug vibreerde, dan had het aangevoeld alsof die wond toch ooit zou kunnen helen. Maar het volgende moment was ze dan altijd weer vreselijk geschrokken. Omdat het leven te fragiel is voor zoiets fundamenteels als geluk.

Zorgvuldig haalt Judith Martins huissleutel van haar sleutelhanger en stopt hem in een gevoerde enveloppe. Al op de lagere school heeft ze geleerd een zekere afstand te bewaren zodat het afscheid niet al te veel pijn doet. Vele jaren later heeft ze voor Patrick een uitzondering gemaakt, zonder er zelfs maar bij na te denken. Had ze dat niet gedaan, dan zou zijn dood nooit die krater in haar leven hebben kunnen slaan. Ze plakt de enveloppe dicht en adresseert hem, steekt een sigaret op. De laatste, belooft ze zichzelf, en daarbij het laatste biertje. Ze moet proberen te slapen, zodat ze zich morgen op haar werk kan concentreren. Haar laatste kans. Ze legt de enveloppe op het kastje in de hal, zodat ze hem morgen niet vergeet. De vriendschap met Patrick was een experiment op het terrein van de nabijheid, en het is mislukt. Niemand kan van haar verwachten dat ze dat nog eens herhaalt.

In Keulen zet Diana de jeep op een parkeerplaats in de buurt van de universiteitsmensa. De geur van gyros, patat, alcohol, benzine en parfum hangt boven de straten van het uitgaansgebied, het Kwartier Lateng. Een vette, verzadigde geur, zo compleet anders dan het aroma van Afrika: het droge leem, de roofdiermest, de geur van houtskoolrook en melk die op de markten als een sluier achter de Zoeloevrouwen hangt. De Groove is een schemerige kelder aan de Kyffhäuserstraße. Elf uur 's avonds is nog vroeg voor het hippe studentenvolkje dat hier komt, maar straks zal het vol zitten. Een roodharige jongen met smalle heupen en tattoos op zijn blote, magere bovenarmen en een zware zilveren ring in de vorm van een doodshoofd speelt vinylplaten, projectoren werpen psychedelische kringen in oranje tinten op de muren. Door de blacklight lichten de bh-beugels van de barmeisjes als neon op. Een paar jonge mannen aan de bar drinken bier uit flesjes en kijken naar haar. Hun haar is al net zo met gel geboetseerd als dat van zilverjackie, de politieagent. Maar daar wil Diana nu echt niet aan herinnerd worden. Ze bestelt een caipirinha en probeert daarbij afstandelijk over te komen.

Ze drinkt maar zelden alcohol en de eerste bitterwrange slok schiet direct van haar keel naar haar hoofd. Goed. Ze laat de stukjes ijs in het glas rinkelen en slentert langs de bar en de geljongens naar een ruimte achterin waar een metalen vloerplaat als dansvloer dienst doet. De roodharige dj heeft blijkbaar een zwak voor het oudere werk, hij zet alle knoppen open en de ruimte wordt gevuld door een metalig, kunstmatig geluid, iets in de trant van Kraftwerk. Dan *Tainted Love* in een technoversie. Een paar studentes met zwart omrande kajalogen beginnen te dansen. Met gesloten ogen laten ze hun heupen rondcirkelen terwijl ze van tijd tot tijd uitgehongerd aan hun sigaretten lurken, wat de mechanische bewegingen van hun gepiercete buiken op groteske wijze alle zinnelijkheid ontneemt. Een donkerharige jongen met paardenstaart, Cargo-spijkerbroek en een strak zwart T-shirt lijkt dezelfde conclusie te trekken als Diana. Hij wendt zich van de dansvloer af. Een seconde lang ontmoeten hun ogen elkaar en daarin leest ze iets van nieuwsgierigheid, dan dwaalt zijn blik verder en neemt hij een grote slok uit zijn flesje bier. Aan de andere kant van de dansvloer zwaait iemand naar haar en Diana herkent Jens, een oude klasgenoot. Ze slentert langzaam naar hem toe en voelt daarbij de blik van de donkerharige jongen op haar rug, een aangename tinteling. Ze leunt tegen de muur en wisselt met Jens de obligate beleefdheden uit, ook hem houdt ze op afstand.

De donkerharige jongen kijkt nu ongegeneerd haar kant op, misschien valt hij op vrouwen die hij niet kan hebben, in elk geval lijkt hij lol te hebben in het wedstrijdje om Diana's belangstelling. Ze laat Jens over het tienjarig jubileum kletsen, dat zij heeft gemist, maar is wel zo slim hem niet te vertellen waar zij destijds woonde, want dan wil hij ongetwijfeld alles precies weten. Ze doet alsof datgene wat Jens haar vertelt haar enigszins interesseert, nipt aan haar drankje en werpt de andere jongen af en toe een blik toe. Ze kan op afstand voelen hoe ze van minuut tot minuut interessanter voor hem wordt. Uiteindelijk haalt hij zijn ellebogen van de bar waar hij tegenaan leunt en trekt met zijn voet een barkruk die net vrij gekomen is naar zich toe, een gebaar dat Diana als uitnodiging interpreteert. Ze knikt Jens een we-zien-elkaar-straks-nog toe en onderdrukt een glimlachje terwijl ze langs de dansende studentes schuift.

"Mag ik?"

"Graag." Hij praat zonder accent. Goed. De dj legt iets met een vette Afrikaanse beat op. Diana gaat recht overeind zitten op haar kruk en laat haar gymschoen op de maat meewippen. De donkerharige jongen neemt haar op.

"Ik heb jou hier nog nooit gezien. Jij komt hier niet vandaan, wel?"

"Ja en nee."

"Aha." Hij grinnikt. Hij heeft mooie witte tanden. "En dat betekent?"

"Wil je de lange of de korte versie?"

"Is de *extended version* de moeite waard?"

"Hangt van je smaak af." Ze neemt het rietje tussen haar tanden en zuigt het laatste restjes caipirinha uit het glas. "De lange versie is een beetje wild."

"Wild klinkt goed." Hij leunt voorover, raakt speels de mouw van haar jurk aan. "Past bij je outfit."

Ze lacht tegen hem. "En jij, woon je hier?"

"Pal om de hoek, aan de Rathenauplatz."

"Alleen?"

"In een studentenhuis. Waarom, is dat belangrijk?"

Ze haalt haar schouders op. Het is een beetje vroeg om tegen hem te zeggen dat ze van plan is de nacht met hem door te brengen. Extended version zogezegd, het volledige programma. Maar eerst wil ze dansen. En met hem flirten. En ze wil nog iets drinken. Alsof hij haar gedachten kan lezen, houdt hij zijn flesje omhoog en schudt ermee. Leeg. Hij staat op, pakt haar glas. Hij is groot, zeker een kop groter dan zij. De dj doet de schuiven nog wat verder open. En weer is daar dat gevoel dat ze in een ruimteschip zit. Ze leunt tegen de ruwe muur. Het boswachtershuis, het bos en haar angst verdwijnen in een ver afgelegen sterrenstelsel. De jongen kijkt haar aan.

"Wat drink je? Caipi?"

Hij heeft nog goede manieren ook, denkt Diana en ze knikt tegen hem. "Perfect."

Zaterdag 1 november

Het is een nachtmerrie, een nachtmerrie. Zo heeft ze zich het moment niet voorgesteld waarop de politie haar confronteert met het feit dat Andreas haar definitief heeft verlaten. Die hoofdinspecteur ziet eruit alsof ze in haar kleren heeft geslapen en elk moment weer een hysterische aanval kan krijgen. Haar collega met zijn vreemde kapsel loert vrijwel openlijk vijandig naar haar. Alsof het een bloederig mes was, zo heeft hij gisteravond Andreas' haarborstel in een plastic zakje laten vallen, terwijl zijn collega's die waren opgeroepen de oppervlakken in Andreas' werkkamer met allerlei poedertjes bestrooiden om vingerafdrukken te nemen.

Juliane Wengert schuift wat dichter naar Albrecht Tornow toe, blij dat hij er is, vriend en adviseur van de familie sinds jaren. Ze rilt, ze heeft niet geslapen vannacht, nadat Albrecht die vreselijk indiscrete politiemensen eindelijk het huis uit gecommandeerd had.

Ze heeft niet geslapen, heeft niet willen slapen, ze heeft alleen maar in het donker voor de open haard gezeten en geprobeerd de zin van dit alles te ontwaren. Maar natuurlijk is er geen zin. En toen Albrecht om negen uur terugkwam, vlak voor de rechercheurs, met die uitdrukking op zijn gezicht, had hij niets hoeven zeggen. De dode man is Andreas, en het enige wat ze voelt is een milde verbazing dat de politie dat zo snel heeft weten vast te stellen, dat is men toch niet gewoon bij overheidsdiensten. Later zal ze tijd hebben om na te denken over wat de politie meent te hebben ontdekt. Nu komt het erop aan zich te beheersen.

"Het spijt ons heel erg, mevrouw Wengert, maar op grond van

de röntgenfoto's van uw tandarts hebben wij de dode man definitief kunnen identificeren als uw man." De hoofdinspecteur verspreidt een zurige alcoholgeur. Juliane Wengert voelt een onpasselijkheid opkomen en concentreert zich op de witte lelies.
"Mevrouw Wengert, had uw man problemen op school? Had hij vijanden?"

"Hebt u echt geen idee wat uw man in het Bergische Land te zoeken had? Heeft hij daar wellicht iemand ontmoet, heeft hij er iemand bezocht?"

"Mevrouw Wengert, hoe was uw huwelijk? Was u gelukkig? Had u problemen?"

"Het spijt me dat we u dit zo rechtstreeks vragen moeten, maar had uw man een verhouding?"

"Wilde uw man wellicht van u scheiden, of u van hem?"

Verbeten schudt ze haar hoofd. Problemen! O nee, ze zal hun niets over dat sletje vertellen met wie ze Andreas op de bank heeft betrapt. Een minderjarige, een van zijn leerlingen! Zonder enig schaamtegevoel. Hondsbrutaal had het kind Juliane aangekeken op die gruwelijke avond toen zij vroeger thuis was gekomen van een vergadering. *U kunt mij de wet niet voorschrijven! Ik hou van uw man en hij houdt van mij!* Die illusie had ze dat wicht snel weten te ontnemen en Andreas had niet durven tegenspreken. Natuurlijk had hij de relatie onmiddellijk moeten beëindigen, voordat het publiekelijk bekend zou worden. Voordat ze hem het huis uit zou jagen en uit hun gemeenschappelijke leven, waarvan hij, zoals ze maar al te goed wist, de luxe wist te waarderen, wetend dat hij zich alleen van zijn salaris nooit een dergelijke standaard zou kunnen veroorloven. Ze was buiten zichzelf geweest van woede, ook al omdat hij niet alleen zijn eigen, maar ook haar reputatie op het spel zette. Een leerling! Wat een figuur zou ze slaan als dat bekend werd? De middelbare echtgenote van een rokkenjager voor wie ook zijn pupillen niet veilig zijn? Wat een blamage.

Nachtenlang heeft ze liggen piekeren over wat ze nu moest doen. Het was gedaan met haar rust. De oplossing was uiteindelijk een uitermate pijnlijk gesprek met de moeder van het meisje, dat Andreas en zij gezamenlijk doorstonden. Het meisje werd van school gehaald. Het zou niet publiekelijk bekend worden, hadden ze afgesproken. Ook het kleine kreng had uiteindelijk beloofd haar mond te houden. Daarna had Andreas haar, Juliane, gesmeekt hem te vergeven. *Een eenmalige, betreurenswaardige uitglijer. Alsjeblieft, Juliane, wees toch verstandig, ik hou van je.*

Wat moest ze doen? Ze had geprobeerd hem te geloven, maar het lukte niet. Ze had te veel gezien tijdens al haar gevlieg rond de wereld. Toch was ze niet zo snel bereid geweest Andreas op te geven. Iets in haar wilde hem niet loslaten. En zo gingen weken, maanden voorbij en werd Juliane steeds meer een gevangene van haar eigen wantrouwen, een schaduw van wie ze vroeger was, een slachtoffer van haar jaloezie.

En toen had hij haar verlaten. Hij is met zijn geliefde motorfiets de afrit afgereden, met opspringende kiezelsteentjes, en ze had geweten dat ze hem niet meer terug zou zien. Geweten, gevoeld, vermoed – wat het ook geweest was. Nu is hij dood, zegt de politie, en deze dood heeft in elk geval een positieve kant: hij kan niet meer zeggen dat hij haar heeft bedrogen, dat hij haar wilde verlaten, dat hij haar al had verlaten. Niemand zal erachter komen, want die kleine slet zal haar mond niet opendoen, dat zal haar moeder wel weten te verhinderen. En anders zijn er nog andere manieren om dat kind tot zwijgen te brengen. Juliane Wengert vermant zich, gaat rechtop zitten. Ze is een weduwe. Ze heeft het recht om om haar man te rouwen en niemand kan haar dwingen zijn aandenken te bezoedelen door over zijn verhouding te vertellen, die allang tot het verleden behoort. Ze schraapt haar keel.

"Mijn huwelijk was prima, u doet vergeefse moeite. En nu wil ik mijn man zien. Alstublieft."

De politieagenten wisselen een veelzeggende blik. Albrecht legt zijn hand bezwerend op de hare. Ze heeft al in geen tijden meer handcrème gebruikt. Dom. Ze heeft een droge huid die snel schilfert. Reptielenhuid.

"Alsjeblieft, Juliane, doe jezelf dat niet aan." Albrecht smeekt gewoonweg. "Je hoeft Andreas niet te identificeren, er is geen twijfel dat hij het is. De gebitsvergelijking is ondubbelzinnig."

"Ik wil hem zien", herhaalt Juliane Wengert scherp. Albrecht weet niet wat zij Andreas schuldig is en het gaat hem ook niks aan. Ze betaalt hem ervoor om haar belangen te vertegenwoordigen, niet om haar te vragen naar het waarom.

"Als u erop staat, dan gaan we er uiteraard heen." De inspecteur met het rare kapsel staat op. Ook Albrecht komt overeind en biedt Juliane zijn arm aan. Hij staat op het punt nogmaals op haar in te praten, maar hij houdt zich in.

Als ze een halfuur later echter door de neonverlichte gangen van het forensisch instituut aan het Melatenfriedhof lopen, is Juliane er ineens zelf niet meer zo zeker van dat het een goed idee was om haar wil door te drijven. Ze haakt haar arm in die van Albrecht. Nu is er geen weg meer terug zonder gezichtsverlies, en ook al heeft ze gruwelijke angst voor wat er op haar afkomt, de wens om de waarheid in het gezicht te zien is nog altijd sterker. Want hoe kan ze er ooit zeker van zijn dat de dode man daadwerkelijk Andreas is, als ze zich daar niet met eigen ogen van overtuigd heeft?

Een bruinverbrande, gedrongen, gespierde man in een witte schort drukt zijn sigaret uit in een piepklein zilveren asbakje, klept het deksel dicht en komt op haar af. Ze heeft er nooit eerder over nagedacht hoe een lijkschouwer eruitziet, maar zo'n ladykiller met sensuele lippen, Italiaanse schoenen en aftershave die doordringend naar muskus ruikt had ze zeker niet verwacht.

"Karl-Heinz Müller", zegt hij en hij houdt haar hand een fractie van een seconde langer vast dan nodig is. "U moet nu heel sterk zijn – weet u zeker dat u uw man wilt zien?"

Dit gebeurt allemaal niet echt, denkt Juliane en ze knikt. Ineens moet ze aan de kleine, hartvormige moedervlek aan de binnenkant van Andreas' linkerbovenbeen denken. *Mijn hart*, heeft ze ooit onnozel gezegd en het gekust, destijds in Las Vegas toen ze het had ontdekt. *Je hoeft nooit te proberen je voor mij te verstoppen, want daar zal ik je altijd aan herkennen. – Nou, als dat zo is, dan kan ik het maar beter in mijn paspoort laten opnemen*, had hij geantwoord en haar op haar mond gekust. *Onveranderlijke kenmerken: het hart van mijn vrouw.* Maar dat was natuurlijk maar scherts geweest en natuurlijk heeft hij ook met het echte hart in Julianes borst geen rekening gehouden.

Het is erg koud in de ruimte waar Karl-Heinz Müller haar mee naartoe neemt, en meteen weet Juliane waarom hij zoveel aftershave gebruikt. De geur die van de metalen baar opstijgt is weerzinwekkender dan ze zich ooit had kunnen voorstellen.

Onaangedaan, bijna liefdevol pakt de lijkschouwer het groene laken dat het lichaam op de baar bedekt en slaat het terug.

"Niet door uw neus ademen", zegt hij, meer hoort ze niet. De stank in combinatie met de rauwe, oogloze vleesmassa onder Andreas' mooie, blonde leeuwenmanen waar ze zo graag met haar vingers doorheen woelde, vertelt haar de rest. Zo heeft ze zich het laatste weerzien niet voorgesteld. Weg, ze wil alleen nog maar weg. Ze draait zich om en vlucht, ze bereikt de gang – zoveel deuren, zo'n fel licht, maar geen toilet. Waar moet ze nou heen? En dan kan ze helemaal niks meer denken, ze verliest haar evenwicht, valt op de koude vloer en kotst in een krampachtige golf het werkelijk allerlaatste beetje maaginhoud midden op het lichtgrijze linoleum.

Het volgende dat ze meekrijgt is Albrecht Tornows sonore stemgeluid. Ze knippert. Hij staat naast haar, maar wel op gepaste afstand van de stinkende, gênante plas waar ze in ligt.

"Ik vind dat u mijn cliënte voor vandaag voldoende hebt lastig gevallen", zegt hij en hij slaagt erin dit zo te laten klinken alsof Julianes instorting en haar aanwezigheid in het forensisch instituut op aandringen van de politie heeft plaatsgevonden en niet haar eigen wens was. Goed zo, hij haalt mij hier weg, hij zal mij beschermen, denkt Juliane. Dan staat ze zichzelf toe weer het bewustzijn te verliezen.

"Laura, Laura, Laura, wat is er toch met je aan de hand?"

Gelukkig concentreert Vedanja zich ondertussen op het verkeer. Zijn vingers rusten op het stuur, breed en wit en onbehaard. Glibbervingers. Snel wendt Laura haar blik af. Het is een grauwe ochtend. De straat naar Kürten is bochtig en ze zijn duidelijk niet de enigen die op zaterdagochtend iets te doen hebben.

"Vind je ook niet dat je mij inmiddels weleens een beetje zou kunnen vertrouwen?"

"Maar dat doe ik heus wel", zegt Laura en ze merkt zelf hoe slap dat klinkt. "Het gaat toch goed met me."

Dat is een flagrante leugen. Een vreselijke angst heeft bezit van haar genomen sinds die hoofdinspecteur de dode man op de Erlengrund heeft beschreven. Een paniek die haar keel dichtsnoert.

143

"Maar er is iets met je aan de hand, dat zie ik toch. Sinds de politie gisteren langs is geweest, ben je op de een of andere manier veranderd."

"Dat slaat nergens op."

"Heb je iets gezien wat de politie moet weten? Op die open plek misschien? Daar ga je toch weleens heen?"

Heftig schudt Laura haar hoofd. De open plek, de Erlengrund. Waarom moeten ze die dode uitgerekend daar vinden? En dan die beschrijving: blond haar tot op de schouders, circa dertig jaar oud. Net als Andi. Maar het mag Andi niet zijn, het kan Andi niet zijn, want wat had hij daar te zoeken zonder haar? Of was ze een afspraakje vergeten? Had hij op de kansel op haar zitten wachten? Ach welnee, dat is onmogelijk, toen ze elkaar vier weken geleden voor het laatst hadden gezien, had hij niet kunnen zeggen wanneer ze elkaar weer zouden zien, hoe ze ook had gesmeekt.

Als mijn vrouw erachter komt dat wij elkaar nog steeds zien, dan hang ik, begrijp dat nou alsjeblieft, Laura. We moeten wachten tot jij achttien bent, dan kan niemand ons meer iets maken.

Maar je houdt toch van me?

Natuurlijk hou ik van je, ach, je weet toch hoeveel ik van je hou. Hij had haar weer tegen zich aan willen trekken, maar ze had zich stijf gehouden. *Eerst zeggen dat we bij elkaar blijven.*

Ja, ja, ja, natuurlijk blijven we bij elkaar, mijn lieve Lauraatje, natuurlijk blijven we bij elkaar.

Toen pas had ze zich in zijn armen laten nemen en hij had haar op zijn schoot genomen en vastgehouden alsof hij haar nooit meer wilde loslaten en elke gedachte aan Jey was vervlogen en alles was goed geweest, daarboven in hun liefdesnestje in de bomen, ver weg van de wereld. *Je hoort nog van me,* had hij bij het afscheid gezegd. *Echt, je hoort van me, we zien elkaar gauw weer, ik bedenk wel wat, want hier op de kansel wordt het langzaamaan te koud.* Maar hij heeft zijn woord niet gehouden. Hoe ze ook wachtte en wachtte, ze hoorde sindsdien niets meer van hem. Terwijl ze bijna elke dag de berg op klom om haar mobieltje te checken. Geen sms'je van Andi. Dus waarom zou hij twee weken geleden op de open plek zijn geweest? Dat slaat toch nergens op, het moet een waanzinnig toeval zijn. Iemand die op hem lijkt is daar doodgeschoten, maar niet Andi, niet haar Andi.

Ze bereiken Kürten en Vedanja parkeert het VW-busje in een zijstraat. Hij wil zijn arm om haar heen slaan als ze naar het marktplein lopen, maar ze duikt weg.

"Wat ben je van plan, kleine Laura?"

"Ik ben niet klein!"

"Neem me niet kwalijk." Zijn bleke lippen vertrekken zich in een geamuseerde grijns. "Dus, wat ben je van plan? Help je me met de boodschappen?"

"Ik dacht dat ik vandaag vrij had."

"Natuurlijk heb je vrij, het was maar een voorstel."

Aan de overkant van het marktplein ziet ze een drogisterij.

"Ik ga eerst even batterijtjes kopen en zo. En dan wil ik gewoon wat rondlopen en kijken."

Ergens in dit gat moet toch een internetcafé zijn. Misschien heeft Andi haar een mailtje gestuurd. De gedachte daaraan geeft haar energie. Ja, vast, zo moet het zijn. Ze heeft al in geen tijden haar e-mails meer gechecked. Maar eerst moet ze van Vedanja af zien te komen. Ze onderdrukt de impuls om zomaar weg te hollen en glimlacht tegen hem.

"Mijn moeder heeft me geld gestuurd. Misschien koop ik een paar cd'tjes of een nieuwe spijkerbroek."

Voordat hij er iets tegen in kan brengen, zwaait ze overdreven enthousiast tegen hem. "Doei, tot straks!"

"Om één uur hier bij het busje", roept hij haar achterna.

Ze zwaait nog een keer, bevestigend. Ze dwingt zichzelf heel langzaam naar het filiaal van Schlecker te slenteren. Doet net alsof ze geïnteresseerd is in de waren van de marktkraampjes. Ze weet zeker dat Vedanja haar niet uit het oog verliest. Hoe kan ze hem afschudden?

In de Schlecker komt het toeval haar te hulp. Het is bomvol in de winkel en het is er benauwd en het stinkt. Een paar klanten doen hierover luidkeels hun beklag.

"Sorry hoor, maar de airco heeft weer eens kuren!" Een zichtbaar gestreste verkoopster loopt snel de winkel door, doet een deur open en klemt hem vast. Achter de deur ligt geen verkoopruimte, maar een soort magazijn. Maar het beste is nog dat de verkoopster nu ook een andere deur aan de achterkant openzet, blijkbaar de ingang voor leveranciers. Een golf frisse lucht stroomt de drogisterij binnen. Stap voor stap nadert Laura de reddende deur, ogenschijnlijk geheel verdiept in de keuze van de juiste shampoo. De verkoopster holt weer langs haar terug naar de winkel.

"Shirin! Waar zit je? Je moet bij de achterdeur gaan staan!" Met een onderdrukte vloek verdwijnt de verkoopster achter een stelling met luiers. "Waar hangt dat kind toch altijd uit als je haar nodig hebt?"

Laura is niet van plan te wachten tot ze daarachter komt. Schuin boven de deur hangt een spiegel en daarin ziet ze duidelijk hoe Vedanja de winkel binnenloopt en zoekend om zich heen kijkt. Haastig propt ze nagellak, kajalpotlood, batterijtjes, haarverf en deodorant in de zakken van haar parka, gooit haar winkelmandje op de grond en zet het op een rennen. Ze rent snel en net zo lang tot ze het verontwaardigde geschreeuw uit de drogisterij niet meer hoort en zeker weet dat niemand haar volgt.

Terwijl ze ritmisch hun juicyfruitkauwgom bewerken, trekken technisch rechercheurs Karin en Klaus voor de ingang van de villa van de Wengerts hun witte overalls en overschoenen aan. Als ze even later in de gang van de villa met hun koffers in de weer zijn, wringt Manni zich langs hen heen naar buiten, waarschijnlijk omdat hij Millstätt wil opwachten. Judith loopt de keuken in en slaat vanachter het raam gade hoe haar collega op het trottoir in de grauwe motregen van het ene been op het andere staat te huppen. Haar hoofd voelt aan als vloeibaar lood, haar maag protesteert tegen de twee aspirientjes die ze bij wijze van ontbijt heeft ingenomen. Er is geen enkele reden om bij Manni in de kou te gaan staan. Die ziet er zelfs nog een tikkeltje zelfingenomener uit dan gisteravond. Lusteloos doet ze de koelkast van de Wengerts open. Die bevat een aangebroken kuipje light dieetmargarine, drie flessen Grauburgunder, een fles aquavit, een erg verschrompeld stuk gemberwortel, meerdere wortels, appels en citroenen waarvan het verval nog in een minder vergevorderd stadium is, plakjes magere kaas en kalkoenfilet, een aangebroken potje frambozenjam, 50 procent minder suiker, een stuk of wat blikjes cola light, twee liter Volvic-water, een pakje Jacobs-koffie Krönung light en twee trays met bekertjes magere yoghurt, links met kokos- en rechts met vanillesmaak. Nergens iets echt voedzaams, geen wonder dat Juliane Wengert maagproblemen heeft. In het diepvriesvak zitten meerdere plastic zakjes met ijsblokjes en koelkompressen voor voorhoofd en ogen.

Systematisch opent Judith de andere kasten en vindt daar naast duur serviesgoed, pannen, schalen en keukenapparatuur ook chocoladekoekjes, kruiden, noedels, rijst, een paar pakken knäckebröd, een stapeltje light magnetronmaaltijden en vier pakjes Chinese mihoensoep.

Alleen op het gebied van thee lijkt Juliane Wengert prijs te stellen op vers: diverse porseleinen potjes, zorgvuldig van etiketten voorzien, met uitgelezen inhoud, geen goedkope zakjes. Peinzend laat Judith haar blik over de donker gepolijste walnoothouten oppervlakken dwalen. Als ze niet beter wist, zou ze gezworen hebben dat dit de keuken is van een alleenstaande vrouw. Moeilijk voor te stellen dat de atletische Andreas Wengert 's avonds met zijn echtgenote een schaaltje Dieet-kipfricassee met risi-bisi in de magnetron verwarmde en als dessert een bekertje vanilleyoghurt leeg lepelde.

Millstätt en Manni lopen net de stenen ingangstrap op, Juliane Wengerts advocaat Tornow zit hun vlak op de hielen. Zijn lippen zijn samengeperst tot een chagrijnige streep, en door zijn spitse neus, die onder zijn bruine bloempotkapsel naar voren steekt, en de houterige bewegingen van zijn lange, dunne benen lijkt hij net een Afghaanse windhond die van het trapje van een hondenfokkershow pardoes in de drek van een koeienstal terechtkomt. Het vlinderdasje ontbreekt nog, denkt Judith boosaardig, maar als ze zich bij haar collega's voegt die bij de ingang rond Axel Millstätt geschaard staan, is haar gezichtsuitdrukking neutraal.

"De heer Tornow mag er dus bij aanwezig zijn terwijl jullie hier rondkijken", verkondigt de chef. Zoals altijd wanneer hij zonder flipover, whiteboard of overheadprojector moet praten, houdt hij zijn armen gekruist achter zijn rug en wipt hij op de ballen van zijn voeten op en neer. "Zijn cliënte heeft voorlopig bij familie onderdak gevonden en is niet in staat nog vragen te beantwoorden. Ze wil echter wel behulpzaam zijn bij het onderzoek. Daarom hebben we haar uitdrukkelijke toestemming om hier rond te kijken, ook al is de villa uiteraard niet de plaats delict."

Klaus laat decent een kauwgombel barsten en Millstätt werpt hem een geërgerde blik toe. Albrecht Tornow grijpt zijn kans en neemt het woord.

"Ik wil benadrukken dat deze toestemming van mijn cliënte absoluut niet vanzelfsprekend is. Maar aangezien zij onschuldig is, heeft ze niets te verbergen. Ze vertrouwt erop dat u voorzichtig met haar have en goed omgaat en uiterste discretie betracht, aangezien het hier om haar privéomgeving gaat. Houdt u er alstublieft rekening mee dat haar verlies al groot genoeg is."

"Nog even en ik barst in snikken uit", fluistert Manni. "Waarschijnlijk heeft ze de afgelopen twee weken niks anders gedaan dan bewijs vernietigen."

Karin knipoogt tegen hem. "Ze vergeten altijd wel iets."

"Is er behoefte aan discussie?" vraagt Millstätt scherp. Niemand geeft antwoord.

"Goed. Ik heb de heer Tornow dus verzekerd dat jullie je weten te gedragen. Houd je daar dus ook aan. Ik moet nu weg – schoolfeest. Mijn vrouw staat erop dat ik deze keer ook meega. Manni, Judith, morgenochtend om acht uur verwacht ik jullie verslag."

Alsof het ooit mogelijk zou zijn bij een huiszoeking de privésfeer niet aan te tasten, denkt Judith twee uur later gelaten, terwijl ze de commode met ondergoed van de Wengerts inspecteert. Zijn onderbroeken, haar zijden lingerie. Zijn sokken, haar kousen. Elke soort in een aparte lade, alles keurig op kleur gesorteerd. Als dit een aflevering van *Derrick* was, zou ze tussen het ondergoed ongetwijfeld liefdesbrieven of een revolver vinden. Maar dit is de realiteit en één van de rottige neveneffecten van een misdrijf is dat niet alleen het slachtoffer dat naakt op de snijtafel van het forensisch instituut ligt zijn geheimen moet prijsgeven, maar dat ook iedereen die met hem te maken had ineens gedwongen is om tegenover wildvreemde rechercheurs aspecten van hun leven te openbaren die ze onder normale omstandigheden zelfs voor hun naaste vrienden verborgen zouden houden. En dat allemaal in naam der gerechtigheid, allemaal voor dat krankzinnige sprankje hoop dat er aan het einde van die murw makende zielenstriptease een dader kan worden aangewezen die verantwoordelijk kan worden gesteld voor dat verlies.

Maar ziet Juliane Wengert de dood van haar man ook echt als een verlies? Daar begint Judith steeds meer aan te twijfelen.

"Moet je kijken", roept Manni vanuit de naastgelegen kamer. "De Wengerts zijn echt prima uitgerust voor wandeltochten!" Hij houdt een van meerdere paren dure wandelschoenen omhoog en bekijkt de zolen kritisch. "Maat 38 en kijk eens aan, prachtige bosgrond in de profielzolen. Het zou me niet verbazen als die bij de plaats delict past."

"Denk je nou echt dat Juliane Wengert haar schoenen dan niet zou hebben schoongemaakt?"

"*You never know.*" Manni stopt de schoenen in een plastic zak en begint systematisch jaszakken te doorzoeken. Hij fluit zachtjes tussen zijn tanden als hij na een tijdje uit een rood outdoorherenjack een wandelkaart tevoorschijn haalt. "Het fraaie Bergische Land, kijk eens aan."

"Kom op, Manni, iedere Keulenaar wandelt weleens in het Bergische Land."

"Best mogelijk. Maar kijk eens waar de kaart is omgeslagen: middenin ligt onmiskenbaar het Schnellbachtal."

"Inderdaad. Maar bewijst dat dat Juliane Wengert de dader is? Voorlopig betekent dat alleen maar dat Andreas Wengert het Schnellbachtal kende. Gezien de maat is dat zijn jack."

"Misschien heeft zij die kaart wel in zijn jaszak gestopt."

"Wat een onzin, waarom zou ze dat doen? En trouwens, waarom hangt Andreas Wengerts jas met de kaart hier in de kast als hij die gebruikt heeft om de Erlengrund te vinden? En waar zijn de motorspullen die hij in elk geval mee moet hebben genomen?"

"Waarom zit jij Miss Marmer eigenlijk de hele tijd te verdedigen? Ik dacht dat jij vond dat we in alle richtingen moesten zoeken."

"Je hebt gelijk. En daarom neem ik nu foto's van de Wengerts mee en rijd ik nog een keer naar die ashram. Eens kijken of dat het geheugen van die yogi's misschien een beetje opfrist."

"Ik geloof niet dat Millstätt dat goed zou vinden."

"Millstätt wil dat we uiterlijk morgen met resultaten komen. Dan lijkt het mij een goed idee als we ons opsplitsen."

Het is middag als Diana in haar jeep naar de Sonnenhof rijdt. Haar pas gewassen haar heeft ze opgestoken, ze heeft zelfs make-up opgedaan. Op de passagiersstoel staat haar weekendtas met daarin een paar zwarte leren laksandaaltjes met hak, haar zwarte strijkvrije standaardavondjurk van H&M en een zijden stola met een groenige glans die precies bij haar ogen past. Diana hoeft niet in de achteruitkijkspiegel te kijken om te weten dat ze er fantastisch uitziet. De nacht met Tom, zoals de donkerharige jongen bij de Groove zich uiteindelijk had voorgesteld, heeft haar geëlektrificeerd. Hoewel ze amper twee uur heeft geslapen, heeft ze zich in geen tijden zo goed gevoeld. Om acht uur had ze Tom in zalige sluimering achtergelaten. Later dan ze had gewild, maar altijd nog op tijd om te verhinderen dat Ronja haar ochtendboodschap op de vloer van het boswachtershuis zou doen. Bij wijze van dank had ze haar hardlooprondje tot anderhalf uur gerekt en daarna had ze toch nog voldoende energie overgehad om het huis op te ruimen en de groentebedden in de tuin winterklaar te maken. Daarbij had ze zich volkomen ontspannen en onbegluurd gevoeld, en de enige die haar telefonisch had lastiggevallen was haar moeder, die haar er voor de elfde keer deze week aan herinnerde vooral op tijd te komen voor Tamara's concert.

Ze bereikt de parkeerplaats van de Sonnenhof, neemt Ronja aan de lijn en springt uit haar wagen. Vedanja is nergens te bekennen, ook verder lijkt de hoeve uitgestorven. Bij de receptie zit een meisje met bruine kraaloogjes. Op haar wangen bloeien etterige puistjes, voor haar ligt een boek over ayurveda.

"Hallo, ik ben op zoek naar Vedanja."

"Heb ik vandaag nog niet gezien."

"Maar anders is hij hier altijd?"

Het meisje haalt ongeïnteresseerd haar schouders op. "Misschien is ie de stad in. Geen idee, eerlijk gezegd."

"En Laura?"

"Misschien bij de schapen? Of in de meubelmakerij, daar is ze wel vaker."

De meubelmakerij is een oude vakwerkschuur die een eindje van het hoofdgebouw vandaan direct aan het Schnellbachtal ligt. Op de uitgebouwde zolder bevinden zich een paar logeerkamers. Beneden in de werkplaats ruikt het naar hout en lijnolie. Ben, de meubelmaker, legt de poetsdoek die hij zojuist heeft gebruikt om een meditatiebank mee te polijsten op de werkbank en bukt zich naar Ronja, die als een derwisj om haar eigen as draait.

"En wie hebben we daar nou? Wat een hoog bezoek in onze bescheiden werkplaats! De opperboswachtster in hoogsteigen persoon. En nog wel in zulk charmant gezelschap." Hij gaat op zijn hurken zitten en krauwt Ronja uitvoerig achter haar oren.

"Hoe staat het leven? Alles kits?"

"Alles in orde."

"Echt? Dat hoor je maar zelden van die onbevrijde zielen die buiten onze bescheiden ashram moeten leven." Hij staat op en neemt Diana geïnteresseerd op. Hij heeft een merkwaardige manier om zijn hoofd schuin te houden. Met zijn verwarde donkere haar doet hij denken aan een vroegwijs vogeljong.

"Ik ben op zoek naar Laura. Het meisje aan de receptie zei dat ze misschien hier was."

"Nee, hier is ze niet."

"Weet jij waar ze zit?"

"Nee." Ineens reageert de meubelmaker net zo waakzaam als iedereen op de Sonnenhof als ze het gevoel hebben dat iemand ze wil uitvragen. "Waarom? Wat wil je van haar?"

"We hebben afgesproken dat ze op Ronja zou passen. Als ze dat niet doet, heb ik een probleem. Ik moet namelijk ergens heen waar ik Ronja onmogelijk mee naartoe kan nemen."

"Jullie zijn nogal vaak samen, Laura en jij." Een constatering, geen vraag.

"Ja, ze komt vaak bij me op bezoek. Dat is toch niet verboden, wel?"

"Zolang ze haar werk hier maar doet."

"Doet ze dat dan niet?"

"Jawel, natuurlijk wel."

"Nou, dan is er toch niks aan de hand? Weet je echt niet waar ze zou kunnen zitten?"

"Ze komt vast zo terug. Laat Ronja maar gewoon bij mij. Als Laura komt, kan zij het overnemen."

"Ik weet niet."

"Ronja kent mij toch inmiddels ook, Laura is hier vaak genoeg met haar. Heb je grootse plannen?"

"Mijn kleine zusje geeft een concert in Keulen. Als ik daar niet minstens tot morgenmiddag bij ben om die gelegenheid te waarderen en te helpen bij het bedienen van de eregasten, vergeeft mijn moeder me dat nooit."

"Ach ja, die moeders!"

Diana drukt hem Ronja's lijn in handen. "Dus als je op Ronja zou willen passen, heel graag. Bedankt, Ben."

"Geen probleem, Laura komt vast zo."

"Eigenlijk had ik nog iets met Vedanja willen bespreken. Waar die uithangt weet je zeker ook niet?"

"Nee, wat moet je van hem?"

"Ach niks, alleen, ik heb hem een paar dagen geleden een gsm gegeven die ik in het bos heb gevonden. Darshan stond erop. Ik wilde vragen of hij die Darshan inmiddels had weten te bereiken."

Bens ogen vernauwen zich. "Darshan?"

"Ja. Hij zei dat hier ooit een Darshan heeft gewoond."

"Klopt, maar die zit nu in India."

"Dat zei hij ook, maar hij wist het niet helemaal zeker. Hij wilde proberen haar te bereiken."

"Nou, dat zal ie dan wel hebben gedaan." Ben loopt naar de werkbank en giet lijnolie op de poetsdoek. "Neem me niet kwalijk, maar ik moet hier weer eens verder. De winkel loopt momenteel als een trein, we hebben een boel bestellingen. Volgende week heb ik beukenhout nodig, zit dat erin?"

"Tuurlijk, geen probleem."

Ze onderhandelen over prijs en leveringsvoorwaarden en dan is er geen reden meer om nog in de werkplaats te blijven rondhangen.

"Ik zet het blik met Ronja's voer hier op tafel", zegt Diana uiteindelijk en ze aait de hond ten afscheid.

"Maak je geen zorgen, we zullen goed op Ronja passen."

"Ja, dat weet ik."

En toch heeft Diana het gevoel alsof er een schaduw is gevallen over deze dag die zo perfect was begonnen.

Het is niks voor Laura om een afspraak te missen als het om Ronja gaat. En wat Vedanja en het mobieltje betreft, heeft Ben haar twijfels niet kunnen wegnemen. Nog altijd heeft Diana het gevoel dat ze het eigenlijk aan de politie had moeten geven. Morgen, als ik terugkom, zal ik met Vedanja praten, stelt ze zichzelf gerust. Dan zal alles ongetwijfeld duidelijk worden. Maar nu moet ik eerst mijn familie zien te overleven.

Heiner von Stetten draagt vandaag een oranje pofbroek met een rood capuchonsweatshirt dat over zijn buik spant. Hij troont in kleermakerszit op een paars meditatiekussen voor een laag Indiaas theetafeltje waarop hij tarotkaarten heeft uitgespreid die hij nu met gefronst voorhoofd bestudeert.

Als het puisterige meisje van de receptie Judith bij hem brengt, neemt hij haar met een vluchtige blik op, maar richt zijn aandacht meteen weer op de kaarten. Hij ziet er meer dan ooit uit als een boeddha.

"Ga zitten, ga zitten. Ik zat me net af te vragen wat de zwaardenkoningin, die vandaag maar steeds bovenop ligt, mij probeert te zeggen, maar nu heb ik het door." Hij neemt een van de kaarten van tafel en overhandigt hem aan Judith. "Zoals altijd is het heel eenvoudig. De zwaardenkoningin, strijdster voor waarheid en gerechtigheid. Wie zou daar anders mee bedoeld kunnen zijn dan u, Judith?"

De zwaardenkoningin zweeft met ontbloot bovenlichaam op een zetel van wolken in de hemel. In haar rechterhand heeft ze een zwaard, in haar linker een afgeslagen baardig hoofd. Judith geeft hem de kaart terug.

"Heel vleiend. Maar zo bloeddorstig ben ik nou ook weer niet."

"O, maar de zwaardenkoningin is niet bloeddorstig. Crowleys symboliek is gewoon erg demonstratief. De zwaardenkoningin regeert het element Lucht, dat staat voor het intellect. Wat deze koningin met haar zwaard vernietigt, is de valsheid. Ze heeft een masker in haar hand. Al die maskerades waar de mensen zich zo graag achter verstoppen, daar heeft ze een afkeer van. Ze is de maskerverscheurster."

"Interessant."

"Ja, vindt u ook niet? Maar de zwaardenkoningin is niet alleen onverbiddelijk wanneer ze de valsheid vernietigt. Ze is ook naakt, ziet u? En op de kristallen ster boven haar hoofd zweeft een kinderhoofdje. Weet u wat dat betekent, Judith?"

"Geen idee."

"Dat is een symbool voor onschuld. Alleen omdat de zwaardenkoningin zichzelf blootgeeft en haar eigen kinderlijke onschuld heeft bewaard, kan ze de waarheid herkennen en de maskers van anderen verscheuren."

Heiner von Stetten kijkt op en neemt Judith kritisch op.

"Zo is het toch altijd. Alles heeft twee kanten. Ik kan bewijzen dat anderen zich schuldig maken aan leugens omdat ik mezelf laat zien zoals ik werkelijk ben. En juist dat tweede deel, dat is zo moeilijk, nietwaar?"

Judith weet niet wat ze daarop moet antwoorden. Ze voelt zich onbehaaglijk onder Heiner von Stettens blik. Ze merkt geïrriteerd dat haar wangen beginnen te gloeien.

"Ja, ja, natuurlijk is dat moeilijk." Heiner von Stetten spreekt nu heel langzaam. "Wie zou dat beter weten dan u, Judith?"

"Het gaat hier niet om mij."

"O, daarin vergist u zich volgens mij. Het gaat absoluut om u. U kwelt uzelf, iets kwelt u, dat heb ik meteen gezien. En vandaag is het zelfs nog duidelijker." Met een vlugge beweging schuift Heiner von Stetten de tarotkaarten bij elkaar en houdt ze Judith voor. "Volgens mij hebt u dringend hulp nodig. Trek een kaart."

Judith negeert de stapel en legt de kleurenkopie die ze van Andreas Wengerts foto heeft gemaakt op tafel. Twee uur lang heeft ze die nu al in Unterbach overal laten zien. Ze heeft hem Marc Weißgerber, de motorheld, onder de neus gehouden, Egbert Wiehl en zijn chagrijnige vrouw, ze heeft afdrukken ervan op het raam geplakt van café Zur Linde en bij Rosi's truckerrestaurant. DE POLITIE VRAAGT UW HULP. Tot nu toe heeft niemand zich gemeld die Andreas of Juliane Wengert heeft gezien.

"Meneer Von Stetten, ik heb geen tijd voor een kaartspelletje en het interesseert me ook niet, ik red me prima in mijn eentje. Zoals u wellicht weet doe ik onderzoek in een moordzaak. Kent u deze man?"

"Is dat de dode man? Nee, ik ken hem niet."

"Weet u dat zeker?"

"Ik heb die man nog nooit gezien." Hij legt het tarotkaartenspel op de foto. "Nou, vooruit, probeer het eens. Neem een kaart."

"En deze vrouw?" Judith reikt hem een foto van Juliane Wengert. Hij bekijkt hem en schudt zijn hoofd.

"Een knappe vrouw. Maar helaas, ook haar heb ik nooit ontmoet. Wat is er met haar? Is ze ook dood?"

"Mogelijk is ze op de plaats delict geweest", zegt Judith ontwijkend. Heiner von Stetten bekijkt haar aandachtig. "De dader?"

"Dat kan ik niet zeggen. Ik zou deze foto nu graag aan uw medewerkers en gasten laten zien."

Er speelt een klein lachje rond Heiner von Stettens lippen. "Echt de zwaardenkoningin. Geen genade. Altijd recht op het doel af."

"Het zou voor alle betrokkenen aanzienlijk meer tijd in beslag nemen als ik alle bewoners van de Sonnenhof als getuige op het bureau moet ontbieden."

"Over tien minuten zijn de middagcursussen afgelopen en dan kunt u wat mij betreft iedereen vragen wat u maar wilt. Maar tot die tijd moet u nog even geduld hebben. Dus, wat dacht u ervan?" Hij pakt de tarotkaarten van tafel en houdt ze Judith opnieuw voor, nog altijd glimlachend.

"Kom, probeer het eens. De wachtlijsten voor onze tarotcursussen zijn lang, en u krijgt hier zomaar een gratis uitleg van mij."

Ze maakt geen aanstalten om de kaarten aan te nemen.

"Ik had u moediger ingeschat, zwaardenkoningin."

"Vooruit, geef maar op."

Ze kan zelf niet verklaren waarom ze hem zijn zin geeft.

Als hij het als een persoonlijke overwinning beschouwt dat ze toegeeft, laat hij dat in elk geval niet merken.

"Schud de kaarten, doe uw ogen dicht, adem diep. In en uit, in en uit. Zo is het goed."

De stem van Heiner von Stetten heeft nu iets vleiends, iets indringends, waaraan ze zich maar met moeite kan onttrekken. Zo leidt hij dus deze ashram, denkt Judith. Met de macht van de verleider. Ja natuurlijk, hij is per slot van rekening psycholoog. Hij is gevaarlijk, maar ik zal me niet door hem laten verblinden, ik niet. Meer dan ooit heeft ze het gevoel dat ze de oplossing van deze zaak hier in het Schnellbachtal zal vinden, als ze maar volhoudt, als ze maar hardnekkig genoeg is. Achter Heiner von Stettens vriendelijke façade bespeurt ze iets anders. Ze weet dat het hem helemaal niet zou bevallen als ze daadwerkelijk maskers zou gaan verscheuren, en al helemaal niet als ze daarbij zijn discipelen te na zou komen.

"Nu met uw linkerhand de kaarten uitwaaieren. Neem rustig de tijd. Goed. En dan nu een kaart trekken. Kies er een met gesloten ogen. Heb vertrouwen. Neem de kaart waar uw hand u naartoe leidt."

Wat een onzin, alle kaarten voelen hetzelfde aan, denkt Judith terwijl ze een van de kaarten pakt.

"Heel goed. Waar dacht u aan?"

"Aan mijn onderzoek."

"Aan uw onderzoek. Uiteraard." Ze hoort spot in zijn stem en doet haar ogen open. De uitdrukking op zijn gezicht is volkomen neutraal. "En, welk antwoord geeft de tarot u?"

Ze draait de kaart om en bijt op haar onderlip. Gedempt paars en donkergroen, vijf donkere, verbogen zwaarden.

"Nederlaag." Ze gooit de kaart op tafel en staat op. "Genoeg gespeeld. De tien minuten zijn nu wel om, lijkt me."

"Bent u niet geïnteresseerd in de duiding?"

"Nederlaag. Dat lijkt me vrij eenduidig." Ze loopt naar de deur. Met een verbazend lenige beweging staat Heiner von Stetten op en haalt haar in.

"O nee, zo eenduidig is dat niet. Alles heeft twee kanten. De nederlaag bestaat vooral uit de angst voor de nederlaag. En wel in een belangrijke relatie, in een hartsaangelegenheid. Venus staat bij deze kaart in Waterman, dat betekent dat het hart van streek is en angstig, dat het …"

"Dank u, meneer Von Stetten, dat is wel genoeg voor vandaag. Nu wil ik echt graag met mijn werk verder."

Maar dat werk bestaat eens te meer uit een vermoeiende pas op de plaats. Ook de foto's helpen niet. Het is al net als in Unterbach. Niemand in de ashram zou Andreas Wengert of zijn echtgenote hebben gekend of gezien. Na een, naar ze hoopt, overtuigend pleidooi voor het ondersteunen van het politieonderzoek zit er voor Judith niets anders op dan de bijeenkomst in de yogaruimte te beëindigen, de foto's van de Wengerts en haar visitekaartje aan een prikbord in de eetzaal te prikken en erop te vertrouwen dat zich toch nog een getuige zal melden. Misschien dat iemand iets weet maar haar dit liever onder vier ogen meedeelt. Bovendien ontbreken een paar ashrambewoners. Die rooie Kermit bijvoorbeeld. En ook dat meisje met de bruine rastavlechten dat hij bij haar vorige bezoek zo argwanend in de gaten had gehouden.

"Uiteraard zal ik elke aanwijzing absoluut vertrouwelijk behandelen", benadrukt Judith voor ze weggaat nogmaals en ze probeert niet aan de boodschap van de tarotkaarten te denken. Het helpt niet. In elke vezel van haar lichaam heeft ze het gevoel dat ze een nederlaag heeft geleden. Nog een nederlaag. De tijd dat ze aan de overwinnaarskant van het leven stond, lijkt oneindig ver achter haar te liggen en haar humeur wordt er bepaald niet beter op als er een kwartier later, wanneer ze meermaals aanbelt bij het boswachterhuis, niemand opendoet. Het begint al donker te worden en een fijne motregen omhult haar als een fijnmazig net. Nergens in het boswachtershuis brandt licht en de schuur, die als garage dienstdoet, is leeg. Toch heeft ze het gevoel alsof er ergens in dit huis iemand staat en haar gadeslaat. Of is het alleen het bos dat haar van haar stuk brengt, omdat het zo stil is en naar het boswachterhuis toe lijkt te schuiven?

In de invallende duisternis rijdt ze de modderige bosweg af naar de Erlengrund. Karin en Klaus hebben bezworen dat ze elke vierkante centimeter van de open plek de afgelopen week meermaals hebben uitgekamd. Maar bruikbare sporen hebben ze niet gevonden, afgezien van de lege patroonhuls, en daar heb je ook weinig aan. Een volstrekt doorsneefabricaat dat van elk doodnormaal 16-kaliber jachtgeweer afkomstig kan zijn. En dus hebben de K's het afzetlint opgerold en hun zaakjes gepakt om zich op nieuw onderzoek te storten. Wie weet wat ze inmiddels in de woning van de Wengerts hebben gevonden. Judith zet de motor af en rolt een sjekkie. Ze leunt tegen de motorkap en rookt met diepe teugen, blij dat de bomen haar beschermen tegen de motregen. De wildkansel aan de andere kant van de open plek is nog maar vaag te herkennen. Wat heeft Andreas Wengert ertoe gebracht daarop te klimmen? Heeft Manni gelijk en had hij daar met zijn moordenaar afgesproken, en zo ja, waarom? Voor wandelaars is er geen parkeerplaats in de buurt, de boswegen zijn met hekken versperd, maar daar kon hij met zijn motor natuurlijk omheen rijden. Stel dat hij dat gedaan heeft, dan heeft hij zijn

BMW vermoedelijk ergens in de buurt van waar Judith nu staat neergezet. Vervolgens is hij de open plek overgestoken en op de kansel geklommen waar hij zich, waarschijnlijk op bevel van zijn moordenaar, uitkleedde. Weer meent ze een moment lang Andreas Wengerts angst bijna fysiek te voelen. Door de kracht van de schoten is hij vanaf de ingang van de kansel naar de zitbank gekatapulteerd, zo staat in het eindrapport. Het is onduidelijk waarvandaan en op welke wijze de dader naar de open plek is gekomen, het enige wat relatief waarschijnlijk is, is dat hij de BMW van Andreas Wengert na de daad de schuur in heeft gereden waar Marc Weißgerber en zijn vrienden ervoor gezorgd hebben dat alle sporen die de dader mogelijkerwijze had achtergelaten, werden uitgewist. Ook van de planken op het dak van de kansel en van de kleding van het slachtoffer ontbreekt elk spoor.

Judith trapt haar sigaret uit en haalt een zaklantaarn uit de kofferbak. Vanuit het midden van de Erlengrund bezien is het bos slechts een immense ondoordringbare duisternis. Even gelooft ze dat ze iets lichts ziet in het kreupelhout, een gezicht, maar als ze de lichtkegel van haar zaklantaarn erop richt, is het enkel nat struikgewas. De kansel heeft nog altijd een gat in het dak. Ze klimt omhoog en voelt hoe de motregen op haar gezicht kleine, koude pareltjes vormt. Ze heeft iets over het hoofd gezien, er is hier iets, ze hoeft zich alleen maar te concentreren, dan heeft ze het. Ze dwingt zichzelf in het donker op het houten bankje te gaan zitten en deze plek en het geheim dat hij in zich bergt op zich te laten inwerken totdat haar haar in natte slierten aan haar hoofd plakt.

Zondag 2 november

"Waar is Manni?"

Het is zondagochtend, acht uur, de graafmachines aan de voet van het hoofdbureau van politie hebben hun scheppen in het zand begraven en houden zich bij wijze van uitzondering een keertje stil. De kantoren van de KK11 zijn leeg. Alleen Millstätt zit achter zijn bureau. Met roodomrande ogen inspecteert hij de pikzwarte inhoud van zijn koffiemok. Ze hebben hem de mok naast het koffieapparaat voor zijn vijftigste verjaardag gegeven. ONZE BAAS HEEFT ALTIJD GELIJK, staat erop.

"Manni zit al in Bonn." Millstätt mikt twee suikerklontjes in zijn mok en roert geconcentreerd.

"En onze bespreking?"

"Doe de deur dicht en ga zitten, Judith. Ook een koffie?"

"Graag."

Omstandig schenkt Millstätt haar in, gaat weer in zijn bureau-stoel zitten en begint een stapel aktes van de rechter- naar de lin-kerkant van zijn bureau te verschuiven. Tegen zijn gewoonte in kijkt hij Judith niet aan. Ze neemt een slok koffie en brandt haar tong. De hitte explodeert in haar maag en ze voelt dat ze begint te zweten.

"Je hebt gistermiddag geprobeerd mij te bereiken. Het spijt me, ik zat in het Schnellbachtal en had weer eens geen bereik. Je weet toch hoe het is daar in het Bergische Land, gewoon een kwestie van geluk. Toen ik je bericht kreeg, heb ik me meteen gemeld, maar toen kreeg ik alleen nog je voicemail en Manni kreeg ik ook niet meer te pakken ..."

Millstätt onderbreekt haar met een ongeduldig gebaar.

"Het spijt me echt. Wat heeft Manni ontdekt, dat ik hier zo dringend nodig ben?"

"Daar hoef je je niet meer druk over te maken."

Millstätts koffie is veel te sterk. Ze voelt hoe haar hart tegen haar ribben dreunt, haar hoofd begint te gloeien.

"Hoe bedoel je?"

"Ik adviseer je dringend om je voorlopig vrij van dienst te melden, Judith."

"Maar ..."

"Geloof me, het valt me niet gemakkelijk om je dit aan te raden, je weet dat ik echt heel lang heel veel van je door de vingers heb gezien. Maar dat je je zonder reden en herhaaldelijk verzet tegen mijn aanwijzingen, dat kan ik niet accepteren."

"Maar ik ben toch hier. En ik dacht, als Manni en ik ons opsplitsen, dan schieten we sneller op. Ik ben namelijk nog altijd van mening dat we in het Schnellbachtal ..."

Millstätts chocoladeblik zuigt zich aan haar vast. Ze voelt dat ze donkerrood wordt. Manni heeft Millstätt dus over haar pijnlijke optreden in Juliane Wengerts badkamer verteld. Natuurlijk, die kleine hielenlikker, hoe had ze ook maar een seconde kunnen hopen dat hij zijn mond zou houden. Ze houdt Millstätts blik niet uit en kijkt berustend naar haar handen. Haar vingertoppen zijn geel van de nicotine. Haar rechterwijsvingernagel heeft een rouwrand.

"Je inzet als Jeanne d'Arc van de hoofdverdachte heeft niets, maar dan ook helemaal niets van doen met professioneel onderzoekswerk, en dat weet je zelf donders goed. Maar afgezien daarvan – nee, laat me uitspreken – afgezien daarvan was mijn aanwijzing aan jullie overduidelijk: jullie doen als team onderzoek, en daar hoort bij dat je, als je in je eentje op pad gaat, op zijn minst overlegt met je partner en dat je je regelmatig bij hem meldt."

Millstätt woelt in zijn archiefbakje.

"Die brief aan de *Zahnärztliche Mitteilungen* heb je overigens nooit verstuurd, hoewel je dat wel hebt gezegd."

Hij smijt de ongeadresseerde envelop voor Judith op het bureau. "Is er verder nog iets wat je hebt nagelaten of zowaar iets waar je achter bent gekomen?"

Judith schudt haar hoofd. "Nee. Maar ik geloof ..."

"Jouw geloof interesseert me niet."

Millstätt staat op en ziet er ineens doodmoe en een stuk ouder uit dan anders.

"Ik zal voorlopig afzien van officiële stappen, op voorwaarde dat je je eindelijk psychologisch laat behandelen vanwege die geschiedenis met Patrick en je tot nader order vrijwillig vakantie opneemt."

"Maar ..."

"Alsjeblieft, Judith, je weet dat ik je te allen tijde naar bureaudienst kan laten overplaatsen, maar daar heb ik geen belang bij, dus dwing me alsjeblieft niet met dienstvoorschriften te gaan werken. Ik wil voor vrijdag van je horen wat je beslissing is. En voordat je zo meteen het gebouw verlaat, lever je je dienstpistool en je legitimatiebewijs in."

"En wie moet er nu voor mij in de plaats onderzoek doen?"

"Zoals het er nu naar uitziet schiet Manni goed op en in het Bergische Land zit dan nog die Hans Edling. Met ingang van morgen krijgt hij bovendien onze nieuweling ter ondersteuning, hoewel dat eigenlijk niet meer nodig is ..."

"Maar ..."

"Het is nog slechts een kwestie van tijd voor we Juliane Wengert arresteren. Ze heeft voor het desbetreffende weekend geen alibi, ze heeft een motorrijbewijs, en een buurvrouw die er zeker van is dat haar man een verhouding had."

Judith voelt iets nats op haar brandende wangen. Ze wrijft er met haar mouw overheen, maar dat helpt niet. Tranen. Nog nooit heeft ze haar zelfbeheersing verloren in het politiebureau, maar nu, ongelovig, in slow motion, als door een laag watten, huilt ze. Geluidloze stroompjes die eenvoudigweg niet willen opdrogen, die langs haar hals naar beneden druipen en zich langzaam maar zeker in haar trui zuigen zoals de regen gisteravond in het bos.

"Ga naar huis, meisje." Het medelijden in Millstätts stem brengt haar ertoe zich te vermannen, op te staan en de KK11 te verlaten, de plek waarvan ze al die tijd heeft geloofd dat ze er thuishoorde, ja, dat haar aanwezigheid daar iets groots was, iets waar ze trots op was, iets waarvoor het de moeite waard was er al haar energie in te steken, omdat het zin gaf aan haar leven.

Deel II

Vrije val

Duisburg-Rheinhausen, 15 mei

"Darshan, please", zegt de stem. De vrouw lag op de bank, ze had zich moeizaam op haar ellebogen gehesen om bij de telefoon te kunnen die op het rode kunststof bijzettafeltje stond. Ze had geen idee hoe laat het was. Toen ze wakker werd van de telefoon die overging, had ze een moment lang niet eens geweten waar ze was. Ze wilde alleen maar dat het geluid zou ophouden en strekte haar hand uit naar de bron ervan. Ze liet zich weer terugvallen in de veel te zachte kussens en kreunde. Haar rug was kapot en haar hoofd was één grote, pulserende pijn. De enige lichtbron in de kamer was het schijnsel van de straatlantaarn, maar dat was ruim voldoende om zich ervan te kunnen vergewissen dat ze thuis was, dat ze op haar bank was ingedommeld in plaats van naar bed te gaan, dat er weer eens niets was veranderd.

"Darshan, please." Nu pas drong de betekenis van de woorden tot haar bewustzijn door. Ze voelde hoe haar hand die de hoorn van de telefoon vasthield, heel koud en vochtig werd en de hoorn onwillekeurig steviger vastgreep.

"Ze heet Maria." Was dit erbarmelijke gekras, dat in haar hoofd leek te weergalmen, echt haar stem? Ouwe zuipschuit, dacht ze en ze vroeg zich af waarom ze de hoorn niet gewoon neerlegde om haar roes verder uit te slapen.

"Darshan, please." Ze registreerde dat het een mannenstem was die dit verzoek nu voor de derde keer herhaalde. De stem klonk iel en blikkerig, alsof hij van ver kwam. Nu pas nam ze het geruis waar, de echo's van andere gesprekken die door de ether zweefden, flarden van gesprekken. Flarden stof, dacht ze. Daar zouden ze een keer een patchworkdeken van moeten maken. Naaiwerk. Daar was ik vroeger heel goed in. Ooit was alles heel goed, geen idee wat er *is gebeurd, het leven is gewoon niet eerlijk.*

"Darshan not come. To India. We waiting. Where is Darshan, please?"

India. Een deel van haar verstand registreerde nu pas dat de man Engels sprak, met een zwaar, exotisch accent. India, wat moet mijn dochter in India, vroeg ze zich af.

"You her mother", *zei de stem nu, alsof de spreker gedachten kon lezen. Het klonk beschuldigend, alsof ze iets had verzuimd, alsof er een gevaar dreigde. Ze voelde het zweet in stroompjes uit haar oksels lopen. Met haar vrije hand tastte ze naast zich op de bank tot ze de fles kirschlikeur vond. Ze legde de hoorn op haar borst om de dop open te draaien en nam een slok. De stem kroop uit de hoorn haar trui in en vervaagde daar tot een gedempt gejengel. Eigen schuld, dacht ze. Mij zomaar wakker bellen. De fles was veel te snel leeg en ze liet hem op de grond rollen. Haar handen trilden. Had ze gister-avond niet op een gegeven moment een tweede fles wijn openge-maakt? Ze ontdekte de fles op het glazen tafeltje bij de bank en schudde er even mee. Nog halfvol. Ze dronk in gulzige slokken tot ze zich beter voelde.*

Hoeveel tijd was er voorbijgegaan? De hoorn was van haar borst gegleden en bungelde nu in de lucht, maar ze kon horen dat de vreemde stem nog steeds aan het praten was. Wat verbeeldde die man zich eigenlijk, om haar midden in de nacht te storen. Ze viste naar de hoorn en hield hem weer tegen haar oor.

"Hello! Hello? Darshan please!"

"Ze heet Maria", *herhaalde ze en ze stond er zelf van te kijken hoe vast haar stem ineens klonk.* "Ze heet Maria en ze is niet hier. Ik heb haar al twee jaar niet meer gezien, dus val mij niet langer lastig."

De man begon iets te zeggen, maar ze had nu echt genoeg van hem. Moeizaam kroop ze naar het uiteinde van de bank, reikte over de armleuning en plantte de hoorn op de haak. Haar blaas meldde zich en met een zucht kwam ze in de benen en schuifelde naar de badkamer. Op de terugweg naar de bank haalde ze het dekbed uit haar slaapkamer. Ze dronk de fles wijn leeg en kroop onder het dek-bed. Het rook muf, naar te veel eenzaamheid en zweet en naar het zoetige Montana-parfum dat Werner haar ooit voor Valentijnsdag had gegeven, ooit, toen ze nog gelukkig waren. Terwijl ze in slaap viel, gaf ze zichzelf een schouderklopje omdat ze de tegenwoordig-

heid van geest had gehad om de stekker van de telefoon eruit te trek-
ken. Die stoort me tenminste niet weer, dacht ze, en dat gaf haar
voor het eerst in lange tijd een gevoel van macht.

Woensdag 5 november

Hij heeft het vriendelijk geprobeerd. Hij heeft geschreeuwd. Hij heeft het met beweringen geprobeerd. Met argumenten. Met wachten. Hij heeft alle feiten afgeraffeld, en nog een keer, en nog een keer, als een muezzin die oproept tot het ochtendgebed. Het helpt niets. Juliane Wengert zit kaarsrecht op haar stoel, fixeert een punt in de lucht, pal naast Manni's linker oorlelletje, en zwijgt. Zelfs haar advocaat, die dandy met zijn bruine plukken haar op zijn voorhoofd, ziet er inmiddels enigszins gespannen uit.

"Uw man had een minnares. Verschillende getuigen hebben dat bevestigd. Wilde hij van u scheiden?"

Zwijgen.

"Hij wilde van u scheiden en toen bent u door het lint gegaan, klopt dat?"

Zwijgen.

"Is het zo gegaan?"

Hoofdschudden.

"Hoe dan wel?"

Zwijgen.

"Vertel nou eindelijk met wie uw man een verhouding had."

"Alsjeblieft, Juliane, als je iets weet wat de politie zou kunnen helpen, dan moet je het zeggen", doet Albrecht Tornow een duit in het zakje.

Juliane Wengert draait haar hoofd naar hem toe en bekijkt hem alsof hij een hinderlijk insect is.

"Als je niets beters kunt bedenken dan mij in de rug aan te vallen, dan ontsla ik je. Ik heb Andreas niet vermoord. Meer heb ik daar niet over te zeggen."

In Albrecht Tornows ogen fonkelt woede, maar hij houdt zich in.

"Alsjeblieft, Juliane." Een appel. Met dichtgeknepen lippen, maar toch.

Zwijgen.

"U hebt geprobeerd naar het buitenland te ontkomen." Manni besluit zijn nieuwste troef uit te spelen. "Waarom deed u dat? U wist toch dat u beschikbaar moest zijn voor ons?"

"Zeg het hem, Albrecht." Juliane blijft hardnekkig naar weer een ander gat in de lucht staren.

"Zoals ik al meermaals heb gezegd, was mijn cliënte met haar auto op weg naar Brussel toen uw collega's het nodig achtten haar als een zware crimineel midden op een snelweg te arresteren. Terwijl mevrouw Wengert in Brussel alleen maar haar werk wilde doen. Ze had een opdracht om tijdens een EU-conferentie te tolken. Daar bestaan schriftelijke bewijzen voor."

"U wilde gaan werken, terwijl er een verklaring van uw huisarts ligt dat u absoluut niet in staat was om verhoord te worden?"

"Zoals gezegd, ze werkt voor het Europees Parlement, ze wilde deze belangrijke klant niet verliezen en had gehoopt dat ze door haar werk haar gedachten een beetje zou kunnen verzetten. Ze zou te allen tijde per mobiele telefoon voor u bereikbaar zijn geweest."

"Dat betwijfel ik."

"Omdat u vooringenomen bent."

"Omdat wij grondig onderzoek doen." Nu komt het erop aan absoluut cool te blijven en Miss Marmer en haar advocaat heel nauwkeurig te observeren. Uiterst bedachtzaam legt Manni een vel papier op tafel terwijl hij een grijns onderdrukt. Pas twee uur geleden heeft hij deze fax ontvangen. Omdat hij een fijne neus heeft en met daadkrachtige ondersteuning van de nieuweling net zo lang heeft doorgedramd tot alle luchtvaartmaatschappijen in Brussel hun computers hadden gecheckt om te zien of zijn verdenking gegrond was. Hij schuift de boekingsbevestiging van Air Jamaica naar het midden van de tafel.

"Op Jamaica zou het met de bereikbaarheid voor de politie een stuk lastiger zijn geworden, en wel voor onbeperkte tijd. Dit is een open retourticket. Vertrek vanaf Brussel op 7 november, uitgeschreven op uw naam, mevrouw Wengert."

Albrecht Tornow is met stomheid geslagen. Verbijsterd loert hij vanonder zijn pony vandaan, afwisselend naar de boekingsbevestiging en naar Miss Marmer. Die krijgt op haar beurt ineens een roze kleurtje rond haar neus. Hun blikken jagen door de kamer.

"Maar in hemelsnaam, dat was ik helemaal vergeten. Het is weken geleden dat ik die reis heb geboekt."

Manni leunt achterover en slaat zijn armen over elkaar. Juliane Wengert kan verdomd slecht liegen. Echt heerlijk dat híj nu voor de afwisseling een keer kan zwijgen en haar kan laten spartelen.

"Ik was van plan daar op vakantie te gaan." Haar gelaatskleur wordt nog een spoortje donkerder. "Dat moet u geloven."

"Vakantie. Open retour!"

"Ja, waarom niet. Toen ik die vlucht boekte, wist ik niet hoe lang ik vrij zou kunnen nemen."

"U hebt op 13 oktober geboekt. Toen was uw man al dood."

"U luistert niet naar me. Dat wist ik toch niet. Ik heb mijn man niet vermoord. Albrecht, doe toch iets."

Albrecht Tornow schraapt zijn keel. "Ik verzoek om een korte pauze. Ik wil graag overleggen met mijn cliënte. Bovendien is het toch begrijpelijk dat mevrouw Wengert de afgelopen dagen wel andere dingen aan haar hoofd had dan het annuleren van een vakantie."

Manni kijkt hem aan. Tornow bluft goed, dat moet je hem nageven. Maar niet goed genoeg. Hij zou durven zweren dat haar advocaat Juliane Wengert al net zomin gelooft als hijzelf. Voor zijn part vliegen ze elkaar in de haren, misschien ziet Miss Marmer dan eindelijk in dat ze haar arrogante houding moet laten varen.

"Goed, overlegt u rustig met uw cliënte. En probeer haar eindelijk eens aan haar verstand te brengen dat het de hoogste tijd is om open kaart te spelen." Dik tevreden met zichzelf en met de wereld wandelt hij naar zijn kantoor. Voordat Manni naar de KK11 werd overgeplaatst, was hij ervan uitgegaan dat het pas gebouwde Keulse hoofdbureau van politie een modern en functioneel gebouw was waar het aangenaam werken was. Zijn moeder kijkt elke zondag naar *Tatort* en is die mening nog altijd toegedaan, en hij kan het niet over zijn hart verkrijgen haar die illusie te ontnemen. En zo zitten ze 's zondags wanneer Manni nog in Rheinsdorf is en *Tatort* in Keulen speelt, altijd samen voor de televisie, terwijl zijn moeder ervan overtuigd is dat haar zoon over net zo'n efficiënt glazen rijk heerst als die twee rechercheurs en hun assistente met haar supergeile minirokje en decolleté, die ten overvloede ook nog eens alle informatie van het internet op haar fraaie flatscreen tovert. *Ja, ja, die techniek toch, zo doen jullie dat zeker ook, of niet Manni*, zegt zijn moeder dan en als de draaiboekauteurs het niet al te bont hebben gemaakt, dan knikt hij en lacht tegen haar. *Ja, zo ongeveer wel, mama.* Hij vergeeft zichzelf die opschepperijen grootmoedig, want per slot van rekening heeft zijn moeder niet zoveel meer waar ze zich over kan verheugen sinds zijn vader door een beroerte aan de rolstoel gekluisterd is en zijn vrouw en zoon overduidelijk laat merken hoe hij lijdt en hoezeer het hem spijt dat hij de beste jaren van zijn leven als chauffeur op de weg heeft doorgebracht om de eigen woning te kunnen bekostigen waar hij nu niet meer van kan genieten.

Wens en werkelijkheid liggen nu eenmaal niet altijd dicht bij elkaar, denkt Manni terwijl hij met energieke, atletische tred over de grijze naaldvilt gang zijn bureau in struint. Dat hem in de KK11 geen langbenige assistente met een paar lekkere tieten terzijde staat, daar valt nog wel mee te leven, werk gaat per slot van rekening voor het meisje. Maar dat het niet mogelijk is vanuit zijn eigen computer op zijn bureau op het internet te komen, dat is een schandaal dat menig collega al aan de lokale pers heeft willen lekken. Enkel het feit dat het imago van de politie dan voor lange tijd ernstig geschaad zou zijn, heeft hen er uiteindelijk steeds weer van weerhouden, en zo is de recherche van Keulen ook in de eenentwintigste eeuw bij elk verzoek om informatie aan de virtuele wereld onvoorwaardelijk overgeleverd aan de grillen en de capaciteiten van collega Stefan Safranzki die zichzelf Stafafdeling Computer noemt, en die derhalve binnen de afdeling Stafco-Stef wordt genoemd of ook wel Stasi-Stafco.

Manni ploft in zijn bureaustoel en draait Safranzki's nummer. In gesprek. Zoals altijd. En snel even persoonlijk langsgaan gaat ook niet, omdat Safranzki het voor elkaar heeft weten te krijgen om zijn met monitoren uitgeruste rijk te verplaatsen naar een weliswaar raamloos, maar wel rustig en ruim kantoor in het naastgelegen pand. Manni rolt 65 centimeter achteruit tot de dossierkast achter zijn rug hem afremt, wipt achterover, zodat de leuning piept, en plaatst zijn voeten tegen de rand van zijn bureau. *Dat zijn gewoon hokken*, had een bezoeker ooit gezegd toen die malloten van de persafdeling op een open dag rondleidingen door het gebouw hadden georganiseerd, en die beschrijving benaderde de waarheid erg dicht. Hier is niets te merken van de luchtige transparantie die de entree met zijn glazen dak belooft en die zijn moeder ook hier boven vermoedt. In plaats daarvan moeten telkens twee collega's een kantoor delen dat zo smal is dat de bureaus pal tegenover elkaar moeten staan. En omdat iedereen graag iets van zijn privéleven naar de werkplek haalt, is er een soort onuitgesproken wedstrijd in wie de muur in zijn kantoorhelft het fraaist kan beplakken.

Manni drukt op de nummerherhaling en staart afwezig naar de collage achter het bureau van zijn collega Holger Kühn, die waarschijnlijk weer ergens heen is voor de zaak-Jennifer. Op de muur, in talrijke varianten, zijn slechts twee motieven te herkennen die Holger Kühns hobby's vertegenwoordigen: surfen in Nederland en het fokken van boxers, waar hij zich samen met zijn vriendin mee bezighoudt. Op zijn eerste werkdag heeft Manni voorgesteld dat het toch eigenlijk handiger zou zijn als hij de muur achter Holger en Holger die achter hem zou decoreren, aangezien Holger dan zijn honden en Manni de vaantjes van zijn verenigingen en zijn voetbalbekers kon bekijken zonder het hoofd honderdtachtig graden te hoeven draaien. Maar daar had Holger niet van willen weten en inmiddels is Manni gewend aan de treurige hondenkoppen met druipogen en platte neuzen die hem tijdens al zijn onderzoeken op de vingers kijken.

Eindelijk gaat de telefoon over bij Stafco-Stef, maar die vindt het blijkbaar niet nodig om op te nemen. Gelaten kijkt Manni op zijn horloge. Lunchpauze. Hij weet uit ervaring dat Safranzki daar erg stipt in is. Maar in elk geval is er wel een intern mailsysteem, en dus tikt Manni het dossiernummer van het team-Erlengrund met de vraag: "Heb je de mailbox van de computer van Andreas en Juliane Wengert al gekraakt?" op een formulier en verstuurt het in de hoop dat Safranzki zijn vraag snel zal lezen en beantwoorden. En wat nu? Zijn gepeins hierover wordt onderbroken door Ralf, de nieuweling, die zijn neus om de deur steekt en wil weten wat hij nu moet doen.

"Heb je de lijsten af?"

Bij wijze van antwoord perst Ralf nu ook de rest van zijn lijf Manni's kantoor in en drukt hem een map in handen. Manni bladert. Twee keurige computeruitdraaien met als opschrift DOCENTENCORPS SCHILLER GYMNASIUM BONN. Op drie andere lijsten wordt tot in detail opgesomd wanneer Andreas Wengert welke klas, van de tweede tot en met de zesde, les heeft gegeven in de vakken gymnastiek en Engels. Vluchtig overweegt Manni of hij ook de brugklas moet uitkammen op zoek naar de mysterieuze geliefde van Andreas Wengert, per slot van rekening zijn die meiden tegenwoordig vroegrijp. Anderzijds hebben ze voorlopig de handen vol aan het ondervragen van het 43-koppige docentencorps en de circa 250 leerlingen die in aanmerking komen, vooral omdat het niet eens zeker is dat Andreas Wengerts vriendinnetje op het Schiller Gymnasium zat. De directrice wil in elk geval niets weten van een schandaal rond haar jonge, dynamische, hoog gewaardeerde en alom geliefde gymnastiekleraar. Voor het tuinhek van de villa van de Wengerts bevestigen bergen slappe bloemen, doorweekte knuffelbeesten, gedichten en foto's dat die inschatting van de directrice waarschijnlijk vrij aardig klopt. De vraag is wat 'geliefd' bij deze of gene betekent.

Manni vouwt de lijsten op tot broekzakformaat en stopt ze in de kontzak van zijn spijkerbroek. Het zal weer op monnikenwerk uitlopen, en hij wil er maar liever helemaal niet aan denken dat er ook nog een hele hoop voormalige scholieres en andere jonge vrouwen zijn die als geliefde in aanmerking komen. Twee buren van de Wengerts heeft hij nog niet te pakken gekregen en op school zijn ze nog niet eens echt met ondervragen begonnen. Maar geduld en zorgvuldigheid hebben in deze zaak al vaker hun vruchten afgeworpen en Judith Krieger met haar eeuwige obstructies en haar stugge volhouden dat ze de oplossing in het Schnellbachtal moeten zoeken, is aan de kant geschoven. Na slechts een jaar bij de KK11 is Manni min of meer, zij het inofficieel, opgeklommen tot chef van het team. Millstätt vertrouwt hem en dat zal zeker zijn weerslag vinden in de beoordeling voor de volgende promotieronde. Manni besluit dat hij zichzelf en de nieuweling met het oog hierop wel een lunch in de personeelskantine kan toestaan voor ze verder ploeteren. Gelukkig had de kantine niet op de lijst van vier miljoen gestaan met faciliteiten die vanwege de deplorabele financiële situatie van de deelstaat geschrapt moesten worden in de nieuwbouw van het hoofdbureau, dit in tegenstelling tot de schietbaan in de kelder en de internetaansluitingen. Manni staat op en schiet zijn vliegersjack aan.

"Goed werk, Ralf. Laten we een hapje gaan eten. Dan rijden we daarna naar Bonn."

Count your blessings, was Kates vaste uitdrukking met die donkere stem die altijd latent hees klonk, wat ze zelf verklaarde vanuit haar jeugd: *I've cried too much, Diana*. Waarom ze zoveel had gehuild had Kate nooit verteld, omdat ze ervan overtuigd was dat de mens de heilige plicht heeft vooruit te kijken. *Count your blessings*, zie altijd het goede in van wat het noodlot je geeft. Niet dat het noodlot het nu zo goed voorhad met Kate. Langzaam maar zeker was het Diana gelukt de belangrijkste elementen uit haar leven te achterhalen: ouders die te vroeg waren gestorven, een man die voorgoed verdween nadat hij al Kates bezittingen had vergokt. Maar, *count your blessings*, hij had haar in elk geval een pracht van een dochter gegeven: Mary-Ann. En zelfs nadat Rob, Diana's baas, deze Mary-Ann zwanger had gemaakt, bleef Kate optimistisch: wat Rob en Diana in opdracht van het Nature-Nurtureproject naar het dorp M'Bele hadden gebracht, dat was ten slotte goed. En Rob had in elk geval geen aids.

Count your blessings, denkt Diana als ze na een lange werkdag de dunne luchtpostenvelop met de exotische postzegels uit haar brievenbus haalt. *Baby Belinda is wonderful*, schrijft Kate in haar hoekige hoofdletters. *We are very happy. We are teaching Jo-Jo to write. Next year Mary-Ann is going to school in Mombasa. Thank you so much! Come visit us soon!* Kate heeft een dunne armband van olifantenhaar bijgesloten, een geluksbrenger. Diana schuift hem rond haar pols. Ja, ook zij heeft alle reden om op geluk in te zetten. Ze geniet nog altijd na van haar nachtelijke uitstapje naar de Groove en zelfs het weer is eindelijk omgeslagen, precies op tijd voor de houtoogst. Een zonnige, goudglanzende herfstdag ligt achter haar, met de bosarbeiders kan ze steeds beter overweg, die lijken eindelijk door te krijgen dat ze haar werk aankan, ook al is ze een vrouw en heeft ze een paar jaar in Afrika gewoond. Het dunnen bij Kürten zullen ze morgen nog afkrijgen, volgens planning.

En ze heeft haar jachtgeweren teruggekregen. Kennelijk is de zaak zo goed als opgelost. Er is zelfs al iemand gearresteerd. "Verkeerd kaliber", had die snelle rechercheur met zijn zilveren jack en geboetseerde egeltjeshaar gezegd toen hij haar geweren gistermiddag kwam terugbrengen. Het was duidelijk aan hem te zien dat hij aanvankelijk een ander resultaat had verwacht en uiteraard had hij het niet nodig geacht zich te verontschuldigen. In plaats daarvan had hij gevraagd of ze nog meer wapens had. Een 16-KALIBER jachtgeweer wellicht? Hesses buks is een 16-KALIBER, maar aangezien die nu eenmaal niet het gebruikte wapen kan zijn, had ze alleen maar haar hoofd geschud. En ook over de telefoontjes en over haar theorie dat zijzelf wellicht het beoogde slachtoffer was, heeft ze niets gezegd. Ze heeft er geen behoefte aan om zichzelf belachelijk te maken. En wat zou ze eigenlijk kunnen zeggen? Haar telefoon is sinds het weekend rustig gebleven, haar paniek lijkt achteraf overtrokken, ja zelfs een beetje gênant. Ze was waarschijnlijk alleen maar wat overgevoelig nadat ze die dode man had gevonden. Hoogstwaarschijnlijk had iemand haar met die telefoontjes alleen een beetje willen treiteren, schooljongens misschien. En wat betreft dat mobieltje in het bos heeft Vedanja haar nogmaals verzekerd dat het inderdaad van die Darshan is en dat hij het haar zal opsturen.

Diana neemt een douche, ze bakt aardappels voor het avondeten en zet een grote kan rooibosthee met vanillearoma. Ze is er vrij zeker van dat ze aan het eind van deze houtoogsttermijn een goede indruk zal hebben gemaakt met de kubieke meters beuk en spar die ze heeft geproduceerd. Ze gaat naar haar kantoortje en controleert op de computer de aantallen die de andere collega's totnogtoe hebben gemeld aan de bosautoriteiten. Echt, ze is behoorlijk goed. Maar haar elektronische postvakje is leeg. Dus heeft Ariane Solowski, de secretaresse van het bosbureau, het inspectierapport nog altijd niet getypt. En dat terwijl het deel dat Diana heeft besproken al sinds twee weken op haar bureau ligt.

De mannelijke collega's worden heel wat sneller geholpen door Ariane Solowski.

De telefoon gaat net als Diana de computer uitzet en het licht in haar kantoortje heeft uitgeknipt. Met de hand op de hoorn wacht ze af tot haar antwoordapparaat aanspringt. "U bent verbonden met het antwoordapparaat van hoofdboswachter Diana Westermann ..." Het klinkt opgewekt en competent, maar de beller is blijkbaar een andere mening toegedaan. Nog voordat het bericht is afgelopen, hangt hij op.

De gezichten van de mensen zijn dof. Arbeidersgezichten, denkt Judith. Uitgelopen mascara, gekreukelde overhemden. Een vleug aftershave hangt in de muffe lucht van het treinstel, bleke herinneringen aan een ochtend die wellicht zoiets als hoop in zich borg. Een tiener met kortgeschoren schedel wringt zich naar een plaats bij het raam. Zodra de plek tegenover hem vrijkomt, plant hij zijn gymschoenen erop. Uit zijn walkman dreunen bassen. De jonge vrouw naast hem laat haar blik even schuw langs hem gaan, en staart vervolgens meteen weer in het pocketboek op haar schoot. Rond haar mond zitten lijnen gegroefd.

"Onbeschoft", zegt een andere vrouw en ze knikt in de richting van de kortgeschoren jongen. Ze zegt het zachtjes en tegen niemand in het bijzonder, maar toch ziet Judith instemming in de gezichten van de andere pendelaars, maar niemand zegt iets. En ook zijzelf drukt haar voorhoofd tegen het raampje en zwijgt. Velden glijden voorbij. In de ruiten van broeikassen schittert een vaalgeel namiddaglicht. Op goede dagen ziet Judith in haar medemens met name hun streven. Vooral vrouwen ontroeren haar op zulke dagen, hun hardnekkige pogingen om het leven met behulp van nagellak, lippenstift of een gekleurd zijden sjaaltje ten minste nog een beetje kleur te geven.

Maar vandaag is geen goede dag, en als ze eerlijk is heeft ze al heel lang geen goede dag meer gehad. En laf is ze ook nog, geen haar beter dan de anderen in de trein. We laten ons tiranniseren door een tiener, denkt ze. We noemen dat tolerantie, maar in werkelijkheid is het gebrek aan ruggengraat. Sta op en zeg tegen die jongen dat hij zijn schoenen van de bank moet halen en zijn muziek wat zachter moet zetten, beveelt ze zichzelf. Vooruit.

Maar haar lichaam gehoorzaamt niet en in haar broekzak, op de plek waar gewoonlijk haar legitimatiebewijs zit, brandt een gat. Millstätt heeft haar van haar identiteit beroofd. Of van haar autoriteit. Of misschien wel van allebei.

Loodgrijze dagen, die voorbij zijn gegaan zonder ook maar één heldere gedachte, liggen achter haar sinds Millstätt haar met verlof heeft gestuurd. Hoe diep kan een mens zinken, vraagt ze zichzelf voor de zoveelste keer af. Eerder vanmiddag heeft ze met Helena, de uitbaatster van de kiosk tegenover haar huis, een ouzootje gedronken. Midden op de middag, en dat terwijl ze alleen maar tabak had willen kopen. En toen waren er ineens twee uur voorbij en was ze aangeschoten en was het de hoogste tijd om naar Bonn te gaan. Naar dr. Margret Zinn, de zus van haar vader. Margret Zinn – *zeg toch Margret, Judith* – is psychologe. Niet iemand die Judith onder normale omstandigheden zou bezoeken. Maar morgen is het vrijdag en dan loopt Millstätts ultimatum af, ze moet iets doen. De trein staat stil en nieuwe, vermoeide gezichten schuiven het gangpad in. Judith verlangt naar haar oude, rammelende Passat. Maar Helena's ouzo brandt in haar lege maag en ze heeft in elk geval nog wel zoveel instinct tot zelfbehoud dat ze niet ook nog inname van haar rijbewijs riskeert.

Dr. Margret Zinn is honderd procent professioneel. Glimlachend komt ze haar vanuit de ontvangsruimte van haar praktijk tegemoet, alsof ze haar wil omhelzen. Onwillekeurig houdt Judith haar adem in. Maar dan is het moment van mogelijke intimiteit vervlogen en alleen een licht knipperen van haar oogleden verraadt dat de psychologe Judiths afweer heeft geregistreerd. Maar wat ze daar ook uit concludeert, ze laat het niet merken. Nog steeds glimlachend pakt ze Judiths hand. Haar handdruk is zacht en vluchtig als de vleugelslag van een vlinder. Alsof ik een wild beest ben, denkt Judith, dat je moet kalmeren, temmen.

"Judith, wanneer hebben we elkaar eigenlijk voor het laatst gezien? Bij Wolfgangs vijfenzestigste verjaardag, nietwaar?"

"Drie jaar geleden, ja. Je hebt hier zeker geen bank?"

"Voor mijn doel volstaat een stoel. Ik ben psychotherapeute, geen psychoanalytica."

"Is dat niet hetzelfde dan?"

"O, nee, absoluut niet. Als psychotherapeute gaat het vooral om het heden en hoe je dat kunt veranderen, terwijl de collegae analytici zich juist concentreren op het doorlichten van het verleden." Dr. Margret Zinn gaat op een gele leren stoel in haar behandelkamer zitten en beduidt Judith hetzelfde te doen. Ze ziet er goed uit in haar blauwe broekpak, energiek en best jong, hoewel ze inmiddels zestig moet zijn.

"Maar je bent hier vast niet gekomen om met mij over de verschillende geloofsrichtingen van mijn beroepsgroep te filosoferen. Dus zeg op, wat brengt jou hier?"

"Ik moet een attest hebben."

Judith praat snel verder voordat Margret Zinn haar kan onderbreken.

"Of eigenlijk niet zozeer een attest, maar een verklaring. Een verklaring dat ik bij jou therapie volg. Alleen maar een verklaring, begrijp je. Ik ben niet van plan om echt je tijd in beslag te nemen."

"Aha. En waar heb je die 'verklaring' voor nodig?"

"Voor mijn baas."

"Je baas. Waarom?"

"Hij denkt … het is …" Wat moet ze zeggen? Alle fraaie formuleringen die ze de afgelopen dagen heeft uitgedacht voor dit moment, lijken niet te voldoen.

"Ik heb een paar weken rust nodig."

"En waarom kom je dan uitgerekend bij mij?"

"Jij bent de enige psychologe die ik ken. We zijn familie. Dan kun je toch wel een attest uitschrijven, niet?"

"Natuurlijk. Maar ik wil eerst begrijpen waarom ik dat zou doen."

"Mijn baas … De politiearts denkt dat ik hulp nodig heb, psychologische hulp. Maar dat is niet zo."

Een strakke, hemelsblauwe blik.

"Echt niet. Het is gewoon – ik heb alleen even rust nodig."

"En dus moet ik je helpen te liegen?"

"Je moet me helpen."

"Ik moet doen alsof je mijn patiënte bent. Dat is niet bepaald eerlijk en is ook niet in overeenstemming met mijn beroepscode."

Judith springt overeind. "Jezusmina, je bent mijn tante, of ben je dat soms vergeten?"

Het is zo stil dat het zachte tikken van de oude tafelklok op Margret Zinns bureau luid en duidelijk te horen is. Margret Zinn zucht.

"Ik heb niet gezegd dat ik je niet wil helpen. Ik heb alleen maar gepreciseerd wat je van mij vraagt. Ga alsjeblieft weer zitten." Ze spreekt heel langzaam. Weifelend laat Judith zich weer op de rand van haar stoel zakken.

"Ik moet begrijpen waar het om gaat als ik een attest voor je uitschrijf, Judith."

Judith knikt. "Oké."

"Dus, wat is er aan de hand?"

De dood van een collega, de eeuwigdurende belasting, te veel overuren, een paar stomme fouten, een goed bedoelende baas die Judith wil helpen. Een overzorgzame politiearts. En de oplossing: een attest om de gemoederen te kalmeren, een attest dat Judith een paar weken geeft om op adem te komen – hoe langer Judith praat, hoe plausibeler het klinkt. Aan het slot van haar monoloog heeft ze voor het eerst in dagen het gevoel dat ze nog een kans heeft, ja, dat ze die kans verdiend heeft.

"Hij stond je erg na, die collega?"

"Hij was een vriend."

"Wat erg, Judith."

"Ja."

"Als meisje wilde je altijd al zo'n vriend hebben, maar om de een of andere reden was je altijd nogal alleen, nietwaar? Je broers leefden in hun eigen wereld. En dan al die verhuizingen."

"Dat is lang geleden."

"Ja, natuurlijk." Nog altijd die strakke blik. Judith perst haar lippen op elkaar. Ineens wordt ze zich ervan bewust dat haar adem naar ouzo stinkt.

"Goed dan, Judith. Ik schrijf die verklaring. Een attest voor de komende twee weken."

"Dat is echt heel fijn."

"Maar als je baas wil dat je dan nog verder psychotherapie volgt, dan kan ik niet meer doen alsof. Dan moet je daar daad-werkelijk afspraken voor maken."

"Bedankt, Margret." Judith brengt een glimlachje tot stand. Twee weken is een hele tijd. Voorlopig is ze gered.

Waar moet ze heen? Wat moet ze doen? Laura weet het niet. Haar hele wereld is weer eens in elkaar gestort, als verdoofd doet ze wat ze moet doen. Bij de meditaties zit ze stom op haar kussen, ze neemt deel aan de yogalessen, verstopt zich zo goed mogelijk voor Vedanja's opdringerige blikken, voert de schapen en drijft ze de wei in, helpt in de meubelmakerij, lepelt 's middags haar linzencurry naar binnen, hoewel ze geen trek heeft en toch niets proeft, ze zou net zo goed een brij van papiermaché kunnen eten. Andi is dood. De foto die de politie zaterdag in de eetzaal heeft opgehangen, heeft Laura's ergste vermoedens bevestigd. Laura kent die foto maar al te goed. Ze weet dat die in de vitrine in Andi's woonkamer stond, dat ze hem in haar hand heeft gehouden en om een afdruk heeft gebedeld. *Alsjeblieft, Andi, alleen maar zodat ik je kan aankijken als ik 's avonds in slaap val, ik laat hem echt aan niemand zien.* Hij had haar tegen zich aan getrokken en in haar oor geblazen en gefluisterd: *ik zal zien wat ik kan doen, liefje,* maar om de een of andere reden, waar ze nu nooit meer achter zal komen, was hem dat niet gelukt.

En dat is haar schuld. Zij heeft hem doodbemind. Doodbemind, omdat ze, na die vreselijke middag toen die superchique, vreselijk arrogante vrouw Andi en haar had betrapt terwijl ze lagen te vrijen in de woonkamer, bleef zeuren dat ze elkaar desondanks moesten blijven zien. Nee, ze wilde niet wachten tot ze achttien was. Ze had zich erbij neergelegd dat ze op de Sonnenhof moest wonen en dat ze niets mocht verraden. Vanwege Andi, en niet vanwege haar moeder die net had gedaan alsof ze totaal ontdaan was en wilde helpen en het eigenlijk vreselijk vond dat ze Laura moest laten gaan. Ze had geprobeerd zich te schikken, was zelfs een verhouding begonnen met Jey, deels uit koppigheid en gekwetste ijdelheid omdat Andi niet openlijk voor zijn liefde voor haar wilde uitkomen, deels omdat hij steeds weer op de voordelen van de vrije liefde had gehamerd. En toch bleven Andi en zij elkaar zien. Zij had het zo graag gewild en had zijn angst voor zijn vrouw niet serieus genomen. Ze had er zelfs een beetje op gespeculeerd dat alles zou uitkomen, per slot van rekening had Andi vaak genoeg gezegd dat hij niet meer van zijn vrouw hield. Dus wat had hij te verliezen? Wat had zij, Laura, te verliezen? Naar haar oude school wilde ze sowieso niet terug en Andi zou vast gemakkelijk een andere baan vinden, mocht dat nodig zijn. Per slot van rekening is hij gewoon een hartstikke leuke leraar.

Was, corrigeert ze zichzelf in stilte. Was, was, was. Andi is dood. En dat is jouw schuld. De politie heeft ook een foto van Andi's vrouw in de Sonnenhof achtergelaten. Die hangt naast die van Andi in de eetzaal, en telkens wanneer ze daar langs moet lopen, probeert Laura er niet naar te kijken, omdat ze er niet tegen kan: Andi naast die schijnheilige trut met haar porseleinen teint. Andi naast zijn moordenares. Eerst had ze gedacht dat ze de politie moest opbellen om te vertellen dat Andi vast in een val was gelopen. Dat hij bang was geweest voor zijn vrouw, omdat die koud is en kwaadaardig. Maar na enig nadenken heeft ze ingezien dat haar niets anders rest dan zwijgen. Want hoe kan ze over Andi's vrouw praten zonder te laten uitkomen dat zij, Laura, de reden is waarom hij altijd naar het Schnellbachtal kwam, behalve dan die laatste keer? Ze heeft Andi beloofd dat ze zijn geheim niet zal prijsgeven en nu, nu hij dood is, dood is vanwege haar, nu mag ze die belofte al helemaal niet meer breken. Wat kan ze verder nog voor hem doen?

De nachten zijn het ergst. Als de duisternis komt en er niets meer te doen is en ze het zwijgen in de ashram ontvlucht op haar kamer met de koptelefoon van haar walkman op. Als Jey naar haar toe sluipt en haar zo vreemd aankijkt en ze hem niet kan vertellen hoe treurig ze is en waarom. Eerst was dat met Jey maar een spel, een verboden dans met het vuur, waar ze gewoon zonder nadenken van had genoten. Tantra. Heel volwassen, heel cool had ze zichzelf gevonden. Het had haar goed gedaan om niet de hele tijd te hoeven wachten tot Andi haar eindelijk een sms'je stuurde. Sinds die andere man in haar leven was gekomen, was ze niet meer zo bang geweest voor de momenten waarop ze de berg naar het boswachtershuis op liep, alleen maar om vast te stellen dat Andi haar weer niet had geschreven. Ze had zich niet meer zo lopen kwellen met de vraag of Andi misschien toch niet van haar hield of dat hij een ander had. Bij Jey heeft ze zich dat nooit hoeven afvragen. Die is zo zeker, zo doelgericht, zo onvoorwaarde-lijk. *Laura, mijn godin.* Waarom heeft Andi haar niet zo begeerd? Of heeft hij dat wel, en heeft zij het gewoon niet gemerkt? Maar toch, het begeren van die ander heeft haar iets belangrijks laten zien: wie begeerd wordt, heeft macht. En hoe meer hij haar begeerde, hoe sterker ze zich voelde. Ook Andi heeft dat uitein-delijk gemerkt.

Laura klimt het raam van haar kamer uit naar het platte afdak, gaat tegen de muur zitten en draait een sjekkie. Natuurlijk heeft ze Jey niet verteld dat ze Andi nog ontmoet. En nu zal ze het hem al helemaal nooit meer zeggen. Haar vader is verdwenen. Andi is dood. Haar moeder heeft alleen maar belangstelling voor haar nieuwe vriend. Ze moet haar best doen, ze mag Jey niet ook nog verliezen.

"Laura?"

Zijn stem. Ze drukt de sigaret uit en staat op.

"Ik zit hier."

"Kom binnen." Hij steekt zijn arm naar haar uit, helpt haar naar binnen.

"Kijk eens wat ik heb gekocht. Massageolie."

Hij geeft haar het flesje. Ze pakt het, draait de dop eraf.

"Hm, waar ruikt dat naar?"

"Sandelhout. De geur van de tederheid. Kleed je uit."

Haar hart gaat als een razende tekeer. "Ik weet niet. Ik ben al zo moe."

"Dat is massageolie, Laura. Ik wil je masseren. Ik heb niet gezegd dat ik je wil neuken."

Ze krimpt ineen. Waarom praat hij zo? Waarom klinkt zijn stem ineens zo hard? Maar het volgende moment is de spanning vervlogen. Hij neemt haar in zijn armen, strijkt over haar haar, begraaft zijn gezicht in haar hals.

"Laura, mijn goddelijke. Je bent al dagen zo afwezig. Vind je me niet meer lief? Heb ik je iets aangedaan?"

Voorzichtig kroelt ze in zijn nek. "Nee. Neem me niet kwalijk, Jey. Het is alleen …" Wat moet ze zeggen? "Het is alleen dat ik me soms zo alleen voel, weet je, soms mis ik mijn moeder."

Hij trekt haar sweater uit, haar T-shirt, begint aan haar spijker-broek te frummelen.

"Het is ook echt gemeen dat ze je hierheen heeft afgeschoven, Laura. Maar toch: ik ben er blij om."

Hij stroopt de spijkerbroek over haar heupen. Als een pop laat ze hem zijn gang gaan. "Mijn moeder was een hoer", zegt hij. Opnieuw klinkt zijn stem hard. "Een hoer. Toen ik klein was, deed ze het altijd aan de telefoon." Hij verheft zijn stem. "Ja, ja, neem me, ja, spuit me helemaal vol! Aaah!" Hij knielt, helpt Laura uit haar spijkerbroek. "Je weet wel, van die goedkope clichépornonummers. Ze sloot zich altijd op in de keuken en was ondertussen aan het koken en strijken terwijl ze die gesprekken voerde, en het heeft een hele tijd geduurd voor ik begreep wat ze daar deed. Later bracht ze ook klanten mee naar huis. Een keer heb ik haar betrapt, op de keukentafel. Ze vond het niet eens gênant."

"Wat vreselijk."

"Is al lang geleden. Weet je, je moet je leven zelf in de hand nemen. Je hebt er niks aan als je je steeds maar afzet tegen je ouders, altijd maar blijft wensen dat ze iets anders zouden hebben gedaan, te hopen dat ze ooit veranderen." Of dat ze terugkomen, vult Laura in stilte aan. Misschien heeft hij gelijk. Ze moet eindelijk eens ophouden met op haar vader te wachten. En ze kan heel goed zonder haar moeder leven. Over een paar maanden wordt ze achttien. Meerderjarig. Volwassen.

"Ga maar op je buik liggen, Laura."

Ze gehoorzaamt, begraaft haar hoofd in het kussen. Hij hoeft niet te zien dat ze huilt.

Zijn vingers strelen over haar ruggengraat, liefkozen haar spieren, haar schouders, haar billen, haar benen. De geur van sandelhout omhult haar. Zoet en week en troostrijk. Ze weet niet hoeveel tijd er is vergaan als ze zich uiteindelijk op haar rug draait. Ze doet haar ogen niet open. Zijn handen en de geur van de olie dragen haar naar een wereld die compleet is, waarin het verlies is vervangen door geborgenheid. Zijn vingers cirkelen nu rond haar heupen, dwalen af naar haar navel, bijna tot aan haar borsten. Laura doet haar ogen open.

"Slaap met me", fluistert ze.

Donderdag 6 november

"U hebt ons niet verteld dat u een jachthut in het Bergische Land bezit."

"Ik bezit geen jachthut."

Manni Korzilius onderdrukt een zucht. Hoeveel verhoren in deze trant heeft hij de afgelopen dagen al niet afgenomen? Te veel. En wat nog erger is: het resultaat is uiterst mager. Even ziet hij overduidelijk voor zich hoe hij de bekraste formicatafel van de verhoorkamer aan de kant trapt, Juliane Wengert vastpakt en een klap in haar gezicht geeft, zodat die perfect geschminkte façade eindelijk breekt. Wat is er met deze vrouw aan de hand? Waarom kan ze niet inzien dat ze verloren heeft? Of, gesteld dat ze iets weet waarmee ze zichzelf kan ontlasten, waarom pleit ze niet voor zichzelf? Maar het lijkt wel armpjedrukken: Juliane geeft vrijwillig geen centimeter toe. Zelfs haar advocaat maakt bij tijd en wijle een vertwijfelde indruk. En nu begint de volgende ronde: beweren, ontkennen, weerleggen, ontkennen, bewijzen – het gaat allemaal zo oneindig stroef en zo moeizaam tastend. Maar goed, als ze het zo wil, denkt hij vermoeid. Hijzelf peinst er in elk geval niet over om op te geven. Met een koud lachje gooit hij een bos sleutels op tafel en geniet van het moment dat Wengert haar ogen herkennend openspert.

"Ik hoef u waarschijnlijk niet te vertellen dat deze bos sleutels uit uw villa komt en dat de sleutels op een jachthut in het Bergische Land passen."

"Een vakantiehuis, geen jachthut. Het vakantiehuis van mijn oom."

"Vakantiehuis, voor mijn part. Maar wel een vakantiehuis waar u te allen tijde terecht kon. En waarin zich meerdere geweren bevinden."

"En?"

"Ik vermoed dat een van die jachtgeweren ontbreekt, een buks kaliber-16. Hebt u enig idee waar die kan zijn?"

"Ik heb geen idee. Ik heb dat huis van mijn oom geërfd, maar het is al een tijd geleden dat ik er voor het laatst ben geweest."

"O ja?"

Een snelle blik terzijde naar haar advocaat. "Andreas heeft het soms gebruikt, geloof ik, als uitvalspunt voor zijn motortoeren."

"Waarom hebt u dat dan niet gezegd?"

"Ik heb er niet aan gedacht."

"Uw man wordt vermoord, op een paar kilometer van uw 'vakantiehuis', en u hebt er niet aan gedacht om het bestaan van die hut te melden? Wat bent u eigenlijk allemaal nog meer vergeten?"

Zwijgen.

"U bent in het bezit van een jachtvergunning."

"Een soort jeugdzonde. Houdt u mij hier daarom vast?"

"Ik zal u zeggen waarom u dat verzwegen hebt. Omdat u uw man hebt neergeschoten. U wilde een weekendje jagen vanuit uw 'vakantiehuis', maar er ging iets mis. Toen hebt u hem gedwongen op de kansel te klimmen, u bent er met de motor heen gereden, een motorrijbewijs hebt u tenslotte ook en vanuit de jachthut is het maar 13 kilometer, en toen uw man op die kansel in het Schnellbachtal zat, hebt u hem neergeschoten. En vervolgens hebt u het wapen laten verdwijnen en de motor verstopt."

"Dat zijn toch allemaal insinuaties. Mijn cliënte was …"

"Ja, ja, ik weet het, die zat aan haar bureau een conferentie voor te bereiden. Maar daarvoor is geen bewijs – of hebt u inmiddels een getuige?"

Nu knijpen ze allebei hun lippen stijf op elkaar, Juliane Wengert en haar arrogante advocaat.

De advocaat heeft zichzelf als eerste weer onder controle. "Hoe komt u eigenlijk op het idee dat het wapen uit het vakantiehuis van mijn cliënte afkomstig is?"

"In de wapenkast zijn lege plekken."

Albrecht Tornow snuift. "Juliane, hoeveel geweren waren er in de kast toen jij er voor het laatst was?"

"Ik weet het niet precies, twee of drie geloof ik – ja volgens mij drie. Mij oom was bezeten van wapens, maar na zijn dood heb ik een paar van zijn geweren aan vrienden van hem gegeven en verkocht."

"Goed. Dat kunnen we ongetwijfeld reconstrueren, als meneer Korzilius dat wenst." De advocaat maakt er geen geheim van dat hij dit persoonlijk met plezier zou doen. Overdreven gedienstig richt hij zich tot Manni.

"Om de procedure enigszins te vereenvoudigen, zou u ons wellicht kunnen vertellen hoeveel geweren er in het vakantiehuis van mevrouw Wengert zijn aangetroffen?"

"Drie." Het kost Manni enige zelfoverwinning om zijn beheersing niet te verliezen. "Maar dat zegt uiteraard helemaal niets. Het is heel goed mogelijk dat mevrouw Wengert zich weer eens iets niet correct herinnert."

"Of dat iemand anders een geweer heeft ontvreemd." Manni antwoordt niet en Albrecht Tornow knikt tevreden. Hij weet dat dit punt voor hem is.

Manni staat op. Jammer dat de grondmonsters van Juliane Wengerts wandelschoenen niet van de plaats delict afkomstig waren. Maar ze vinden nog wel iets, hij weet het gewoon, en de dag is nog lang. Misschien is Stafco-Stef vandaag weer genezen van de griep en kraakt hij de mailboxen van de Wengerts. Er moeten schoolmeisjes worden ondervraagd. Ze zijn er nog altijd niet achter met wie Andreas Wengert zijn vrouw heeft bedrogen. Maar een buurvrouw zweert dat dat zo was, en dat Juliane Wengert daarvan wist. *Die ruzie kon je niet ontgaan. En mevrouw Wengert had natuurlijk gelijk. Die jonge meiden liepen daar gewoon de deur plat zodra zij weg was.* Tot op heden heeft Manni een paar scholieres gevonden die beweren bij Andreas Wengert thuis te zijn geweest voor bijles. Allemaal volstrekt onschuldig, beweren ze. Een leuke leraar die zich meer om zijn leerlingen bekommerde dan de meeste van zijn collega's. En toch is Manni ervan overtuigd dat het een kwestie van tijd is voor ze een meisje vinden dat de verklaring van de buurvrouw kan bevestigen. Met lange passen loopt hij naar de deur van de verhoorkamer.

"Wij spreken elkaar later nog."

"Als jij iemand had beloofd een geheim te bewaren, zou je je daar dan aan houden, Diana?"

"Ja natuurlijk."

"Altijd?"

"Ik denk het wel."

"En als er iets gebeurt?"

Diana legt nog een houtblok in de haard. In de zomer is ze helemaal vergeten hoe ongezellig waterkoud een dag in een Duits bos kan zijn, hoe het tocht in een vakwerkhuis met ramen die in geen enkele opzicht voldoen aan de moderne warmte-isolatierichtlijnen. Vergeten of verdrongen, wat dan ook. Nu is november gekomen en daarmee automatisch het verlangen naar warmte en licht, naar Afrika. Niet aan denken, vermaant ze zichzelf. Zorg liever dat je je leven hier onder controle krijgt. Ze gaat naast Laura zitten op het doorgezakte bankstel dat de oude Hesse heeft achtergelaten en antwoordt het meisje quasiterloops, omdat een inwendig stemmetje haar zegt dat het belangrijk is dat Laura verder praat. Maar Laura ontwijkt stug alle pogingen om haar uit te horen.

"Wat zou er dan gebeuren?"

Laura haalt haar schouders op en duikt nog dieper weg in de wollen deken, haar kletsnatte spijkerbroek heeft ze over een stoel voor de kachel te drogen gehangen. "Zomaar. Iets wat belangrijk is. Echt heel belangrijk, snap je."

Ze overlegt ingespannen. "Nou ja, als iemand anders er bijvoorbeeld heel erg mee geholpen zou zijn als je het geheim zou verklappen, bedoel ik."

"Maar dan had je altijd nog je woord gegeven en dan zou je eerst met diegene moeten praten aan wie je je woord hebt gegeven."

"En als dat niet kan?"

"Ik denk dat je dan zou moeten afwegen wat belangrijker is, je loyaliteit of je hulp."

"Hmm."

"Wat is er eigenlijk aan de hand, waar hebben we het hier over, Laura?"

"Niks, helemaal niks. Ik zit maar een beetje te bazelen. Kan ik hier vannacht blijven? Alsjeblieft, Diana, buiten is het zo'n rotweer en het is zo lekker hier bij jou."

"Zullen ze je in de Sonnenhof niet missen?"

"Ik heb gezegd dat ik bij jou ben en morgenochtend voor de meditatie ben ik weer terug."

Laura springt overeind en knielt naast Ronja op het tapijt. "Alsjeblieft, Diana? Ronja wil ook dat ik blijf, dat voel ik heel duidelijk."

Verraadster, denkt Diana geamuseerd, want Ronja's staart roffelt inderdaad triolen op de vloer, alsof ze Laura's verzoek wil ondersteunen.

"Dan moet je wel genoegen nemen met die oude bank hier."

"Gaaf!"

Als Laura lacht, ziet ze er kinderlijk uit. Of is dat onbezwaarde stralen niet sowieso de passende gezichtsuitdrukking voor een zeventienjarige? Misschien maakt Laura gewoonlijk een veel te volwassen en treurige indruk voor haar leeftijd. Net als mijn zusje, denkt Diana. Mijn kleine Tamara, wier heldin ik was, totdat ik haar voor mijn eigen droom in de steek heb gelaten. En nu staat ze op het punt te winnen bij *Jugend musiziert*, om een ster te worden, maar ze lacht nooit en ze vermijdt mij bij haar leven te betrekken, ze vermijdt mij in de ogen te kijken. Ineens heeft Diana een ondraaglijk verlangen om de tijd terug te kunnen draaien, om nog een keer Tamara's mollige kinderhandje vast te houden, haar uit te leggen hoe de wereld in elkaar zit, haar te beschermen, voor welk ongemak dan ook. Ze kijkt naar Laura. Naar haar gloeiende wangen, de dunne, blote benen en de fijngebouwde handen die door Ronja's vacht woelen. Waarom zou ze dit meisje, dat nu eenmaal dol op haar is en elke vrije minuut met haar en haar hond wil doorbrengen, afwijzen? En bovendien is het vooruitzicht een nacht niet alleen te hoeven zijn bijzonder aantrekkelijk.

"Goed dan. Maar ik sta morgenochtend om zes uur op, en tegen die tijd moet jij hier de deur uit."

Vrijdag 7 november

Er wordt aan haar schouder geschud. Diana probeert het te negeren. In haar droom heeft ze alles goed gedaan. Ze heeft Tamara beschermd, Kates dochter behoed voor Robs meedogenloze begeerte, haar mobiele nummer opgeschreven voor Tom voordat ze ervandoor is gegaan ...

"Ronja is weg. Alsjeblieft, Diana, word wakker."

De droom wordt in snel verblekende beelden verscheurd, met een ruk komt Diana overeind, haar hart reageert sneller dan haar verstand en gaat als een razende tekeer, gealarmeerd knippert ze in het donker met haar ogen. De regen klettert niet meer tegen het raam, de storm is gaan liggen.

"Laura?"

"Ja." Een fluisteren dat de paniek niet kan verbergen.

"Ik heb haar in de tuin gelaten en ineens was ze weg."

Rustig blijven, Diana, heel rustig. "Er staat een hek om de tuin, ze kan er niet uit."

"Maar ik zie haar nergens. En ik heb geroepen, maar ze komt niet. Ik wilde gaan kijken, maar ik durf niet alleen de tuin in. Ik vind het daar eng."

Het bos heeft ogen, Laura merkt het dus ook. Kom op, stel je niet zo aan. Diana's gedachten buitelen over elkaar heen.

"Ik ga kijken." Dat klinkt een stuk moediger dan ze zich voelt. Ze schiet een spijkerbroek en trui aan, haalt Hesses buks onder het bed vandaan. Op de voet gevolgd door Laura, die loopt te klappertanden, loopt ze naar het raam. Het duister staat rond het huis. Niets beweegt in de tuin.

"Wanneer heb je Ronja buitengelaten?"

"Misschien tien minuten geleden. Ik heb niet op de klok geke-ken. Ik werd wakker van haar omdat ze tegen de terrasdeur krab-de. Ik dacht dat ze nodig moest, dus heb ik de deur opengedaan. En toen was ze ineens weg." Laura's stem trilt.

"Ze hoeft 's nachts nooit." Diana loopt de trap af. Ze moet Ronja zoeken. Naast de deur naar de veranda hangt de zaklan-taarn, ze stopt hem in haar broekzak.

"Daar! Daarginds bij de helling!" Laura grijpt Diana's arm.

"Wat? Waar?" Diana's stem klinkt hees, ze kan haar hartslag op haar tong voelen.

"Daar was iets, een licht."

"Weet je het zeker? Ik zie niks."

"Nu is het weg. Misschien heb ik me vergist."

"Waarschijnlijk. En bovendien, Ronja heeft helemaal geen zaklantaarn."

Een moeizame poging de spanning wat te breken. Schoorvoe-tend stapt ze de veranda op, de buks onder haar rechter elleboog geklemd, haar vinger aan de trekker. Dit is de volgende stap in het steeds absurder wordende kat-en-muisspelletje met haar onbekende tegenstander, en ze is niet bereid om bakzeil te halen.

"Blijf hier in de kamer, Laura."

"Maar …"

"Doe me een lol, oké?"

Als ze de buitenverlichting van het huis aandoet, kan ze zich sneller oriënteren, maar iets of iemand die ook daarbuiten is, kan haar dan ook zien. Als er iemand is. Stap voor stap, steeds weer roepend en fluitend naar haar hond, tast Diana zich een weg door de donkere tuin. Helemaal achteraan, naast de compost-hoop, is iets. Een klein heuveltje bij het hek dat daar niet hoort.

"Ronja?" Diana struikelt eropaf.

Maar het heuveltje bestaat uit blokken hout. Iemand heeft een gat in het schaarhekje gezaagd. Sabotage. Er is een perfect, vanuit het huis onzichtbaar sluipgat voor wilde zwijnen en hazen ont-staan. Een uitgang voor Ronja.

"Waarschijnlijk jaagt ze achter een of ander beest aan en komt ze zo weer terug." Diana schenkt rooibosthee in twee mokken en schuift er Laura een toe, die als een hoopje ellende ineengedoken aan de keukentafel zit.

"Drink."

"En als iemand haar heeft gestolen?"

"Wie zou haar nou stelen? Bovendien zou ze zijn aangeslagen als een vreemde op het terrein was gekomen." Vast en zeker, zegt Diana geruststellend tegen zichzelf. Vast en zeker.

"Je hebt van die mensen die dierproeven willen doen."

"Hondenvangers. Maar die snijden geen gaten in vreemde hekken, dat is ze veel te link."

"Waarom heb ik haar nou buiten gelaten?"

Ja, waarom heb je dat gedaan? "Gebeurd is gebeurd, maak je niet zo'n zorgen. Laatst is Ronja er ook vandoor gegaan en toen is ze vanzelf weer teruggekomen. We moeten maar gewoon weer terug naar bed gaan."

Maar drie uur later, als de wekker afgaat, is de hond nog altijd niet terug. Stil en slaperig rijdt Diana een bleke en behuilde Laura terug naar de Sonnenhof. Ook daar geen spoor van Ronja.

"Ik had gehoopt dat ze hier zou zijn", zegt Laura zachtjes bij het afscheid. "Ik voel me zo schuldig."

"Ga nou maar naar die meditatie van jullie, anders krijg je nog gezeur."

Later kan Diana niet meer zeggen waarom ze de jeep niet direct terugrijdt naar het boswachtershuis, maar de omweg via de Erlengrund maakt. Is het hoop? Instinct? Een poging de demonen te bestrijden door ze rechtstreeks in de armen te lopen? Ze denkt er niet over na, ze doet het gewoon, met een emotieloze vastberadenheid die geen ruimte laat voor aarzeling. In het schijnsel van de koplampen lijkt de Erlengrund onwezenlijk. Diana stapt uit.

"Ronja?"

Gejank, maar niet het getrappel van stevige hondenpoten in het natte loof. Ergens piept een veldmuis, aan de hemel staat een groenachtige band ochtendlicht tussen de wolken. Diana loopt in de richting van waar ze het gejank vermoedt, linea recta over de open plek naar de kansel.

Het gejank komt van boven.

Niet weer die ladder. Niet weer een blik op iets wat ze niet verdraagt. Maar Diana's lichaam heeft al besloten en ze klimt omhoog. En boven is Ronja. Vastgebonden, ongedeerd en dolgelukkig dat ze haar bazinnetje ziet. Diana probeert niet eens om op haar benen te blijven staan. Ze laat zich naast Ronja op de grond zakken.

Het ruikt naar gekapt hout. Eergisteren hebben de bosarbeiders het dak hersteld en de nieuwe zitbank geplaatst. Niets herinnert meer aan de dode man. Langzaam kruipt de schemering door de schietgaten, zodat details zichtbaar worden. Knoestgaten. De boodschappen op de houten wanden. Diana begint te lezen. L&A in een hart. BETTY IK HOU VAN JE; MELI WAS HERE. Datums en initialen, belangeloze flauwekul. Maar pal boven de zitbank staat iets wat haar nooit eerder is opgevallen en wat onwillekeurig haar hartslag versnelt, al is het vast niet aan haar gericht.

IK KRIJG JE NOG WEL, VUILE HOER.

Als ze slaapt, valt Judith in een bodemloze put. Het bos is kaal. Het bevroren gras breekt geluidloos onder de hoeven van het witte paard dat niet langer haar vriend is, dat haar niet meer op zijn rug duldt, maar dat voor altijd, zo lijkt het, voor haar vlucht. Ergens hoont een stem 'nederlaag'. Om zeven uur wordt ze wakker, hoewel haar wekker niet is afgegaan, en gaat ze onder de douche. Een inwendige klok jaagt haar het bed uit, misschien ook de vertwijfelde poging om een einde te maken aan haar droom. Ze zit rokend en koffie verkeerd drinkend op de vensterbank in de woonkamer toe te kijken hoe twee vette duiven op een dak aan de overkant om elkaar heen trippelen, wanneer haar mobieltje *Spread your wings* fiedelt.

"Mevrouw Krieger?"

"Ja?"

"Met Diana Westermann. De boswachter van het Schnellbachtal. Ik heb geprobeerd u op het hoofdbureau van politie te bereiken, maar daar zeiden ze dat u er niet was."

"Ik heb vakantie." Niksen was een betere omschrijving. Niksen, leegte, *no way out*. Eindeloze minuten die zich tot loden dagen opstapelen, een grote vloek. Vrije tijd had nog nooit zo zinloos aangevoeld.

"O. Sorry."

Er is iets aan de manier waarop de boswachter dat zegt, dat Judiths aandacht trekt.

"En waarom wilde u mij spreken?"

Diana Westermann stoot een geluid uit dat met enige goede wil als een lachje kan worden geïnterpreteerd.

"Neem me niet kwalijk, ik ben een beetje in de war. Ik weet niet zeker of ik nou spoken zie, maar ik krijg van die telefoontjes. Al een tijd. En afgelopen nacht was mijn hond ineens verdwenen. Dat heeft waarschijnlijk helemaal niks met die moord te maken. Maar ik voel me bedreigd. Met uw collega kan ik eerlijk gezegd niet zo goed opschieten, daarom wilde ik graag met u spreken."

Ik werk niet meer aan deze zaak. Mijn collega Manfred Korzilius kan u vast wel in contact brengen met een andere vrouwelijke agent, als u dat graag wilt. Judith krijgt het niet voor elkaar dat te zeggen. In plaats daarvan bladert ze door een stapel onbetaalde rekeningen en kranten op haar keukentafel die boven op een opengescheurd pak kruimelige toast een weinig esthetische berg vormen, op zoek naar haar vulpen en het notitieboekje, haar mobiel stevig tegen haar oor geklemd.

"… eerst dacht ik dat het maar inbeelding was. Het is allemaal nogal verwarrend. Ik zou het liefst persoonlijk met u spreken."

"Goed. Nu meteen?"

"U hebt toch vakantie?"

"Dat maakt niet uit. Ik ben over een uurtje bij u."

Diana Westermanns ogen stralen bijna onnatuurlijk licht, een transparant grasgroen, wanneer ze de deur van het boswachtershuis voor Judith opendoet en haar naar een ruime keuken vol ouderwetse houten meubels en een stenen aanrecht leidt. Op haar hoge jukbeenderen liggen donkere schaduwen. Er is vanochtend niets meer dat herinnert aan de ongeduldige arrogantie die ze bij de eerdere verhoren tentoon had gespreid. Ongevraagd begint ze te vertellen over anonieme nachtelijke telefoontjes en het gevoel dat iemand haar in het bos bekijkt, beloert. Ze vertelt over haar hond, die verdwijnt en dan weer opduikt en hoe ze haar die ochtend op de kansel in de Erlengrund heeft gevonden.

"Ronja kan toch niet alleen die ladder opklauteren. En dan dat gat in mijn tuinhek."

"Maar uw hond was ongedeerd?"

"Zover ik kon zien wel, ja."

"Mevrouw Westermann, hebt u vijanden?"

De boswachter zet grote ogen op. "Vijanden", herhaalt ze, alsof ze dat woord voor het eerst hoort.

"Een ex-vriend misschien, een buurman, iemand met wie u op uw werk problemen hebt, iemand uit uw familie?"

"Nee, volgens mij niet. Oké, niet iedereen is even blij met mijn komst hier …"

"Nee?"

"Op het werk, bedoel ik. Er zijn niet zoveel banen als boswachter. Eigenlijk zou iemand anders mijn baan krijgen, een man met een gezin. Niet een alleenstaande vrouw die als voornaamste referentie een ontwikkelingshulpproject in Afrika kan opvoeren."

"Waarom hebt u de baan dan gekregen? Vrouwenquota?"

"Nee." Diana Westermann schudt heftig haar hoofd. "Wat een vreselijk woord trouwens voor een discriminerende regeling."

"Een weinig fraai, maar desalniettemin functioneel middel om weinig fraaie toestanden een beetje recht te trekken." O in hemelsnaam, hou je mond, Judith, je wilt hier toch geen discussie over emancipatiebeleid beginnen.

"De vrouwelijke collega's die ik ken hebben eerder problemen vanwege de quota. Die moeten constant bewijzen dat ze heus wel wat kunnen."

"En u?"

"Ik red me wel." Daar is die oude arrogantie weer. Judith laat haar haar gang gaan, ze kijkt haar alleen maar aan en wacht.

"Natuurlijk moet ik ook mijn best doen, bewijzen dat ik mijn vak versta, waarschijnlijk meer dan een man dat zou hoeven."

"Waarom hebt u de baan dan wel gekregen?"

"Ik was gekwalificeerd." Dat klinkt merkwaardig slap.

"En hoe is de verhouding met uw collega's?"

"Ik ben hier pas sinds februari, dan kun je nog niet veel verwachten. De anderen kennen elkaar al jaren. Ik krijg dus niet alles zo snel te horen als zou moeten, de jongens duiken ook weleens zonder mij de kroeg in en de secretaresse doet haar best om mijn brieven zo lang mogelijk te laten liggen."

"Dat klinkt niet echt naar een collegiaal arbeidsklimaat." Dat klinkt eerlijk gezegd behoorlijk naar eenzaamheid, of zelfs naar pure pesterij. Best mogelijk dat die anonieme telefoontjes en het kidnappen van de hond daar ook bij horen.

"Dat verandert nog wel", zegt Diana Westermann. "In Afrika had ik grotere startproblemen."

"Hoe zit het met die collega die eigenlijk uw baan zou krijgen?"

"Die heeft inmiddels een andere baan gevonden."

"En de mensen in Unterbach waar u mee te maken hebt? Houthandelaars, schuttersverenigingen, noem maar op."

"Mijn voorganger, Alfred Hesse, was natuurlijk een soort instituut, dus ze zijn niet allemaal meteen dol op mij."

De boswachter houdt abrupt op met praten en strijkt een blonde lok achter haar oor. Weer heeft Judith het gevoel dat ze iets verzwijgt, om welke reden dan ook.

"Blijft over de Sonnenhof", zegt ze en ze probeert haar ongeduld niet te laten merken. "Daar is toch ook dat meisje dat op uw hond past, en die meubelmaker …"

"… aan wie ik zo nu en dan hout lever, ja. Maar als ik hier in het Schnellbachtal al vrienden heb, dan zijn dat Laura en Ben."

Zo schieten we niet op, denkt Judith.

"Sinds wanneer voelt u zich bedreigd?"

"Ik weet het niet precies. Sinds afgelopen zomer. Ja, ergens in augustus is het begonnen."

"Dus ruim twee maanden voor de moord die wij onderzoeken." Jawel, 'wij'.

"Dat duidt er toch ook op dat er geen samenhang is, wel?" Geestdriftig, bijna smekend klinkt dat.

"Daar lijkt het wel op, ja. Ook al kunnen we voorlopig nog niets definitief uitsluiten."

Natuurlijk is dat niet het antwoord dat Diana Westermann wil horen, ze ziet er ontevreden uit, bijt op haar onderlip. Wat wil ze eigenlijk van mij, vraagt Judith zich af. Aan de telefoon klonk ze heel ongerust, maar zolang ik er ben doet ze alle moeite om datgene waar ze bang voor is te bagatelliseren.

De boswachter schraapt haar keel. "Wie doet er zoiets? Een hond ontvoeren? Iemand terroriseren met telefoontjes?"

"Ik weet het niet. Vaak zit er een onbeantwoorde liefde achter. Of het kan ook een kwajongensstreek zijn. Of daadwerkelijk een dreigement. Er zijn geen regels. U kunt bij het telefoonbedrijf nummerweergave aanvragen, maar dan moet u wel zelf de kosten betalen. Misschien kunt u een tijdje elders overnachten als u zich onprettig voelt in dit afgelegen huis?"

"'Ga niet alleen het bos in', daar komt het op neer, toch? Nou, vergeet het maar, ik kan in de herfst onmogelijk vakantie nemen. En een aanvraag bij het telefoonbedrijf, dat meent u toch niet serieus?"

"Ik ben bang van wel."

Er treedt een ongemakkelijke stilte in.

"Hebt u echt geen idee wie erachter zou kunnen zitten?"

De boswachter schudt haar hoofd.

"Eerlijk gezegd heb ik het gevoel dat dat niet waar is."

Diana Westermann slaat haar armen over elkaar en staart demonstratief langs Judith heen uit het raam. Een tijdlang is het tikken van de keukenklok het enige geluid in de keuken.

"Er is nog iets anders", zegt ze uiteindelijk. "Waarschijnlijk heeft het helemaal niets te betekenen en heeft het ook niks met die telefoontjes te maken, of met die moord."

"Ja?"

"Ik heb een mobieltje gevonden in het bos. Het zag eruit alsof het al een tijd in het bos had gelegen. Ik heb het bij de Sonnenhof afgegeven, vanwege de naam die erop stond. 'Darshan'. Maar sindsdien vraag ik me af of het verkeerd is geweest dat ik het niet aan u heb gegeven."

"Waar hebt u dat mobieltje gevonden? Toch niet op de Erlengrund?"

"Nee, natuurlijk niet. Kom mee, ik zal u laten zien waar."

Twintig minuten later glibbert Judith tussen natte sparren achter de boswachter aan een steile helling af. Rechts klatert er iets, waarschijnlijk een beekje, dat echter onder allerlei doornige takken en dichte varens verborgen ligt. Het miezert onophoudelijk. Lenig als een aap springt Diana Westermann op haar rubberlaarzen over knoestige boomstronken en bemoste takken. Judith kan haar met geen mogelijkheid bijhouden. Ze voelt hoe het vocht zich in haar sportschoenen zuigt en langs haar broekspijpen omhoog kruipt. Een tak slaat in haar gezicht, ze struikelt en onderdrukt een vloek.

"Hier is het." De boswachter hurkt abrupt neer en wijst ergens naar. Een verbleekt paars stukje stof dat naast de loop van de beek in de braamstruiken hangt.

"Hier bij deze helling ben ik Ronja de eerste keer kwijtgeraakt. Toen ik hier de volgende ochtend weer terugkwam, stapte ik per ongeluk op het mobieltje en zag ik dat stukje stof."

Judith kijkt om zich heen. Niks dan natte bomen en struikgewas. Boven hen op de B55 dreunt de motor van een vrachtwagen.

"Iemand kan vanaf de weg naar beneden zijn geklauterd, misschien om bramen te plukken, of om te plassen."

De boswachter haalt een landkaart uit de zak van haar parka tevoorschijn. "Ja, dat dacht ik eerst ook."

"Maar?"

Diana Westermann houdt Judith de landkaart voor. "We staan zo ongeveer precies hier, kijk, iets boven het Schnellbachtal. Daar is de beek en hier de B55, waar we net hebben geparkeerd. Het volgende pad voor voetgangers en ruiters loopt hier, westelijk hiervan, dik twee kilometer verderop. En daar zijn de toegangswegen naar de Sonnenhof, naar het boswachtershuis en naar de Erlengrund. Dat is allemaal zo'n drie kilometer verderop."

Het is te nat om een sjekkie te draaien. Judith steekt een Benson & Hedges op en inhaleert diep. Ze begint te snappen wat de boswachter bedoelt.

"Misschien kwam iemand vanaf de weg en zocht een kortere route naar het Schnellbachtal? De beek biedt in zekere zin een oriëntatiepunt."

"De beek loopt min of meer rechtstreeks naar de Erlengrund, als je bereid bent wat te klauteren", zegt Diana Westermann. "Dat is me vanochtend pas duidelijk geworden toen ik de kaart bekeek, omdat ik het gebied hier rondom volgende week wil laten dunnen."

"De eigenaar van het mobieltje zou dus de moordenaar kunnen zijn." Judith voelt hoe ze het voor het eerst in dagen warm krijgt. Dit is waar ze zo vertwijfeld naar op zoek is geweest: een spoor. Een reden om het onderzoek een nieuwe richting in te sturen. Vanuit het Schnellbachtal, zoals ze van begin af aan al wilde.

"Moordenares", zegt Diana Westermann in gedachten verzonken. "Darshan is waarschijnlijk een vrouw. Een vrouw die ooit op de Sonnenhof heeft gewoond."

"Ik moet haar spreken. En ik moet dat mobieltje hebben."

"In de Sonnenhof zeiden ze dat ze niet weten waar Darshan is. Daarom wilde ik het mobieltje terughebben, maar ze wilden het me niet geven. Misschien hebt u meer geluk."

De hele dag wist Laura hem te ontlopen. Ze dook als een wilde kat weg, verstopte zich tussen de anderen en deed net alsof ze druk bezig was. Pas als het donker wordt, krijgt hij haar eindelijk alleen te pakken. Het regent, niemand waagt zich buiten, alleen zij moet kennelijk zo nodig over dat weiland lopen naar haar geliefde schapen. Hij verspert haar de weg, grijpt zonder een woord haar arm vast en sleurt haar de trap op naar zijn kamer. Ze ziet er afschuwelijk uit. Haar ogen zijn behuild, haar gezicht is vlekkerig, de huid rond haar nagels is gescheurd en bloederig. Merkwaardig levenloos, met hangende schouders, staat ze voor hem, als een kapotte marionet.

"Ronja is er weer. Door het dolle heen. Dat moest ik je vertellen van de boswachter."

"Echt waar? Sinds wanneer?" Eindelijk kijkt Laura hem aan.

"Geen idee. Ze heeft me vanmiddag gebeld en gevraagd je dat te zeggen. Maar je was vandaag niet makkelijk te pakken te krijgen."

"Ja. Het spijt me."

"Hier, je bent doornat." Hij gooit haar een handdoek toe en doet de deur dicht terwijl zij gehoorzaam haar haar droogt. Hij wil haar hebben, bezitten, gelukkig maken, nu meteen. Hij steekt kaarsen aan, trekt de gordijnen dicht, doet het grote licht uit.

"Ik heb je vannacht gemist."

"Ik was bij Diana. Die weet zoveel over het bos. En over Afrika."

Hij pakt Laura's handen, streelt heel voorzichtig goudsbloemzalf op haar geschonden vingertoppen. Hij voelt hoe ze zich een beetje ontspant.

"Ik denk dat ik boswachter wil worden."

Hij krijgt een knoop in zijn maag, die zich samenbalt tot iets keihards van ijzer, als een vuist.

"Volgend jaar, als ik achttien ben, zou ik in Wipperführt of in Kürten naar het gymnasium kunnen gaan en toch nog mijn eindexamen doen."

"Ik dacht dat je hier wilde blijven wonen, met mij, en meubelmaakster worden." Hij praat veel harder dan hij wil.

Ongerust kijkt ze hem aan. "Ik zou toch ook hier kunnen wonen als ik naar school ga?"

"En dan? Tijdens je studie?"

"Als we echt van elkaar houden, dan redden we dat ook wel. Natuurlijk redden we dat. En bovendien hebben studenten toch altijd lange vakanties …"

De vuist gaat tekeer in zijn ingewanden. Onze liefde is sterk genoeg, wacht op me, ik zal altijd van je houden – het is zo'n godverdomd déjà vu. Als een idioot heeft hij destijds op Anna gewacht, zijn eerste liefde, zijn lichtengel, zijn uitweg uit het vreugdeloze leven in het kleine huis waarin zijn moeder met vreemde mannen neukte en zijn halfbroertjes en -zusjes zodra ze uit school kwamen met elkaar op de vuist gingen om de afstandsbediening. Hij heeft als een gek geploeterd op zijn vakopleiding en elk weekend zijn kleine kamertje in het studentenhuis voor haar schoongepoetst. Voor Anna, zijn engel. Tot ze op een zaterdag niet meer kwam en de volgende ook niet en ook niet meer tijdens de vakanties, omdat ze wel wat beters te doen had op dat chique internaat van d'r en er ten slotte ook een rijke vent had leren kennen. Toen hij maar niet wilde opgeven, toen hij gewoonweg niet kon geloven dat Anna, zijn Anna hem echt zou kunnen verlaten, legde haar vader hem uit dat die nieuwe man een positieve toekomst van zijn dochter niet in de weg zou staan, en een kleine puisterige schooljongen uit een eenvoudig milieu wel.

"… en misschien zou ik ook stage bij Diana kunnen lopen en dan zou ik ook een hond hebben en we zouden samen met mijn hond kunnen gaan wandelen en met Ronja, die vind jij toch ook leuk, en …"

Hoeveel tijd is er voorbijgegaan? Het dringt tot hem door dat Laura al een hele tijd aan het praten is en nog steeds door rebbelt als een kind dat bang is dat er iets vreselijks zal gebeuren zodra het zijn mond houdt. En er kan inderdaad iets vreselijks gebeuren als je ophoudt van elkaar te houden of als je met de liefde speelt. Hij pakt Laura's polsen, en door de manier waarop ze geschrokken haar ogen openspert, duikt een paar seconden lang een ander gezicht voor hem op. Een gezicht dat tegen hem heeft gelachen, totdat ... Snel trekt hij Laura tegen zich aan, hij liefkoost haar, streelt haar, fluistert haar alle namen in het haar die hij voor haar heeft bedacht. Zijn koningin, zijn godin die hem door het nood-lot is gezonden, nog een keer is gezonden. Nee, hij kan niet toela-ten dat hij haar verliest. Niet haar. Niet haar ook nog.

"Je vertelt die boswachter van je toch niks over ons?" vraagt hij nadat ze hebben gevreeën. Hij heeft haar toch nog gelukkig gemaakt en nu zijn ze elkaar weer zo na, zo na als het moet zijn. Hij kust haar zacht in haar hals, geniet van de manier waarop haar hand door zijn borsthaar speelt.

"Ben je gek? Natuurlijk vertel ik Diana niks over ons. Niemand. Beloofd is beloofd."

"En over Andreas?"

Stilte, alsof ze ophoudt met ademhalen. "Nee."

Iets heets, vochtigs op zijn huid.

"Je hield van hem."

"Ik weet niet. Nee."

"Waarom huil je dan?"

"Ik huil helemaal niet." Ze drukt zich dichter tegen hem aan. "Ik zou alleen graag willen weten waarom Andi eigenlijk op die kansel was. Wat hij daar te zoeken had."

Hij blijft haar liefkozen.

"Ik wou dat ik dat wist", fluistert ze, al bijna half in slaap.

O nee, daar vergis je je in, kleine Lauraatje. Ik weet zeker dat je dat niet wilt weten. Hij ligt volkomen stil en staart naar het pla-fond, waar de kaarsen schaduwen laten dansen.

Ze wordt wakker van de deur die zachtjes dicht wordt getrokken. Slaapdronken draait ze zich op haar zij en voelt naast zich. Hij is weg. Waarom laat hij haar 's nachts zo vaak alleen, terwijl hij anders niet genoeg van haar kan krijgen? Misschien is hij alleen maar naar het toilet. Laura ligt in het duister en telt haar adem-haling. Hij komt niet terug. Waar is hij heen gegaan, midden in de nacht? Ze trekt haar fleecejack aan en doet het raam open. Het regent niet meer, de koele nachtlucht ruikt weer kruidig naar aarde en loof. Alles is stil. De herinnering komt plotseling: ze is vergeten nog een keer naar de zieke schapen te gaan kijken. Ze had ze nog een keer druppels moeten geven. Waarom is ze zo onbetrouwbaar, waarom heeft ze zich laten afleiden?

In de stal is het warm en knus. Ze ademt de zoete geur van hooi en beesten, ze verzorgt de twee patiënten, blij dat ze niet geleden hebben onder haar slordigheid. Uit de nis naast het raam haalt ze het trommeltje tevoorschijn dat ze als asbak gebruikt, ze gaat op een strobaal naast Fridolin zitten, de afgeleefde belhamel, en rookt, terwijl ze er voorzichtig op let dat er geen asdeeltjes op het kaf vallen. Waar zou hij zitten, haar geheime, nachtelijke vriend? Waarom blijft hij niet bij haar? Hij wil haar toch niet ook verlaten?

Of ze van Andi had gehouden, had hij gevraagd. Ze had het niet aangedurfd hem de waarheid te vertellen. Waarom niet? Waarom is ze zo'n verdomd laffe verraadster, waarom laat ze iedereen in de steek? Ze kan nog niet eens op Ronja passen of op de schapen. Ze voelt de tranen in haar ogen opwellen. Aanvankelijk had Andi van haar gehouden en zij van hem. Toen heeft zijn vrouw alles kapotgemaakt. Sindsdien voelde Laura zich als een lastige puppy die om de aandacht van zijn baasje moet bedelen. En gebedeld heeft ze. Om een paar uurtjes liefde eens in de zoveel weken, op een tochtige kansel in het bos. Het is zijn eigen schuld als ik met een ander neuk, had ze gedacht. En op een gegeven moment, vrij snel al, was ze er eigenlijk helemaal niet meer zo zeker van of ze nog van Andi hield. Toch had ze er nog elke dag op gewacht dat hij iets van zich liet horen. Stiekem, zodat die ander het niet zou merken, zodat ze hem geen pijn zou doen. Misschien heeft haar moeder toch gelijk als ze zegt dat Andreas alleen maar een substituut is voor haar vader, een substituut waar ze zo naar verlangde. Sinds ze op de Sonnenhof woonde, checkte ze elke dag haar sms'jes. Hoe was het mogelijk dat hij op de kansel had gezeten, op hun ontmoetingsplek, zonder dat hij dat tegen haar had gezegd?

Ze controleert nog een keer of alles in de stal in orde is en trekt de deur achter zich dicht. De gebouwen van de Sonnenhof zijn nog steeds donker, maar vanuit de ramen van Shiva's tempel schijnt een gedempt oranje licht. Laura's hart maakt een sprongetje. Daar zit hij dus. Nou niet stomweg de deur opentrekken, vermaant ze zichzelf in stilte, misschien is hij aan het mediteren.

Zachtjes betreedt ze het plateau rondom het achthoekige houten gebouw. Een geluid dringt door het raam naar buiten, het kuchen van een man. Laura's hart gaat zo tekeer dat ze bang is dat het in de tempel te horen is. De stoffen rolgordijnen zijn naar beneden gerold. Ze verzamelt al haar moed en sluipt van raam tot raam, totdat ze ergens een klein kiertje vindt, een smalle spleet tussen rolgordijn en vensterbank. Heel voorzichtig hurkt Laura neer. Heiner von Stetten en de nieuwe yogalerares. Als die vreselijke Beate dat eens wist. Of is die altijd zo afwijzend omdat ze het weet? De grote Heiner von Stetten met zijn eeuwige toespraken over het wezen van de liefde en zijn vermaningen dat ze in haar eigen innerlijk moet doordringen, moet leren vertrouwen te hebben, onbaatzuchtig te zijn, oplettend. Wat een belachelijk gedoe allemaal. Ineens merkt ze dat ze rilt van de kou.

Ze rilt nog steeds als ze weer haar bed in kruipt. Jey is nog altijd weg, maar de opluchting dat híj het niet is die ze in de tempel heeft gezien verwarmt haar meer dan een omhelzing zou kunnen. Haar ouders, Andi, Heiner von Stetten – op niemand kun je vertrouwen. Maar híj is anders. Híj houdt echt van haar. En Diana is haar vriendin. Met een glimlach rond haar lippen valt ze in slaap.

Wat zou Martin zeggen, wat zou hij me aanraden, vraagt Judith zich af terwijl ze in haar Passat terugrijdt naar Keulen. Het is de eerste keer sinds ze zijn afscheidsbrief heeft gevonden dat ze zichzelf toestaat aan hem te denken, en zelfs naar hem te verlangen. Ze ziet hem voor zich, pijnlijk vertrouwd en dichtbij. Vanochtend is ze alweer vergeten de envelop met zijn huissleutel mee te nemen om hem eindelijk te laten frankeren en op de post te doen. En nu is het postkantoor alweer gesloten. Volg je gevoel, zou Martin waarschijnlijk zeggen, maar doe het niet in je eentje. Zo'n het-één-doen-maar-het-ander-niet-laten-antwoord, typisch iets voor hem. Zou hij begrijpen waarom ze zich vandaag tegen alle voorschriften in had gedragen? Ze kan het zelf amper begrijpen. Ze weet dat ze Diana Westermann niet had mogen bezoeken, en dat ze zich al helemaal niet door haar door het bos had mogen laten loodsen. En toch heeft ze dat gedaan. En nu, wat moet ze nu?

In Keulen-Kalk verlaat ze de snelweg en parkeert naast de garage van het hoofdbureau, een getraliede kist van twee verdiepingen. Manni's grote trots, zijn zwarte Golf GTI, staat op zijn vaste plek, pal tegenover het rolhek. Judith zet de motor uit. Meer dan twee uur heeft ze over de natte bosgrond lopen glibberen in de hoop iets te ontdekken wat bij dat mobieltje zou kunnen horen dat Diana Westermann beweert daar te hebben gevonden. Maar vergeet het, het is niks, *nada*. Ze is er vrijwel zeker van dat de twee K's tot hetzelfde resultaat zullen komen.

Ze knipt het leeslampje aan en staart naar het verbleekte reepje paarse zijde. De boswachter meent zich te herinneren dat ze een paar keer een jonge, blonde vrouw in het bos en in de werkplaats van de Sonnenhof heeft gezien die een paarse zijden jurk droeg. *Ze lachte veel en hard. Volgens mij was het die Darshan*, had de boswachter gezegd. Op een gegeven moment was die vrouw er toen niet meer geweest, maar dat had ze niet raar gevonden. Per slot van rekening was het op de Sonnenhof een constant komen en gaan.

Judith doet de interieurverlichting weer uit en staart naar het hoofdbureau van politie. Achter de meeste ramen is het licht al uit, alleen op de verdieping van de KK11 niet. Wat moet ze tegen Manni zeggen? Stuur de K's er nog eens op af met de honden? "Waarheen, met wat voor doel?" zal hij vragen. En ze zal slechts één antwoord kunnen geven: "Ik heb het gevoel dat ze iets zullen vinden." "Wat dan?" zal hij vragen. Van dat stukje stof hebben zon en regen ongetwijfeld elk geurspoor weggewassen, het mobieltje zelf is verdwenen. Op het beschermhoesje had zich al een laag mos gevormd, had de boswachter gezegd. Dat spreekt ervoor dat het al lang voor de moord in het bos lag, en er waarschijnlijk niks mee te maken heeft. Als dat mobieltje sowieso bestaat. Maar waarom zou de boswachter zoiets verzinnen? "Omdat ze de aandacht van iets anders probeert af te leiden of omdat zichzelf belangrijk wil maken", zegt de denkbeeldige Manni in Judiths hoofd. En zelfs dat kan ze niet eens met zekerheid uitsluiten. Ze heeft zelf per slot van rekening ook het gevoel dat de boswachter niet helemaal eerlijk is.

Judith staat net op het punt nog een sjekkie te draaien als ze Manni ziet. Hij draaft in looppas door de regen, zijn rare koffertje onder zijn arm geklemd, de nieuweling volgt als een trouwe teckel pal op zijn hielen. Judith stapt uit.

"Manni!"

Hij staat zo abrupt stil dat de nieuweling bijna tegen hem op botst.

"Judith." Hij weet zijn verbazing handig te verbergen.

"Er is me nog iets te binnen geschoten dat misschien van belang zou kunnen zijn." Ze haalt een kopie van de landkaart, die ze in het boswachterskantoortje heeft gemaakt, uit haar jaszak. "Misschien is de dader van deze kant gekomen. Deze beek loopt rechtstreeks vanaf de weg tot aan de plaats delict. Die getuige, Diana Westermann, belde me vandaag. Ze heeft een tijdje geleden een mobieltje gevonden, ongeveer hier. Zo ben ik op het idee gekomen."

"Dat mobieltje moet ze bij Hans Edling afgeven. Waarom belt ze niet naar het hoofdbureau als ze iets te vertellen heeft?"

"Dat had ze ook gedaan, maar ze wilde mij spreken."

"Heb je niet gezegd dat ze met mij contact op moest nemen?"

"Jezuschristus, Manni, ze wilde mij spreken, en ik vertel je nu wat ze mij verteld heeft."

"Millstätt zegt dat jij definitief van de zaak bent gehaald."

"Neem me niet kwalijk, ik was even vergeten dat jij tegenwoordig zulke dikke maatjes bent met Millstätt. Waarom bel je hem niet meteen op om hem te vragen mij voorgoed te schorsen."

De nieuweling kijkt alsof hij het liefst ver weg zou zijn. Het begint harder te regenen. Manni's vingers spelen piano op zijn koffertje.

"Ik verlink geen collega's."

"O nee?"

"Nee." Manni knikt tegen de nieuweling. "Kom."

"Ik dacht dat wat ik te vertellen heb interessant voor jullie zou kunnen zijn. Jullie hebben toch ongetwijfeld uitvoerig in alle richtingen onderzoek gedaan." Het lukt Judith niet het sarcasme uit haar stem te houden.

Manni zucht. "En, wat heeft de boswachter gezegd?"

"Ze heeft het mobieltje in de Sonnenhof afgegeven, kennelijk is het van een jonge vrouw die daar ooit heeft gewoond."

"Naam?"

"Darshan."

"Is dat een voor- of een achternaam?"

"Dat zou nog onderzocht moeten worden." Judith voelt hoe de hitte naar haar gezicht stijgt. Verdomme, verdomme, verdomme. Ze weet niks. Ze maakt zichzelf belachelijk. Waarom kan ze het niet loslaten? Waarom is ze hier eigenlijk naartoe gekomen?

"In de Sonnenhof", voegt ze eraan toe.

Manni draait zich naar de nieuweling om. "Bel morgen de Sonnenhof op en vraag ze om naam en adres, dan kan onze collega hier weer rustig slapen."

"Misschien zou het beter zijn er persoonlijk heen te gaan ..."

"Heb jij eigenlijk enig idee hoe het ervoor staat met ons onderzoek?"

Judith schudt haar hoofd. Tot haar ontzetting merkt ze dat de tranen in haar ogen springen.

"We zijn zo dichtbij." Met duim en wijsvinger geeft Manni een spleet aan van een paar millimeter. "En als je ons nu wilt verontschuldigen. Het is nog maar een kwestie van uren voordat we weten met wie Andreas Wengert zijn vrouw heeft bedrogen, en als we dat eenmaal weten ... Kom, we zijn al aan de late kant." Die laatste zin is voor zijn collega bedoeld.

Het begint harder te regenen terwijl die twee de parkeerplaats op verdwijnen. Als die nieuweling de Sonnenhof al belt, dan laat hij zich ongetwijfeld afpoeieren. En Manni zal haar bij de eerste de beste gelegenheid bij Millstätt zwart maken, kan ie nog zo pochen dat dat beneden zijn waardigheid is. Wie anders dan hij zou Millstätt hebben verteld over hoe ze door het lint is gegaan bij Juliane Wengert? Fantastisch, Judith, dat heb je echt slim aangepakt! Je kunt morgen maar het best meteen je privéspullen uit je bureau gaan halen.

Tanja Palm, de zevenenveertigste scholiere van het Schiller Gymnasium te Bonn die ze ondervragen, zit tussen haar ouders in een smetteloze woonkamer op een rotanbank met dikke kussens. Het beeld van een perfect gezinnetje dat zo uit een reclamespot lijkt te zijn weggelopen. Manni probeert zich ter herinneren hoe het was om naar de vierde klas te gaan. Wat hij destijds deed, wat belangrijk voor hem was. Het idee dat hij een verhouding zou willen beginnen met een van zijn leraressen is absurd, maar dat is natuurlijk ook iets anders, jongens vallen nou eenmaal meestal op jongere meisjes. Hij probeert zich de meisjes uit zijn klas te herinneren. Die waren meestal wel gek op een of andere leraar, en op klassenfeestjes waren de oudere jongens en de zittenblijvers altijd interessanter dan hij en de vrienden van zijn leeftijd. De frustratie daarover verborgen ze op feestjes altijd achter luidruchtig geboer, terwijl ze de pijn verdoofden met *Apfelkorn*. Hij neemt het achttienjarige meisje tegenover hem op. Knap is ze in elk geval wel, met haar reeënogen, haar donkere pony en ronde borsten die zich aftekenen onder een strak roze T-shirt met roze steentjes. En zo meteen zal ze hem alles vertellen wat hij nog moet weten om Juliane Wengerts schuld definitief te kunnen bewijzen.

En dat hebben ze wel verdiend ook, ze hebben de afgelopen dagen meer dan genoeg gesprekjes met scholieres gevoerd die helemaal niks hadden opgeleverd. Totdat ze die middag eindelijk op de juiste waren gestoten. Een dikkig meisje, de typische buitenstaander, die zwoer dat ze Tanja Palm, de alom populaire klassenvertegenwoordigster, had zien foezelen met Andreas Wengert. Manni schraapt zijn keel en werpt een snelle blik op de nieuweling die zijn balpen strijdlustig boven zijn notitieboekje laat zweven. Wat een vooruitgang dat hij nu iemand heeft die dat soort dingen voor hem doet.

"Dus, Tanja, jullie leraar gymnastiek en Engels, Andreas Wengert, die vonden jullie allemaal te gek, nietwaar?"

Een vaag knikje.

"Maar voor jou was hij meer dan alleen een leraar?"

Nu stromen de tranen uit haar ronde reeënogen. "Hij was zo lief!"

Waarom denken jonge meisjes altijd dat 'lief' een bijvoeglijk naamwoord is waar mannen zich graag mee omschreven zien? "Jullie hadden iets met elkaar, toch?"

Nog meer tranen. Hopelijk houden de ouders hun mond, denkt Manni. Maar die lijken vrij cool te zijn. De moeder legt troostend een dunne arm om haar enig kind, vader overhandigt haar een gestreken witte zakdoek. Fraaie, ongeschonden margarinewereld.

"Dus Tanja, ik mag toch wel 'je' zeggen?, je weet dat iemand Andreas Wengert heeft vermoord en je wilt toch vast ook dat de moordenaar bestraft wordt?" *Of de moordenares.* "Jij kunt ons daarbij helpen als je ons alles vertelt wat je weet, oké?"

Snikken.

"Jullie hadden iets met elkaar, dat heeft een scholiere ons verteld. Zij heeft jullie samen gezien."

"We wilden het niemand vertellen. Wie heeft ons gezien dan? We zijn zo voorzichtig geweest!"

Manni onderdrukt een zucht. "Je leraar zou vast willen dat je de politie zou helpen. Dus, sinds wanneer waren jullie samen?"

Onder nog meer tranen stamelt Tanja Palm het relaas van een typische tienerromance vol clichés. Hoe lief Andreas Wengert was, hoe hij altijd naar haar keek, met die bijzondere blik, toen het nieuwe schooljaar was begonnen, hoe goed ze met elkaar konden praten, over echt alles, hoe hij had geleden onder zijn vrouw, die altijd alleen maar aan haar werk dacht en die stiekem op hem neerkeek omdat hij niet zo rijk was als zij. Hoe netjes hij was. Hij had nooit ergens op aangedrongen, maar wat moesten ze, het was nou eenmaal liefde, van beide kanten. Sinds september hadden ze elkaar af en toe in de sporthal ontmoet.

"En als zijn vrouw weg was, dan nodigde hij je bij hem thuis uit."

"Nee, nooit. We hebben elkaar altijd alleen op school ontmoet."

"Kom, meisje, denk nog eens goed na. Iemand heeft jullie gezien."

"Maar dat is onmogelijk, ik ben daar nooit geweest. Echt niet. Ik wilde het wel, maar Andi zei dat het te gevaarlijk was."

En daar blijft Tanja bij, hoezeer Manni ook aandringt. Ook de mogelijkheid dat Juliane Wengert van de verhouding kan hebben geweten, bestrijdt ze nadrukkelijk.

"Goed dan." Manni staat op. Hij was er zo zeker van dat dit verhoor de beslissende doorbraak zou betekenen, en nu moeten ze toch weer pas op de plaats maken. Maar niet lang meer. Hij wijst naar een foto van Tanja in de vensterbank. "Die zou ik graag meenemen."

Tanja's vader schenkt Manni een stijf glimlachje.

"Om de verklaring van mijn dochter te weerleggen, neem ik aan?"

"Om haar verklaring te verifiëren."

"Ga vooral uw gang, neem de foto mee! U zult zien dat mijn dochter niet liegt."

Het is een nacht voor Manfred Manns Earth Band, Judiths hoogstpersoonlijke troostmuziek sinds haar veertiende. Ontelbare middagen en avonden heeft ze als tiener met de buurkinderen op het tapijt naar die muziek liggen luisteren, met de rolgordijnen naar beneden, wierookstokjes, druipkaarsen en thee met vruchtensmaak. Als ze naar Manfred Mann luisterden, waren de vragen naar de zin van het leven, waar niemand een antwoord op kon geven, even vergeten. Vlak voor haar zeventiende verjaardag verhuisde haar familie naar een andere stad, omdat haar vader weer eens was overgeplaatst. Ze heeft haar vrienden van toen nooit meer gezien, maar Manfred Manns *Watch*, die ze haar ten afscheid gaven, heeft ze nog altijd. En ook alle andere albums die haar herinneren aan die korte periode in haar jeugd waarin ze gelukkig was. Manfred Manns *Messin, Roaring Silence* en *Angel Station*, Supertramp, Tangerine Dream, Queen.

Waarom leef je zo in het verleden? Je koestert de jaren zeventig alsof het een schat is, had Martin verbaasd uitgeroepen toen hij voor het eerst haar oude lp's bekeek.

Het is een schat, had ze geantwoord. *De enige constante in mijn leven.* Ze moest aan Patrick denken, aan alle verhuizingen in haar leven, alle vrienden en vriendjes die waren gekomen en weer gegaan. Ze had er niet bij stilgestaan dat ook haar werk een constante was geworden waar ze dringend behoefte aan had om de vragen naar de zin van alles in toom te houden. Ze had haar werk als een vanzelfsprekendheid beschouwd en had nooit gedacht dat een leven zonder haar werk ondraaglijk zou zijn.

Misschien staan Manni en de nieuweling wel echt op het punt om de Erlengrundzaak succesvol af te ronden. Misschien heeft Axel Millstätt gelijk en functioneert haar instinct inderdaad niet meer, heeft ze behoefte aan een pauze, aan psychische hulp. Maar dat kan ze niet geloven. Alles in haar schreeuwt dat Juliane Wengert niet de dader is, dat de sleutel tot deze zaak – en wellicht ook de dader – op de Sonnenhof te vinden is. En er is maar één mogelijkheid om Millstätt daarvan te overtuigen en haarzelf te rehabiliteren: ze moet het bewijzen, alles op één kaart zetten. En wel alleen.

Zaterdag 8 november

"Wanneer laten ze me eindelijk eens met rust?"

Acht uur in de ochtend, zo'n dag waarop het maar niet licht wil worden, en alweer een verhoor. Juliane Wengert woelt met haar vingers door haar haar. Het voelt stroachtig aan, het water in de gevangenis is gewoon te hard, dat verdraagt ze niet. Thuis wordt het in de kelder automatisch onthard, maar hier – haar huid ziet er met de dag ouder uit, hoeveel lotion ze er ook op smeert. En voor haar staat Albrecht Tornow haar wezenloos aan te staren, alsof hij het konijn is en zij de slang.

"Je moet nog meer van die dagcrème voor me halen en een kuur voor mijn haar, ik heb het opgeschreven, hier." Ze schuift het briefje naar hem toe dat ze vannacht, de zoveelste slapeloze nacht, heeft geschreven. "En graag ook nog een doosje vitamine-tabletten. En valeriaan forte."

"Ik kan je niet verdedigen als je mij niet vertrouwt!" Albrecht negeert het briefje en probeert haar blik te vangen. "Mijn god, begrijp je dat dan niet, Juliane? Dit is iets anders dan die eeuwige ruzies waar jullie altijd zo dol op waren. Andreas is dood, vermoord, en jij bent de hoofdverdachte."

"Geloof me, dat weet ik. Maar dat is nog geen reden om mijn tijd hier niet enigszins stijlvol door te brengen. Zolang jij er niet in slaagt mij hier uit te krijgen."

"Als je wilt dat ik je hier uit haal, dan moet je mij vertrouwen."

"Bedoel je dat ik iets moet bekennen wat ik niet heb gedaan? Ik heb Andreas niet vermoord, hoe vaak moet ik dat nog zeggen?"

Onwillig schudt Albrecht Tornow zijn hoofd. "Dat is niet

genoeg, Juliane." Hij bladert door zijn papieren. "Je hebt geprobeerd naar het buitenland te ontkomen, je hebt geen alibi voor de tijd van het misdrijf, je bezit een jachthut in de buurt van de plaats delict, dan is er nog die buurvrouw die beweert dat er een fikse echtelijke ruzie is geweest vanwege een scholiere met wie Andreas jou zou hebben bedrogen, en god weet waar de politie nog meer mee komt. En op al die aantijgingen zeg je niets, niet tegen mij, je advocaat en vriend, niet tegen de politie."

Alsof iemand op dit wachtwoord heeft staan wachten, vliegt de deur van de verhoorkamer open en de twee rechercheurs komen gehaast op piepende rubberzolen naar binnen. Als het niet zo vernederend was, zou je het bijna spannend gaan vinden, bedenkt Juliane. Ze heeft inmiddels de tekenen leren duiden. Hoe nonchalanter en ongeïnteresseerder die Manfred Korzilius met zijn kwajongenscharme kijkt, hoe zekerder hij van zijn zaak is en hoe vernietigender volgens hem de aanwijzingen die hij het volgende moment tegen haar naar voren brengt. Ze leunt achterover en trekt haar rechterwenkbrauw een heel klein beetje op. Ze peinst er niet over om het hele speelveld aan hem over te laten en bakzeil te halen. Ze probeert er niet aan te denken dat die twee jonge kerels waarschijnlijk ginnegappend door haar la met ondergoed hebben gewoeld terwijl zij in een armoedige, muffe cel tot nietsdoen veroordeeld was. Zodra ze de gelegenheid heeft wil ze nieuw ondergoed kopen.

"Uw man had een verhouding met een scholiere."

"Nee!" Haar stem is rauw en te hard. Dat kan niet waar zijn! Ze heeft er per slot van rekening zelf voor gezorgd dat dat meisje verdween. Waarom zet die kwajongen van een rechercheur dan zo'n pokerface op? Ze voelt hoe een hittegolf naar haar gezicht stijgt. Alsjeblieft, alsjeblieft, alsjeblieft, smeekt ze inwendig, zonder te weten wat ze eigenlijk wil of wie haar zou moeten helpen.

"Er zijn getuigen. Het meisje zelf heeft het bevestigd." De drie mannen kijken haar belangstellend aan.

"Het meisje?" Ze kan zelf de angst in haar stem horen.

De kwajongen glimlacht en schuift een foto in een houten lijstje naar haar toe. "Een leerlinge van uw man. Tanja Palm."

Dat is niet dezelfde met wie zij Andreas heeft betrapt. Dit moet een verschrikkelijke vergissing zijn. Een val. Of een waarheid die ze niet wil kennen, niet wil verdragen. Ze blijft maar naar het meisjesgezicht te staren.

"Mevrouw Wengert? Was het niet zo dat u hooglopende ruzie had met uw man omdat hij u had bedrogen met Tanja Palm?"

"Nee!"

"Mevrouw Wengert, dit slaat echt nergens op. Tanja Palm had een relatie met uw man, uw ruzie daarover was tot bij de buren te horen. En omdat uw man weigerde zijn relatie te beëindigen hebt u hem vermoord."

"Nee, nee, nee!" Het kan niet waar zijn, het mag niet waar zijn. Die Tanja moet een bedenksel van de politie zijn. Hij had haar toch beloofd dat het niet weer zou gebeuren. En al helemaal niet met een scholiere.

Ze gebaart naar de foto. "Hoe oud is ze?"

"Achttien."

Ze konden in elk geval niet zijn naam postuum door het slijk halen vanwege het verleiden van een minderjarige. Maar toch, wat een blamage! Hoe kan ze in Bonn blijven wonen als eenmaal bekend is dat haar man zich aan zijn leerlinges heeft vergrepen? Wat zal haar familie zeggen? Die stonden altijd al afwijzend tegenover hun huwelijk. Hoe moet ze ooit nog werken, boodschappen doen, leven? En hoe moet ze verwerken dat ze Andreas niet eens ter verantwoording kan roepen, tegen hem kan schreeuwen, hem het huis uit kan gooien? Zijn hernieuwde bedrog zal haar, dat ziet ze ineens glashelder, voor altijd aan hem binden, haar leven lang, en haar gevoelens overheersen. Zijn hernieuwde bedrog is nog gruwelijker dan zijn dood, het ontneemt haar de mogelijkheid om te rouwen. Er is geen mogelijkheid meer ergens mee in het reine te komen, iets recht te trekken, weer goed te maken. Andreas is voorgoed, onherroepelijk, voor altijd voor haar verloren en toch zal hij haar nooit met rust laten. Waarom heeft hij haar dat aangedaan?

"Wilt u niet eindelijk zeggen hoe het is gegaan?"

De stem van de rechercheur klinkt vleiend.

Ze voelt hoe iets haar naar beneden trekt, naar een diepte die ze nooit had willen verkennen. Ze kan zich er niet tegen weren. Haar voorhoofd slaat hard tegen het bekraste formica tafelblad. Iemand roept haar naam. Een hand grijpt haar schouder vast en trekt haar omhoog. Ze maakt zichzelf zwaar, laat zich vallen, zodat het getrek bijna ondraaglijk wordt, een heet mes dat zich in haar bovenarm boort. Maar dat is goed zo, daar kan ze mee omgaan. Die pijn gaat voorbij. Ze begint te krijsen.

Kermit, de roodharige jongen, brengt Judith naar Heiner von Stetten en doet daarbij geen enkele moeite te verhullen dat haar hernieuwde bezoek aan de Sonnenhof hem niet bevalt. Heiner von Stetten zelf zit deze ochtend aan zijn bureau, kennelijk verdiept in belangrijke boekhoudkundige aangelegenheden. Hij kijkt in elk geval niet op als ze door de open deur zijn kamer betreden, onaangedaan tikt hij met zijn krachtige worstenvingertjes reeksen getallen in zijn rekenmachine. Hij draagt een wit tuniekachtig gewaad. Op het puntje van zijn neus balanceert een stalen brilletje dat waarschijnlijk aan Gandhi moet doen denken. De deur naar het terras staat open, een koude luchtstroom verwaait de geur van de wierook die op het altaar voor Boeddha staat te smeulen. De zuurstofpomp van het aquarium bromt zachtjes, afgezien daarvan is het geratel van de toetsen van de rekenmachine het enige geluid. Eindelijk lijkt Heiner von Stetten tevreden met het resultaat van zijn gereken. Hij gooit zijn bril op het bureau, zet zich af tegen de tafelrand, rolt met zijn stoel een stuk achteruit en spreidt zijn armen uit.

"De zwaardenkoningin! Ik wist dat u terug zou komen." Hij knikt tegen Kermit, die bij deze begroeting verbijsterd zijn flets-blauwe koeienogen opsperd. "Dank je, Vedanja. Als je zo vriendelijk zou willen zijn ervoor te zorgen dat wij niet gestoord worden."

Langzaam klikt de deur in het slot. "Gaat u zitten." Heiner von Stetten stevent lichtvoetig op de zitkussens af en ploft neer op zijn stamplaats, met zijn rug tegen de muur. Voor Judith zit er niets anders op dan tegenover hem te gaan zitten. Zonder leuning beginnen haar schouders bijna meteen pijn te doen. Heiner von Stetten kijkt haar recht aan. Weer krijgt ze het onbehaaglijke gevoel dat hij meer van haar ziet dan zij wil laten zien.

"En, Judith, wat kan ik voor u doen?"

"De nederlaag." Judith schraapt haar keel. "Ik moet er maar steeds aan denken. U hebt toen gezegd dat ik dringend hulp nodig heb. Misschien hebt u gelijk."

Heiner von Stetten geeft geen antwoord, hij bedient zich van een van zijn favoriete technieken: hij wacht. Judith schuift het attest dat haar tante voor haar heeft geschreven over het Marokkaanse tafeltje.

"Ik ben ziek gemeld. Ik ben hier vandaag niet als rechercheur, maar als privépersoon. Ik zou graag een tijdje op de Sonnenhof blijven om aan te sterken."

Heiner von Stetten pakt het attest. "Depressie", mompelt hij. "Het duistere aura." Het klinkt alsof hij tegen zichzelf praat.

"Ik heb een tijdje geleden mijn beste vriend verloren." Hij kijkt haar aan. "Nederlaag. De punten van de vijf zwaarden ontmoeten elkaar in het midden en blokkeren elkaar, de klingen zijn verbogen, onbruikbaar. Alles is donker. Zoals ik al zei bestaat het gevaar uit de angst voor de nederlaag. In dit geval, aangezien Venus in het spel is, gaat het vooral om de angst een nieuwe relatie aan te gaan, zich met iemand in te laten, zoals dat zo fraai heet. Weet u zeker dat u voor uw overleden vriend slechts vriendschappelijke gevoelens koesterde, Judith?"

"Hij werd in diensttijd doodgeschoten, toen hij voor mij waarnam."

"Dat is geen antwoord op mijn vraag."

"Ik hield van hem. Zoals van een broer. Nee, meer. Anders. Maar niet als van een minnaar." Waarom is ze zo eerlijk? Haar woorden lijken van de muren te weerkaatsen, ze dreunen in haar oren.

"Schuld", zegt Heiner von Stetten, net als Judith ervan overtuigd raakt dat ze de echo van haar eigen woorden niet langer kan verdragen. "En onschuld. Daarmee zijn we weer terug bij de zwaardenkoningin. Zij trekt de maskers naar beneden om terug te keren naar de kinderlijke onschuld. Ze is genadeloos rechtvaardig en genadeloos objectief. Wist u dat uw vriend zou worden doodgeschoten als hij voor u waarnam? Wilde u dat?"

"Natuurlijk niet."

"Dan hebt u ook geen schuld."

Judith wil hem weerspreken, maar de leider van de Sonnenhof is haar voor.

"Maar dat is moeilijk te verdragen, nietwaar? Nog moeilijker dan zijn dood. Omdat het duidelijk maakt dat u geen controle hebt. Over wat er is gebeurd. Over wat er nog gaat gebeuren."

"Zo eenvoudig is het niet."

"Misschien toch wel."

Alles in haar schreeuwt haar toe om te vluchten. Hoe is het mogelijk dat een neppsycholoog met een voorliefde voor tarotkaarten haar zo snel en zo gemakkelijk van haar stuk kan brengen? Ze mag dat niet laten gebeuren, ze moet zich beheersen, zich concentreren, als ze iets wil bereiken.

Zijn stem klinkt zacht, bijna goedig, als hij weer verder praat.

"Hoe oud bent u eigenlijk, Judith?"

"Achtendertig."

Hij knikt. "Veel te jong om op te geven. In de meditatie leren we het leven te accepteren, ook als we het niet kunnen begrijpen. Denkt u dat u daartegen opgewassen bent?"

"Ik zou het kunnen proberen."

Heiner von Stetten lijkt haar woorden zorgvuldig te wegen. Als een orakel in boeddhagestalte troont hij op het oranje kussen en kijkt haar aan zonder een spier te vertrekken. Dan lijkt hij ineens een besluit te nemen. Hij springt overeind. "Wacht, ik haal even mijn vrouw."

Beate von Stetten ziet er die ochtend nog ongezonder uit dan Judith zich haar herinnerde. Rond haar smalle lippen zitten groeven, er liggen schaduwen onder de kleine kraaloogjes die Judith wantrouwend opnemen, de haaraanzet langs haar schedel steekt wit af tegen het tomaatkleurige hennarood. Met een bleke hand trekt ze een pluizig, waarschijnlijk zelfgebreide omslagdoek van paarse wol steviger rond haar magere lijf voordat ze begint te praten.

"De afgelopen dagen was er voor ons en onze gasten nogal wat onrust door uw verdachtmakingen en ondervragingen. Nu wilt u hier ineens intrekken om te mediteren. Hoe weten we dat u hier niet komt om rond te snuffelen?"

Slimme meid. Blijkbaar functioneert de rolverdeling bij de Von Stettens zo dat zij de kwaaie pier is. Judith dwingt zichzelf Beates blik te doorstaan en wijst op het attest. "Ik werk niet meer aan de zaak. En afgezien daarvan staan mijn collega's op het punt om het onderzoek af te ronden. Er is al een arrestatie."

"O ja?"

"Ik kan en mag daar op het moment niet meer over zeggen. In elk geval gaan mijn collega's niet meer uit van een samenhang met de Sonnenhof." Dat is niet eens gelogen.

"Werkelijk? Een halfuur geleden heeft een collega van u nog gebeld om te informeren naar een vroegere bewoonster."

"Dat was ongetwijfeld slechts een routinevraag." Judith voelt dat ze rood wordt.

"Dat hoop ik dan maar. Ik heb uw collega in elk geval uitgelegd dat de persoon in kwestie sinds mei in India zit." Beate von Stetten werpt een vijandige blik op haar echtgenoot.

"En, was hij tevreden met die informatie?"

"Zoals gezegd, ik hoop het. Ik heb hem de adressen van verschillende ashrams gefaxt. Overigens heeft hij het met geen woord over u gehad."

"Hij weet niet dat ik hier ben, dat weet niemand, en ik zou het op prijs stellen als dat zo bleef. Ik wil mijn privésfeer graag beschermen. Er wordt zoveel geroddeld op het hoofdbureau."

"Waarom zoekt u dan uitgerekend bij ons hulp?"

"Nou ja, het onderzoek is toch afgerond. En de Sonnenhof is … Ik kan het moeilijk uitleggen. Dit dal hier, deze hoeve – hij lijkt zo afgelegen. Hij heeft een sfeer die mij aanspreekt, een bepaalde aura." Judith zoekt even Heiner von Stettens blik. "Het is meer een gevoel, intuïtief, dat ik hier zou kunnen vinden wat ik zoek, een antwoord op mijn vragen." Alweer niet gelogen.

Beate von Stetten vertrekt haar lippen in een vreugdeloos glimlachje. "Mijn man kan slecht nee zeggen." Opnieuw schenkt ze haar partner een bittere, boze blik. "Hij wil het proberen en u opnemen."

"Dat zou echt heel fijn zijn."

Beate von Stettens stem klinkt merkwaardig monotoon als ze weer verder praat. "Goed dan, 65 euro per dag voor overnachting en verzorging. U krijgt een eenpersoonskamer in een van de bijgebouwen waar onze vaste gasten wonen. Badkamer is in de gang. De Sonnenhof is een ashram, dat wil zeggen dat u zich aan onze regels dient te houden: geen alcohol, geen nicotine, geen vlees, geen suiker. Geen mobiele telefoon. Deelname aan de meditatie is verplicht, tussen elf uur 's avonds en zes uur 's ochtends wordt er gezwegen. Indien u een therapeutisch consult wilt bij mijn man of een reikibehandeling bij mij, dan zijn daar extra kosten aan verbonden. De yogalessen zijn gratis."

"In orde." Niet roken, o jee. Meteen voelt Judith hoe haar hart sneller begint te kloppen, elke cel in haar lichaam schreeuwt om nicotine.

"Ik haal Vedanja, die zal ..." Beate von Stetten twijfelt even, "... je alles laten zien."

Zodra zijn vrouw de kamer heeft verlaten, maakt Heiner von Stetten een kleine, katachtige beweging met zijn schouders, alsof hij de slechte stemming van zich af wil schudden. Inderdaad wordt de sfeer een stuk ontspannener.

"Nou dan, van harte welkom, Judith. Hier in de ashram zeggen we 'je' tegen elkaar."

"Dank je dat ik hier mag blijven."

"Vedanja is ons hoofd pedagogie, bij hem ben je in goede handen, je kunt met al je vragen bij hem terecht."

"Kunnen we een afspraak maken voor een therapeutisch consult?" Judith hoopt dat de onwil die ze bij de gedachte hieraan voelt, niet van haar gezicht valt af te lezen. Haar verlangen naar een sigaret wordt met de seconde heftiger. Ze merkt dat ze begint te zweten. Maar als ze Heiner von Stetten wil krijgen, dan moet ze hem in de waan laten dat ze zijn hulp echt nodig heeft.

De psycholoog glimlacht, hij lijkt haar gevoelstoestand niet op te merken. Waarschijnlijk streelt haar verzoek om een privéafspraak zijn ego.

"De zwaardenkoningin. Altijd recht op het doel af." Hij loopt naar zijn bureau en bladert in zijn agenda. "Goed, vanavond om acht uur."

Op dat moment gaat de deur geruisloos open en de rooie Kermit komt binnen en neemt Judith meewarig op. Blijkbaar heeft Beate von Stetten zo-even niet bepaald reclame voor haar gemaakt, want zijn fletsblauwe ogen taxeren haar alsof ze een lastig insect is. Ze staat op en glimlacht tegen hem, mechanisch strekt hij zijn hand naar haar uit. Een slappe, vochtige hand, maar het lukt Judith om desondanks te blijven glimlachen.

"Hallo Vedanja, Heiner zei dat jij me een rondleiding geeft? Dat zou leuk zijn."

De buurvrouw van de Wengerts ziet eruit alsof ze continu verbaasd is, wat helemaal niet past bij de chagrijnig-betweterige manier waarop ze de woorden tussen haar witte paardentanden door naar buiten perst. Uit het proces-verbaal van afgelopen week weet Manni dat ze 56 is, maar ze zou net zo goed tien jaar ouder of jonger kunnen zijn – haar teint is onder een dikke laag make-up bedolven. "Nee, ik vergis me zeer zeker niet", zegt ze gedecideerd. "Ik heb een goed geheugen voor mensen. Dat is niet het meisje dat ik heb gezien."

"Maar u zei een meisje met lang, donker haar." Manni geeft zich nog niet gewonnen. Hij heeft al zo vaak meegemaakt dat getuigen zich vergissen. Maar de buurvrouw van de Wengerts lijkt volkomen zeker van haar zaak. Bijna beschuldigend wijst ze met haar goudberingde, bloedrood gelakte wijsvinger naar de foto van Tanja Palm die de nieuweling voor haar neus houdt.

"Maar niet zó donker. En ze had lichte ogen, nee, dit is ze pertinent niet."

"Dus lichtbruin haar en lichte ogen. Kunt u nog meer zeggen over het meisje dat u met Andreas Wengert hebt gezien?"

"Het is al een paar maanden geleden dat ze hier voor het laatst was. Ze had lang, loshangend haar, ze kwam ongeveer tot aan zijn schouder. Erg jong zo te zien. En op de een of andere manier niet zo beschaafd als deze hier." De rode nagel tikt tegen het glas. "Als u het mij vraagt, ze had iets provocerends, iets ordinairs, en dat paste wel bij hem. Het is gewoon een schande dat Juliane met die vent getrouwd is. Geen niveau. Een gymleraar die zich aan schoolmeisjes vergrijpt. Iedereen hier in de straat vroeg zich af wat ze in hem zag."

"Tja, liefde maakt blind, zeggen ze." Tot zijn eigen verbazing voelt Manni de behoefte zijn hoofdverdachte in bescherming te nemen. Misschien omdat hij Miss Marmer er niet voor aanziet dat ze haar instorting van vanochtend heeft gespeeld. Of ze haar man nou heeft vermoord of niet, de draagwijdte van de gebeurtenissen lijkt nu pas tot haar te zijn doorgedrongen. Nu ligt ze in het ziekenhuis en kan voorlopig niet worden verhoord. En zijn laatste hoop om het onderzoek snel af te wikkelen heeft deze met goud behangen dame hier nu net stevig de grond in geboord. Alles duidt erop dat Tanja Palm niet het enige jonge speelkameraadje was dat Andreas Wengert zichzelf gunde. Het ziet ernaar uit dat ze hun vermoeiende zoektocht moeten voortzetten.

"Wanneer hebt u dat meisje hier eigenlijk voor het laatst gezien?"

De buurvrouw fronst haar voorhoofd, wat de permanente verbazing in haar gezicht nog versterkt. Dat mens is zo sterk gelift dat haar ogen daardoor onnatuurlijk ver opengesperd staan, realiseert Manni zich nu pas. Wat kun je in een omgeving als deze ook anders verwachten? Vanmiddag gaat ze waarschijnlijk golf spelen met een privéleraar om zich vervolgens aan cocktails te bezatten of ze heeft een afspraak om vet te laten afzuigen, terwijl haar man ergens met een zakenpartner oesters zit te slurpen en bij wijze van dessert een stuk of wat luxehoeren bestelt. Geen wonder dat ze met zoveel leedvermaak over de huwelijksproblemen van de Wengerts praat.

"Het is al een hele tijd geleden dat ik haar heb gezien." Haar antwoord brengt hem weer terug naar de oprit met de kniehoog gesnoeide buxusboompjes en de witte kiezelsteentjes. "Zeker sinds juli niet meer, toen zal het wel aan het licht zijn gekomen. In elk geval hebben de Wengerts sinds die tijd zoveel ruzie gemaakt. In de zomer staan de ramen nou eenmaal open en dat was helaas overduidelijk te horen."

"Dank u wel, u hebt ons erg geholpen."

"Men doet wat men kan." Juliane Wengerts buurvrouw glimlacht genadig. "Dit is hier een nette buurt en wij willen allemaal dat dat zo blijft."

Alweer allemaal. Manni heeft niet de geringste lust om te vragen wie dat zijn.

"Op de Sonnenhof zeiden ze dat ze geen gsm hebben dat de boswachter daar heeft afgegeven", meldt de nieuweling als ze terugrijden naar het hoofdbureau in Keulen. "En bovendien zegt de bazin dat die Darshan, van wie het zou zijn, al maanden in India zit. Ze wist niet precies waar, maar ergens in zo'n ashram, wat dat dan ook precies moge wezen. Ze zou me een paar adressen faxen. Moet ik daar nog verder mee doorgaan?"

Manni haalt een Mercedes in die met 140 op de middenstrook treuzelt.

"Voorlopig niet. We moeten de andere scholieres bekijken en

vooral Tanja Palms geheugen doorspitten op zoek naar een voorgangster die Wengert heeft genaaid. En om te beginnen moeten we Stafco-Stef nog eens achter zijn kont aan zitten. Als hij de mailbox van de Wengerts vandaag nog niet weet te kraken, dan stuur ik Millstätt op hem af, ik zweer het je."

"Het is zaterdagmiddag", zegt de nieuweling.

Manni vloekt.

Ik krijg je nog wel, vuile hoer. Diana ramt het houten paaltje de grond in. De hele dag heeft ze het bestand op het talud langs de B55 geblest voor het dunnen, en daarbij het onbehaaglijke gevoel dat ze wordt bekeken stug genegeerd. Misschien had ze de hoofdinspecteur moeten vertellen over dat gekrabbel in de kansel. Maar toen Judith Krieger tegenover haar zat in de keuken en haar fixeerde met haar treurige, turkoois omrande pupillen, was de moed haar in de schoenen gezonken. Wie zegt haar dat ze die hoofdinspecteur kan vertrouwen? Dat die datgene wat Diana te vertellen heeft niet ooit tegen haar zal gebruiken? En dan dat advies om elders te overnachten en het bos te mijden. Haar werkplek! Dat is wel het allerlaatste! Ik ben een vrij mens, denkt Diana koppig en ze spijkert draadgaas aan het paaltje, zodat het kruipgat in het tuinhek weer dicht is. Ik laat me niet intimideren.

Het duister komt nu snel, de rand van het woud vervaagt tot een contourloze massa. Het bos heeft ogen, het kijkt me aan. Weer dat gevoel. Snel doet Diana de garage op slot en loopt door de tuin terug naar de veranda. Daar staat iemand. Laura.

"Kind, je laat me schrikken! Wat doe jij nu weer hier?"

Laura krimpt in elkaar en Diana heeft meteen spijt van haar uitval. Het meisje kan er per slot van rekening ook niks aan doen dat ze nerveus en vermoeid is.

"Het is gewoon niet zo'n geschikt moment voor een bezoek, ik zit er finaal doorheen en ik heb honger." En ik heb geen zin om alweer opgescheept te zitten met een thuisloze zeventienjarige die verliefd is op mijn hond.

"Ik kan wat voor je koken terwijl jij een douche neemt. Ik maak heerlijke spaghetti!" Laura gaat op het trapje zitten en aait Ronja.

Spaghetti. De prijs daarvoor is dat ze zich om Laura moet bekommeren. Dat kind zit ergens mee. Maar ze is haar moeder niet en ook niet haar grote zus, het is haar zorg niet. En bovendien is het zaterdag. Het was stom dat ze er vorige week vandoor is gegaan zonder haar telefoonnummer achter te laten voor Tom. Misschien is het nog niet te laat om die fout te herstellen.

"Die vrouwelijke rechercheur is bij ons ingetrokken." Het is niet duidelijk of Laura dat tegen Ronja zegt of tegen Diana.

"Ingetrokken? Je bedoelt dat ze onderzoek bij jullie doet?"

Laura schudt haar hoofd. "Ze zegt dat de zaak is afgerond, dat het zijn vrouw was. Nu heeft ze vakantie en wil mediteren. Heiner zei dat we haar als een van ons moeten behandelen. Dat ze vooral rust nodig heeft." Laura trekt een gezicht. "Ze heeft de kamer vlak naast mij en ze kijkt de hele tijd zo raar naar me. En van yoga kan ze helemaal niks."

De zaak is afgerond. Het heeft niks met haar te maken. Niemand kijkt naar haar. Ronja's verdwijnen was inderdaad niet meer dan een macabere grap van een of andere jongen uit het dorp.

"Zal ik nu spaghetti koken?"

"Ik heb geen tijd, Laura."

"O. Jammer."

Diana onderdrukt een vloek. Waarom wekt die ene kleine verzuchting meteen zulke loodzware schuldgevoelens bij haar?

"Je kunt Ronja vannacht wel bij je houden als je wilt." Ze praat snel, voordat ze van gedachten kan veranderen. Bovendien is het een goede oplossing, ze wil de hond niet meenemen het Keulse nachtleven in.

"Echt waar? Dank je, Diana." Maar Laura lacht niet als ze Ronja aanlijnt en afscheid neemt.

Diana kijkt hen na. Twee smalle schaduwen die in het bos verdwijnen. Hou toch eindelijk eens op je verantwoordelijk te voelen.

Nadat ze heeft gedoucht en gegeten voelt ze zich een stuk beter. Ze doet de afwas en ruimt op, vergrendelt de vensterluiken en improviseert een snel, agressief melodietje op de piano.

Boven in de slaapkamer trekt ze een strak, zwart T-shirt aan en de wijde, fletse legerbroek die ze met een brede, versleten leren riem op heuphoogte dichtsnoert. Ze zoekt een donkergroene haarband uit en de zilveren sieraden die ze in Algiers heeft gekocht. Een van de fijn bewerkte armbanden glipt uit haar hand en rolt onder het bed. Diana zet de lamp van het nachtkastje op de grond en knielt neer. De armband ligt helemaal achteraan tegen de muur. Ze duikt half onder het bed en strekt haar hand uit. Er strijkt iets langs haar haar – in een reflex grijpt ze ernaar. Een leren riempje.

Haar hart reageert sneller dan haar verstand, met harde, hamerende slagen. Het dubbelloopsgeweer van Alfred Hesse is weg. Ongelovig schijnt Diana met de lamp onder het bed. Ze vergist zich niet. Slap en leeg bungelen de leren riempjes, die de oude Hesse met zijn artritische vingers nog zo zorgvuldig heeft geknoopt, naar beneden. Iemand is in haar huis geweest en zij heeft het niet gemerkt. Iemand heeft haar geweer gestolen. Wie? Laura, is haar eerste gedachte. Toen ze bij mij sliep, die nacht dat Ronja verdween. Maar die ochtend had ze het meisje naar de Sonnenhof gereden. Dan had ze toch heus wel gemerkt als Laura een buks bij zich had gehad. En toch: Laura wist van het wapen. Een paar weken geleden heeft ze haar zelfs laten zien hoe je moet schieten, omdat ze daar zo vreselijk om had gezeurd. Maar waarom zou Laura een geweer jatten? En als ze dat al gedaan heeft – is dat dan de reden waarom ze hier de afgelopen dagen steeds ronddrentelt? Wat is ze in hemelsnaam van plan? Diana schuift de la van haar nachtkastje open en schudt met het doosje patronen. Zijn het er minder? Ze weet het niet. Ook het reservedoosje is halfleeg. Had Alfred Hesse niet gezegd dat dat helemaal nieuw was?

Misschien ziet ze spoken. Misschien heeft ze zelf de buks beneden weggesloten en is ze het gewoon vergeten. Diana vliegt de trap af naar de wapenkast. Het slot is in orde, ze maakt het open met het kleine sleuteltje dat ze altijd aan haar sleutelring bij zich draagt. Haar andere geweren zijn er nog, en ook de munitie ervoor. Maar niet de buks van de oude Hesse. *Ik krijg je nog wel, vuile hoer.* Als Laura het niet is geweest die de buks heeft gestolen, dan betekent dat dat iemand haar huis is binnengedrongen. Bij die gedachte krimpt Diana's maag ineen. Wanneer heeft ze Hesses buks voor het laatst in handen gehad? Stel dat iemand haar wapen wil gebruiken om het tegen haar te richten? Stel dat iemand met die buks al eens een moord heeft gepleegd? Dat dat het moordwapen is? Kaliber-16. Waarom heeft ze de politie niks verteld over de buks? Nu is het te laat. Als ze nu het verlies meldt, maakt ze zichzelf niet alleen belachelijk, maar ook nog verdacht. En bovendien is de zaak sowieso afgerond. Toch?

De stilte van het oude huis lijkt haar vanuit alle hoeken en gaten te besluipen, lijkt haar op haar knieën te willen dwingen, haar te verlammen, af te maken. Ze moet hier weg, en snel ook. Ze laadt haar Mauser, sluit de rest weer zorgvuldig weg. Dan doet ze het licht uit en blijft zo lang voor het raam op de eerste verdieping staan totdat ze er zeker van is dat niemand daar haar beloert. De motor loeit wanneer ze haar wagen naar de rijweg jaagt. Pas als ze de snelweg bereikt, houdt het trillen op. Morgen zal ze weten wat haar te doen staat, want morgen zal ze haar huis aan een grondig onderzoek onderwerpen naar sporen van braak – en naar Hesses buks. Misschien slaapwandelt ze sinds kort wel. Misschien heeft ze de buks gewoon ergens anders neergelegd. Maar nu moet ze hier weg, naar Keulen, naar Tom. Ze heeft echt ongelooflijk veel zin in een caipirinha.

Judith heeft het gevoel dat haar longen veel te groot zijn, onnatuurlijk groot, en niet omdat ze buiten adem is. Negen uur zonder sigaret. Ze probeert zich te concentreren op wat Heiner von Stetten zegt, een monotone litanie van vreemde keelklanken. Sanskriet. Ze zou de vertaling kunnen nalezen in het paarse boekje dat Kermit haar die ochtend met een zuur gezicht heeft overhandigd toen hij haar haar kamer liet zien. Ze kan de energie niet opbrengen. Urenlang moeten ze in de ashram op miniatuurkussentjes op de grond zitten. Judiths schouders doen pijn en het gevoel van een pulserende leegte in haar longen wordt met de minuut sterker. Zodra de laatste meditatie van die dag voorbij is, wil ze meteen het bos in vluchten, eindelijk alleen zijn en roken. Wat een feest zal dat zijn. Ze hoopt van ganser harte dat ze daarna weer helder kan nadenken. De eerste dag in de ashram heeft haar apathisch gemaakt, of misschien komt dat ook wel door de eerste therapeutische zitting bij Heiner von Stetten. Hersenspoelen, denkt ze grimmig, waarschijnlijk is het dat. *Patrick is dood, jij leeft.* Als een gebedsmolen had hij dat steeds maar herhaald en haar gevraagd hoe dat voelt, totdat ze het liefst alleen nog maar had willen gillen. Maar zozeer had ze zichzelf natuurlijk niet bloot kunnen geven, en dat zal ze ook in de toekomst niet kunnen als ze in de Sonnenhof iets wil bereiken. Daarom had ze geprobeerd om het gesprek op de Sonnenhof te brengen, op de bewoners en mogelijke conflicten. Zonder succes. Heiner von Stetten reageert weliswaar niet zo vijandig op haar voorzichtige vragen als zijn vrouw of die rooie Vedanja, maar hij heeft zich niets laten ontlokken waar ze ook maar iets mee opschiet. In de Sonnenhof zijn ze allemaal kampioen in het beleefd zwijgen. De enige die wel zin lijkt te hebben in een praatje met haar en die haar enigszins open en goedgehumeurd tegemoet treedt is Ben de meubelmaker, waarschijnlijk omdat de regels in zijn werkplaats wat minder strikt zijn. Maar toen ze probeerde het gesprek op een mogelijke link tussen de Sonnenhof, de dode Andreas Wengert en voormalig ashrambewoonster Darshan te brengen, verviel ook hij in stilzwijgen.

Wanneer ze een uur later de gebouwen van de Sonnenhof achter zich laat, kruipen nevelsluiers uit de bedding van de beek omhoog. Ze volgt een zandpaadje langs de stallen, ze geniet van de vochtige nachtlucht die langs haar gezicht strijkt. Het paadje eindigt voor een stapel boomstammen, ze klimt er half op en vindt een perfecte zitplaats. De eerste trek doet bijna pijn, haar longen lijken te exploderen. Als ze de derde sigaret uitdrukt, zijn beneden in het dal alle lichtjes gedoofd, de gebouwen drijven in de dichte mist als een kudde trage schapen, zo vredig en stil dat het onvoorstelbaar lijkt dat daar een moordenaar zou kunnen wonen.

Aan het begin van haar loopbaan bij de KK11 had Judith stiekem geloofd dat je ergens aan zou moeten kunnen zien waar mensen toe in staat zijn, een verraderlijk trillen van de mondhoek bijvoorbeeld of een zekere leegte in de blik. Het besef hoe volkomen normaal, hoe menselijk een moordenaar kan zijn, was een schok. De man die Patrick vermoordde, een vader van twee kinderen, was voordien nooit bij de politie in het vizier gekomen. Een vreedzaam mens, die bij voorkeur geruite overhemden droeg en één keer per maand bij de kapper een permanentje liet zetten. In zijn vrije tijd verzamelde hij ansichtkaarten van de dom van Keulen en was hij actief als penningmeester bij hengelsportvereniging Hecht 1851. Hij dronk graag moutbier. Op een dag had zijn werkgever verteld dat er arbeidstijdverkorting was aangevraagd en ineens kreeg hij het waanidee dat zijn vrouw hem bedroog. Toen die niet meer wist hoe ze met zijn argwaan moest omgaan, dreigde ze tijdelijk met de kinderen bij haar ouders te gaan wonen. Een dag later kreeg hij zijn ontslagbrief thuis, jatte het pistool van zijn beste vriend, schoot zijn schoonouders dood en nam zijn vrouw en kinderen in gijzeling. Een buurvrouw alarmeerde de politie. Toen de eerste agenten aankwamen, opende de man het vuur vanuit het wc-raampje. Patrick was op slag dood.

Het is na middernacht als Judith op kousenvoeten Heiners kantoor binnensluipt. De geur van wierook hangt nog in de lucht. Het groenige licht van het aquarium is de enige lichtbron in de kamer, de vissen sperren in stil protest hun bekken open. Judith trekt haar latexhandschoenen aan. Als iemand haar ontdekt, heeft ze haar laatste kans verknald, maar als ze niks riskeert, is ze sowieso verloren. Terwijl ze haar best doet geen lawaai te maken, loopt ze op de tast naar het raam en trekt de zware, tot de grond reikende gordijnen dicht. Dan pas waagt ze het de smalle lichtkogel van haar zaklantaarn over het bureau te laten glijden. Het is keurig opgeruimd. De tabellen waar Heiner von Stetten die ochtend zo druk mee in de weer was, zijn verdwenen, alleen de rekenmachine, een groene bibliotheeklamp met bronzen voet, de vuistdikke halfedelstenen en de computermonitor staan op het blank gepoetste houten bureaublad. In een bureauagenda zijn alle cursussen, therapeutische sessies en lezingen tot in detail genoteerd, maar geen persoonlijke gegevens. Geen van de namen zegt Judith iets. Terwijl ze de computer opstart, doet ze de houten deurtjes van het bureau open en bladert in sneltreinvaart een stapel ordners door. Ook hier niks, geen financiële plannen of deelnemerslijsten, alleen maar lezingen over yoga en meditatie. Een venstertje op de monitor vraagt haar een wachtwoord op te geven. Ze probeert het met *Beate*, *Boeddha*, *yoga* en *Sonnenhof* – alles zonder resultaat.

Eén voor één trekt ze alle laden open: stiften, perforators, enveloppen, scharen – alledaagse bureauspullen, een paar pakjes Tempo-zakdoekjes, diverse tarotsets, wierookstaafjes. Het enige interessante is een houten kistje met sleutels, blijkbaar reservesleutels voor noodgevallen. Ze stopt de sleutel met het etiket HOOFDBUREAU in haar broekzak. Die middag had ze gezegd dat ze een boek kwijt was, in een poging het gesprek op het mobieltje te kunnen brengen dat Diana Westermann afgegeven zou hebben bij de Sonnenhof. Tevergeefs. Maar in elk geval is ze er toen wel achter gekomen dat er ergens in de kasten een mand is waar alle gevonden voorwerpen in worden bewaard. Ze houdt even in en luistert voordat ze de trap oploopt en het kantoor afsluit. Hier zijn geen gordijnen. Ze schermt de lichtkegel van haar zaklantaarn af met haar hand, bereikt op de tast de kast met gevonden voorwerpen, stoot haar dijbeen keihard tegen een bureau. Het doet godsgruwelijk pijn, ze onderdrukt een vloek. Ze knielt op de grond en onderzoekt de mand met gevonden voorwerpen, waarbij ze het licht tegen het venster afschermt met haar lichaam. Haarbandjes, boeken, een handdoek, een trainingsbroek, twee T-shirts, een oorbel, een walkman en – haar hart maakt een sprongetje – een mobieltje. Maar het is zilverkleurig en nergens is een spoor te zien van een naamplaatje. Te vroeg gejuicht.

Wat nu? De adres- en persoonsgegevens van de gasten van de Sonnenhof worden op de computer bijgehouden, dat weet ze van het inchecken, maar misschien zijn er wel aktes met personeelsgegevens. Ze doet kasten en laden open op zoek naar zo'n goeie ouwe hangmap waar de speurders in die paar onrealistische detectives die ze als studente heeft gelezen altijd zoveel aan hadden. Weer niks, dit is per slot van rekening het echte leven en het is al halftwee. Ze herinnert zich met een schok de computer in Heiner von Stettens kantoor. Niet uitgezet! Ze laat de lichtkegel over de hoge houten planken gaan. Correspondentie: er moeten mappen zijn met brieven. Weer doet ze de aktenkast open. Ze bladert door verschillende jaargangen BRIEVEN N-Z. Niks. Geen spoor van Andreas of Juliane Wengert. Willekeurig probeert ze het onder de D. Geen enkele verwijzing naar ene Darshan, wat had ze ook verwacht. Ze weet niet eens de achternaam. Laat staan of die Darshan eigenlijk wel bestaat.

Het gevoel van gevaar is ineens zo acuut dat ze de zaklantaarn uitdoet en snel de kastdeur dichtdoet. Een van de ramen in het gebouw aan de overkant is nu verlicht. Op haar tenen loopt Judith snel naar de deur. Het geknars van de sleutel in het slot lijkt in duizendvoud van de muren te weerkaatsen, de houten trap kraakt onuitstaanbaar hard. Op hetzelfde moment dat ze de deur naar Heiner von Stettens kantoor bereikt, hoort ze hoe boven de deur naar de receptie wordt opengedaan.

Ze heeft geen tijd meer de computer fatsoenlijk af te sluiten. Ze trekt de stekker uit het stopcontact, haar hand trilt zo dat ze er pas na drie keer in slaagt hem weer in het stopcontact te stoppen. Vanuit de gang valt nu een smalle lichtstraal onder de deur door. Judith gooit de sleutel terug in het kistje, duwt de la dicht. Voetstappen op de trap. Gehaaste voetstappen, en in Heiner von Stettens kantoor kun je je nergens verstoppen. Ze trekt het gordijn opzij, wil de glazen deur naar de tuin opendoen – tevergeefs, de hendel zit muurvast. Ze heeft nog net tijd om zich achter het gordijn tegen de muur te drukken, dan gaat de deur open. Als niet alles op het spel stond, zou ze om zichzelf moeten lachen. "Onrealistische detective", zeg dat wel.

"Heiner?" Vedanja's stem. Meteen gaat het plafondlicht aan. Een, twee, drie stappen. Stilte. Een geluid, een soort gesnuffel. "Ks, ks, ks", een nagel die tegen de glazen aquariumwand tikt. Dan, na een paar ondraaglijk lange seconden, ineens weer duisternis, het zachte gepiep van een deur die dicht wordt gedaan. Het is goed gegaan, ze kan het zelf bijna niet geloven. Toch durft ze nog nauwelijks adem te halen, terwijl ze vanaf de gang hoort hoe er nog een paar deuren worden open- en dichtgedaan. Lang nadat de huisdeur weer in het slot is gevallen, sluipt ze terug naar haar kamer.

Zondag 9 november

Als ze wakker wordt, is het nog donker. Versuft van veel te weinig slaap tast Judith naar haar wekker. Vijf uur. De gordijnen wapperen traag in een tochtvlaag die – ze snuift ongelovig – sigarettenrook haar kamer binnen voert. Zonder licht te maken doet ze het raam open en leunt naar buiten. Aan het einde van het afdak zit een gestalte. Judith knijpt haar ogen samen. De gestalte draait het hoofd een stukje, de gloed van de sigaret verlicht het profiel een beetje. Laura, het meisje met de warrige rastavlechten. Onverhoopte kansen moet je benutten. Judith kleedt zich aan en gaat het afdak op. Het meisje slaakt een zachte kreet als Judith haar schouder aanraakt.

"Hallo Laura, goedemorgen. Mag ik?"

Het meisje staart haar sprakeloos aan alsof ze een verschijning is, en pulkt uiteindelijk twee piepkleine oortelefoontjes uit haar oren. Judith interpreteert het gebaar als een uitnodiging en gaat naast Laura op het klamme hout zitten. Het is een perfecte plek voor een stiekeme sigaret. Het afdak ligt van het hoofdgebouw afgekeerd, ook wie er onderdoor loopt, kan niet zien dat boven iemand zit.

"Heb je een vuurtje?" Een eeroude truc, een internationale code, waarmee rokers een verbond aangaan in hun zucht naar nicotine. En ook nu werkt het weer, gehoorzaam haalt Laura een wegwerpaansteker uit haar jack en reikt hem Judith aan.

"Dank je." Judith inhaleert, schijnbaar volledig geconcentreerd op het roken. "Cool plekje hier." Zeggen jongeren tegenwoordig eigenlijk nog wel cool als ze iets goed vinden? Ze neemt nog een trekje van haar sigaret, alsof er niks belangrijkers bestaat.

"Je mag hier in de ashram eigenlijk niet roken."

"Hm." Nog een trekje. "Waarom eigenlijk niet?"

"Vanwege de vibraties en zo. Heiner zegt dat gif de atmosfeer vervuilt en onze weg naar het goddelijke blokkeert. Omdat ze de energiemeridianen in het lichaam afsluiten."

"En waarom rook je dan?"

"Zomaar. Ik vind het gewoon lekker. En zolang niemand het merkt."

"Ik zal je heus niet verraden." In het stikdonker zitten ze naast elkaar. En misschien is dat zelfs goed zo. Misschien is Laura een van die mensen die de anonimiteit van een telefoongesprek of een internetchat nodig hebben om zich open te stellen. Als ze al iets te zeggen heeft. Maar daar is Judith van overtuigd. Het komt door de manier waarop Laura zich door de ashram beweegt, die mengeling van koppigheid en verlorenheid die ze uitstraalt. En natuurlijk komt het ook door het feit dat die roodharige Kermit haar zo agressief bewaakt. Laura maakt een beweging alsof ze op wil staan. Automatisch legt Judith haar hand op haar knie, ze voelt hoe Laura onmiddellijk verstart, een wild dier dat zich dood houdt. Ze haalt haar hand weer weg.

"Neem me niet kwalijk."

"Ik vind het soms fijn om alleen te zijn." Dat klinkt als een oorlogsverklaring.

"Dat kan ik helemaal begrijpen. Ik ben ook echt niet van plan me hier de hele tijd op jouw plek te installeren. Maar ik werd wakker en ik had zo'n vreselijke trek in een sigaret. En toen zag ik jou daar zitten ..."

"Het is goed." De toonval logenstraft Laura's woorden.

"De volgende keer ga ik naar het bos, zodat ik je niet stoor."

"Naar het bos? Waarheen dan?"

"Geen idee, zomaar ergens. Ik ben soms ook graag alleen. Maar ik heb er ook niks op tegen om zo af en toe samen hier een sigaretje roken. Ik vind je namelijk wel sympathiek." En dat is nog waar ook. "Volgens mij roken we zelfs hetzelfde merk. Drum light, toch?"

"Was het zijn vrouw?" De vraag komt abrupt, alsof Laura er inwendig een hele tijd mee heeft geworsteld en de zaak nu zo snel mogelijk achter de rug wil hebben.

"Er wijst veel in die richting, ja."

Nu vindt Judith het jammer dat ze Laura's gezicht niet kan zien. Ze zit weer muisstil, alsof ze plotseling bevroren is.

"Alles oké, Laura?"

Geen antwoord.

"Weet jij iets over de zaak? Kan ik je op de een of andere manier helpen? Ik zou je graag helpen als je hulp nodig hebt."

"Nee." Laura springt overeind. Trapt op iets wat knarsend breekt. "Shit, mijn cd'tje." Haastig stopt ze het gebroken doosje in de zak van haar jack.

Judith wacht tot Laura haar kamer in is geklauterd, het raam achter zich heeft gesloten en de gordijnen dicht heeft getrokken. Dan speurt ze het afdak systematisch af met haar zaklantaarn. Van de vondst wordt ze op slag klaarwakker: twee superdun gedraaide peuken zoals ze die ook heeft gevonden onder de zitbank van de kansel op de Erlengrund. En een stuk of wat plastic splinters.

En meteen is de herinnering terug. Hans Edling die riep dat Millstätt haar wilde spreken, net toen ze precies zo'n plastic splinter op de plaats delict in haar hand hield. En toen? Ze heeft de plastic splinter daarna niet meer gezien, de twee K's hebben er niets over vermeld in hun rapport. Daar is maar één verklaring voor. Ze moet de splinter in haar jaszak hebben gestopt en toen vergeten zijn. Haar zoveelste falen.

Achterhouden van bewijsmateriaal. Het gevoel uit haar droom dreigt haar de adem te benemen. De val in het bodemloze, het vluchtende paard, iets wat haar de keel snoert, zodat ze niet eens kan gillen. *Nederlaag* – dat honende gefluister in de lucht. Als ze de splinter van de plaats delict nog vindt, kan ze hem alsnog inleveren, samen met het paarse stukje stof dat de boswachter haar heeft laten zien. Ze zal zich daardoor definitief belachelijk maken. Maar als ze wil bewijzen dat er een verband bestaat met de Sonnenhof, namelijk het meisje Laura, dan moet ze de twee gevonden items naar de twee K's brengen. Helaas zal dan ook meteen aan het licht komen dat ze nog altijd onderzoek doet en zich dus alweer niet houdt aan Millstätts orders. Anderzijds: als ze ook het nieuwe bewijsmateriaal achterhoudt, dan heeft ze elk recht verspeeld om zichzelf nog hoofdinspecteur te noemen.

Het is uitzichtloos, ze kan niet winnen. Het gevoel geen adem meer te krijgen wordt sterker en de dag is nog niet eens echt begonnen.

Zondagsmiddags is er koffie met gebak van het goede wilde-rozenservies van Villeroy et Boch in de huiskamer, dat is een ritueel, ook al zegt vader nog zo vaak dat het niet nodig is. Maar de taart eet hij toch wel, twee stukken met slagroom, zonder een spier te vertrekken. Als ze klaar zijn, helpt Manni zijn moeder het koffieservies en de rest van de appeltaart naar de keuken te brengen en het avondeten voor te bereiden. Ook dat is een ritueel. Vanuit de huiskamer dringt een walm bijtende HB-sigaretten-rook binnen. Zijn vader zou niet moeten roken, zegt de dokter, maar op zondag maakt hij een uitzondering. Op zondag en als er voetbal op de tv is. Een flirt met de dood. Manni wisselt snel een blik met zijn moeder. Ook zij moet die walm ruiken, maar ze doet net alsof alles in orde is, terwijl Manni maar al te goed weet dat ze doodsangsten uitstaat bij elke sigaret die haar man rookt. Soms heeft Manni het gevoel dat zijn vader al dood is. Hij zegt geen woord als Manni verslag uitbrengt van zijn meest recente successen op zijn werk, een zwijgen dat zijn moeder dan altijd probeert te compenseren door uitvoerig en met overdreven luide stem de laatste nieuwtjes uit Rheinsdorf mee te delen.

"En stel je eens voor, die arme Liese, dat heeft ze toch echt niet verdiend. Eerst de scheiding van haar dochter, die hele oorlog om het huis, en nu die vreselijke geschiedenis met haar kleindochter."

"Wat voor vreselijke geschiedenis?"

"Dat kind is zwanger, maar dat mag niemand weten. Ze hebben haar weggestuurd. Terwijl iedereen het er de hele tijd over heeft."

"Een buitenechtelijk kind? Dat is tegenwoordig toch geen ramp meer?"

"Als de moeder amper veertien is?"

Net op dat moment krijgt Manni een ingeving: ze zullen het meisje dat ze zoeken niet op school vinden. Ze zullen onder voormalige leerlingen moeten zoeken, niet onder de eindexamenkandidaten. Ergens is er waarschijnlijk een meisje dat van school is gehaald omdat ze iets met een leraar had. Het is voor het eerst dat Manni een van zijn ideeën als een ingeving beschouwt, en daarom kijkt hij op de klok. 17.08 uur. Hij legt het bestek weg.

"Wat bedoel je met 'weggestuurd', mama?"

"Nou ja, gewoon. Ergens heen waar ze het kind kan krijgen. Het was te laat voor een abortus, ze willen het laten adopteren. Zo'n vreselijke geschiedenis."

De directrice zal hem verder kunnen helpen. Ze moet hem verder helpen. Het informatienummer verbindt hem meteen door. Een antwoordapparaat, godsallejezuschristus. Hij vraagt haar terug te bellen. Dringend. Een zwangere minderjarige, dan doemen er ineens hele andere dimensies op. De echtgenote blijft uiteraard verdacht, omdat een dergelijke manifestatie van bedrog voor haar nog moeilijker te verdragen zal zijn dan alleen maar een affaire. Maar er schieten hem nog heel andere motieven te binnen: ouders die wraak willen nemen. Wellicht heeft het meisje een vriend die het zijn potente rivaal betaald wil zetten. Manni loopt de tuin in om deze mogelijkheden uitvoerig met de nieuweling te bespreken. Ze besluiten de volgende ochtend al om zeven uur voor de school af te spreken. Dan belt Manni Tanja Palm op, maar die heeft geen informatie die licht zou kunnen werpen op zijn nieuwe theorie. Voor de zoveelste keer is hij gedoemd te wachten.

"Vertel eens over je vriend, Judith."

Het ruikt intens naar wierook, buiten wordt het donker. Naast het aquarium vormen een paar kaarsen de enige lichtbron in de kamer. Ze kan Heiner von Stettens gezicht niet precies herkennen, omdat hij met zijn rug naar de vissen zit. Haar gezicht wordt daarentegen ongetwijfeld uitstekend uitgelicht door het licht van het aquarium, een duidelijk voordeel voor hem. Zweet loopt langs haar slapen naar beneden, haar mond is droog, haar longen doen pijn.

"Je moet ademhalen, Judith." De stem van Heiner von Stetten klinkt vleiend. "Doe je ogen dicht en adem in, adem uit, en in en uit. Zo is het goed."

Ze heeft de plastic splinter van de plaats delict uiteindelijk in de zoom van haar jas gevonden. Na de lunch heeft ze Laura met de meubelmaker in het bos gezien. Het meisje had de hond van de boswachter aan de lijn en zag er voor de afwisseling een beetje gelukkig uit. Judith heeft de tijd benut om eens goed rond te kijken in Laura's kamer, die naast de hare ligt. Er waren meerdere cd-doosjes waar hoekjes van af waren gebroken. Ze heeft net zo lang geprobeerd tot ze de splinter van de plaats delict exact kon inpassen. Sarah Connor – *Green Eyed Soul*, wat dat ook met het verloop van de daad te maken mocht hebben.

"Je vriend, hoe heette hij ook alweer?" Vaag hoort ze Heiner von Stettens stem.

"Patrick." Ze antwoordt automatisch, zonder na te denken.

"Patrick. Vertel eens over Patrick, Judith."

"Hij was zo vrolijk." Ze kan het koude zweet onder haar oksels ruiken en ze perst haar armen tegen haar lichaam. "Zo vol vertrouwen. Zo … levendig. Hij leefde zo graag."

Heiner von Stetten antwoordt niets en het is net alsof Judiths woorden vanaf de wanden naar haar terug worden gekaatst, steeds luider, steeds kwellender. Heiner von Stetten kijkt haar recht aan. Hypnotiseert hij haar soms? Ze voelt zich ineens oneindig moe. De logeerkamers op de Sonnenhof kunnen niet worden afgesloten. Ze heeft de bewijsstukken bij het reservewiel in de kofferruimte van haar auto gestopt en ze hoopt maar dat niemand op het idee komt in haar auto in te breken.

"Jij leeft, Patrick is dood."

"Dat heb je al vaker gezegd, ja."

"Een zware erfenis", zegt de leider van de Sonnenhof. Hoeveel tijd is er voorbijgegaan sinds ze met deze striptease van de ziel is begonnen? Judith weet het niet. Het lukt haar niet de leiding van het gesprek naar zich toe te trekken, het is alsof alle kracht uit haar is weggestroomd op het moment dat ze plaatsnam in Heiners kamer. Misschien verbrandt hij wel opiaten op zijn altaar. Hijzelf schijnt er echter geen last van te hebben. Hij ziet er rond en wakker uit en tevreden met zichzelf. Hij waaiert een stapel tarotkaarten in zijn hand, neemt er een uit, kijkt er kort naar en houdt hem haar voor.

"Ik wil dat we ons met het thema schuld gaan bezighouden."

Het is belachelijk. Ze wil opspringen, weggaan. Ze kijkt naar de kaart. 'De Gehangene.' Fantastisch.

"Ophangen, dat klinkt naar een terechte straf, nu we het toch over schuld hebben." Ophangen. Ook een mogelijkheid om een einde te maken aan deze ellende.

Haar dienstwapen heeft ze immers niet meer.

Glimlacht Heiner von Stetten? Ze kan het niet duidelijk zien.

"Niet op-hangen, Judith. Hangen. Loslaten. De gehangene staat symbool voor de overgave."

Overgave, fantastisch. "O ja?"

"Buik en voeten bevinden zich boven het lichaam, de gehangene bekijkt de wereld dus vanuit het omgekeerde perspectief. Zo groeit hij boven zijn eigen ego uit, een eerste stap op weg naar bevrijding van destructieve en beperkende levenspatronen."

"Het verdriet om een vriend kun je moeilijk een levenspatroon noemen."

"Jezelf verantwoordelijk maken voor iets waar je geen schuld aan hebt. Je lichaam met gif maltraiteren. Dat zijn slechte gewoontes, die je moet overwinnen."

Blablabla. "Door te mediteren? Uw … jouw vrouw ziet er anders ook niet echt gezond uit."

"Beate. In elk leven, en in elke relatie, zijn er goede en minder goede tijden. Was Patrick getrouwd?"

"Hij had een vriendin." En weer heeft hij haar uit haar tent gelokt. Waarom heeft ze Sylvia genoemd? Judiths longen schreeuwen ineens om nicotine. En dan voelt ze nog iets: woede. Een tomeloze lust om die zelfingenomen Heiner von Stetten bij zijn ridicule katoenen kiel te grijpen en zijn hoofd in het aquarium onder te dompelen tot hij om genade smeekt.

"Hoe gaat het met Patricks …" een kleine kunstmatige pauze, "… andere vriendin?"

"Geen idee."

In het aquarium ontstaat onrust. Een kleine, rood-blauw gestreepte vis vlucht voor een grotere, zwarte vis tussen wat slijmerige algen.

"Dat weet je niet."

"We hebben geen contact meer."

"Waarom niet?"

"Ik zou niet weten wat ik ermee opschiet om daarover te praten. Waarom hebben jullie problemen, Beate en jij? In jullie prospectus staat dat deze ashram de vervulling van jullie levens-droom is."

"Je ontwijkt de vraag, zwaardenkoningin. Waarom geef je geen antwoord op mijn vraag?"

Ze had zich vast voorgenomen om er voor Sylvia te zijn, ze had het Patrick bij zijn open graf beloofd, een stomme belofte, over-weldigd door de pijn. Maar het is haar niet gelukt. Ze heeft geen enkel telefoontje van Sylvia beantwoord, ze heeft zijn ouders niet opgezocht en ook zijn vrienden niet. Omdat je niks kunt geven als je leeg bent. Niks geven en ook niks nemen, omdat verlies niet kan worden verzacht. Niks maakt zo eenzaam als verdriet, had iemand ooit gezegd. Pas door Patricks dood heeft ze begrepen hoe waar dat is.

"Je bent egoïstisch. Je gunt Patricks vriendin haar deel van het verdriet niet."

"Hoe bedoel je? Natuurlijk wel."

"Nee, dat geloof ik niet, dat geloof ik absoluut niet, Judith. Maar daar praten we de volgende keer over."

Lenig als een katachtig roofdier glijdt Heiner vanuit de kleer-makerszit op zijn brede, blote voeten en doet de deur open.

"Tot morgen, zwaardenkoningin, tot morgen, slaap lekker."

Maandag 10 november

Niets wijst erop dat er vandaag iets niet volgens plan zou kunnen lopen. Om halfzes komt Diana in het boswachtershuis aan. Ze zet thee en smeert een paar boterhammen, trekt haar werkkleren aan en zoekt het kaartmateriaal en de spullen bij elkaar die ze nodig heeft bij het meten van het hout. Terwijl ze in haar jeep de weg afdaalt naar de Sonnenhof om Ronja op te halen, fluit ze een schlager uit de jaren vijftig. Ze is onverslaanbaar, onkwetsbaar, in de wolken, verliefd. Het lange weekend met Tom ligt als een schild tussen haar en haar angsten van de afgelopen weken. En met Ronja gaat het goed, die draait van vreugde als een derwisj in het rond als ze haar bazinnetje ziet. Er valt een fijne motregen, de ochtendschemering hangt als een voorgevoel over het dal.

"Doe Laura de groeten van mij en bedank haar voor het oppassen."

"Goed, doe ik." Ben knikt haar toe en neemt haar keurend op. "Goed weekend gehad? Alles in orde boven in het boswachtershuis?"

"Fantastisch!" Ze laat Ronja op de achterbank springen. "Dag, tot later. Ik moet weg, ik ben al aan de late kant."

Ze staan al op haar te wachten onder aan de helling van de B55. Twee van de meest ervaren bosarbeiders die het handmatige vellen voor hun rekening nemen. Twee gezellen en een leerling met motorzagen die de sparren voor transport gereed moeten maken en twee bosarbeiders met de trekpaarden Bolek en Lolek bij wie de adem in witte dampwolken uit de neusgaten stroomt. Diana voert eerst de twee koudbloedpaarden afgevallen fruit uit haar tuin, vervolgens laat ze de mannen de markeringen voor de eerste trekpaden zien en legt uit van waar naar waar ze moeten werken. Straks om tien uur komt Jo met de trekker om de stammen naar het eerstvolgende gekapte pad te slepen dat begaanbaar is voor de zware vrachtwagens. De harvester kunnen ze hier op deze steile helling niet inzetten.

Ze zetten hun beschermende helmen op en gaan aan het werk. In de afgelopen weken, sinds het begin van de houtoogst, zijn ze een team gaan vormen. Voor het eerst sinds ze de boswachterspost in het Schnellbachtal heeft overgenomen voelt ze zich echt lekker, heeft ze het gevoel dat ze erkenning krijgt en erbij hoort. Ook het gevoel dat dit stuk van het bos iets bedreigends heeft, is verdwenen. Gistermiddag is ze met Tom naar de dierentuin geweest, hoewel ze daar eigenlijk een hekel aan heeft, wilde dieren in een kooi. Maar het was een mooie gelegenheid om hem wat over Afrika te vertellen. En hij had haar niet met open mond aangestaard, maar zinnige vragen gesteld. Hij was oprecht geïnteresseerd, zozeer dat ze hem later in het café verteld heeft over Robs affaire met Kates dochter. En ook toen reageerde hij precies goed, en ineens hadden ze het gehad over relaties, over mannen en vrouwen en muziek en dromen. *Met jou praten is net seks*, had hij gezegd, en dat drukte precies uit wat Diana voelde.

Langzaam maar zeker werken de mannen voort vanaf het pad dat ze vorige week al naar het dal hebben geslagen, de helling op. De dampende koudbloedpaarden slepen de ene stam na de andere naar de trekmachine beneden, gedirigeerd door de luide bevelen van hun menners die hen aan lange lijnen houden, stoïcijns, door het luide gekrijs van de motorzagen en het geratel van de kettingen waar de stammen aan worden vastgemaakt. Het is zo'n lawaai dat Diana aanvankelijk niet in de gaten heeft dat het geroep ineens anders klinkt. Pas als de zagen een voor een verstommen, dringt het tot haar door en dan staat meteen ook al een van de mannen bij haar. Hij ziet er lang niet meer zo roodwangig en robuust uit als net nog. Zwaar ademend leunt hij tegen een spar.

"Ik ben bang dat we de rest van de dag kunnen vergeten, baas. Daarachter, in een bomkrater, ligt een lijk. En zo te zien al een hele tijd."

"De kleine Nungesser", zegt de schooldirectrice, "hoe kon ik die nou vergeten? Vlak voor het einde van het schooljaar heeft haar moeder haar ineens afgemeld. Ik heb nog geprobeerd haar te overreden, die kleine heeft het nodige meegemaakt, haar vader is verdwenen. Bovendien was ze goed op school, maar er viel gewoon niet met haar moeder te praten. Hoe heette dat meisje nou ook weer met haar voornaam? Wacht, ik zoek haar adres even op. Wat raar, waarom staat dat niet in de kaartenbak?"

Manni en de nieuweling wisselen een blik uit. Een voormalige scholiere van wie de systeemkaart verdwenen is. Dat klinkt veelbelovend en zou kunnen verklaren waarom ze haar tot op heden niet hebben gevonden. De rectrix begint steeds woester in de kaartenbak te bladeren, haalt dan haar secretaresse erbij. Zonder resultaat.

"Ik begrijp niet hoe dat heeft kunnen gebeuren. We hebben hier van echt iedere leerling een dossier. Haar klassenleraar was Andreas Wengert." De rectrix stokt. "O god, u denkt toch niet dat daar een samenhang tussen bestaat?"

"Wij denken helemaal niks, we moeten gewoon alles nagaan."

De rectrix lijkt opgelucht. "Ik kan het meisje met de beste wil niet in de kaartenbak vinden. Maar ik weet dat ze in de Schillerstraße woont, boven een bloemisterij, ik ben er namelijk zelf geweest om haar moeder te vragen haar besluit nog eens te overwegen. Een intelligent meisje. Mijn hemel, hoe heette ze nou toch weer? Anna, Sarah, Lara – zoiets. Toen ik bij haar thuis was, zag ze er behuild uit, dat weet ik nog wel."

"Hoe oud?"

"Zeventien, denk ik. Vroegrijp, het was een serieus kind. Ze zou nu in de vijfde klas zitten."

"En haar moeder heeft geen duidelijke reden aangegeven waarom ze haar dochter van school wilde halen? Was ze misschien zwanger?"

"Niet dat ik weet, nee. Hoewel dat natuurlijk wel zou kunnen verklaren …" Bedroefd schudt de rectrix haar hoofd.

"Mevrouw Nungesser is op reis."

Ze moeten het weer eens doen met een buurvrouw. Wachten en met buurvrouwen praten, dat lijken de leidmotieven in dit onderzoek te zijn. Geeft niet, denkt Manni, we hebben toch weer een succesje geboekt. Zijn ingeving was juist geweest, en hij voelt zich licht in het hoofd.

"We zijn eigenlijk op zoek naar de dochter."

"O, die woont hier niet meer, het arme kind."

"Hoezo 'arme kind'?" informeert de nieuweling.

"Nou ja, ik wil geen kwaad spreken van mijn buren, maar dat kind heeft wel heel wat voor de kiezen gehad. Eerst verdwijnt haar vader voorgoed, dan ineens, na jarenlang verdriet, heeft haar moeder een nieuwe vriend. En dan ook nog die zwangerschap."

"Het meisje was dus zwanger." Bingo, bingo, bingo.

"Het meisje ook? Ach jezus! Weet u dat zeker?"

"U zegt toch net dat het meisje zwanger is?"

De buurvrouw schudt heftig haar hoofd. "Niet het meisje, de moeder! Van die nieuwe vriend. Van de zomer, toen ze dat kind heeft weggestuurd, toen kon je het nog niet zien, maar nu wel. Ik wil niks negatiefs over mijn buurvrouw zeggen, echt een heel aardig mens, maar nu ik er zo over nadenk, ziet het er wel een beetje naar uit dat ze haar dochter uit haar eerste huwelijk heeft weggestuurd om ongestoord een nieuw gezin te kunnen stichten."

'Weggestuurd', precies wat Manni's moeder ook had gezegd in haar verslag van de gebeurtenissen in de buurt.

"Weet u waar ze nu is?"

De vrouw schudt spijtig haar hoofd. "Ik heb geen idee."

Natuurlijk niet. Niets in deze zaak is ooit eenvoudig. Ze laten een bericht achter op de voicemail van Hannah Nungessers mobiele nummer en schuiven ook nog hun kaartjes onder de voordeur door.

"Ze zal vast een vriendin hebben gehad die iets weet. Meisjes van die leeftijd hebben altijd een beste vriendin die ze alles vertellen", merkt de nieuweling betweterig op, hoewel hij er niet uitziet alsof hij veel benul heeft van meisjes. Maar wie weet, misschien heeft hij wel een zus.

De ringtone van zijn mobieltje haalt Manni uit zijn overpeinzing. Hij neemt het gesprek aan zonder op het display te kijken. Stafco-Stef, eindelijk, Millstätt heeft hem dus toch achter de vodden gezeten. Manni luistert zonder een woord wat zijn collega te vertellen heeft en beëindigt het gesprek met een krachtig "Aju". Dan pas balt hij zijn vuist à la Boris Becker en grijnst tegen de nieuweling.

"Ongetwijfeld heeft ons meisje een beste vriendin en jij mag nu persoonlijk op haar school zien uit te vinden wie dat is en haar ondervragen."

"En jij?"

"Ik rij naar Keulen en ga een beetje zitten lezen. Onze Stafco-Stef heeft namelijk de postvakjes van de Wengerts gekraakt. Veel succes dus bij je eerste solo-uitstapje in het vrije veld. En hou je aan James."

"James?" De nieuweling kijkt hem onthutst aan.

"Hard, maar hartelijk. Charmant, maar onverbiddelijk. En zodra je iets weet: bel me."

De jeep van de boswachter komt op hen af geraasd, net als Judith haar korenbloemenmalvethee de Schnellbach in kiepert. Ze krijgt dat biobrouwsel met de beste wil van de wereld niet naar binnen. En cafeïne, waar ze nu echt dringend behoefte aan heeft, staat in de Sonnenhof uiteraard op de zwarte lijst. Diana Westermann remt zo krachtig dat de modder in het rond vliegt. Haar ogen zijn bijna net zo rond als de fel brandende koplampen. Ze lijkt buiten adem, leunt over de passagiersstoel en gooit het portier open.

"Goed dat ik u tegenkom, u moet meekomen, snel! U moet … we hebben … bij de B55 … volgens mij hebben we nog een lijk gevonden!"

De plek waar de boswachter Judith naartoe brengt, is een muf, stinkend gat diep in de schaduw.

"Een oude bomkrater", zegt Diana Westermann nog altijd buiten adem. "Uit de Tweede Wereldoorlog. Die heb je overal in het Bergische Land. De Engelsen wierpen hier boven de bossen alles af wat ze boven Keulen niet kwijt waren geraakt."

Een bomkrater. Judith denkt aan de twee K's, aan speurhonden en kikvorsmannen. Het slijk op de bodem is van een ondoorzichtig zwart. Een perfecte plaats voor alles wat je wilt laten verdwijnen. "Ze zijn niet allemaal zo diep en er staat niet altijd zoveel water in als hier. Veel kraters kun je niet eens meer herkennen", gaat de boswachter naast haar verder. De krater waar ze naast staan is in elk geval wel duidelijk te herkennen. Hij heeft een doorsnee van ongeveer vijf meter, tot aan het oppervlak van het modderige wateroppervlak is het vanuit hun standpunt misschien twee meter. Behalve het vers geslagen pad in het dal zijn er geen voet- of ruiterpaden in de buurt. De plek waar de boswachter de gsm zou hebben gevonden ligt een paar honderd meter verderop. Zonder de werkzaamheden in het bos zou deze krater zijn gruwelijke geheim waarschijnlijk nog lang niet hebben prijsgegeven.

"Onze stagiair had hoge nood", vertelt Diana Westermann. "Hij vond het wel grappig om in de krater te plassen. Toen meende hij ineens een hand te zien. Dus begon hij een beetje met een tak erin te prikken en toen … nou ja, dat ziet u zelf wel."

Inderdaad, denkt Judith. Een geskeletteerde onderarm steekt uit het zwarte slijk, het lijkt bijna alsof de bleke vingers naar hen wijzen.

Ze hadden de werkzaamheden meteen gestaakt en Judiths hulp ingeroepen, meldt Diana Westermann haperend. En dat is correct, behalve dan dat Judith hier helemaal niet mag zijn. Het spel is uit, denkt ze. Ik ben uit. Karl-Heinz Müller zal al zijn favoriete hits fluiten, hij zal er zijn lol aan hebben om uit te zoeken hoeveel maanden deze kandidaat – of is het een kandidate? – al in de modder begraven is geweest. De twee K's zullen meerdere pakjes kauwgom nodig hebben. Manni zal toch nog onderzoek moeten doen in het Schnellbachtal. Alleen ik niet, ik ben uit. Ze verbaast zich erover dat ze niks voelt bij die gedachte, niet de ademnood uit haar droom, niet de vertwijfeling. Alleen dat ze zich merkwaardig afstandelijk neerlegt bij het noodlot.

Diana Westermann wankelt even, maar herstelt zich meteen weer en leunt tegen een harsige boom. Ze ziet erg bleek, blijkbaar lijdt ze aan een verlate shock.

"Kom, u moet hier weg. U moet daar niet meer naar kijken." Judith pakt de boswachter, die er ineens een stuk jonger uitziet dan achtentwintig, bij de arm en loopt met haar de helling af naar de plek waar de bosarbeiders op een boomstam zitten en gespannen naar haar kijken.

"Kan iemand mevrouw Westermann alstublieft iets te drinken geven? En heeft iemand een mobieltje?" Waarom heeft ze haar eigen mobieltje niet bij zich, waarom houdt ze zich zo braaf aan de regels van de Sonnenhof? Een paar mannen halen een mobieltje uit jas- of broekzak, maar geen van allen heeft ontvangst.

"Heeft iemand hier iets om mee te schrijven?" Judith praat heel hard en heel snel, om maar niet van gedachten te veranderen. Ze neemt het notitieboekje en de stift die een van de mannen haar aangeeft en krabbelt er Manni's naam en mobiele nummer op.

"Hier." Ze drukt het papiertje in de hand van een van de oudere mannen. "Neem de jeep van mevrouw Westermann en rij zo snel mogelijk naar een plaats van waaruit u kunt telefoneren. Bel dit nummer en vraag mijn collega om direct naar de Sonnenhof te komen. Vertel hem hoe u het lijk hebt gevonden. En wacht dan bij de Sonnenhof op hem en breng hem hierheen. En zeg alstublieft dat ik toevallig ter plaatse was en dat hij het hele team nodig heeft. Kunt u dat onthouden? Kan ik op u vertrouwen?"

"Het hele team?" De man stapt al in de jeep.

"Hij begrijpt het wel."

Terwijl ze zitten te wachten willen de mannen van alles weten, maar ze weigert antwoord te geven. "U moet met mijn collega praten, ik ben niet bevoegd", herhaalt ze telkens weer. Ze bietst een sigaret en een kop koffie. Ze smaken allebei nergens naar.

Een eeuwigheid later keert de jeep terug. Manni zit op de passagiersstoel. Woede en onbegrip zijn op zijn gezicht te lezen als hij haar ziet.

"Ik heb er niks mee te maken", zegt ze bij wijze van begroeting. "Ik heb hier alleen maar de plaats delict afgezet. Ja, ik had mijn intrek genomen in de Sonnenhof om op eigen houtje onderzoek te doen, maar nu ga ik naar Keulen en ik hou me hierbuiten. Daar kun je op vertrouwen."

"Jij bent mij nog een paar verklaringen schuldig." Zo te horen kost het hem moeite zich te beheersen.

"Wanneer je maar wilt. Ik ben thuis en anders heb je ook mijn mobiele nummer."

Als Manni haar aanwezigheid op de plaats delict in het proces-verbaal opneemt, is het definitief afgelopen met haar, maar daar heeft ze geen invloed meer op. Haar toekomst ligt in zijn handen, uitgerekend in Manni's handen. Ze neemt geen afscheid op de Sonnenhof. Ze stapt in haar Passat en geeft gas. Zich overgeven, zich uitleveren, zichzelf laten hangen. Het is precies wat Heiner von Stettens tarotkaart adviseert. Als hij wist hoe consequent ze zich daaraan houdt, zou hij opgetogen zijn. Als ze de snelweg bereikt, begint ze te lachen. Zelfs voor haar eigen oren klinkt dat wel erg verbitterd.

Deel III

Licht

Elke dag een beetje extra werk verrichten, een klein beetje meer doen dan verwacht wordt – die strategie heeft aspirant-inspecteur der recherche Ralf Meuser tot op heden geen windeieren gelegd en hij is niet van plan te verslappen. Natuurlijk weet hij dat hij voor de collega's van de KK11 nog steeds 'de nieuweling' is, een soort bereidwillige loopjongen die niet voor vol wordt aangezien. Maar daar kan hij mee leven, voorlopig althans, per slot van rekening heeft zijn strategie hem precies daar gebracht waar hij altijd heen wilde, bij Moordzaken. Vroeger, op school, noemde ze hem altijd 'Muisje Meuser'. Dat deed pijn.

De telefoonwinkel bevindt zich tegenover het Schiller Gymnasium waar hij over een kwartier, als de pauze begint, het meisje gaat ondervragen dat kennelijk de beste vriendin is van Laura Nungesser. Hij bladert door zijn ringbandboekje tot hij de bladzij met telefoonnummers heeft gevonden. Er staat er nog maar eentje open, de andere elf heeft hij al afgevinkt. Hij schrijft het nummer over op een papiertje en legt het voor de gekleurde eigenaar van de telefoonwinkel op de toonbank.

"Een lijn naar India, alstublieft."

De cel is zo klein dat er niets anders op zit dan op het lage draaikrukje te gaan zitten en het ringbandboekje op zijn knieën te laten balanceren voor als hij iets wil noteren. De telefoon aan de muur gaat over. Hij neemt de hoorn van de haak en luistert naar het gesjirp en geruis en het gezoem van de kiestoon in de verte. Hij schrikt als dat scherm van geluid ineens wordt doorbroken door een mannenstem die iets volstrekt onverstaanbaars in zijn oor ratelt. Hij herstelt zich snel, per slot van rekening is het al zijn twaalfde telefoontje naar India. Dat mens van de Sonnenhof heeft hem drie telefoonnummers van Indiase ashrams gegeven, maar toen niemand hem daar kon helpen, heeft hij een avond lang thuis achter zijn computer zitten zoeken naar nog meer ashrams in de buurt van Mumbai. Het is verbazingwekkend hoeveel er daarvan op een westerse clientèle gericht zijn. Vroeger holden de mensen naar de kerk, tegenwoordig is dat raar. Het is hip om de hele aardbol over te vliegen om dan onder leiding van oranjegeklede, kaalhoofdige monniken wekenlang te vasten, te mediteren, te turnen en te chanten, wat dat ook moge wezen.

"Do you speak English?" Hij probeert luid en duidelijk te spreken. Bij wijze van antwoord kraakt de leiding, wederom klinkt het atmosferische gezoem en net als hij zich afvraagt of ze de hoorn op de haak hebben gegooid, meldt zich een nieuwe mannenstem.

"Yes please, how may I help you?"

"I'm looking for a young woman from Germany. Her name is Darshan. Darshan Maria Klein."

"Darshan?" Ondanks de echo en het geruis in de leiding hoort hij iets in de toonval van de man dat zijn belangstelling wekt. Hij legt snel uit wie hij is, waarom hij belt, dat het om een routineonderzoek gaat dat echter wel haast heeft.

"I would sincerely like to help you", zegt de man aan de andere kant van de wereld als Ralf Meuser zijn verhaal heeft afgerond.

Ja, er was een Darshan aangemeld voor de ashram, minstens een jaar had ze willen blijven. Natuurlijk herinnerde hij zich dat. Een interessante jonge vrouw, ze hadden al e-mailcontact gehad, een medewerker had haar zelfs van de luchthaven willen afhalen. *"We care about our guests."* Die zin herhaalt de Indiër meermaals, bijna bezwerend. Maar toen was Darshan niet komen opdagen.

"Why?" Onwillekeurig schreeuwt Ralf Meuser in de hoorn.

"We don't know", antwoordt de Indiër beleefd. *"I'm very sorry, but we really don't know."*

Binnen een uur is iedereen aanwezig, maar er vergaan nog twee uur voor ze aan het werk kunnen. Omdat de plaats delict vanaf de Sonnenhof alleen met een vierwiel aangedreven terreinwagen te bereiken is, parkeren ze een stuk verderop boven, langs de B55. En dat betekent dat ze hun apparatuur te voet de steile helling af moeten slepen. Maar ten slotte lijkt de bomkrater met al die bedrijvig krioelende mensen op een mierenhoop, precies zoals dat hoort in de eerste uren van een onderzoek. Agenten wikkelen afzetlint rond boomstammen, anderen draaien elk blad op de grond om. Hans Edling neemt de personalia op van de bosarbeiders. Karl-Heinz Müller fluit ononderbroken zijn zenuwslopende schlagers terwijl hij de twee K's niet uit het oog verliest. De technische rechercheurs bespreken de laatste details met de twee kikvorsmannen die het slachtoffer moeten bergen. Daarna zullen ze de troebele, stinkende smurrie toch liter na liter moeten afzuigen en filteren, wat de nodige tijd in beslag zal nemen. Tussen het modderige wateroppervlak en de vaste grond ligt een afstand van ongeveer een meter tachtig.

"Als we geluk hebben, halen ze onze nieuwe kandidaat in elk geval in één stuk eruit." Karl-Heinz Müller steekt een van zijn onafscheidelijke Davidoffs op en tipt de as af in een afsluitbaar zilveren zakasbakje dat hij voor dergelijke gevallen altijd bij de hand heeft. "Misschien hebben we geluk. Dit gat bevat zo te zien verdomd weinig zuurstof. Dat werkt gewoonlijk conserverend."

"Maar de hand is niet geconserveerd", zegt Manni.

"Beginnende skelettering aan gezicht, handen en onderbenen – dat hoeft niet te betekenen dat de rest van het lichaam in dezelfde toestand verkeert", weerspreekt de patholoog zonder zijn ogen van de kikvorsmannen te halen.

Hoe lang zou die krater al als graf hebben gediend? Is er een samenhang tussen dit lijk en de dode Andreas Wengert? Het zou absurd zijn als het niet zo is, denkt Manni en hij vermaalt een Fishermans Friend. Wat zei Krieger laatst ook weer toen ze hem op de parkeerplaats had staan opwachten? Iets over een kortere weg via een helling van de rijksweg naar de Erlengrund, waar de boswachter een mobieltje zou hebben gevonden. Als hij het zich goed herinnert zou dat hier zo ongeveer zijn geweest. Hij verdringt de gedachte aan Krieger en haar instinct, dat haar kennelijk ook deze keer niet in de steek heeft gelaten. Wat nu van belang is, is dat hij stap voor stap te werk gaat. Misschien heeft hij ook wat aan de e-mailcorrespondentie van de Wengerts. Veel had

251

hij daarvan nog niet gelezen toen het telefoontje van de bosarbeider hem hierheen riep, maar de dag is nog jong en ze moeten eerst de bergingsarbeid achter de rug hebben.

De kikvorsmannen glijden weer de modder in, de een gaat onder, de grotere van de twee kan blijkbaar met zijn voeten op de bodem blijven staan. Centimeter voor centimeter halen ze het lijk uit zijn donkergroene graf. En Karl-Heinz Müller lijkt inderdaad gelijk te krijgen – de schouders komen tevoorschijn en zo te zien maakt het lijk geen aanstalten om in stukken uiteen te vallen. Manni hoort hoe de patholoog naast hem luid uit- en dan weer scherp inademt. De kikvorsmannen worstelen nu met iets wat zich op de rug van het lijk bevindt: een volgepakte rode rugzak. Zo te zien is die erg zwaar, in elk geval hebben ze moeite om hem van haar rug los te maken en naar boven aan te geven. Eindelijk lukt het, en even later kunnen ze ook het lijk op het dekzeil tillen dat Karl-Heinz Müller aan de rand van de krater heeft uitgespreid. Een vrouw. Ze draagt een getailleerde, paarszijden jurk tot op de kuiten en Doc Martins, twee gevlochten, smerige blonde vlechten rusten op haar borst, lege oogholtes staren vanuit het knokige gezicht naar de hemel.

"Stenen", zegt Klaus peinzend als hij de rugzak geopend heeft, "iemand heeft verdomme stenen in de rugzak gestopt zodat ze onder bleef."

"Was ze toen al dood?" vraagt Manni onwillekeurig.

De patholoog werpt hem een van zijn duistere blikken toe. "Kan ik nog niet zeggen. En vraag nu in hemelsnaam niet hoelang ze hier al in ligt. Bijna alles is mogelijk. Waarschijnlijk maanden."

Manni staart naar de dode vrouw aan zijn voeten. Rond haar nek hangt een leren veter met een versierd zilveren teken. Waarschijnlijk was ze ooit knap. Knap en jong en vol hoop. Wie stopt er stenen in de rugzak van een jonge vrouw, wie hangt dat dodelijke gewicht om haar smalle schouders en laat haar dan verzinken in een krater vol smurrie? Een bedrogen echtgenote? Manni voelt weliswaar weinig sympathie voor Juliane Wengert, maar dat kan hij zich toch moeilijk voorstellen.

Laura Nungesser, denkt hij. Een kwartier geleden is ook Ralf, de nieuweling, op de plaats delict aangekomen. Helemaal buiten adem en vol verwachting zoals een kind bij de kerstcadeautjes. Hij heeft daadwerkelijk een vriendin van die voortijdige school-verlaatster weten te vinden. Die vriendin heeft verklaard dat Laura Nungesser Andreas Wengert zo ongeveer aanbad. Hij was net haar vader, had ze gezwijmeld. Maar van een verhouding tus-sen die twee beweerde ze niets te weten en ze had geen idee waar-om Laura zo plotseling van school was gegaan of waar ze zich momenteel ophield. Of Laura op de een of andere manier was veranderd voordat ze verdween, had de nieuweling gevraagd. *Ze kwam opeens een stuk zelfbewuster over*, had het meisje geant-woord, *en ze had het over een mysterieuze vriend. Maar wie dat was wilde ze voor geen geld kwijt.* Niemand had haar bijzonder serieus genomen. Iedereen had gedacht dat Laura zich belangrijk wilde voordoen.

Maar eigenlijk klopte dat ook niet, had de scholiere tot slot gezegd. *Want ze wist ineens wel heel veel over hoe je het doet.* De nieuweling had nagelaten verdere details te vragen. Helaas had hij ook nog geen foto van Laura.

Manni stopt nog een pepermuntje in zijn mond. Is die Laura Nungesser het meisje dat ze zoeken? Is zij de sleutel tot deze zaak? Is zij de dode die voor hem ligt?

Heeft Juliane Wengert eerst haar en later haar echtgenoot hier het bos in gelokt en vermoord? De vriendin van Andreas Wen-gert was *een jong ding met lang, donker haar*, had de buurvrouw van de Wengerts beweerd. Manni hurkt naast Karl-Heinz Müller.

"Kun je zien of ze haar haar verfde?"
De patholoog gromt wat, maar buigt zich dan met vergrootglas en een lamp over de haaraanzet van de dode.

"Ziet er niet naar uit."

Het is niet eerlijk. Al dagenlang werkt Manni zich te pletter. Millstätt is geheel en al akkoord met alles wat hij doet, en toch wordt elk nog zo moeizaam bevochten succes meteen om zeep geholpen door een nog groter probleem.

De blonde boswachter zit eenzaam in haar jeep en staart leeg voor zich uit. Manni loopt naar haar toe en tikt tegen de ruit. Als in slow motion draait ze haar hoofd om, maar pas als hij tegen het raampje blijft tikken, doet ze het eindelijk naar beneden.

"Laura Nungesser", zegt hij. "Zegt die naam u iets?"

"Laura? Is er iets met haar gebeurd? Is zij – nee, dat kan niet, ik heb haar vanochtend nog gezien." De boswachter praat zachtjes, alsof ze tegen zichzelf praat.

"Kent u dat meisje? Laura Nungesser?"

Tergend langzaam draait ze zich naar hem toe. "Wat wilt u van haar?"

"Ik moet haar dringend spreken, ik moet weten waar ze is."

"Op de Sonnenhof, ze woont op de Sonnenhof." De boswachter lijkt elk moment haar zelfbeheersing te gaan verliezen en in huilen uit te barsten. Nu pas stelt Manni vast dat ze waarschijnlijk in shock is. Haar lippen zijn helemaal kleurloos, haar pupillen klein en star. Hij houdt haar zijn Fishermans Friends voor.

"Hier, neem er eentje, wij brengen u zo naar huis. Maar eerst heb ik nog een vraag."

De boswachter knikt als in trance. Manni zwaait met het zakje pepermuntjes. Ze merkt het niet.

"Mevrouw Westermann, hoort u mij? Hebt u enig idee wie de dode vrouw zou kunnen zijn die hier vanochtend is gevonden? Een vrouw met blonde vlechten, ze droeg een paarse jurk."

"Darshan."

Nu barst ze inderdaad in snikken uit, en huilende vrouwen doen Manni altijd denken aan zijn moeder en haar eeuwig terugkerende ruzies met zijn vader, en dan voelt hij zich hulpeloos. Hij onderdrukt een vloek en gaat op zoek naar iemand die de boswachter naar huis kan rijden.

Dinsdag 11 november

De dag is amper vier minuten oud als Manni zijn GTI voor het huis waar Judith Krieger woont in een parkeerplek wurmt waar eigenlijk hooguit een Smart in past. Hij heeft honger als een beer in de lente en is al net zo geprikkeld, en zijn ogen branden alsof hij een nachtje stevig heeft doorgezakt. In de Sonnenhof hebben ze hem afgewimpeld, ijskoud en zonder zelfs maar met de ogen te knipperen. En dat terwijl hij zo zeker was van zijn zaak toen hij eindelijk tegenover die Laura Nungesser had gestaan. Maar nee, helemaal niks. Het wicht zei geen stom woord en die bleke rooie, die zich pedagogisch leider noemt, legde hem vriendelijk uit dat Laura minderjarig is en daarom geen verklaring kan afleggen zonder dat haar moeder aanwezig is. Punt uit. Jammer alleen dat ma Nungesser met haar geliefde ergens in Toscane ligt te luieren en tot op heden op geen enkel bericht dat Manni op haar voicemail heeft ingesproken heeft gereageerd. En jammer ook dat de bewoners van de Sonnenhof al evenmin bijzonder behulpzaam zijn in de zaak Darshan Maria Klein, het waarschijnlijke slachtoffer in de modderput.

Wel was het permanente glimlachje van hun gezichten verdwenen nadat hij hun de feiten van die dag had meegedeeld. Maar hij is helemaal niets te weten gekomen. Ja, er heeft een Darshan bij hen gewoond en ja, die had blonde vlechten en droeg vaak een paarse zijden jurk, zo had de leider van de Sonnenhof bevestigd, waarbij hij non-stop met zijn kale kop had geknikt. Ze had naar India willen gaan. Op 6 mei was er in de ashram een afscheidsfeestje voor haar georganiseerd, jawel, daar waren heel wat getuigen voor te vinden. Men was ervan uitgegaan dat ze op 7 mei naar India was gevlogen. Of ze daar wellicht nooit was aangekomen en waarom niet, dat kon hij helaas niet nagaan. En een adres van haar ouders hadden ze ook niet, helaas, helaas, haar akte was zoekgeraakt.

Manni knalt het portier van zijn auto dicht. Het is hem niet gelukt om die esoterische freaks te breken. Op het hoofdbureau heeft hij daarna nog samen met de nieuweling het e-mailverkeer van de Wengerts van de afgelopen twee jaar geanalyseerd, maar daar werd hij ook al niet vrolijker van. Niets, maar dan ook helemaal niets hebben ze gevonden dat hoofdverdachte Juliane Wengert zou kunnen belasten. En wat betreft de ontrouwe echtgenoot: er zit wat vreselijk kitscherige correspondentie tussen met ene dielau@web.de, die haar emotionele ontboezemingen ondertekent met "L". Ongelooflijk hoe sommige mannen met zich laten sollen, alleen maar om een keer een nummertje te kunnen maken. Het zou wel heel toevallig zijn als die "L" niet Laura Nungesser is. Maar wat schiet hij daarmee op als zij niks zegt? En hoe past slachtoffer nummer twee in het hele plaatje? In die Indiase ashram die de nieuweling heeft gevonden neemt niemand de telefoon aan, en het kan wel een tijdje duren voordat ze alle Maria Kleins in heel Duitsland hebben weten te achterhalen.

Veel langer dan nodig drukt Manni op Kriegers bel. Het is de hoogste tijd dat zijn collega eens wat teamwerk verricht en haar kaarten op tafel legt; met haar schoonheidsslaapje kan hij geen rekening houden. Het duurt lang voordat die superslimme, in ongenade gevallen mevrouw de rechercheur van de KK11 zich via de intercom meldt. Als ze op de vijfde etage de deur van haar woning voor hem opendoet, schrikt hij. Ze ziet er afschuwelijk uit. Oud, in elk geval een stuk ouder dan 38, met roodomrande ogen en verward haar. In haar linkerhand heeft ze een flesje Kölsch. In de gang hangt een walm sigarettenrook en vanuit de kamer klinkt zo'n herrie van een oude rockband dat je je eigen woorden amper kunt verstaan.

"Kom binnen." Ze maakt een vage beweging met haar bierflesje. Als ze al verrast is door het feit dat hij midden in de nacht voor haar deur staat, dan laat ze het niet merken. Misschien is ze dronken, bedenkt Manni, hoewel ze zonder te wankelen voor hem uit loopt over de houten vloer van de smalle gang. De kamer is adembenemend, echt cool, met brede ramen die uitkijken op een dakterras dat zo perfect verstopt boven de stad zweeft dat je er waarschijnlijk in je blootje op kunt liggen zonnebaden. Even probeert hij zich Krieger naakt op een handdoek voor te stellen, terwijl ze gelukzalig glimlachend van een vruchtencocktail nipt. Vergeet het maar. Manni richt zijn aandacht weer op de woonkamer. Die is zeker veertig vierkante meter groot en aangenaam schaars gemeubileerd. Boven een gigantische bloedrode bank hangen smaakvolle zwart-witfoto's van een mediterraan landschap met tegenlicht. Op een secretaire ligt een berg papieren, op het parket voor de stereo-installatie ligt een chaos van cd's, cassettes en een stuk of wat lp's. Krieger struint linea recta naar de brede vensterbank waar naast een paar kussentjes een peuk ligt te branden in een overvolle asbak. Ze lurkt er uitgehongerd aan en neemt meteen daarop een grote slok bier.

"Ook eentje? Of heb je nog dienst?"

Hij moet bijna liplezen vanwege de onwaarschijnlijke hoogten die de gitaarsolo op de stereo-installatie net heeft bereikt. Vastberaden hurkt Manni bij de versterker en zet hem uit. De plaat draait gewoon verder. Hij schuift de toonarm in de rustpositie en neemt de plaat van de platenspeler. *Solar Fire*. Op de hoes explodeert het universum. Geen woord vanaf de vensterbank. Hij kijkt naar Krieger.

"We moeten weten waar jij op de Sonnenhof achter bent gekomen."

"We?"

"Ik."

"Wil dat zeggen dat je Millstätt niks hebt verteld?"

"Ik verlink geen collega's." Hij onderdrukt met moeite de opmerking dat hij dat al eerder heeft gezegd. Iemand die op de grond ligt geef je geen trap na, dat geldt in het gewone leven net zo goed als bij karatetraining. Hij is niet voor niks in het bezit van de eerste dan. Hij besluit haar in plaats daarvan iets te geven om over na te denken. "Millstätt wist trouwens van die aanvaring tussen jou en Juliane Wengert omdat haar advocaat zijn beklag over je heeft gedaan."

Lange tijd zegt ze niks, en als ze uiteindelijk spreekt, is haar stem zo zacht dat hij het begin van de zin niet meekrijgt.

"… het gewoon niet meer uit. De nachtmerries. De herinnering aan Patrick, bij iedere stap die ik op het hoofdbureau zet. De druk die ik mezelf opleg om desondanks mijn werk goed te doen. De zelfverwijten omdat ík eigenlijk dienst had."

Hij wil haar onderbreken, hij wil zeggen dat het daar nu niet om gaat, dat niemand, maar dan ook echt niemand bij de KK11 haar de schuld geeft, maar met elk nieuw woord wint haar stem aan kracht.

"Ik wil je daar niet mee belasten, wees maar niet bang. Daar moet ik zelf uit zien te komen. Ik wil alleen dat je weet dat ik jou in deze hele Erlengrund-zaak van meet af aan geen kans heb gegeven. Niet omdat je iets verkeerd zou hebben gedaan, alleen maar omdat je Patrick niet bent. Omdat ik sindsdien overal mee overhoop lig."

Ze probeert te glimlachen, wat jammerlijk mislukt.

"Ik weet dat het vreselijk banaal klinkt, maar hoe langer ik erover nadenk, hoe meer ik tot de conclusie kom dat het uiteindelijk altijd weer neerkomt op de meest eenvoudige waarheden, op de basics zogezegd. De vraag naar de zin van het leven, de angst voor de dood, de onmogelijkheid daar antwoorden op te krijgen. En hoe je daarmee om moet gaan."

Eindelijk gaat ze rechtop zitten en voor het eerst krijgt hij een indruk van hoe ze vroeger geweest is, vóór die zaak met Patrick. Rechttoe, rechtaan, duidelijk, soeverein. Een prima collega. Een perfect maatje. Ze kijkt hem recht aan.

"Dank je, Manni, dat je me niet hebt verlinkt bij Millstätt. Dat ik nog de mogelijkheid heb om terug te kunnen komen betekent veel voor me, heel veel. En ik weet verdorie maar al te goed dat ik dat niet heb verdiend."

Hij wil haar geruststellen, iets relativerends zeggen, maar er schiet hem niets te binnen. Ineens geneert hij zich dat hij zo naar haar heeft uitgehaald vanwege haar roken en dat hij Millstätt heeft gevraagd om het onderzoek zonder haar te mogen doen. Hij schraapt zijn keel.

"Maakt niet uit. Ik ben ook niet altijd even aardig geweest."

Rond haar mondhoeken speelt een voorzichtig glimlachje, ze kijkt hem nog steeds aan. Dan drukt ze energiek haar sigaret uit en staat op.

"Kom, laten we in de keuken gaan brainstormen. Maar eerst wil ik een koffie verkeerd en iets te eten."

Als op commando begint zijn maag te knorren. Voorzichtig grijnzen ze naar elkaar.

De pizza die de koerier vijfentwintig minuten later aflevert is goddelijk, in de gesmolten kaas drijven peperoni, ui en salami, de ijskoude fles cola is als een levenselixer. Judith Krieger heeft als topping olijven, ansjovis en kappertjes gekozen en drinkt uitsluitend koffie verkeerd. Ze eten met de vingers, rechtstreeks uit het karton. Geen van beiden zegt een woord, het is een aangenaam, eensgezind stilzwijgen.

"Dus je bent ervan overtuigd dat Laura een verhouding had met Andreas Wengert en dat ze een leerling van hem was?" vraagt Judith nadat ze hun nachtelijke maaltijd hebben beëindigd en de keukentafel hebben afgeruimd.

"Dat laatste heeft de directrice in elk geval bevestigd. En wat betreft de liefde …" Manni besluit open kaart te spelen en legt de uitgeprinte e-mails op tafel. Judith bestudeert ze met gefronst voorhoofd.

"*Liefste Andi, Ik weet dat ik niet zo moet aandringen en dat ik geduld moet hebben. Maar ik mis je zo. Ik wil je aanraken, je overal kussen. Ik wil met je praten, urenlang, net als vroeger. Als jij bij me bent, is alles goed. Hou je nog van me, denk je nog wel aan je kleine L?* Goeie god! Dat klinkt niet echt naar een gelukkige relatie, meer alsof hij er een punt achter wilde zetten."

"Toch moeten ze elkaar nog hebben ontmoet toen Laura al op de Sonnenhof zat." Manni haalt een ander mailtje tevoorschijn en leest voor: "*3 september. Sinds je bij me was, zweef ik op een roze wolk. Kom alsjeblieft, alsjeblieft, alsjeblieft gauw weer en doe alles wat je met me hebt gedaan nog een keer. Ik beloof je ook, echt waar, dat ik dan niks meer over je vrouw zal vragen.*"

Judith schudt wrevelig haar hoofd. "Zoveel blind verlangen. En waarschijnlijk was hij dat helemaal niet waard. Ik weet trouwens zeker dat ze afspraken op de wildkansel waar hij is vermoord." Ze legt een paar doorzichtige plastic boterhamzakjes op tafel.

"Dit is een plastic splinter die ik op de plaats delict per ongeluk in mijn zak heb gestopt en vervolgens vergeten ben. Hij past precies in een kapot cd-doosje dat ik in Laura's kamer heb gevonden. En dit hier zijn twee sigarettenpeuken van haar. Ik wil wedden dat de soort tabak en het speeksel identiek zijn aan de sporen die de K's op de plaats delict hebben veiliggesteld. En dit hier heeft de boswachter me laten zien. Een stukje stof dat ze in een braamstruik in het bos heeft gevonden, volgens haar vlak bij de plek waar die gsm lag, en niet ver uit de buurt van de bomkrater waar ons tweede slachtoffer in lag."

Manni staart haar sprakeloos aan. Voordat hij weer een woord kan uitbrengen, gaat zij alweer verder.

"Ja ik weet het, bewijsmateriaal. Ik zoek geen smoesjes, ik zou dat niet in mijn bezit mogen hebben. Je moet me geloven, ik ben nooit van plan geweest dat achterover te drukken."

"En nu mag ik het voor je inleveren." Manni weet niet of hij wel zin heeft om Krieger die lol te doen. Hij tikt tegen het zakje met de sigarettenpeuken.

"Dit is niet bruikbaar in een rechtszaak. Je had geen huiszoekingsbevel, je was niet eens in functie."
"Je wou weten wat ik in de Sonnenhof te weten ben gekomen. Nu weet je het."

Ze heeft gelijk, en inmiddels is het bijna twee uur in de ochtend. Ineens heeft hij geen zin meer om met haar te ruziën, het zit sowieso allemaal muurvast en hij heeft een succesje nodig. Hij zucht. "Het helpt natuurlijk wel als we daardoor kunnen vaststellen dat Laura en haar leraar elkaar op de kansel bij de Erlengrund hebben ontmoet."

"Ik geloof niet dat ze hem heeft vermoord."

Hij draait het zakje met het paarse stukje stof heen en weer. Verbleekte zijde, gerafeld aan de uiteinden. Ergens in de zoom van de jurk van het dode meisje uit de modderput zullen ze beslist een bijpassend gat vinden, daar is hij van overtuigd.

"Darshan", zegt hij. "Burgerlijke naam: Maria Klein. Woonde op de Sonnenhof tot begin mei, wilde vandaaruit naar een ashram in India vliegen, maar kwam daar nooit aan. Ze had lang, blond haar en droeg vaak paarse jurken. Net als het dode meisje dat we vanochtend hebben gevonden. Ik denk dat we ervan uit kunnen gaan dat het dode meisje Darshan is, ook al hebben we haar nog niet definitief geïdentificeerd. Maar wat is het verband tussen haar, Laura Nungesser en Andreas Wengert?"

Hij telt alles wat hij heeft bedacht op zijn vingers af.

"Alle drie waren ze in het Schnellbachtal. Alle twee de meisjes woonden, dan wel wonen nog altijd op de Sonnenhof. Maar wil dat ook zeggen dat ze elkaar alle drie kenden? En al is dat zo, wie zou er belang bij kunnen hebben om eerst Darshan Maria Klein en vervolgens Andreas Wengert te vermoorden?"

Judith Krieger bladert door de e-mails. "Het eerste mailtje van Laura is van 16 april. Die Darshan is waarschijnlijk na begin mei vermoord. Sinds wanneer woont Laura op de Sonnenhof?"

"Sinds 1 juni."

"Waarschijnlijk hebben Darshan en Laura elkaar dus nooit ontmoet."

"Tenzij het Andreas Wengert is geweest die hen met elkaar in contact heeft gebracht."

"Maar waar? En waarom?"

"Geen idee. Maar stel eens dat Andreas Wengert ook een verhouding had met die Darshan. Wie zou dan een motief hebben gehad om haar te vermoorden?"

Zonder ook maar een keer naar haar handen te kijken draait Judith Krieger een sjekkie en voor het eerst stoort hem dat niet. Ze zet het raam open voordat ze de perfect gedraaide sigaret opsteekt en zijn vraag beantwoordt.

"Juliane Wengert uit jaloezie. Laura Nungesser om dezelfde reden."

Hij knikt. "Of Andreas Wengert zelf. Misschien had die Darshan wel gedreigd zijn vrouw op de hoogte te stellen van hun liaison. Per slot van rekening is het vermogen van haar en ze zijn op huwelijkse voorwaarden getrouwd. In het geval van een scheiding had hij op weinig hoeven rekenen. Dus vermoordde hij Darshan en zocht een jongere, volgzamere vriendin, Laura."

"En wie heeft hem dan een paar maanden later vermoord?"

"Juliane Wengert uit jaloezie. We weten dat hij behalve met Laura ook nog een verhouding had met Tanja Palm."

"Leuke vent. Maar zou het voor Juliane Wengert niet meer voor de hand hebben gelegen om haar rivale te vermoorden?"

"Misschien was ze tot de slotsom gekomen dat haar man haar toch steeds weer zou bedriegen. Of Andreas Wengert heeft Darshan vermoord en werd toen zelf het slachtoffer omdat iemand Darshan wilde wreken."

Peinzend kijkt Judith naar de gloed van haar sigaret. "Eerlijk gezegd kan ik me niet voorstellen dat we twee verschillende daders zoeken. En ik vind het ook moeilijk te geloven dat er een vrouwelijke dader zou zijn."

"Omdat vrouwen niet zo gewelddadig zijn, bedoel je?"

"Je moet in elk geval sterk en koelbloedig zijn om een vrouw met een rugzak vol stenen in een krater te dumpen. En in het geval van Andreas Wengert kon de dader motorrijden, hij had een geweer en wist hoe hij daarmee om moest gaan …"

"Zo moeilijk is dat niet." Maar hij moet haar gelijk geven. De modus operandi is niet vrouwelijk. En dus zal hij zich waarschijnlijk binnenkort moeten verontschuldigen bij Miss Marmer. Manni schuift die gedachte terzijde, neemt een leeg vel papier en tekent er een kruis op.

"Mr. X. De grote onbekende. De verbinding tussen de twee slachtoffers. Misschien houdt Mr. X van Laura en heeft hij zijn rivaal Wengert uit de weg geruimd."

"Maar wat was dan het motief voor de moord op Darshan?" Manni gooit geërgerd de viltstift op tafel. "Klopt, het slaat nergens op."

Judith tikt tegen het kruis dat hij heeft getekend als ze weer verder praat. "Het Schnellbachtal. Ik geloof nog altijd dat het geen toeval is dat de moorden uitgerekend daar hebben plaatsgevonden. Je zou binnen in de Sonnenhof moeten kunnen rondkijken. Laura, die rooie – Vedanja –, Heiner en Beate von Stetten, ik weet zeker dat die veel meer weten dan ze de politie ooit zullen vertellen. En ook die boswachter verzwijgt iets."

Dus dat was de bedoeling. Krieger wil haar onderzoek voortzetten en hij moet zijn zegen geven. Manni merkt dat alles in hem daartegen in opstand komt. Hoofdinspecteur Krieger kijkt hem recht aan als ze verder praat.

"Een deal, Manni, een deal. Laat mij teruggaan naar de Sonnenhof om te proberen of ik iets te weten kan komen. Dat heeft tegelijk het voordeel dat jij je met de nieuweling op alle andere lijnen kunt concentreren."

"Fantastisch. En als jij ergens achter komt, ben ik de lul."

"Onzin! Als ik ergens achter kom, dan vertel ik het meteen aan jou en dan kun jij met die informatie de zaak oplossen en alle lof oogsten. Als ik nergens achter kom, heb jij ook niks verloren."

"En Millstätt?"

"Die hoeft er niks van te weten. De collega's doen voorlopig geen onderzoek op de Sonnenhof, maar op de plaats delict. En als Millstätt het toch te weten zou komen, dan neem ik uiteraard de volle verantwoordelijkheid op me voor mijn eigenmachtige optreden. Als je me niet vertrouwt, ben ik ook graag bereid dat schriftelijk vast te leggen."

Het kan niet goed gaan. Als Manni een halfuur later de deur van zijn huis opendoet, snapt hij al niet meer waarom hij er toch mee akkoord is gegaan.

Drie uur slaap en geen enkele nachtmerrie. Judith voelt daadwerkelijk zoiets als optimisme als ze om acht uur die ochtend bij het boswachtershuis aanklopt.

"Die lijken", zegt de boswachter bij wijze van begroeting, "die hadden allebei blond haar. Lang blond haar. Net als ik. Is dat toeval? Ik bedoel, denkt u dat het mogelijk is dat die moorden een vergissing waren? Dat ik eigenlijk het slachtoffer had moeten zijn?"

"Waarom zou iemand u willen vermoorden?"

De lichtgroene ogen van de boswachter lijken dwars door Judith heen te kijken, ze praat gewoon door alsof ze de vraag niet heeft gehoord.

"Ik moet steeds weer denken aan die dode man op de kansel, ik kan die aanblik gewoon niet vergeten. En ik denk sindsdien maar steeds dat ik dat had moeten zijn. Wie het ook gedaan heeft, eigenlijk had hij het op mij voorzien."

De inrichting van Diana Westermanns woonkamer is een gruwel voor iedere liefhebber van modern interieurdesign. Boven de haard hangen een hertengewei, allerlei onduidelijke, verstofte houten gereedschapspullen en een licht jachtgeweer. Een bankstel is bedekt met Afrikaanse dekens. Er staat een donkere eikenhouten buffetkast, een schommelstoel met een afzichtelijk geruit kussen en een gigantische piano, waar de boswachter naast staat. Ze lijkt nog steeds ver weg met haar gedachten.

"Dat is mijn vriendin Kate." De boswachter wijst naar een ingelijste foto waarop zijzelf en een Afrikaanse vrouw voor een lemen hut zitten. "En dat zijn Kates dochter Mary-Ann en Kates pleegzoon Jo-Jo. En dat", ze pakt een andere foto, "dat is Mary-Ann met haar dochter Belinda."

Een knap zwart meisje houdt een lichter gekleurde baby op haar arm en glimlacht. De boswachter poetst het lijstje zorgvuldig met haar mouw op voordat ze het terugzet op de piano.

"Mary-Ann ziet er nog erg jong uit", merkt Judith op.

"Ze was net vijftien toen mijn baas haar zwanger maakte."

"Uw baas?"

"Mijn baas in Afrika. Robert Walter. De grote, edele Rob. Zo'n echte weldoener. Hoofd van *Nature-Nurture*, een organisatie voor ontwikkelingshulp waarvoor ik in Afrika zat. Ik bewonderde hem, de manier waarop hij zijn leven volledig in dienst stelde van anderen. Tot de dag waarop ik hem betrapte met Kates dochter. Eerst hoopten we dat Mary-Ann niet zwanger zou zijn. Tevergeefs natuurlijk." Ze lacht bitter. "Toen dachten we, nou ja, hij heeft ten minste geen aids en hij zal in elk geval in hun onderhoud voorzien. Mooi niet dus, die klootzak ontkende ijskoud dat hij de vader was. Toen heb ik hem dus hoogstpersoonlijk op andere gedachten gebracht." Terwijl ze naar de foto van Mary-Ann blijft kijken, vertelt ze verder. "Vaderschapstests, een juridische uitspraak ten gunste van de moeder, zoiets kun je in Kenia vergeten, dat wist hij net zo goed als ik. Maar het schandaal dat zou uitbreken als ik hem in Duitsland zou ontmaskeren! De inkomsten zouden teruglopen! Dus hebben hij en ik, zijn ooit zo hooggewaardeerde favoriete medewerkster, een deal gesloten: hij betaalt Belinda's onderhoud en daarnaast voldoende om te zorgen dat Mary-Ann en Jo-Jo naar school kunnen en Kate in M'Bele kan voortbouwen op wat zij en ik daar samen hebben opgebouwd. En mij heeft hij deze baan bezorgd in Duitsland. In ruil daarvoor houd ik mijn mond."

"U hebt hem dus gechanteerd."

"Voordat Rob naar Afrika ging, was hij professor in de bosbouw. Ik wist dat hij nog altijd goede contacten had met bosbeheerders. Ik heb me er niet mee beziggehouden hoe hij deze functie voor me heeft geritseld. Ik was alleen maar blij dat ik weg kon, want alles waarvoor hij en ik ons drie jaar lang in

Afrika hadden ingezet, had hij kapotgemaakt."

"Alleen het lot van Kate en haar gezin, dat liet u niet met rust."

"Maar dat kunt u toch wel begrijpen?"

"Dus u denkt dat die Rob u wil vermoorden, zodat er een einde komt aan de chantage? Is hij dan weer terug in Duitsland?"

"Geen idee. Een paar weken geleden zinspeelde Kate op zoiets. Rob zou zich willen terugtrekken uit het uitvoerende werk ter plaatse, maar zeker weet ik dat niet. Hij betaalt het afgesproken bedrag op een bankrekening in Mombassa. Maar het kan ook best dat hij iemand gestuurd heeft."

"Een huurmoordenaar? Gelooft u dat echt?"

De boswachter slaat haar armen voor haar buik over elkaar, alsof ze zich wil beschermen.

"We kunnen vast wel nagaan waar Robert Walter zich de afgelopen tijd heeft opgehouden."

"Het bos heeft ogen – dat zeggen de Afrikanen, ik heb het altijd voor bijgeloof gehouden." Diana Westermann praat heel zacht, alsof ze tegen zichzelf praat. "Bosgeesten, flauwekul allemaal. Maar sinds ik hier ben, ben ik daar niet meer zo zeker van. Er is daarbuiten iets wat me aanstaart. Ik heb het eerst geprobeerd te negeren, maar dat lukte niet."

"Ik heb sterk het vermoeden dat dat 'iets' een iemand is. Misschien inderdaad die Rob of iemand die door hem is gestuurd. Maar waarschijnlijk iemand uit het Schnellbachtal. Hoe zit het met uw collega's hier? U hebt al eens gezegd dat u niet bijzonder geliefd bent. En u hebt anonieme telefoontjes gekregen."

"Ronja." De boswachter praat verder alsof ze Judiths vraag niet heeft gehoord. "Ronja slaat nooit aan, hoezeer ik me ook bespied voel. Als iemand mij zou beloeren, dan zou Ronja toch moeten aanslaan. En dan die keer dat ze weg was. Dat was zo akelig. Op de kansel waar ik haar de volgende ochtend heb teruggevonden, stond ineens *Ik krijg je nog wel, vuile hoer.* Denkt u dat die boodschap voor mij bedoeld was?"

"Het lijkt me in elk geval sterk dat een Afrikaanse bosgeest zo'n boodschap achterlaat. Waarom hebt u daar de vorige keer dat ik u sprak niets over gezegd?"

"Ik hoopte dat het niets met mij te maken had."

"En waarom bent u inmiddels van gedachten veranderd?"

265

"Omdat ik bang ben. Alstublieft, u moet me helpen."

"Dat probeer ik." Judiths gedachten buitelen over elkaar heen, haar vulpen krast over het papier. De angst van de boswachter lijkt oprecht. Maar is het waarschijnlijk dat iemand die haar wil vermoorden tot twee keer toe het verkeerde slachtoffer treft? Dat zou toch wel een immense, kwaadaardig perverse wending van het noodlot zijn, waar elk op logica gebaseerd onderzoek op moet stuklopen.

"Er is nog iets wat ik u moet vertellen."

"Ja?"

"Toen uw collega destijds mijn geweren heeft meegenomen, heb ik hem niet alle wapens overhandigd. Van mijn voorganger, Alfred Hesse, heb ik behalve de inboedel ook nog een oud dubbelloops geweer overgenomen. Hij bewaarde dat altijd onder zijn bed, voor noodgevallen. Ik heb dat zo gelaten, maar dat heb ik uw collega niet verteld."

"Een jachtgeweer? Wat voor kaliber?"

"16."

"Ik moet dat geweer nu uiteraard meenemen."

De boswachter gaat in de schommelstoel zitten, trekt haar benen op en slaat er haar armen omheen. "Het is weg. Vrijdagavond merkte ik dat. Ik heb overal gezocht. Het is echt weg."

Het moordwapen, denkt Judith. Of is deze hele geschiedenis slechts een verzinsel van Diana Westermann omdat zij in werkelijkheid de dader is? Maar waarom zou ze de politie dan wijzen op een wapen dat ze tot nu toe buiten het onderzoek had weten te houden? Dat slaat nergens op. Judith probeert de ergernis die ze voelt opkomen niet te tonen. Als Diana Westermann wat eerder zo eerlijk was geweest, lag het wapen nu waarschijnlijk in het laboratorium.

"Wanneer hebt u het wapen voor het laatst gezien?"

"Ik weet het niet precies, een paar dagen geleden."

"Maar in elk geval na de moord op Andreas Wengert?"

De boswachter knikt. "Volgens mij heeft iemand ermee geschoten. Er ontbreekt ook munitie."

"Merk?"

"Niks bijzonders. Ik haal het doosje wel even."

De patronen zijn gemaakt van donkerbruin karton, type Rott-

266

weil Jagd, net als de huls die de twee K's op de plaats delict hebben gevonden. Judith stopt het doosje in een plastic zakje en kijkt de boswachter recht aan. "Wie weet er iets van dat geweer behalve u en uw voorganger?"

"Niemand." De manier waarop Diana Westermann verstijft, verraadt haar en deze keer is Judith niet van plan haar te ontzien.

"U maakt u strafbaar als u nu niet de waarheid zegt."

De boswachter slaat haar armen steviger om haar knieën. De schommelstoel piept zachtjes.

"Ik kan het niet."

"Natuurlijk kunt u dat. Er zijn mogelijk twee mensen met dat wapen vermoord. En misschien is het nog niet voorbij."

"Maar het kan niet dat …"

"Wie?"

Diana Westermann zucht. "Laura."

"Laura Nungesser? Het meisje van de Sonnenhof? Zij weet van het geweer?"

Eindelijk houdt de boswachter op met haar mechanische gewip en ze kijkt Judith aan. "Ja. Maar ik kan gewoon niet geloven … Laura is absoluut geen moordenaar." Ze stokt en verbergt haar gezicht in haar handen. "O god."

Laura was op de plek van het misdrijf geweest, Laura was een leerling van Andreas Wengert, Laura wist van het geweer. En toch moet Judith de boswachter gelijk geven. Ook zij kan eigenlijk niet geloven dat dit zeventienjarige meisje een koelbloedige tweevoudige moordenaar zou zijn. Ze belt Manni op en brengt hem op de hoogte van haar gesprek met Diana Westermann. Ze praten beleefd met elkaar, terughoudend en toch bijna zo effectief als een goed op elkaar ingespeeld team. Manni zal ervoor zorgen dat de twee K's het dreigement op de kansel onderzoeken, de nieuweling zal Diana Westermanns Afrikaanse baas opsporen zodra hij even een pauze inlast in zijn jacht op de familie van Darshan Maria Klein. Ze zullen het boswachtershuis doorzoeken en de patronen naar het laboratorium sturen. Judith wil zelf proberen om verder te komen op de Sonnenhof. Ze hoort duidelijk aan Manni's stem dat hij daar niet gelukkig mee is. Hij kan elk moment besluiten haar spelletje niet verder mee te spelen, dat weet ze, en ze zou het hem niet eens kwalijk nemen. Ze verjaagt de gedachte aan wat Millstätt zal doen als hij van haar illegale solo-onderzoek hoort voordat ze succes heeft kunnen boeken.

Ze steekt een sigaret op en geeft gas. Ze wil zo graag positief blijven, maar de angst van de boswachter en Manni's onbehagen kleven als een schaduw aan haar lijf. Ze stuurt haar Passat de laatste bocht voor het Schnellbachtal door en de Sonnenhof ligt voor haar, stil en merkwaardig in zichzelf gekeerd, hoewel de ochtendmeditatie allang voorbij moet zijn. Judiths innerlijke onrust neemt toe. Wie is de dader, wie het slachtoffer? Niks lijkt duidelijk in deze zaak. Het enige wat Judith ineens zeker weet, is dat ze snel moet zijn. Niet alleen om zichzelf te redden, maar ook omdat ergens in dat schilderachtige gebouw naar alle waarschijnlijkheid een moordenaar woont die opnieuw zal toeslaan als zij hem niet tegenhoudt.

"Schedelbreuk", zegt Karl-Heinz Müller en hij strijkt bijna liefdevol over het blonde haar van het dode meisje. "Arm kind."

Manni doet zijn best niet al te nauwkeurig te kijken als de forensisch anatoom na dit ongebruikelijk emotionele gebaar weer verdergaat met de organen. Secties zijn zonder enige twijfel de minst aangename zijde van het politievak, daar kunnen zelfs zijn Fishermans hem niet meer helpen. Manni gaat op een ongebruikte snijtafel zitten nadat hij eerst heeft gecontroleerd of het metalen oppervlak schoon is.

"Het is dus mogelijk dat onze kandidate hier zonder hulp van buitenaf om het leven is gekomen? Gewoon ongelukkig gevallen, over en uit?"

Karl-Heinz Müller snuift in zijn gezichtsmasker en begint aan de half geskeletteerde borstkas.

"Haar rugzak woog dankzij de stenen 41 kilo. Het lijkt mij vrij onwaarschijnlijk dat dat meisje daarmee door het bos is gaan wandelen."

Daar had hij zelf ook op kunnen komen. Manni doet zijn best zijn irritatie niet al te duidelijk te laten merken. De patholoog kan er per slot van rekening ook niks aan doen dat hij met zijn gedachten nog steeds bij het pact is dat hij zo ondoordacht met Judith Krieger heeft gesloten.

"Je hebt gelijk, Karl-Heinz", zegt hij verzoenend. "Maar er is dus geen sprake van een schotwond? Ze is gevallen en toen heeft iemand haar die rugzak aangebonden en haar in die krater gegooid?"

"Best mogelijk dat iemand haar een handje heeft geholpen bij die val. Maar dat kunnen we natuurlijk nooit met zekerheid zeggen."

Manni denkt aan de paarse stof en het mobieltje. De stof past precies bij de jurk van het dode meisje. De twee K's hebben het in ontvangst genomen zonder domme vragen te stellen. Op dit moment kruipen ze waarschijnlijk rond bij de vindplaats die Krieger heeft aangegeven. Maar Karl-Heinz Müller heeft gelijk: de kans dat ze nog bruikbare sporen zullen vinden is vrijwel nihil. Tussen vier en acht maanden heeft het lijk op de bodem van een moddergat gelegen, dat kan de patholoog pas preciezer zeggen als het laboratorium het zuurstofgehalte van de modder heeft geanalyseerd.

"Die krater ligt onder een steile helling." Manni besluit om Karl-Heinz Müller deelgenoot te maken van zijn overpeinzingen. Bovendien weet hij uit ervaring dat professioneel over zijn vak praten het beste middel is tegen de misselijkheid die bij een sectie altijd op de loer ligt. "Misschien vluchtte ze voor haar moordenaar. Of misschien was het een ongeluk. Ze valt, komt ongelukkig met haar hoofd terecht, haar begeleider raakt in paniek, is bang dat hij van moord zal worden verdacht. En dus laat hij het lijk verdwijnen en hoopt dat ze nooit zal worden gevonden."

Karl-Heinz Müller recht zijn rug. In zijn ogen meent Manni iets te lezen wat voor de gewoonlijk zo opgewekte patholoog volstrekt atypisch is: ontsteltenis. "Ik ben bang dat het zo niet is gebeurd."

"Want?"

"Ze heeft een schedelbreuk, waarschijnlijk is ze met haar slaap tegen een boomstam geslagen, er zijn bloedingen in de hersenen die daarop duiden. Vanwege die verwonding kon ze zich niet meer bewegen, hoogstwaarschijnlijk was ze bewusteloos. Maar dat wil niet zeggen dat ze niet meer leefde."

Karl-Heinz Müller trekt zijn mondkapje naar beneden en

steekt een Davidoff op. "God weet wat er nog meer met haar is gebeurd voordat ze eindelijk mocht sterven. Veel zal ik niet meer kunnen bewijzen. Maar een klein stukje bruikbaar longweefsel is nog over en daar heb ik diatomeeën in gevonden."

"Dia…?"

"Kiezelwieren."

"Dus ze ademde nog toen ze in het moddergat werd gegooid?"

Müller blaast twee rookwolkjes uit zijn neusgaten. "Godallemachtig, wie doet er zoiets? Een zwaargewonde verzuipen als een pasgeboren katje. Hoeveel haat moet je daarvoor voelen? Ik weet niet eens zeker of ik het antwoord daarop wel wil weten. Echt, er zijn dagen waarop ik me afvraag waarom ik dit klotewerk eigenlijk doe."

"Ik weet precies wat je bedoelt." Bij de gedachte aan het gruwelijke einde van het blonde meisje wordt het flauwe gevoel in Manni's maag nog sterker. Karl-Heinz Müller gooit zijn sigaret op de stenen vloer, trekt met een geroutineerd gebaar de plastic slof van zijn voet en trapt met zijn hak de walmende peuk uit.

"Aju, Karl-Heinz, ik moet ervandoor. Laat het me weten als je nog iets vindt, ja?" Manni besluit Juliane Wengert met de laatste ontwikkelingen te confronteren, ook al gelooft hij steeds minder dat zij de dader is. Maar ze weet iets, en daar moet ze nu mee op de proppen komen.

"Zorg liever dat je de dader vindt." De patholoog draait hem bruusk de rug toe en gaat weer aan het werk.

Het is als een déjà vu. Als Judith op de parkeerplaats van de Sonnenhof uit haar auto stapt, staat de roodharige Kermit als bij toverslag als een waakhond voor haar. Hoewel er een ijzige wind waait en de temperatuur nog maar net boven het vriespunt ligt, draagt hij nog altijd plastic slippers aan zijn blote, blauwige voeten. Maar anders dan bij hun eerste ontmoeting glimlacht hij nu niet, en ook Judith voelt weinig behoefte aan beleefde conversatie.

"Vedanja, hallo." Schijnbaar onverschillig knikt ze hem toe.

"We dachten dat je weg was, vanwege …" Hij knikt verlegen in de richting van het bos, blijkbaar verlegen om woorden.

"Dat dacht ik ook. Maar ik blijk nog steeds vakantie te hebben.

Dus ben ik teruggekomen."

Hij verspert haar nog altijd de weg naar de houten trap naar de hoofdingang. Waarschijnlijk zou hij haar het liefst voorgoed de toegang tot de Sonnenhof ontzeggen en haar wegjagen.

"Ik hoop dat alles in orde is? Als jullie de seminars hebben opgeschort, ga ik uiteraard weer weg."

"Nee, dat hebben we niet."

"Ik zou er alle begrip voor hebben als jullie voorlopig onder elkaar willen zijn, per slot van rekening ziet het ernaar uit dat het dode meisje iemand van jullie is geweest. Dat moet een verschrikkelijk gevoel zijn. Darshan heette ze, toch?"

Ze ziet hoe hij zijn ogen een fractie van een seconde openspert.

"Darshan", herhaalt ze. "Gecondoleerd. Ze stond je heel na, toch?"

"Moet dit een verhoor voorstellen?"

"Nee, ik wilde alleen maar aardig zijn. Ik heb zelf een tijdje geleden een goede vriend verloren, ik weet hoeveel pijn dat doet. Jij hebt je toch bekommerd om Darshans mobieltje? Vandaar dat ik dacht dat je veel om haar gaf."

Nu heeft ze hem precies waar ze hem hebben wil, ze heeft hem in het nauw gedreven. Hij moet op haar condoleances ingaan, hij moet antwoord geven als hij zich niet verdacht wil maken, en hij weet het. Zijn uitpuilende ogen fonkelen van nauw verholen woede.

"De boswachter heeft mij dat mobieltje gegeven. Ik heb het bij onze gevonden voorwerpen gestopt, omdat ik geen adres van Darshan kon vinden."

"Maar ik dacht dat jullie bevriend waren?"

"Wie zegt dat?"

"Weet ik veel. Ik dacht dat iemand hier dat zei."

"Ik mocht haar graag, ja. En toen is ze naar India vertrokken. Dat is alles." De woede in zijn ogen logenstraft zijn woorden.

"Maar je weet niet waarheen, en het mobieltje is zomaar verdwenen."

"Dan heeft iemand het waarschijnlijk naar haar toegestuurd. Of iemand heeft het gejat. Weet ik veel."

"Gejat? Komt zoiets voor op de Sonnenhof?"

Hij kan zijn woede nauwelijks nog verbergen.

"Nee. En als wij denken dat er reden is de politie in te schakelen, dan doen we dat." Hij draait zich abrupt om. "Ik zal je naar Heiner brengen. Die moet maar beslissen of je hier kunt blijven."

Met lange passen loopt hij de houten trap op, zonder zich erom te bekommeren of ze hem wel volgt. Judith glimlacht. Het lijkt bijna alsof hij wegloopt, maar daar zal hij niet veel mee opschieten. Ze weet zeker dat Heiner von Stetten haar niet wegstuurt, ook al zou hij de moorden hoogstpersoonlijk hebben gepleegd. Hij weet net zo goed als zij dat dat zou neerkomen op een schuldbekentenis. Ze trekt haar schoenen uit voordat ze de entree van de Sonnenhof betreedt en buigt voor de gelukzalig glimlachende Boeddha. Het spel is begonnen en hopelijk zal zij het deze keer zijn die de regels dicteert.

Manni begrijpt dat hem weinig tijd rest om Juliane Wengert zover te krijgen dat ze eindelijk vertelt wat ze weet. De agent die ze als bewaker voor de deur van de ziekenkamer hebben geposteerd maakt gelukkig geen bezwaar tegen Manni's bezoek, maar verdwijnt meteen dankbaar richting cafetaria. Maar de afdelingsarts is een keiharde. Ze heeft hem een kwartier gegeven, en ook dat alleen maar omdat hij haar heeft wijsgemaakt dat het zo ongeveer om leven en dood gaat. Om hem duidelijk te maken dat hij zich dient te gedragen, is er een leerling-verpleegster voor de deur geposteerd. Waarschijnlijk staat die met haar oor tegen de deur aan gedrukt, in de hoop dat ze iets kan opvangen van wat er gebeurt in die kamer met zijn urinegeel geverfde, kapotgestoten muren. Hij hoopt dat Juliane Wengert niet weer begint te huilen, want dan gooien ze hem geheid meteen weer de deur uit. Maar daar ziet het niet naar uit, waarschijnlijk hebben ze haar volgestopt met kalmeringsmiddelen. Miss Marmer, denkt hij, vandaag doet ze die naam werkelijk alle eer aan, zo bleek ziet ze. Moeizaam draait ze haar hoofd om en kijkt hem aan.

"Mijn advocaat is er niet."

"Ik ben meteen weer weg. We hebben geen advocaat nodig."

Hij weet dat dat een leugen is, maar dat doet er niet toe. Hij trekt een stoel bij het bed.

"Ik ben hier niet omdat ik u ergens van verdenk, maar omdat ik uw hulp nodig heb. Luister alstublieft even."

Ze zegt niets, wat hij als toestemming interpreteert.

"Er is een moord gepleegd op een meisje", zegt hij. "Een maand of wat geleden al, maar dicht in de buurt van de plek waar ook uw man is vermoord. Stelt u zich dat eens voor. Een meisje met blonde vlechten dat naar India wilde. Maar er ging iets mis. Ze valt in dat eenzame bos van een steile helling, of misschien duwt iemand haar ervan af, dat weten we niet. In elk geval slaat ze met haar hoofd op de grond – schedelbreuk. Maar ze is niet dood, alleen maar zwaargewond, misschien bewusteloos, misschien krijgt ze nog iets mee." Hij dempt zijn stem tot een fluisteren. "Stelt u zich haar angst eens voor, haar pijn, haar afgrijzen als ze merkt dat ze niet kan vluchten. En dan is daar die man, we denken althans dat alleen een man tot zoiets in staat is. Misschien verkracht hij haar. Misschien kwelt hij haar. Ook dat weten we niet. Maar wat we wel weten is dat hij haar rugzak volstopt met stenen en haar in een modderpoel verzuipt. En al die tijd kan ze zich niet verweren."

Juliane Wengert staart hem aan alsof hij een spookverschijning is. Uit haar ooghoeken druppelen tranen.

"Er moet een verband zijn tussen deze gruwelijke moord op het blonde meisje en de moord op uw man." Manni probeert al zijn overtuigingskracht in zijn stem te leggen. "En die samenhang, die moeten wij heel, heel dringend zien te achterhalen, om te voorkomen dat er nog een moord plaatsvindt."

"Ik begrijp niet hoe ik u daarbij kan helpen."

"Het blonde meisje heette Darshan Maria Klein." Manni besluit dat het legitiem is om dit te beweren, ook al is de nieuweling er nog altijd niet in geslaagd haar familie te achterhalen.

"Zegt die naam u iets? Heeft uw man die naam ooit genoemd? Is het mogelijk dat hij haar ooit heeft ontmoet? Is hij wellicht ooit in dat cursuscentrum de Sonnenhof in het Schnellbachtal geweest?"

"Nee." Het antwoord is zo zacht dat hij het nauwelijks verstaat. Toch is hij ervan overtuigd dat Juliane Wengert deze keer de waarheid zegt, dat hij tot haar is doorgedrongen. Er is iets veranderd in de manier waarop ze hem aankijkt. Aandachtiger. Blijkbaar heeft ze het opgegeven om eeuwig dwars te liggen en laat ze wat hij zegt eindelijk tot zich doordringen.

"En Diana Westermann? Zegt die naam u iets?"

Ze lijkt ineens net een klein meisje. "Ik ken die namen niet, echt niet. Maar dat wil helemaal niks zeggen. Wat weet ik nou? Wat weet ik nou over mijn man?"

Ze stokt en wordt nog een tint bleker. "Waarom vraagt u mij eigenlijk naar dat dode meisje? U gelooft toch niet echt dat Andreas haar heeft vermoord?"

"Wat ons vooral interesseert is of u dat gelooft."

"Nooit, nee, dat zou Andreas nooit hebben gedaan."

"Hoe weet u dat zo zeker? Net zei u nog dat u helemaal niet meer kunt inschatten wat u eigenlijk over uw man weet."

"Omdat hij …" ze staart hem aan, blijkbaar zoekend naar woorden, terwijl de tranen weer over haar wangen stromen.

"Omdat hij dat niet zou hebben gekund. Bedrog, ja. Maar moord? Hij zou het niet voor elkaar hebben gekregen, begrijpt u. Omdat hij daar veel te weekhartig voor was. Te laf. Misschien zou hij dat meisje een zet hebben gegeven, uit woede of onopzettelijk. Maar in dat geval zou hij haar gewoon hebben laten liggen in de hoop dat ze vanzelf dood zou gaan." Haar stem wint aan kracht terwijl ze spreekt. "Ja, zo zou hij dat hebben gedaan. Misschien zou hij zelfs naar mij toe zijn gekomen zodat ik hem zou helpen verder te leven met de consequenties van zijn daden."

"En? Zou u hem hebben geholpen?"

Hulpeloos schudt ze haar hoofd. "Ik weet het niet. Maar hij is niet naar me toe gekomen."

Woordeloos houdt Manni haar de foto van Laura Nungesser voor die de nieuweling uiteindelijk toch ergens heeft weten op te duikelen. Een enigszins bewogen pasfoto, maar het werkt. Hij ziet dat Miss Marmer het meisje meteen herkent.

"Laura Nungesser, een leerling van Andreas", fluistert ze.

"Uw man had een verhouding met haar?"

Ze knikt, gekweld.

"Waarom hebt u dat niet eerder gezegd?"

"Ik wilde niet dat het uit zou komen. Een minderjarig schoolmeisje! De schande als de buren ervan zouden horen, of mijn familie."

"Laura woont op de Sonnenhof."

Juliane Wengert kijkt oprecht verbaasd. "Dus daar heeft ze haar naartoe gestuurd."

"Ze?"

"Laura's moeder."

Een moment lang zeggen ze geen van beiden iets, en in die stilte lijkt Juliane Wengert eindelijk in te zien wat ze daarvoor weigerde te erkennen. Ze houdt haar hand voor haar mond en staart Manni aan.

"Dus daarom was Andreas op die kansel. Omdat hij haar nog altijd ontmoette. Dan was alles dus voor niks."

"Wat was er voor niks?"

Een stortvloed van tranen loopt nu uit Julianes ogen, die inmiddels helemaal rood en opgezwollen zijn. Ze knikt zo heftig dat hij haar nauwelijks kan verstaan. "Dus zij heeft ook tegen me gelogen! Ze heeft me beloofd dat ze Laura van school zou halen en ervoor zou zorgen dat ze Andreas zou vergeten. Een slippertje!" Juliane Wengert schreeuwt dat laatste woord, ze werpt zich op haar zij en begint de matras met haar vuisten te bewerken. "Een slippertje, verdomme!" Haar vuisten vliegen omhoog tegen haar gezicht, ze beuken tegen haar wangen, tegen haar voorhoofd en op haar mond, zo snel dat Manni er niet in slaagt ze te vangen. "Stomme trut!" schreeuwt Juliane. "Ik ben zo'n stomme trut! Een slippertje – waarom geloofde ik dat? Waarom laat ik me door iedereen wat voorliegen?"

De deur van de ziekenkamer vliegt open en de leerling-verpleegster komt naar binnen gevlogen, op de hielen gevolgd door de afdelingsarts die Manni met een vernietigende blik van zijn stoel verjaagt. Met lange passen verlaat hij de ziekenkamer. Het heeft geen zin om te wachten tot Juliane Wengert weer verhoord kan worden. Alleen van haar geschreeuw kan hij niet zo gemakkelijk loskomen, het weergalmt in zijn hoofd, ook nadat de liftdeuren zich achter hem hebben gesloten en hij zijn mobieltje weer inschakelt, dat subiet begint te rinkelen.

"Laten we denken aan onze voormalige metgezel Darshan en positieve energie en kracht sturen naar waar ze nu is", zegt Beate von Stetten zalvend en ze zet een kaars naast een leeg bord midden op de lange houten tafel in de eetzaal. Zwijgend vormen ze een kring en houden ze elkaars hand vast terwijl Beate mantra's begint te zingen. Haar stem is welluidend en krachtig, een verrassende tegenstelling met haar afgetobde, magere gestalte. Heiner en de rechercheur zijn niet komen lunchen en dat vervult Laura met onbehagen. Stel nou dat die rechercheur toch hier is om onderzoek te doen. Stel dat die twee nu over haar zitten te praten. Ze vindt het onaangenaam zoals de rechercheur haar aankijkt, ondanks al haar noem-mij-maar-gewoon-Judith-kom-we-roken-nog-een-sigaretjegedoe.

Haar ogen zien te veel, en tegelijk zit er iets in, iets donkers, iets treurigs, waardoor Laura zich aangetrokken voelt. Niet zoals bij Diana, die leuk is, spannend, een maatje, haar beste vriendin, maar anders, gevaarlijk.

We nemen Judith een tijdje bij ons op. Ze heeft een vreselijk verlies geleden en wil bij ons weer op krachten komen, had Heiner von Stetten gezegd. Misschien observeert de rechercheur Laura dus ook helemaal niet. Misschien wil ze echt alleen maar mediteren. Hoewel ze tijdens het mediteren aan een stuk door de gezichten van de anderen zit te bestuderen. Telkens wanneer Laura bij het mediteren haar ogen opendoet, ziet ze dat.

Ze zingen driemaal het Ohm en de anderen beginnen te eten. Laura prikt wat in haar salade en vraagt zich af hoe het is om dood te zijn. Beate had gezegd dat je bij het sterven uit je lichaam wegzweeft en nog een tijdje onzichtbaar op aarde blijft om afscheid te nemen, en dat zielen die op een grote chaos terugkijken soms niet kunnen loskomen, maar in een soort halfwereld gevangenzitten, onbereikbaar voor zowel de levenden als de doden. Onwillekeurig kijkt Laura omhoog naar het plafond. Misschien zit die Darshan wel hierboven en misschien is Andi ook wel ergens dicht bij haar en kan ze hem alleen niet zien. Misschien kan hij niet loskomen totdat zijn moordenaar is gepakt. Misschien probeert hij zelfs wel zich bij haar te verontschuldigen. Ze kan nog steeds niet geloven dat dat superdynamische rechercheurtje gelijk zou hebben en dat Andi daadwerkelijk een verhouding was begonnen met dat verwende tutje van een Tanja Palm. Het kan haar ook niks schelen, denkt ze nukkig. Ze heeft zelf ook een minnaar. En bovendien schiet ze er niets mee op om te piekeren over wat voorbij is. Het verleden is gevaarlijk, zegt haar minnaar altijd. Dat kun je maar beter laten rusten, veranderen kun je het toch niet.

Ze kijkt naar hem. Jey, die nu niet meer de andere man is, maar de enige. Hij praat met Beate, is schijnbaar volledig verdiept in het gesprek, maar daar laat Laura zich niet door misleiden. Ze weet dat hij haar desondanks waarneemt, dat is altijd zo, vanaf de eerste keer dat ze met elkaar hebben geslapen, en een moment lang beangstigt haar dat. Waarom vertrouwt hij haar niet? Ze heeft Andi toch echt alleen maar helemaal aan het begin van haar relatie met Jey ontmoet. Laatst, toen ze naar de schapen was geweest en terugkwam in haar kamer, zat hij aan haar bureautje en ze had durven zweren dat hij in haar dagboek had zitten lezen, maar waarschijnlijk heeft ze zich dat toch maar ingebeeld. Toch durft ze sindsdien niks meer over Andi in haar dagboek te schrijven. De salade smaakt niet, ze schuift haar bord aan de kant. Natuurlijk vertrouwt Jey haar, hij is alleen maar bang omdat hij van haar houdt en haar niet wil verliezen. Terwijl hij zich toch echt geen zorgen hoeft te maken, ze heeft haar lesje geleerd. Ze zal zwijgen over Andi, zoals ze hem heeft beloofd, ze zal hem nooit meer zien en ze zal ook nooit haar nieuwe liefde voor Jey verraden. Omdat ze sterk is en volwassen en op zichzelf kan passen. En niemand kan haar dwingen iets te zeggen als ze dat niet wil.

Vedanja gaat naast haar zitten en legt zijn arm om haar schouder.

"Alles in orde? Je eet helemaal niet. Je moeder komt vanavond, Laura, om je bij te staan. Uit Italië."

Ze verstijft onder zijn hand, ze voelt Jeys waakzame blik, ze wilde dat ze ergens anders was.

"Ik wil haar niet zien."

"Ik ben bang dat dat niet gaat, Laura." Vedanja klinkt bijna geamuseerd. "De politie brengt haar hierheen zodra haar vliegtuig uit Florence is geland. Zodat ze bij je kan zijn als de politie je vragen stelt."

"Ik weet niks, ik heb haar niet nodig."

"Maar het gebeurt toch, Lauraatje. Het is beter."

"Noem me niet zo! Ik ben geen klein kind!" Ze rukt zich los en rent de eetzaal uit, over de wei naar haar schapen die haar aanstaren en niets anders van haar verlangen dan kaf, water en voer.

Op Manni's bureau stapelen de briefjes en aktes met onopgehelderde vragen zich op, zijn vaste telefoon en zijn mobieltje lijken aan één stuk door te rinkelen en tegenover hem, op de plek van Holger Kühn, zit de nieuweling die ook aan één stuk door zit te telefoneren alsof zijn leven ervan afhangt. Wat in zekere zin nog zo is ook. Per slot van rekening hangt zijn toekomst bij de KK11 net zo af van een succesvol onderzoek als die van Manni. En dan doet het er niet toe dat het overgrote deel van de Keulse bevolking sinds 11.11 uur bestaat uit gekostumeerde, hossende en joelende dronken lieden die het begin van het carnavalsseizoen vieren.

"U weet dus zeker dat Andreas Wengert nooit de naam Darshan Maria Klein heeft genoemd?" vraagt de nieuweling in de hoorn, terwijl zijn dunne, donkerbehaarde vingers een volgende naam van de lijst schrappen. Achter hem kijken Holger Kühns boxers met hun platte snuit en druipogen zo melancholiek vanaf de muur toe alsof de Erlengrundzaak een hopeloos geval is. Woedend bijt Manni een Fishermans Friend kapot. Zo-even heeft Millstätt hem op de hoogte gebracht van het feit dat Juliane Wengert, de enige verdachte met een enigszins acceptabel motief die ze tot nu toe hadden weten te vinden, naar huis mag zodra ze weer op krachten is. Wat blijft er dus over, zestien dagen na het begin van het onderzoek? Ze hebben geen motief, geen veelbelovend spoor, zelfs geen verband tussen de slachtoffers. De nieuweling gaat even koffie halen en Manni belt voor de zoveelste keer het mobiele nummer van Judith Krieger en moet voor de zoveelste keer aanhoren hoe een monotone vrouwenstem uitlegt dat degene die hij probeert te bellen niet bereikbaar is. Geïrriteerd smijt hij zijn mobiel op een stapel dossiers, waarna hij stevig vloekt omdat het in een bakje met een restje koude patat belandt. Als die Krieger zo nodig illegaal moet rondsnuffelen, waarom moet ze dat dan ook nog uitgerekend ergens doen waar geen bereik is? Hij veegt het vet van zijn mobieltje en verbiedt zichzelf erover na te denken wat er gebeurt als Millstätt achter de deal komt waar Manni zich toe heeft laten overhalen door de voormalige toprechercheur van de KK11. Als Millstätt wil, kan hij iemand met een paar woorden of een enkele blik vernietigen, daar heeft Manni al een voorproefje van gehad. En voor het eerst begint hij er een vermoeden van te krijgen wat een kei Krieger moet zijn geweest als Millstätt met zijn drang naar perfectie haar bijna twee jaar lang de hand boven het hoofd heeft gehouden, terwijl ze niet meer echt scherp was.

Voor Manni lijkt het hoofd van de KK11 minder sympathie te voelen. Of Julianes advocaat heeft hem meer lastiggevallen dan Millstätt wil toegeven. Nog geen uur nadat Manni Juliane Wengert hysterisch krijsend onder de hoede van het ziekenhuispersoneel heeft achtergelaten, stond haar advocaat bij Millstätt op de stoep om bezwaar aan te tekenen tegen Manni's ontoelaatbaar grove verhoormethode. Nu is Millstätt op zijn zachtst gezegd pisnijdig en hij eist *eindelijk concrete resultaten, en gauw ook.* Wat natuurlijk precies is wat Manni ook wil, zijn baas heeft per slot van rekening gelijk: ergens huppelt een extreem gewelddadige moordenaar vrij rond en wat gebeurt er als die zich door hun gemodder in het nauw gedreven voelt en opnieuw toeslaat voordat ze zelfs maar een idee hebben wie het is? Je moet er niet aan denken wat dat voor gevolgen zou hebben, en de enige reden waarom het speciale Erlengrundteam nog even respijt heeft gekregen, is dat het journaille zich heeft vastgebeten in het onderzoek naar de zaak-Jennifer, dat volgens hen niet snel genoeg vordert. Maar het zal niet lang meer duren voordat iemand er lucht van krijgt dat de recherche van Keulen kennelijk niet alleen een meisjesmoordenaar zijn gang laat gaan, maar ook niet in staat is een gestoorde moordenaar in het Bergische Land in de kraag te vatten.

Manni knikt tegen de nieuweling die een mok koffie voor hem neerzet en opnieuw naar de hoorn van de telefoon grijpt nog voor zijn smalle achterwerk op de stoel van Holger Kühn is neergeploft. Maar in elk geval kunnen ze nu met zekerheid zeggen dat het lijk in de modderput inderdaad de 22-jarige Maria Klein, genaamd Darshan, is. Haar moeder, een alcoholistische slons die in een verwaarloosd staalarbeidershuisje in Duisburg-Rheinhausen woont, heeft dat die middag bevestigd, maar meer ook niet. Ze had blijkbaar al twee jaar geen contact meer met haar enige dochter, wat Manni vanuit het oogpunt van de dochter goed kan begrijpen. De stank van zoetig parfum, ongewassen kleding, ranzig vet en alcohol die in de woning hing was bijna niet te harden, en het hulpeloze gejammer van de bewoonster evenmin. Het mens brabbelde aan één stuk door. Haar Maria was al op het verkeerde pad geraakt toen ze zestien was, ze was van school gegaan, had op straat geleefd, was gewoon niet in de hand te houden, niet meer te handhaven. Dat was haar schuld niet! Wat kon zij, haar moeder, nou doen terwijl haar man ook al verdwenen was? En dan die vreselijke naam: Darshan. Alsof ze verdomme zo'n buitenlandse was. Of de moeder wist dat haar dochter op weg was naar India had Manni gevraagd. Er was een keer gebeld van overzee, wanneer precies, dat wist ze niet meer, alleen dat het nacht was geweest en warm. Ze hadden het jammerende mens achtergelaten onder de hoede van een Turkse buurvrouw, nadat ze eerst nog de adressen van de tandarts, de huisarts en van Darshans vader – verwekker had mevrouw Klein verachtelijk gezegd – aan haar hadden weten te ontlokken. Verrassend genoeg bleek de vader duidelijk aangeslagen door de dood van zijn dochter, hoewel hij haar en zijn vrouw al tien jaar niet meer had gezien.

De nieuweling steekt zijn hand op om Manni's aandacht te trekken en schakelt meteen over op Engels. Het is een zegen dat hij die taal vrijwel perfect beheerst. Voordat hij besloot tot een carrière bij de politie, heeft hij een paar semesters Engels gestudeerd en zelfs een tijdje in Londen gewoond. Ook zijn Frans is heel acceptabel, wat van pas kwam bij zijn onderzoek in Kenia. Ja inderdaad, hij betaalt onderhoud aan een Afrikaanse die beweert een kind van hem te hebben, had Diana Westermanns ex-baas Robert Walter bereidwillig verklaard. Gewoon een genereus gebaar. Van chantage door Diana Westermann was absoluut geen sprake en in Duitsland was hij met de kerst voor het laatst geweest. Een verklaring die is bevestigd door meerdere medewerkers alsmede door de Keniase ambassade die bevoegd is voor de inreisformaliteiten. Dus dat merkwaardige idee dat de boswachter eigenlijk het slachtoffer had moeten zijn, kunnen ze ad acta leggen.

Vrouwen hebben nou eenmaal een wat al te levendige fantasie, denkt Manni, terwijl hij over zijn bureau leunt en op de luidsprekertoets van Holger Kühns telefoon drukt zodat hij kan horen wat de een of andere Indiase goeroe aan het andere eind van de wereld antwoordt op de vragen die de nieuweling in zijn keurige Oxford-Engels hem stelt. Dagenlang hebben ze in de ashram niemand weten te vinden die Engels spreekt, nu hebben ze eindelijk geluk. Op 8 mei had Darshan in Mumbai moeten landen, zo vertelt de Indiër. Men had haar willen afhalen, maar ze kwam niet opdagen. De man weet zelfs het vluchtnummer en vertelt dat een medewerker meermaals heeft geprobeerd om achter Darshans verblijfplaats in Duitsland te komen, onder meer door telefoontjes aan haar moeder en aan de Sonnenhof.

"Waar had u die nummers vandaan?" wil de nieuweling weten.

Van Darshan uiteraard, antwoordt de Indiër verbaasd. Voordat Darshan had besloten naar de ashram af te reizen had er kennelijk een levendige e-mailcorrespondentie plaatsgevonden.

"Wij gaan heel nauwkeurig na wie wij uitnodigen om bij ons te komen leven." Bovendien had Darshan tweeduizend euro vooraf betaald voor haar verblijf, dus uiteraard had men navraag gedaan toen ze vervolgens niet kwam opdagen. Met wie hij op de Sonnenhof had gesproken, vraagt de nieuweling. Dat was een man geweest, zijn naam weet de medewerker helaas niet meer. Dat zou ook wel stom geluk zijn geweest. De nieuweling beëindigt het telefoongesprek en kijkt Manni aan.

"Zal ik de datum laten bevestigen door British Airways?"

"Ja, en laat ze ook checken of ze iets kunnen vinden over waarom ze niet met die vlucht is meegegaan."

"Dat lijkt me wel duidelijk, omdat ze dood was."

"Grapjas! Het kan toch dat ze de vlucht al eerder had omgeboekt of geannuleerd of zo." Manni drukt op de snelkiestoets die hem verbindt met de patholoog. In gesprek.

"Op zes mei leefde ze nog, daar zijn getuigen voor. Als zeven mei als sterfdag in aanmerking komt, dan kunnen we eindelijk alibi's nagaan."

De nieuweling nipt van zijn koffie. "Het zou wel interessant zijn om uit te zoeken met wie die Indiër gesproken heeft op de Sonnenhof."

"En nog interessanter is hoe een schoolverlater die vanaf haar zestiende op straat leeft aan het geld komt voor een vlucht naar India plus nog eens tweeduizend euro."

Manni's horloge begint te piepen om hem eraan te herinneren dat ze Hannah Nungesser moeten afhalen van de luchthaven. Hij springt overeind.

"Kom op, Ralf, anders missen we mevrouw Nungesser nog. Hopelijk doet haar dochter eindelijk haar mond open als mammie haar terzijde staat."

"En wanneer controleren we dat van de ashram?"

"Alles op zijn tijd. De dag duurt nog lang." Dat is een pertinen-te leugen, gewoonlijk zouden ze nu al vrij hebben, gewoonlijk zou hij zich uiterlijk rond deze tijd met de jongens uit Rheinsdorf in het carnavalsgedruis storten. Manni's mobieltje begint te tril-len, wat betekent dat Karl-Heinz Müller eindelijk heeft opgehan-gen. Meteen drukt Manni op NUMMER HERHALEN, blij dat hij de nieuweling niet hoeft uit te leggen waarom ze niet meteen naar de Sonnenhof gaan. Manni hoopt van harte dat Krieger zich aan hun afspraak houdt en om elf uur vanavond in Rosi's Supergrill op hem zit te wachten, zodat hij haar kan waarschuwen. Want morgenochtend gaan ze de Sonnenhof doorzoeken en dan moet zij daar weg zijn.

"Ik vraag me echt af waarom Beate het tot haar persoonlijke taak rekent om elke meditatie en elke maaltijd in een rouwplechtig-heid voor Darshan te veranderen!" De zachte vrouwenstem doorbreekt de verlammende stilte waarmee de avondmeditatie in de Sonnenhof gewoonlijk begint. Judith, die net op Laura's geheime plekje op het afdak een sigaret wilde opsteken, schrikt op. Het is donker en ze zit pal tegen de muur aan. Ze hoopt dat de mensen daar beneden haar niet opmerken en nog even door-praten, zodat ze op die manier eindelijk een inkijkje krijgt in wat er zich werkelijk afspeelt tussen de bewoners van de ashram. En ze lijkt geluk te hebben.

"Vind je dan dat we zomaar aan haar dood voorbij moeten gaan?" De tweede spreker is een man, hij spreekt snel, bijna agressief, met een licht Hessisch accent. Ben, de meubelmaker, herkent Judith. Ze drukt zich nog wat dichter tegen de muur.

"Nee, natuurlijk niet, natuurlijk moeten we om Darshan rou-wen", zegt de vrouwenstem toegeeflijk. "Maar Beate is toch wel de laatste die reden heeft zich daarbij overdreven uit te sloven."

"Wie zou er volgens jou dan de aangewezen persoon zijn om ervoor te zorgen dat we niet gewoon weer tot de orde van de dag overgaan?"

"Vedanja misschien, die twee waren toch bevriend? Of Heiner zelf."

Judith kan de spreekster nog altijd niet identificeren, maar de manier waarop ze over de anderen spreekt, lijkt erop te duiden dat ze geen cursiste is maar een van de zeventien mensen die vast in de ashram wonen. Heiner von Stetten betaalt hun zo'n honderdvijftig euro per maand, kost en inwoning zijn uiteraard gratis en ook voor een ziektekostenverzekering wordt gezorgd. In ruil daarvoor worden ze geacht bij het werk op het land, in de werkplaats, in huis en in de keuken te helpen. Sommige ashrambewoners hebben niet eens een eigen kamer. Het is dus onmogelijk dat het samenwonen op de ashram zo vrij van conflicten is als Heiner von Stetten, zijn vrouw, rooie Kermit en al die anderen beweren. Judith heeft hun daar voorzichtig tussen yogales, zwijgritueel en meditatie in naar gevraagd. De mensen zijn nu eenmaal niet zo vredelievend als ze graag zouden willen zijn. Liefde, begeerte, beschaamde hoop en misverstanden – het samenleven is net een mijnenveld dat des te gevaarlijker wordt als je zo dicht op elkaar zit. En daar kunnen ook biologisch eten, mantra's, tarotorakels en een zonderlinge kosmos vol Indiase heiligen en boeddha's niets aan veranderen.

"Beate is nu eenmaal zo, je kent haar toch. Oppermama. Voelt zich altijd voor alles verantwoordelijk. Misschien heeft ze wel last van een slecht geweten tegenover Darshan", zegt de meubelmaker.

"Een slecht geweten? Omdat Darshan haar man heeft verleid?"

"Wie zegt dat ze hem heeft verleid?"

"Niemand. Die indruk had ik gewoon, dat er iets was tussen die twee. Omdat Beate nooit erg positief was over Darshan, terwijl ze anders toch altijd zo vriendelijk is tegen iedereen. En in die tijd begon ze ook zo ontzettend af te vallen. Nou ja, hoe dan ook. Ik moet nu Vedanja's kantoor afsluiten, hij is met Laura naar de politie."

"Weet je wanneer ze terugkomen?"

"Geen idee. Welterusten, Ben."

"Ja, jij ook, Petra."

Aha, Petra, het puisterige meisje van de receptie. Een zacht geknars op het kiezelpad duidt erop dat ze haar voornemen meteen uitvoert en terugloopt richting hoofdgebouw. Pas als het licht aangaat in de werkplaats, die zo'n vijftig meter verderop ligt, en de gestalte van de meubelmaker naar binnen verdwijnt, klautert Judith haar kamer weer in. Heiner von Stetten had dus wellicht iets met Darshan, zijn afgetobde vrouw wist ervan en doet desondanks alsof ze om een geliefde dochter rouwt. En Vedanja verzwijgt dat hij met Darshan bevriend was. Judith kan nauwelijks wachten op haar volgende therapieafspraak bij de leider van de ashram.

Ze hebben besloten om Laura Nungesser te verhoren op de politiepost van Hans Edling. Christoph Brandes, die roodharige janklaassen die op de Sonnenhof Vedanja wordt genoemd en voor wie ze de titel 'hoofd pedagogie' hebben uitgedacht, heeft het meisje er in een roze VW-busje heen gebracht en zit nu als een trouwe waakhond te wachten in een belendend kamertje. De moeder, Hannah Nungesser, ziet er jonger uit dan haar 41 jaar, wat waarschijnlijk deels kan worden toegeschreven aan het feit dat ze overduidelijk zwanger is.

"Einde vijfde maand", had ze op de luchthaven verlegen gemompeld toen ze Manni's blik had opgemerkt. "Dat kun je niet meer verbergen. Luister, mijn dochter weet nog niets van mijn ... toestand. Kan ik van tevoren even alleen met haar praten? Alstublieft?"

Tien minuten hebben ze haar gegeven voor die blijde boodschap, ze zijn per slot van rekening geen onmensen. En nu zitten de twee vrouwen in het ouderwets gemeubileerde politiegebouwtje tegenover hem, onmiskenbaar moeder en dochter, en toch mijlenver van elkaar verwijderd, zowel wat betreft kleding als wat betreft lichaamstaal. Hannah kijkt haar dochter bijna smekend aan. Maar die heeft zich volledig in haar schulp teruggetrokken, wat ze ten overvloede demonstreert door haar armen voor haar borst over elkaar te slaan. Vooruit dan maar. Hans Edling heeft inmiddels het juiste programma op de computer gevonden om het verhoor te protocolleren en knikt tegen Manni.

"Mag ik roken?" De korte zijdelingse blik die Laura haar moeder toewerpt is provocerend en vijandig bedoeld, maar die reageert slechts met een hulpeloos lachje.

De nieuweling schuift een asbak naar het meisje toe. Nukkig schudt Laura haar zo te zien ongekamde haren in haar nek, ze draait een flinterdun sjekkie en inhaleert diep. Manni pakt een van de mailtjes die hij 's nachts met Krieger in de keuken heeft gelezen. Hij heeft het gevoel dat dat veel langer geleden is dan zeventien uur, en even kan hij zich niet meer herinneren of en wanneer hij daarna heeft geslapen. Maar dat doet er nu niet toe. Hij vermant zich en begint voor te lezen: *13 augustus. Liefste Andi, Ik weet dat ik niet zo moet aandringen en dat ik geduld moet hebben. Maar ik mis je zo …* Hij ziet hoe het meisje geschrokken haar ogen openspert, hoe haar moeder nog een beetje schuldbewuster in elkaar krimpt, maar hij besluit om die twee hier en nu helemaal murw te maken en hij pakt het volgende printje. "Je verzoek werd kennelijk gehonoreerd, Laura." En hij leest weer voor: *3 september. Sinds je bij me was, zweef ik op een roze wolk. Kom alsjeblieft, alsjeblieft, alsjeblieft gauw weer …* Hij gooit het papier op tafel. "En zo gaat het maar door, totdat je hem ten slotte op 5 oktober schrijft: *Liefste Andi, er is iets gebeurd en ik moet je dringend spreken. Kom alsjeblieft zaterdagavond om negen uur naar onze vaste plek, dan leg ik je alles uit. Laura.*

"Dat heb ik niet geschreven!"

Onaangedaan gaat hij verder. "Zaterdagavond, dat was 10 oktober. De dag waarop je leraar op de kansel in het bos is neergeschoten. Die kansel bij de Erlengrund, dat was toch jullie geheime ontmoetingsplek? In elk geval hebben we daar sigarettenpeuken gevonden en ik weet zeker dat het dezelfde zijn die jij hier net in de asbak hebt uitgedrukt. Ons laboratorium kan uiteraard een DNA-test doen en die liegt niet."

De nieuweling reageert prompt en schuift de asbak buiten het bereik van het meisje, dat met flakkerende ogen toekijkt.

"Wij hebben op de kansel splinters van een cd-doosje gevonden, Laura", zegt Manni. "Als we je vingerafdrukken nemen en je cd's onderzoeken, wat denk je, zouden we dan een match vinden?"

Het cd-doosje had Krieger hem nog bezorgd, maar dat hoeft hij uiteraard nu niet te onthullen. Hij is nogal ingenomen met de manier waarop hij erin slaagt Judith Kriegers illegale gesnuffel verborgen te houden maar tegelijkertijd wel gebruik te maken van de resultaten ervan. Zijn list lijkt te werken, de ontzetting in de barnsteenkleurige ogen van het meisje is ongeveinsd en meteen begint ze te huilen. Manni onderdrukt een zucht. Moet nou echt iedereen in deze rotzaak aan een stuk door grienen?

"U denkt toch niet dat mijn dochter …? Het is misschien toch beter als we contact opnemen met een advocaat", zegt Hannah Nungesser, die duidelijk moeite heeft zich te beheersen. Ze probeert haar dochter een pakje Tempo in de hand te drukken, maar die mept ernaar alsof ze een bromvlieg wil verjagen.

"Uiteraard hebt u het recht een advocaat erbij te halen", zegt Manni. "Alleen zal dat tot een aanzienlijke vertraging leiden die ik als het even kan liever zou vermijden. Wij beschouwen uw dochter ook niet als een verdachte, maar als een getuige. Wij willen alleen maar weten wat ze weet, zodat we zo snel mogelijk de dader kunnen inrekenen."

Terwijl Hannah Nungesser kennelijk nog niet goed weet hoe ze moet reageren, haalt haar dochter luidruchtig haar neus op en begint te praten.

"Ja, ik heb Andi een paar keer op de kansel ontmoet. Maar niet op 10 oktober, echt niet. En dat laatste mailtje dat u hebt voorgelezen, dat is ook niet van mij."

"Je naam staat er wel onder."

"Precies." Weer haalt ze luidruchtig haar neus op en ze negeert de zakdoekjes die haar moeder haar opnieuw aanbiedt. "Ik heb mijn mailtjes aan Andi altijd met 'L' ondertekend, vanwege zijn vrouw."

Slim bedacht, denkt Manni, maar hij begint toch gelaten door de mailtjes te bladeren. Ze heeft gelijk. Hij vergelijkt de afzenders en onderdrukt een vloek. Waarom heeft niemand dat opgemerkt? Het laatste mailtje heeft zelfs een andere afzender: dielau@gmx.de in plaats van dielau@web.de zoals de andere, die inderdaad allemaal met "L" ondertekend zijn. Hij tikt met zijn vinger op het laatste mailtje en kijkt de nieuweling aan.

"Zorg dat je Stafco-Stef te pakken krijgt. Die moet nagaan op wiens naam dat gmx-adres geregistreerd is. En laat je niet afpoeieren, dreig desnoods met Millstätt. En breng Laura eerst een nieuwe asbak."

Hij kijkt het meisje aan. "Goed, Laura. Je had dus een relatie met je leraar. Sinds wanneer?"

"3 april." Ze staart naar haar afgebeten nagels. "Sinds ons schoolreisje naar de Allgäu."

Dat kan kloppen, het eerste mailtje dateert van 16 april. Wat

Laura Nungesser hortend over haar verhouding vertelt, klinkt bijna als een herhaling van het verslag van Tanja Palm, met dit verschil dat Andreas Wengert bij het contact met Laura Nungesser blijkbaar lichtzinniger te werk was gegaan. In elk geval, zo meldt Laura Nungesser na een snelle blik op haar moeder, was ze vaak bij hem thuis geweest, had daar ook overnacht als zijn vrouw op reis was. Het was sowieso allemaal de schuld van Juliane Wengert. Op een dag was die vroeger thuisgekomen van een congres en had Laura en Andreas toen betrapt. Vanaf toen is alles misgelopen.

"Juliane Wengert was uiteraard buiten zichzelf", meldt Hannah Nungesser zich nu ook. "En ik was al net zo van streek. Hij was per slot van rekening Laura's leraar, een vertrouwensfiguur."

Na lange gesprekken met de Wengerts had de moeder besloten dat het met het oog op Laura het beste was om een schandaal te vermijden en haar dochter van school te halen. Vooral omdat Laura zelf steeds weer benadrukte dat ze de zin niet inzag van al dat gestudeer voor een diploma en dat ze liever een opleiding tot meubelmaakster ging doen. Hannah Nungessers beste vriendin had toen als tussenoplossing een vrijwillig sociaal jaar op de Sonnenhof voorgesteld waar haar broer Vedanja werkte. Daarna zouden ze beslissen of Laura toch nog haar diploma zou halen of dat ze een vakopleiding zou gaan volgen. Laura was akkoord gegaan.

"Ik kon toch niet weten dat ze die onzalige verhouding nog voort zouden zetten", zegt Hannah Nungesser tot besluit. "En dat meneer Wengert dan ook nog om het leven komt."

"Hij is doodgeschoten", preciseert Manni. De meeste mensen hebben de neiging hun ogen te sluiten voor de dood of om die in elk geval met eufemistische taal te verdoezelen, en als er iets is wat hij heeft geleerd bij de KK11, dan is het dat getuigen heel wat bereidwilliger zijn als je hun die kleine uitvluchten onmogelijk maakt.

"Overigens zijn we nog op zoek naar het wapen", gaat hij verder. Dat is overigens letterlijk zo, de K's zijn de hele dag bezig geweest het huis van de boswachter op zijn kop te zetten. Liever het zekere voor het onzekere, ook al had Diana Westermann zelf de aandacht op het geweer gevestigd en ook al heeft ze zo te zien geen enkel motief voor de moord op Andreas Wengert.

"Het is mogelijk dat het wapen uit het boswachtershuis afkomstig was", zegt Manni en hij kijkt Laura aan.

"Diana heeft er heus niks mee te maken!"

"Maar die zegt zelf dat haar dubbelloopsgeweer ontbreekt. En jij bent de enige die wist waar ze dat bewaarde."

Een nieuwe stortvloed aan tranen. "Maar ik heb het niet weggenomen en ik zou nooit, nooit, nooit Andi hebben vermoord!"

En daar blijft Laura bij, hoe ze ook doorvragen. Ja, ze hield van Andi. Nee, niemand wist van hun ontmoetingen in het bos, nee, Andi was nooit op de Sonnenhof geweest, ze kende geen Darshan en ze had geen geweer gestolen. Punt uit. Om 23.14 uur zit er niks anders meer op dan het verhoor te beëindigen en Laura, die weigert met haar moeder te praten, aan de hoede van die rooie toe te vertrouwen die haar terugbrengt naar de Sonnenhof.

"Ik heb Stafco niet meer te pakken gekregen", zegt de nieuweling, en hij stopt Laura's peuken in een zakje. Manni stopt het verhoorprotocol in zijn aktetas.

"Daar moeten we dan morgen maar achteraan. Breng jij mevrouw Nungesser naar huis?"

Manni wacht tot de achterlichten van de auto verdwenen zijn voordat hij zijn wagen start en naar Rosi's rijdt. Hopelijk zit Krieger daar zoals afgesproken op hem te wachten. Het besef dat een doorbraak nog altijd ver in het verschiet ligt en dat het verhoor van Laura Nungesser zonder de illegale medewerking van Krieger nog veel minder zou hebben opgeleverd, stemt hem niet vrolijk.

Als de koplampen van het VW-busje de vertrouwde omtrekken van de Sonnenhof verlichten, heeft Laura het gevoel alsof ze een eeuwigheid onderweg is geweest. Haar linkerwijsvinger bloedt heftig omdat ze zo hard aan de nagelriem heeft zitten trekken. Eigen schuld. Ze is een nul. Ze heeft weer eens gefaald. Ze heeft haar belofte niet gehouden en heeft Andi verraden. Vedanja zet de motor af en draait zich naar haar toe.

"Je moeder heeft recht op een eigen leven, Laura. Maar het is heus niet haar bedoeling je te kwetsen. Ze houdt van je."

Laura produceert een geluid dat verachtelijk moet klinken. Vedanja probeert een arm om haar heen te slaan. Ze moet de auto uit, zo onopvallend mogelijk tast ze in het donker naar de deurklink. Te laat herinnert ze zich dat die kapot is, dat je het portier aan de passagierskant van het busje alleen van buitenaf kunt openen. Ze voelt de klink, morrelt er desondanks aan. Niks. Haar hart begint als een razende te bonken.

"Laura, Laura, Laura, waarom maak je het ons zo moeilijk?" Vedanja schuift nog een stukje dichter naar haar toe. Zijn adem ruikt zurig. Wil hij haar soms kussen? Verkrachten? Of wil hij haar alleen maar dwingen om hem te vertellen wat ze tegen de politie heeft gezegd? Zodra ze het politiebureau hadden verlaten, had hij geprobeerd haar uit te horen, omdat dat belangrijk zou zijn voor de ashram. Wie de politie verdenkt, wat ze over Darshan hadden gezegd, enzovoort, enzovoort. De hele rit ging dat zo door. Alsof zij dat wist.

"Laat me los." Ze hoort zelf hoe slap dat klinkt. Vedanja schuift nog een stukje dichterbij, legt zijn arm om haar heen, probeert haar naar zich toe te draaien, haar naar zich toe te trekken, en ineens heeft Laura geen kracht meer om zich te verzetten, ze heeft niet eens meer de kracht om te gillen. Laat ie dan maar met haar doen wat hij wil, alles is toch kapot. Het gezicht van haar moeder rijst voor haar op, die onderdanige blik waarmee ze om Laura's begrip had gebedeld. Begrip voor het feit dat ze Laura's vader heeft bedrogen, haar eerstgeboren dochter heeft geloosd, Laura's gezin doodleuk heeft uitgewist om een nieuw te beginnen.

Laura voelt tranen op haar wangen, een hand in haar haar, vingers die de sporen van haar tranen volgen. Haar vingers, zijn vingers, ze weet het niet meer, nog één keer slaat er een golf van paniek door haar lichaam, de gedachte aan vluchten. Maar haar lichaam is te zwaar en eigenlijk maakt het ook niet uit wat er met haar gebeurt.

"Laura, kleintje, je bent helemaal koud", fluistert een onwezenlijke stem. Dan ineens schijnt er een fel licht het busje in, een golf koude lucht dringt naar binnen en een mannenstem zegt: "Vedanja, verdomme, wat is er hier aan de hand, wat heeft ze?" En dan tilt iemand haar op en draagt haar door de nacht.

Later droomt ze dat er iets heets op haar gezicht druppelt. Moeizaam doet Laura haar ogen open, ze ziet een zacht kaarslicht, haar vertrouwde kamer en Jeys gezicht boven haar. Huilt hij? Vanwege haar? Het is oneindig moeilijk om haar lippen te bewegen, pas de derde keer lukt het haar, ze fluistert zijn naam. Meteen neemt hij haar stevig in zijn armen, drukt zijn gezicht in haar haar.

"Laura, mijn goddelijke Laura, ik was zo bang."

"Waarom?" Het woord brandt als vuur in haar keel. Lange tijd antwoordt hij niet en ze voelt hoe de uitputting haar weer terug sleurt in de bewusteloosheid.

"Ik was bang dat je ons had verraden", fluistert hij als ze al bijna in slaap is. Iets in zijn stem vervult Laura met een gevoel van ijskoude paniek.

Woensdag 12 november

Met bijna een uur vertraging komt Manni even na middernacht de deur van Rosi's Supergrill binnen. Uitgehongerd kijkt hij naar de koud geworden restjes op Judiths bord.

"Is de keuken nog open?"

"Ja, tot twee uur 's nachts, vanwege de truckers. De snelweg is dichtbij en Rosi's is zoiets als een geheimtip. Zegt Rosi althans." Judith merkt tevreden hoe kalm en cool haar stem klinkt. Dat gewacht op Manni heeft haar helemaal murw gemaakt. Als hij haar laat zitten, wat moet ze dan? Maar ze kijkt wel uit om hem te laten merken hoe bang ze is, ze is al genoeg aan hem overgeleverd.

De uitbaatster maakt aanstalten een menukaart te brengen, maar Manni maakt een afwerend gebaar. "Een curryworst met patat, graag. En een grote cola."

Even zijn ze allebei met de situatie verlegen. Gebrek aan slaap en de voortdurende spanning, gecombineerd met de spannende fase van een onderzoek, versterken het feit dat ze als team niet op elkaar zijn ingespeeld. Judith weet een soort van grijns tevoorschijn te toveren. "Curryworst, dat had ik ook. Echt goddelijk, na een biodynamisch dagje in de ashram."

Manni knoopt zijn lange benen rond de barkruk zonder een spier te vertrekken. "En? Heeft het nog iets opgeleverd, je dag in de ashram?"

Tja, dat is de vraag. Ze heeft genoeg interessants opgevangen, maar wat kan ze daarvan bewijzen? Manni's rechterknie wipt in een ritme dat alleen hij kan horen. Hij kijkt Judith aan. "Echte aanwijzingen heb je dus nog niet."

"Ik heb meer tijd nodig." Ze neemt een slok alcoholvrij Kölsch dat laf smaakt, en besluit nog even te wachten voor ze een sigaret opsteekt. Dat valt haar overigens al een stuk gemakkelijker dan twee dagen geleden nog. Blijkbaar werpt het onvrijwillige afkick-programma dat ze in de Sonnenhof volgt toch zijn vruchten af.

Rosi zet een dampend bord voor Manni op tafel. De koolhy-draten lijken hem mild te stemmen, want terwijl hij zijn eten naar binnen schrokt, brengt hij haar bereidwillig op de hoogte van de stand van zaken van zijn onderzoek. "Buren, collega's, leerlingen, vrienden, niemand in Andreas Wengerts omgeving zegt iets te weten over Darshan", zegt hij afrondend terwijl hij zijn vork in het laatste stukje curryworst prikt. "Niks, nada, nul komma nul."

"En wat zegt zijn vrouw?"

"Juliane Wengert is vrijgelaten. Orders van Millstätt." Manni veegt met zijn laatste frietjes geconcentreerd een kledder ketchup van zijn bord en vermijdt Judith aan te kijken. "Hij zal wel gelijk hebben, ze is clean." Dat riekt naar onvrede. Judith besluit niet in open wonden te gaan wroeten.

"Darshan", zegt ze daarom. "Iemand uit de Sonnenhof heeft haar mobieltje laten verdwijnen."

"En ze had geld!"

"Ja, waarvandaan? De meeste medewerkers van de Sonnenhof krijgen alleen zakgeld, honderdvijftig euro per maand."

Manni spoelt de laatste frietjes met een grote slok cola weg en wrijft met de rug van zijn hand over zijn mond.

"Honderdvijftig euro? Maar dat geldt toch zeker niet voor de grote baas, Heiner von Stetten?"

"Vast niet. Die heeft tien jaar geleden met zijn vrouw een ver-mogen gestopt in het opzetten van de ashram. Dik een half mil-joen euro."

"Niet slecht. Maar anderzijds: als hij rijk is en Darshan geld heeft gegeven, waarom zou hij haar dan vermoorden?"

"Geen idee. Misschien heeft hij het haar niet vrijwillig gege-ven."

"Moord om tweeduizend euro en een ticket naar India?"

"Misschien had Andreas Wengert iets met Darshan. Hij geeft haar geld om uit zijn leven te verdwijnen. Von Stetten, of iemand anders met wie ze iets had op de Sonnenhof, krijgt er lucht van, wil zijn vriendinnetje verhinderen af te reizen, er volgt een handgemeen en zij komt ongelukkig ten val. Maanden later komt Andreas Wengert dan naar het Schnellbachtal, vanwege Laura, onze dader herkent zijn oude rivaal en vermoordt ook hem."

"Laura", zegt Manni. "Die weet veel meer dan ze zegt. En ze is op de plaats van het misdrijf geweest."

"Maar ik geloof toch echt niet dat ze in staat is tot een moord. En de fysieke kracht …"

"Ja, ja, laat maar."

Vermoeid kijken ze elkaar aan.

"Als het inderdaad iemand anders dan Laura is geweest die dat laatste mailtje aan Andreas Wengert heeft gestuurd, dan kunnen we er vrijwel zeker van zijn dat de afzender de dader is." Manni vist in zijn jaszak naar zijn Fishermans. "Morgenochtend sta ik bij Stafco-Stef voor de deur, en als die er niet achter komt aan wie dat gmx-adres is toegewezen, dan sla ik zijn hele kantoor kort en klein."

"Wat vind je trouwens van die Vedanja? Ik vind het maar een gluiperd. Misschien vanwege de manier waarop hij Laura bewaakt. En blijkbaar had hij ook iets met die Darshan."

Manni kijkt op zijn horloge. "Alles is mogelijk. Ralf en ik zullen Von Stetten en hem duchtig aan de tand voelen. En dan is het wel zo handig als jij ons niet voor de voeten loopt."

"Maak je geen zorgen, ik knijp ertussenuit. Denk je dat je van Millstätt het groene licht krijgt voor een huiszoekingsbevel?"

"Ik hoop het, maar we hebben weinig concreets. Hoe moet ik aannemelijk maken dat het moordwapen in de Sonnenhof is, na die flop in het boswachterhuis?"

"À propos, hoe zit het eigenlijk met de boswachter?"

"Die heeft een waterdicht alibi voor 10 oktober en ze was niet bepaald enthousiast over het feit dat de twee K's haar huis op z'n kop hebben gezet. Ging vreselijk moeilijk doen toen ik haar uitlegde dat het onmogelijk haar Afrikaanse ex-baas kan zijn die haar bedreigt. Ze blijft erbij dat ze wordt bedreigd, maar ze weigert haar huis te verlaten en heeft naar eigen zeggen geen flauw idee wie haar iets zou willen aandoen."

"Hopelijk is die bedreiging alleen maar inbeelding."

"Edling wil af en toe een patrouille bij haar langs sturen."

"Meer zit er niet in?"

"Niemand dwingt haar om alleen in dat huis te blijven zitten."

"En dat dreigement op de kansel? Neem je dat niet serieus?"

"Wie zegt dat dat aan de boswachter gericht is? Maar serieus moeten we het natuurlijk wel nemen. Het is met schapenbloed geschreven."

"Op de Sonnenhof heb je ook schapen. Laura …"

"We draaien in een kringetje."

"Vind ik niet. We raken er steeds meer van overtuigd dat de oplossing op de Sonnenhof ligt."

"Wat jij de hele tijd al hebt gezegd."

"Daar gaat het toch niet om."

"O nee?"

"Nee." Judith verwacht dat Manni nu vraagt waar het dan wel om gaat, maar die blijft star naar de knipperende halloweenlichtjes voor Rosi's raam kijken.

"Heb je trouwens de strafbladen van onze hoofdrolspelers gecheckt?" vraagt Judith voorzichtig.

Onwillig schuift Manni zijn bord opzij. "Shit, nee, was ik van plan, maar daar ben ik nog niet aan toegekomen."

"Kan gebeuren. Ik bedoel, je doet het echt allemaal best goed. Echt." Veel beter dan ik een paar dagen geleden nog had gedacht, voegt ze daar in gedachten aan toe.

"Een pluim van hoofdinspecteur Krieger? Wow, dank u, baas." Manni gooit een briefje van tien euro op tafel en springt van zijn kruk.

"Manni, alsjeblieft! Zo schieten we niet op. Denk toch aan wat er op het spel staat."

"Voor jou!"

"Voor de zaak. Deze dader is ongebruikelijk gewelddadig. Stel dat hij opnieuw toeslaat?"

Hij kijkt haar aan. "Dat is precies de reden waarom ik geen pluim nodig heb, maar resultaten. Dus als je zo vriendelijk zou willen zijn, zorg dan dat je morgenochtend uit de buurt bent en niet terugkomt voordat je zeker weet dat de kust veilig is. En mocht je iets te weten komen …" Hij houdt abrupt zijn mond en trekt zijn zijden vliegersjack aan. "Nou ja, je weet het, bel me dan."

"Maar onze deal staat nog?"

Manni maakt een grommend geluid dat Judith als instemming interpreteert.

Als Laura wakker wordt, is het nog donker en Jey is weg. Haar keel brandt als de hel, haar neus is verstopt, haar hoofd doet pijn en de ogen die haar vanuit de spiegel boven de wastafel aankijken, zijn opgezwollen en rood. Ze gaat onder de hete douche staan in de hoop dat ze het daar warm van krijgt. Tevergeefs. Ze trekt twee truien aan en haar fleece, een dikke das en twee paar sokken. Daarna is ze zo duizelig dat ze moet gaan zitten. *Anandoham, anandoham, anandoham*, zachtjes herhaalt ze haar mantra, misschien zal eindelijk gebeuren wat Heiner en Beate altijd beweren: dat het haar helpt en kracht geeft. Want kracht heeft ze nodig, veel kracht. Over een uur begint de ochtendmeditatie, maar eerst wil ze nog naar de schapen gaan kijken, want dat kon ze gisteravond alweer niet opbrengen. En ze wil even bij het boswachtershuis langs, nee, ze moet bij het boswachtershuis langs en met Diana spreken, want als ze dat niet doet, wordt ze gek. Ze wil weten waarom Diana haar zwart heeft gemaakt bij de politie. Gelooft die nou echt dat zij Diana's geweer heeft gestolen? Moeizaam en rillerig als een oud vrouwtje strompelt Laura de trap af, ze hoopt maar dat niemand haar hoort. Haar hoofd zoemt en dreunt nu en haar keel doet zo'n pijn dat ze bij de gedachte aan een sigaret al onpasselijk wordt. Haar knieën voelen aan alsof haar gewrichten ineens alle kanten op zouden kunnen knikken als ze niet heel goed oppast. Vroeger maakte haar moeder warme melk met tijmhoning als ze keelpijn had en geraspte appel met havermoutpap, met een klodder zelfgemaakte rodebessenjam, maar nu is ze volwassen en heeft ze geen moeder meer. Ze weet dat ze ziek is, maar ze wil niet ziek zijn.

De lucht buiten is zo koud dat ze onbedwingbaar loopt te klappertanden tegen de tijd dat ze eindelijk de schapenstal bereikt. Ze struikelt de vertrouwde, lekker ruikende donkere warmte in en laat zich op een strobaal vallen. Het is belangrijk dat ze een oogje in het zeil houdt, de schapen hebben haar nodig. Pas geleden heeft Hartmut, de oude belhamel, een diepe snee aan zijn achterpoot opgelopen en ze weet nog steeds niet waarvan. Ze krabbelt weer overeind, strompelt van box naar box. Het vergt het uiterste van haar krachten om de voedertroggen te vullen, maar ze bijt haar klapperende tanden op elkaar en geeft niet op voordat alle dieren verzorgd zijn. Het zweet loopt met stroompjes over haar slapen en haar hart gaat als een razende tekeer, maar toch heeft ze het nog steeds koud.

Aan de weg omhoog naar het boswachtershuis lijkt geen einde te komen, niet te doen, veel te steil. Zodra ze de open plek van het Schnellbachtal achter zich heeft gelaten, wordt ze omringd door totale duisternis. De Schnellbach murmelt en klatert, verborgen in het zwart. Hoe kon ze haar zaklantaarn vergeten? De weg is nauwelijks te herkennen, Laura voelt hem meer dan dat ze hem ziet, twee uitgereden geulen onder haar vermoeide voeten. Ineens moet ze denken aan wat Diana haar heeft verteld. Dat het soms net is alsof het bos ogen heeft en haar aanstaart. Rode kringen dansen voor haar gezicht. Ze doet haar ogen dicht, doet ze dan weer open. Beweegt er daar iets? Ze merkt dat ze duizelig wordt, ze wil tegen een stam leunen, tegen die donkere contour daar, maar ineens durft ze haar hand er niet naar uit te steken, want wat moet ze doen als datgene wat ze daar meent te zien geen knoestige stam blijkt te zijn, maar een mens?

Er is hier iemand en die staart mij aan. Het gevoel is zo intens dat ze een kort, gekweld geluid uitstoot, als een muis vlak voordat de kat hem grijpt. Hoe ver is het nog naar het boswachtershuis, hoe ver ligt de Sonnenhof achter haar, wanneer wordt het eindelijk, eindelijk eens dag? Hoewel haar benen nu zo heftig trillen dat ze amper nog overeind kan blijven, lukt het haar een paar strompelende passen vooruit te zetten. En dan weet ze het ineens zeker: ze is niet alleen, er is hier een mens, achter haar, hij komt naderbij, nog meer, heel dichtbij.

De doelgerichte, bijna geluidloze manier waarop deze persoon op haar afkomt geeft haar het gevoel dat hij boosaardig is. Dat hij boos is op haar. En dat hij dat niet wenst te accepteren. Dat hij haar wil straffen, ook al weet ze niet waarvoor. Ze valt op haar knieën, het lukt haar zelfs niet meer om vooruit te kruipen. Ze blijft doodstil zo zitten, verstard van ontzetting. Als een ree in het licht van koplampen, ineens schiet haar te binnen hoe Diana haar dat heeft beschreven. *Ze kunnen niet anders, Laura, om de*

een of andere reden. Ze schrikken zo van het licht dat op ze afkomt,
dat ze stomweg doodstil blijven staan.

Moeizaam draait Laura haar hoofd in de richting van waaruit die kille, doelgerichte, schaduwachtige beweging onstuitbaar op haar af raast.

Duisternis. Kou. Een luchtvlaag.

En dan is de beweging boven haar, sleurt haar van de grond op en begint te praten.

"Laura, waar wil je naartoe? Waarom loop je voor me weg?"

Ze wil gillen, maar haar keel doet te veel pijn. Het enige wat ze uitbrengt is een piepend geluid.

Hannah Nungesser zet een mok met koffie verkeerd voor Judith op het tafeltje bij de bank en schenkt voor zichzelf een glas kersensap in. Manni heeft gelijk, de overeenkomst met Laura is opvallend, ook al is de schoonheid van de moeder op een verzorgde manier volwassen. Gerijpt, denkt Judith, minder wild en sportief, en overduidelijk zwanger. Ze dwingt zichzelf niet naar Hannah Nungessers buik te kijken terwijl die met een verontschuldigend lachje haar slippers uittrapt en haar voeten half onder zich op de stoel trekt.

"Dus u wilt met mij over mijn dochter praten." Hannah Nungesser heeft een melodieuze stem met een aangenaam timbre.

"Ja." Judith schraapt haar keel. Nu ze daadwerkelijk datgene uitvoert wat zich in de paar doorwaakte uren sinds haar nachtelijke ontmoeting met Manni heeft ontwikkeld van een vage ingeving tot een concreet besluit, een besluit waarvan de uitvoering steeds belangrijker leek te worden, welhaast van levensbelang, het enige middel om eindelijk tot in de kern van deze ingewikkelde zaak door te dringen, om licht te brengen in de chaos … nu weet ze niet hoe ze te werk moet gaan. Ze voelt zich leeg, afgebrand, oververmoeid, maar dat niet alleen. Ik ben bang, begrijpt ze ineens. Bang voor wat Hannah Nungesser zal zeggen, als ik haar al zo ver kan krijgen dat ze gaat praten.

"U laat uw dochter in de steek." Het is het eerste wat in haar opkomt, en nog voor de laatste lettergreep is weggestorven weet ze dat het zo nooit ofte nimmer zal lukken. Maar misschien vergist ze zich, want Hannah Nungesser reageert alsof ze een dergelijke beschuldiging heeft verwacht, alsof ze die al duizend keer heeft gehoord. Afwezig strijkt ze over de zachte welving onder haar borsten.

"Ja, het ziet er allemaal zo eenvoudig uit, nietwaar? Jonge onverzadigbare weduwe, vlak voor de overgang gaan haar hormonen er met haar vandoor, ze wordt verliefd, laat zich zwanger maken en tot slot stopt ze haar dochter uit haar eerste huwelijk ook nog harteloos weg in een ashram."

"Was het niet zo dan?"

"Nee. Maar ik kan moeilijk verwachten dat u dat begrijpt."

"Leg eens uit."

"Uitleggen." Hannah Nungesser staart een tijdje voor zich uit en Judith maakt van de gelegenheid gebruik om onopvallend de huiskamer te bekijken. Afgesleten planken op de vloer, Billy-boekenkasten met pockets, een paar litho's en yucca's, dat alles opgesjiekt met een stuk of wat designmeubels – de typische mengeling van voormalige hippies die burgerlijk zijn geworden. Het valt haar weer op hoe conformistisch de mensen zich gedragen, hoewel ze in een maatschappij leven die onbegrensde mogelijkheden suggereert. Hannah Nungesser staat op, pakt een foto van de muur en geeft hem aan Judith. Vader, moeder en kind glimlachend in een strandstoel. Eerst meent Judith in de moeder Laura te herkennen, dan begrijpt ze dat het een jongere Hannah Nungesser is en dat Laura het ongeveer twaalfjarige meisje met de zanderige voeten is.

"Ik was 23 toen ik Robert leerde kennen en ik werd al snel zwanger", zegt Hannah Nungesser. "Ik wilde actrice worden, had mijn eerste kleine rolletjes, werkte in cafés om het geld voor acteerlessen bij elkaar te sprokkelen. Robert studeerde geologie. Iedereen zei dat we het kind moesten laten weghalen, dat we dat niet zouden redden. Maar dat wilden we niet, we zijn getrouwd en Laura kwam ter wereld."

Hannah Nungesser stokt even en wrijft over haar buik.

"Gelukkig maar. En op de een of andere manier hebben we het gered. Op een gegeven moment had Laura de moeilijkste tijd achter de rug en Robert was gepromoveerd en verdiende eindelijk geld. En ondanks de nodig ups en downs hielden we nog van elkaar. Wat het acteren betreft, dat zat er natuurlijk niet meer in, maar ik had geluk en kreeg een aanstelling als souffleur bij de schouwburg van Bonn, nog aardig betaald ook. Daar werk ik nog steeds."

"Wat ging er mis?"

"Robert kreeg de kans een paar maanden in Noord-Afrika te karteren. Ik gunde het hem, uiteraard. Al die jaren had hij zich opgeofferd voor zijn gezin. Nu kon hij zich eindelijk eens uitleven. Hij was per slot van rekening geoloog. En Laura was al elf." Ze staart even in het luchtledige voordat ze weer verder praat. "Ik kon niet weten dat hij nooit meer terug zou komen."

Alsof ze zichzelf zo naar de realiteit terug wil halen draait Hannah Nungesser energiek een donkere haarsliert om haar wijsvinger, kijkt er even naar, laat dan haar hand weer terug zakken op haar buik en kijkt Judith strak aan.

"Hebt u weleens iemand verloren van wie u hield?"

Dat is dus waar ik bang voor was, wat ik aanvoelde toen ik dit huis betrad, denkt Judith. Dat is de kern van dit onderzoek, het oog van de orkaan, de bron van mijn nachtmerries. Terwijl een deel van haar zich er nog over verbaast hoe ze dat allemaal had kunnen verwachten, iets in de ogen van het meisje, een soort verlies, antwoordt de jarenlang geschoolde, ooit zo hogelijk geprezen hoofdinspecteur die ze ook is, verbijsterend helder, verbijsterend kalm. Ze reageert op de pijn die ze in Hannah Nungessers ogen leest, de pijn die ook haar zeventien jaar oude dochter met zich meedraagt. Ze reageert met absolute eerlijkheid omdat een onderzoek dat op zijn einde loopt als een intieme dialoog met een goede vriend is. Een gelijkwaardig geven en nemen waarin geen plaats is voor uitvluchten.

"Ik heb mijn beste vriend verloren. Patrick. Hij werd neergeschoten bij een politie-actie waar hij voor mij in de plaats heen ging."

Hannah Nungesser neemt haar aandachtig op. "Wat vreselijk voor u, wat treurig."

"Het is al twee jaar geleden. Maar het doet nog altijd pijn. Ik geef mezelf de schuld." Judith dwingt zichzelf Hannah Nungessers blik niet te ontwijken. Het beeld van de gehangene rijst voor haar op. Heiner von Stettens woorden. Zich uitleveren. Zich overgeven.

"Ja. Natuurlijk doet u dat." Hannah Nungessers stem is nu heel zacht, ze kijkt Judith nog altijd recht aan en Judith houdt het nog steeds uit onder onderzoekende barnstenen ogen. Ze zoekt op de tast een weg door de tunnel die haar omringt, ze ziet nog geen licht, maar ze komt toch steeds verder, ze vertrouwt volledig op haar gevoel.

"Net als u."

Bijna onmerkbaar krimpt Hannah Nungesser ineen.

"Net als ik." Ze gaat iets meer rechtop zitten in haar stoel, alsof ze zich inwendig moet voorbereiden op wat ze nu gaat zeggen.

"Ik heb de afgelopen zes jaar heel vaak gewenst dat Robert dood was."

"Maar hij is toch …?"

"Dood? Ja. Ik heb hem een paar weken geleden dood laten verklaren." Weer streelt Hannah Nungesser over haar buik. "Ook dat weet Laura nog niet, en als ze het zou weten zou ze me nog meer haten dan ze toch al doet. En wie weet, misschien heeft ze wel gelijk. Dus u ziet, schuldgevoelens zijn mij niet vreemd."

Hannah Nungesser neemt een slok kersensap, dan richt ze haar blik weer op Judith.

"Hoogstwaarschijnlijk is Robert dood, maar bewijs daarvoor is er niet. Zes jaar geleden is hij in de Sahara verdwenen. Het vliegtuig hebben ze tot op de dag van vandaag niet gevonden. De avond ervoor hebben we nog getelefoneerd, Laura en ik moesten hem bezoeken, hij wilde ons de woestijn laten zien. De volgende ochtend is hij met een collega in die Piper gestapt en *that's it*. Sindsdien geen spoor meer van hem.

En geloof me, dat is nog erger dan dood. De hoop, de vragen, het wachten. Op een gegeven moment begin je te rouwen en tegelijkertijd schaam je je daarvoor, omdat dat dus betekent dat je opgeeft, niet genoeg vertrouwen hebt, dat je niet genoeg gelooft en bidt."

Ze haalt diep adem en beheerst zich. "Sindsdien is er geen dag voorbijgegaan die niet overschaduwd werd door die onzekerheid. En toen dagen uitgroeiden tot maanden en jaren heb ik soms gewenst dat Robert dood was, heb ik gehoopt dat er ergens een klein teken zou zijn, al was het maar een knoop van een overhemd, zodat ik hem zou kunnen begraven. Zodat Laura en ik afscheid konden nemen."

"Laura", zegt Judith. "Voor haar moet het net zo moeilijk zijn geweest."

"Misschien nog wel moeilijker. Ze was per slot van rekening nog maar een kind, een vaderskindje bovendien. God, wat hield ze van Robert. En elke avond bad ze dat haar papa terug zou komen. Ze wilde gewoon niet accepteren dat hij dood was en daarom niet terug kon komen. Ze wil dat nog steeds niet accepteren. En toch hebben we het gebolwerkt. Roberts ouders betaalden een groot deel van de hypotheek voor deze woning af – we hadden geen recht op levensverzekeringen, pensioenvoorzieningen en dergelijke zolang ik Robert niet officieel dood liet verklaren. Ik werkte voltijds als souffleur, geldzorgen hadden we dus niet. En Laura was fantastisch. Heel erg gewond, maar heel erg dapper. Heel zelfstandig. En altijd heel goed op school."

Hannah Nungesser glimlacht. "In elk geval tot de bovenbouw. Of beter gezegd: tot Andreas Wengert in haar leven kwam."

"Als vriend?"

"Eerst als leraar. Gym en Engels. Hij was jong, zag er goed uit, was vlot. Alle meisjes waren weg van hem en hemelden hem op. Ik dacht er niks bij toen Laura en haar vriendinnen over hem zaten te zwijmelen. Hij ging met ze naar de bioscoop, Engelstalige films, en nodigde ze dan uit in zijn villa om erover te discussiëren. Hij grilde worstjes en speelde iets voor ze op de gitaar."

"Echt cool."

"Precies. Kent u die film, *Cast Away*, met Tom Hanks?"

"Ik geloof het niet."

"Hanks speelt de enige overlevende van een vliegtuigongeluk in de Stille Zuidzee, hij overleeft een paar jaar als Robinson Crusoe op een eiland, wordt gered en komt er dan achter dat zijn vriendin inmiddels met een andere man een gezin heeft gesticht." Hannah Nungesser lacht bitter. "Precies ons thema dus. En Laura was helemaal overstuur toen ze die film had gezien. Ze flipte helemaal uit, gilde tegen me dat ik haar vader nooit, nooit zo mocht verraden. Destijds had ik Peter net leren kennen." Hannah Nungesser strijkt over haar buik. "Mijn hemel, ik was pas veertig, had zes jaar gewacht op een man die hoogstwaarschijnlijk dood was."

"Maar Laura zag dat anders. En Andreas Wengert troostte haar."

Hannah Nungesser knikt. "Zoals gezegd, ze was totaal overstuur, ze eiste dat ik Peter niet meer zou zien. Van de ene dag op de andere was het oorlog. Terwijl ik zeker weet dat Robert had gewild dat ik verder zou gaan met mijn leven, met alle gevolgen van dien. Dat ik lief zou hebben. En ook die arme man in die film vond dat. Die begreep ook dat zijn vriendin niet eeuwig op hem kon wachten, dat ze niet mocht ophouden haar leven te leven. Dat is stof waarover in het theater grote tragedies worden gemaakt, je kunt gewoon niet winnen."

Ze stokt en lacht moeizaam een bibberig lachje. "Geen idee wat er na de dood komt, maar één ding weet ik zeker: voor degenen die achterblijven is het allemaal een stuk moeilijker – en het allermoeilijkste is om jezelf toe te staan om weer gelukkig te zijn."

Ergens in het huis tikt een klok, pulserend als een hart, alsof het met elke slag de betekenis van Hannah Nungessers woorden wil onderstrepen, alsof hij een countdown aftelt voor Judiths antwoord. Ze schraapt haar keel.

"Ja, misschien."

"Patrick was uw vriend. Ik weet zeker dat hij gewild had dat u gelukkig zou zijn."

"Ja." Het doet pijn maar ze houdt het uit, ze houdt het daadwerkelijk uit omdat ze zich het volgende moment weer op Hannah Nungesser concentreert die Judiths paniek lijkt te merken en snel verder praat.

"Peter heeft me geholpen de moeilijke tijd met Laura te doorstaan. Geloof me alstublieft, ik hou van mijn dochter en ik zou haar nooit hebben weggestuurd als ik ook maar een vaag idee had gehad wat ik anders moest. Maar ze moest gewoon weg uit de invloedssfeer van die Wengert …"

"Maar dat is mislukt."

Hannah Nungesser zucht. "Ja. Ik had dat natuurlijk moeten weten, ik had haar niet mogen onderschatten. Ze is zo vreselijk bokkig en doelgericht, net als haar vader."

"Een jong meisje, overduidelijk op zoek naar een vaderfiguur. Was u niet bang dat Laura, zo ver weg van u, in die ashram, van de regen in de drup zou komen?"

Hannah Nungesser spert haar ogen wijd open. "Wat wilt u daarmee zeggen? Gelooft u soms dat ze mijn dochter daar uitbuiten? Dat geloof ik gewoon niet. De Sonnenhof is geen sekte, dat weet ik, dat zijn fatsoenlijke mensen. Een beetje new age, maar oké. Bovendien houdt Christoph, de broer van mijn beste vriendin, daar een oogje op Laura. We telefoneren regelmatig met elkaar."

"Christoph Brandes? Vedanja?"

Hannah Nungesser knikt.

"Weet u zeker dat u hem kunt vertrouwen?"

"U bedoelt dat hij Laura zou verleiden? Nee, dat kan ik me niet voorstellen. Andrea, mijn vriendin, zegt …"

"En als hij dat nou toch doet?" vraagt Judith zachtjes. Ze haat zichzelf erom en weet tegelijkertijd dat ze niet anders kan.

Hulpeloos schudt Hannah Nungesser haar hoofd. "Waarom vraagt u dat? Is er iets gebeurd?"

"Gisteren hebben mijn collega's met uw dochter gesproken, maar ik geloof niet dat ze alles heeft gezegd wat ze weet. Ik geloof dat uw dochter iets verzwijgt en dat datgene wat ze verzwijgt de sleutel is tot de oplossing van een dubbele moord."

Gealarmeerd komt Hannah Nungesser overeind en leunt voorover. "Is ze in gevaar?"

"Voor zover ik dat kan beoordelen niet." Ook Judith leunt een stuk voorover om Hannah Nungessers aandacht niet te verliezen.

"Darshan Maria Klein. Een jonge vrouw. Zegt die naam u iets? Heeft Laura die ooit genoemd?"

"Nee."

"En toch is er een overeenkomst. Ze hebben allebei op de Sonnenhof gewoond, Laura nog steeds. En ze hadden allebei hun vader verloren. Wie zou er een substituutvader voor Laura kunnen zijn, afgezien van Andreas Wengert? Vedanja? Heiner von Stetten? Heeft uw dochter ooit iets in die richting gezegd?"

"Ik weet het niet." Hannah Nungessers stem klinkt gekweld. "Ik weet het echt niet. Laura wil niet meer met me praten sinds ze op de Sonnenhof woont. Vraag het Christoph, Vedanja. Alles wat ik de afgelopen maanden over mijn dochter heb gehoord, heb ik van hem."

Christoph Brandes is dus hun man. Zonder het gebruikelijke gezeur en getreuzel, ja bijna gedienstig heeft Stafco-Stef zich meteen aan het begin van de dag over de herkomst van de twee Lauramailtjes gebogen. En het resultaat is ondubbelzinnig: achter dielau@gmx.de gaat het adres info@sonnenhof.de schuil, geregistreerd door Christoph Vedanja Brandes. Terwijl Manni bij de afslag naar de Sonnenhof op Hans Edling staat te wachten, bet hij afwezig wat Clearasil op twee vette puisten die die nacht op zijn voorhoofd en kin zijn ontsproten. Puisten zijn een soort beroepsziekte, gevolg van slaapgebrek, te veel rondhangen in rokerige ruimtes en te veel fastfood. Als tiener had Manni altijd geloofd dat die ellende voorbij zou zijn als hij maar eenmaal boven de twintig was, inmiddels weet hij dat de problemen van een man alleen maar toenemen. Heel wat van zijn vrienden in Rheinsdorf zijn nog geen dertig, en hebben niet alleen nog altijd puistjes, maar hun haar wordt ook al snel dunner. Het bakerpraatje dat veel haaruitval op een hoge potentie duidt, is maar een schrale troost.

De mobilofoon kraakt en het puistje boven Manni's wenkbrauw begint heftig te kloppen. Millstätt. Het hoofd van de KK11 is in een opperbest humeur omdat de anderen van de zaak-Jennifer eindelijk land in zicht hebben, maar desondanks slaat hij Manni's hoop op een huiszoekingsbevel voor de Sonnenhof de bodem in. Hij wil verhoren, eindelijk een motief dat een plausibele samenhang tussen de beide slachtoffers brengt. E-mail of geen e-mail, daar valt niet over te discussiëren, dat moet Manni begrijpen. Eerst die onterechte arrestatie van Juliane Wengert, dan dat zinloze overhoop halen van het boswachtershuis – de officier van justitie is er wat voorzichtig van geworden, je moet ook aan de pers denken, en er bestaat toch ook geen acuut gevaar van verduistering. Per slot van rekening heeft de dader alle tijd van de wereld gehad om bewijs te laten verdwijnen of ervandoor te gaan, dus op een paar uur komt het nu ook niet meer aan. Punt uit.

Hans Edling parkeert achter hem en geeft een lichtsignaal, vervolgens draaien ze zwierig de kronkelige weg het Schnellbachtal op. Net voordat het gebouw voor hen opduikt, stuurt Manni een schietgebedje naar de big boss daarboven dat Krieger woord heeft gehouden. Maar die gammele Passat van haar is nergens te bekennen en ze maakt ook geen deel uit van het kouwelijk uitziende groepje dat zich op het weiland in sportkleding en op blote voeten onder aanvoering van een uitgemergelde vrouw met hennarood haar alle kanten op uitrekt. En dus glimlacht Manni een triomfantelijk lachje wanneer ze even later met Heiner von Stetten en de rooie Brandes om een afbladderende ronde houten tafel in het kantoor van de Sonnenhof zitten.

"U hebt de hele tijd ontkend dat er een verband zou bestaan tussen de Sonnenhof en het slachtoffer, Andreas Wengert", begint hij zijn verhoor. "Maar dat was er wel degelijk."

Heiner von Stetten knikt. "Laura."

"Afgezien van Laura."

Niemand zegt iets.

Manni wendt zich direct tot Brandes. "Uw naam is gevallen in de loop van het onderzoek rondom de dood van Darshan Maria Klein. De getuige, Diana Westermann, heeft u een gsm-toestel overhandigd. Dit behoorde toe aan deze Darshan. U zei dat u het zou afgeven."

Brandes neemt hem met zijn bleke ogen op zonder met zijn kleurloze wimpers te knipperen. "Ik kon haar adres niet vinden. Toen heb ik het toestel bij de gevonden voorwerpen gelegd. Het is niet mijn schuld dat het daar niet meer is."

"Maar u was bevriend met Darshan."

"Ik kende haar."

"Hoe goed kende u haar?"

De waterig blauwe koeienogen strijken even langs het plafond en keren dan meteen weer terug naar Manni.

"Zo goed als iedereen hier."

"U had dus geen intieme relatie met haar?"

"Nee."

"En u, meneer Von Stetten?"

"Dit is een ashram, geen hippiecommune."

"Had u een relatie met Darshan?"

"Nee, natuurlijk niet."

"Ik heb iets anders gehoord."

"Van wie?"

Ja, van wie? Dat heeft Krieger er helaas niet bij gezegd.

"Ik ben niet verplicht u mijn bronnen te openbaren", zegt Manni.

"Het antwoord luidt nee", zegt Heiner von Stetten.

"Een valse verklaring afleggen is strafbaar."

De psycholoog perst zijn lippen op elkaar. Tijd om een andere troef uit te spelen, besluit Manni.

"Meneer Brandes, kende u Andreas Wengert?"

"Zoals ik al heb gezegd, nee."

"Dat is moeilijk te geloven, u hebt hem op 5 oktober een e-mail gestuurd."

"Een e-mail?" Nu trillen zijn kleurloze wimpers toch een klein beetje. Heiner von Stetten draait zijn kale hoofd opzij en bekijkt overduidelijk verbaasd zijn hoofd pedagogie.

"Ik heb Andreas Wengert geen mailtje gestuurd", zegt Brandes.

Manni glimlacht. "Meneer Brandes, het heeft geen zin om iets te ontkennen dat wij kunnen bewijzen."

Maar het bewijs is niet zo overtuigend, zo weten Brandes en Von Stetten al snel en indrukwekkend te demonstreren. Het adres info@sonnenhof.de is namelijk in principe toegankelijk voor iedereen op de Sonnenhof die toegang heeft tot het kantoor. Iedereen zou dus uit naam van Vedanja dit adres van Laura hebben kunnen aanvragen om een mailtje aan Andreas Wengert te sturen. En datzelfde geldt voor het mobieltje van Darshan, als het dat al was. Werkelijk iedereen kan dat gestolen hebben, er is eenvoudigweg geen bewijs dat Vedanja schuldig is, en nee, benadrukt hij keer op keer, hij had niks met Darshan.

"Hebt u vijanden, meneer Brandes? Iemand die opzettelijk de verdenking op u zou kunnen richten?"

Hoofdschudden.

"Wanneer hebt u Darshan voor het laatst gezien?"

Brandes kijkt zijn baas aan. "Begin mei?" Von Stetten bladert door zijn agenda. "Zoals gezegd, op 6 mei was er die afscheidsceremonie voor haar."

"Heeft iemand haar naar de luchthaven van Frankfurt gereden, of op zijn minst naar een station?"

Hoofdschudden. Nee. "Darshan was erg op haar onafhankelijkheid gesteld", verklaart Von Stetten met een fijn, minzaam glimlachje waar Manni razend van wordt. "Meestal liftte ze."

"Haar vliegtuigticket heeft ze betaald bij een reisbureau in Wipperführt", zegt Hans Edling.

"Ja, en?"

"Iemand heeft haar het geld gegeven."

"Ze zei dat ze dat van een tante had gekregen."

"Ze heeft geen tante. Ik zou graag even uw rekeninggegevens inzien."

"Maar natuurlijk, met genoegen. Hebt u een huiszoekingsbevel?"

In mijn dromen. Manni hoopt dat hij erin slaagt zijn frustratie te verbergen. "Een man uit India heeft de Sonnenhof gebeld om te informeren naar Darshan. Een meneer Chakrabarti. Enig idee wie er met hem heeft gesproken?"

Geen idee, nee. Ze zitten er allebei als glimlachende standbeelden bij.

"Goed, dan ondervragen we Laura nog een keer." Manni merkt hoe geagiteerd zijn stem klinkt. Hij kan er niks aan doen en het kan hem niet schelen.

"Niet zonder haar moeder." De fletsblauwe ogen van Christoph Brandes taxeren de agenten met een milde uitdrukking van medelijden, alsof ze een stelletje bijzonder hardleerse schooljongens zijn. "Bovendien is ze ziek."

Ze staan al op de parkeerplaats als een autootje van de KK11 in een halsbrekend tempo van de kronkelende weg naar het dal komt scheuren, recht op hen af. Achter het stuur zit de nieuweling met rooie wangen, hij geeft lichtsignalen als een doorgedraaide bumperklever. Hij springt de auto uit, hapt naar lucht en begint nog voordat Manni of Hans Edling een vraag kan stellen te praten.

"Je mobiel doet het niet en die klotemobilofoon ook niet, Manni, dus toen heb ik maar plankgas gegeven. Christoph Brandes heeft een eerdere veroordeling vanwege het toebrengen van ernstig lichamelijk letsel. Heeft als jongeman een studiegenoot in elkaar geslagen die zijn vriendinnetje had afgepakt. Echt in elkaar geslagen, die had het bijna niet overleefd."

Op Manni's gezicht breidt zich een brede grijns uit. "Weet Millstätt dat al?"

"Ik moest je de hartelijke groeten overbrengen en dit hier." De nieuweling duikt met zijn magere lijf het autootje in en komt even later weer tevoorschijn met een papier in zijn handen dat hij

Manni overhandigt. Manni vouwt het open en merkt hoe de vette grijns op zijn gezicht nog vetter wordt. Een arrestatiebevel.

Het is donker. De stilte die haar omgeeft is als een grote ingehouden adem. Ze is alleen. Haar hoofd doet pijn en haar keel brandt als de hel. Er ligt iets boven op haar dat haar naar beneden drukt. Zwaar. Haar lippen zijn gesprongen. Ze likt er met haar tong langs, proeft zout en iets anders, iets bitters. Ineens heeft ze vreselijke dorst. Dood zal ze dus wel niet zijn. Maar waar is ze, wat is er gebeurd? Het enige wat ze zich kan herinneren is een overweldigend gevoel van angst. De herinnering eraan versterkt de kwellende steken achter haar voorhoofd. Iemand heeft haar gedragen. Iemand heeft tegen haar gesproken, en dat heeft haar nog banger gemaakt. Heel voorzichtig draait Laura haar hoofd opzij. Een lichtstraal. Heel smal, als bij toeval door houten planken geperst. Dan is hij weer weg. Ze doet haar ogen dicht, kreunt, doet ze weer open. Heel langzaam verandert het duister in grijze contouren. Geen ramen. Benauwd. Wanden heel dichtbij, veel te dichtbij. Een hoekige verhoging naast haar, misschien een bankje. Haar onderbewustzijn weet dat ze hier al eens eerder is geweest, maar ze kan zich niet herinneren wanneer. Daar is de lichtstraal weer. Hij valt op iets glinsterends. Een glas. Water, denkt Laura, heel dichtbij, op het bankje, en die gedachte helpt haar om zich op haar zij te draaien.

Het gewicht boven op haar is zacht en geeft mee. Dekens, herkent ze. Ze strekt haar hand uit naar het glas en rilt. De lucht is ijzig en staat stil, alsof ze in een doodskist ligt. Gekraak. De lichtstraal danst weg van het glas en weer terug, alsof er iets verschuift tussen de oorsprong ervan en het hok waar Laura in ligt. Ze verstart, luistert ingespannen. Gekraak, geritsel. Het is geen menselijk geluid. Takken die in de wind bewegen, boomstammen, bos, denkt Laura. Niemand hoort me, niemand ziet me, niemand zal me vinden. Trillend grijpt ze naar het glas. Het duurt lang tot ze het bereikt en om te drinken moet ze het met beide handen vastpakken, zo zwak is ze. Het water heeft een metalige smaak, zo bitter als haar lippen. Desondanks neemt ze een grote slok. Meteen wordt het glas ondraaglijk zwaar in haar handen. Ze wil nog verder drinken, want haar dorst is nog lang niet gelest, maar haar armen branden nu en ze beven nog erger, ze kan het glas niet meer vasthouden, wil het terugzetten op het bankje, maar het glipt tussen haar vingers door en breekt, en dan houden ook Laura's armen het niet meer, ze knikken zomaar onder haar weg, alsof ze van elastiek zijn. Ik moet hier weg, denkt Laura, ik mag niet weer in slaap vallen en even is de paniek weer terug, zwiept als een hete stroom door haar lichaam. Dan wordt alles zwart en ze weet dat ze heeft verloren.

Ze wil met Laura praten, ze moet met Laura praten. Na alles wat ze van Hannah Nungesser heeft gehoord, weet ze nu zeker dat het haar zal lukken het vertrouwen van het meisje te winnen. En als ze Laura's vertrouwen eenmaal heeft gewonnen, dan kan ze deze zaak oplossen. Judith belt Manni zodra ze afscheid heeft genomen van Hannah Nungesser. Die is in een opperbest, triomfantelijk humeur en brengt haar in telegramstijl op de hoogte van de stand van zaken.

Vedanja is gearresteerd en wordt momenteel verhoord op het politiebureau van Hans Edling. Vedanja heeft een strafblad vanwege ernstige mishandeling en is blijkbaar erg nerveus. Het moet wel heel raar lopen willen ze die niet aan het praten krijgen, zegt Manni.

"Goed", zegt Judith. "Heel goed. Jaloezie als motief. Dat klopt wel zo ongeveer met wat Laura's moeder zegt en met wat ik zelf heb gezien. Hij had een oogje op Laura en hij heeft zijn taak kennelijk erg serieus genomen. Hij heeft het meisje regelrecht bewaakt, hij wilde iets van haar. Misschien zat Andreas Wengert hem dwars en heeft Vedanja hem daarom naar het Schnellbachtal gelokt en daar vermoord, precies op de plek waar Laura en hij elkaar stiekem ontmoeten. Maar wat is de link met Darshan?"

"Misschien had hij iets met haar. Toen wilde zij naar India, weg van hem, ze kregen ruzie en daarbij is zij ongelukkig ten val gekomen", zegt Manni en ze kan aan zijn stem horen dat de draagwijdte van wat hij zegt nu pas tot hem doordringt. Daar is het dan eindelijk, dat zou het kunnen zijn. De link tussen de twee slachtoffers. De samenhang waar ze zo lang naar hebben gezocht.

"Ik moet met Laura praten", zegt Judith. "Ze moet me vertellen wat ze over Vedanja weet."

"Ze zeggen dat ze ziek is. En zonder La Mama kun je het sowieso vergeten."

"Geen officieel verhoor."

Zwijgen.

"Ze weet iets, iets doorslaggevends. Kom op, Manni."

"Maar ik weet van niks, oké?"

Meer heeft ze niet nodig, ze geeft gas en even voelt ze zich zelfverzekerd en vastberaden, net als vroeger, een winnaar die haar Passat over het asfalt laat dansen. Maar waneer ze bij de Sonnenhof aankomt, is het gevoel uit haar nachtmerries weer terug. De ontzetting omdat ze te laat is gekomen. De ademloze onvoorwaardelijkheid waarmee ze is overgeleverd aan een jacht die in steeds sneller tempo voortraast, maar die ze nooit kan winnen. Het gras in het Schnellbachtal is al winters vaal, zware wolken zitten tegen een doorzichtig zwavelgele hemel geplakt, de gebouwen van de ashram liggen er uitgestorven bij. Het is onwerkelijk, een scenario dat buiten de tijdrekening is gevallen. Ook dat doet haar aan haar droom denken en het gevoel van urgentie neemt toe. *U past toch wel op Laura*, had Hannah Nungesser bij het afscheid gevraagd en zonder aarzelen had Judith dat beloofd. Maar wat als ze faalt? Wat als ze het vertrouwen van het meisje niet kan winnen? De wetenschap dat met Vedanja een van de hoofdverdachten voorlopig buitenspel staat is absoluut geen geruststelling, kan geen geruststelling zijn zolang hij niet heeft bekend. Dat is het oude dilemma: elke fout in het onderzoek geeft de echte dader tijd om sporen te laten verdwijnen, te vluchten of, in het ergste geval, om opnieuw te moorden. En toch moet je fouten op de koop toe nemen als een noodzakelijk kwaad bij elke handeling.

Ze stapt uit en ademt de frisse koude lucht van het dal gretig in. Wie komt er in aanmerking als dader, afgezien van Vedanja? Heiner von Stetten? Had hij echt een verhouding met Darshan? Maar al zou dat zo zijn, er is niets wat Judith in de afgelopen dagen heeft gezien dat erop duidt dat hij ook een nauwe band zou hebben gehad met Laura of met Andreas Wengert. Ze loopt naar het gastenverblijf waar Laura's kamer is, maar ze komt niet ver. Ineens staat Heiner von Stetten voor haar. Hij moet haar gezien hebben en haar via de tuindeur van zijn kamer in het hoofdgebouw de weg hebben afgesneden.

"Je bagage staat bij de receptie, zwaardenkoningin."

"Ik wil Laura even spreken."

De leider van de Sonnenhof grijpt haar bovenarm met zachte druk vast. "Die is ziek, zwaardenkoningin. Ze wil niemand zien."

Judith onderdrukt een vloek. Haar kans om haar weg voort te zetten tegen de wil van de robuuste psycholoog is nul. "Ik vind dat Laura dat zelf tegen me moet zeggen. Ik kom net van haar moeder en moet haar de groeten overbrengen."

"Je hebt het recht niet hier binnen te dringen." Met zachte druk loodst Heiner von Stetten haar zijn behandelkamer binnen, waar de vissen zoals altijd achter het glas van het aquarium heen en weer zwemmen en een wierookstaafje voor zich uit staat te smeulen.

Hier laat hij haar eindelijk los.

"Ik dacht dat ik hier te gast was en vrij rond kon lopen."

"Als Judith Krieger, ja. Maar niet als rechercheur van politie."

"Ik ben hier als Judith Krieger."

De leider van de Sonnenhof neigt zijn kale schedel een stukje opzij, als een adelaar voordat hij zijn prooi verscheurt.

"Ik wil naar Laura toe."

"Ze is ziek, zwaardenkoningin."

Het gevoel dat ze geen lucht kan krijgen wordt sterker. Ze mag niet toegeven, ze mag zich niet laten afschepen. Maar ze heeft geen legitimatie, geen wapen, geen macht. De enige truc die haar te binnen schiet is te appelleren aan Heiner von Stettens ijdelheid en hem zo tot praten te brengen. Een oude, niet erg originele truc.

"Ik was bij Laura's moeder. Ze zegt dat haar dochter op zoek is naar een substituut-vader. Zo was ze een gemakkelijke prooi voor een alom bewonderde, goed uitziende leraar."

"Andreas Wengert."

"En hier in de Sonnenhof? Wie is hier haar substituut-vader? Vedanja? Of jij?"

"Ik dacht dat je hier niet als rechercheur was."

"Ik ga niet weg voordat ik met Laura heb gesproken."

"Waarom zo koppig, zwaardenkoningin?" Zijn mond glimlacht een koud lachje.

"Omdat het om de waarheid gaat."

"De waarheid?" Nu lacht hij niet meer, maar kijkt haar aandachtig aan.

"De waarheid erachter, achter de maskers. De waarheid waarmee iedereen moet leven, de waarheid die ik nodig heb om door te dringen tot de kern van deze moordzaak, het motief van de dader."

Dat lijkt hem te bevallen. Hij nodigt haar met een armgebaar uit om te gaan zitten, maar ze schudt haar hoofd, want zodra ze weer bij hem op een kussen op de grond gaat zitten, zal hij haar naar haar eigen afgronden leiden en dan verliest ze alle controle over dit gesprek, zoals alle keren hiervoor. En dat is precies wat niet nog eens mag gebeuren. Kristalhelder ziet ze een fractie van een seconde het beeld uit haar droom, de jacht over de vlakte, diep in elkaar gedoken op het witte paard. Het paard is je instinct, een deel van jezelf, heeft Heiner von Stetten tijdens een van hun eerste zittingen gezegd, en misschien had hij gelijk. Ze zoekt zijn blik en meent nog iets anders in zijn donkere ogen te lezen dan geamuseerde distantie, misschien zelfs een zweempje angst.

"Waarheden dus." Haar stem vult de hele ruimte, rustig en helder. "Ik moet accepteren dat Patrick dood is en dat ik daar niet schuldig aan ben. Dat is toch wat je me wilde zeggen?"

"Onder andere, ja."

"Laura moet accepteren dat haar vader niet meer terugkomt."

Een onmerkbaar knikje.

"Ik vraag me af wat Darshans waarheid is. Wie ze echt was achter die vrolijke, ongenaakbare façade waar iedereen meteen over begint als ze het over haar hebben. Ik vraag me af waar Darshan voor wegliep. Welke waarheid ze wilde ontlopen."

Heiners gezicht blijft volkomen rustig. "Wie zegt dat ze ergens voor wegliep?"

"Is dat dan niet zo?"

"Ik weet het niet."

"Je had een verhouding met haar."

"Dat is …"

"Er zijn getuigen."

Heiner knijpt zijn ogen tot smalle spleetjes samen. "Je houdt je niet aan onze afspraak, zwaardenkoningin. Dat is je toch niet waardig? We hebben je hier opgenomen om je te helpen. En nu zit je mij hier te bedreigen en te beledigen."

"Darshan is een gruwelijke, afgrijselijke dood gestorven. Een van je medewerkers is daarvoor gearresteerd. Zelfs al had je geen verhouding met Darshan gehad, dat kan je toch niet koud laten."

De leider van de Sonnenhof zwijgt.

"Je bent psycholoog, leider van de ashram. Je hebt mij mijn waarheden heel snel en direct voor ogen gevoerd. Je moet meer weten over Darshan en haar relaties dan je mijn collega's hebt verteld." Ze pauzeert even. "Ik zou er natuurlijk begrip voor hebben als je niet tegen je vrouw wilt getuigen."

"Beate heeft er niks mee te maken."

"De bedrogen echtgenote? Wie zou er een beter motief hebben?"

Hij kijkt haar met fonkelende ogen aan. "Voor de laatste keer: je maakt misbruik van mijn vertrouwen, Judith. Ik wil dat je nu weggaat."

"Nee, ik ga niet weg. Eerst wil ik weten wat je over Darshan kunt vertellen. En over Vedanja. En dan wil ik met Laura praten."

"Je hebt het recht niet …"

"Je had een verhouding met Darshan, je vrouw kwam erachter, er kwam een huwelijkscrisis die nog altijd voortduurt. En Darshan, die niet eens een eigen bankrekening had, had ineens geld genoeg om naar India te vliegen. Maar op de dag van haar vertrek werd ze vermoord. Vertel op, wie zou ik moeten verdenken behalve jou en je vrouw?"

Ze kan zijn woede bijna fysiek voelen, een golf hete energie.

"Ik heb Darshan niet vermoord en Beate ook niet."

"En Vedanja?"

Heiner von Stetten zwijgt.

"Ze leefde nog toen ze verdronk in die modderpoel, daar is de patholoog van overtuigd", zegt Judith zacht.

"Ik heb haar het geld gegeven!" Beate von Stetten betreedt de kamer door de tuindeur zonder haar man een blik waardig te keuren. Ze loopt naar het kleine altaar met de olifantengod en maakt een vluchtige buiging. Dan gaat ze met rechte rug voor Judith staan, een strenge moeder die besloten heeft toe te geven aan de nukken van haar kind. "Maar ik heb haar niet vermoord."

313

Heiner von Stetten wil iets zeggen, maar zijn vrouw, die ineens helemaal niet meer schuw, maar veel sterker is dan Judith ooit voor mogelijk had gehouden, legt hem met een gebiedend gebaar het zwijgen op.

"Mijn man is een geweldige psycholoog en een geweldige yoga-leraar. Scherpe blik, spiritueel. Hij heeft maar één zwak punt: hij kan moeilijk nee zeggen." Beate von Stetten neemt Judith met een vijandige blik op. "Daarom heeft hij u hier ook opgenomen, hoe-wel het toch duidelijk was dat u hier alleen maar kwam om te spioneren."

"Ik was ten einde raad, hij heeft me echt ..."

"Bespaar me uw loftuitingen." Een dun glimlachje. "Hij was niet alleen genereus jegens u, ook jegens bepaalde jonge vrouwen die geen grenzen kenden, die hem ophemelden, hun grote goeroe."

"Zoals Darshan."

Beate von Stetten knikt. "Darshan. Door haar jeugd en haar leven op straat was ze extreem uitgehongerd en dat compenseer-de ze door steeds meer te willen. Meer aandacht, seks, onderricht, plezier, ze was onverzadigbaar. Niet te beteugelen. En erg aan-trekkelijk."

Beate von Stetten strijkt een tomaatrode lok uit haar gezicht voor ze verder praat. "Deze ashram hier is onze levensdroom en ons thuis. Een plaats van vrede en meditatie, ons toevluchtsoord uit een wereld die steeds meer doordraait. Vroeger, toen we nog in de stad woonden, is Heiner af en toe bezweken voor de eroti-sche charmes van zijn patiëntes, en ik heb hem dat vergeven omdat hij, zoals gezegd, ondanks die kleine zwakte geweldig is als mens en als leraar. En mijn geduld werd beloond. Sinds we hier woonden leek het geen thema meer te zijn. Tot Darshan bij ons kwam. Ze had iets wat mannen gewoon wild maakt. Dus moest ik ingrijpen, ik kon niet toelaten dat ze onze levensdroom zou vernielen."

"En dus gaf u haar geld om te verdwijnen?"

"Haar grote doel was India. Ondanks al haar zwaktes was ze uitermate spiritueel en zeer begaafd en serieus wat yoga betreft. Ze aarzelde geen moment, ze heeft het geld geaccepteerd en een ticket gekocht."

"En u wist echt niet dat ze nooit in India was aangekomen?"

"Ik had geen enkele reden om me daar om te bekommeren. Ze was niet meer hier en daar ging het me om."

"Ik had geen idee dat mijn vrouw hierachter zat", zegt Heiner von Stetten. "Darshan zei dat ze het geld van een tante had."

"En wilde u haar beletten naar India te gaan?"

De psycholoog schudt zijn hoofd. "Zo innig was onze verhouding niet. Ik was, eerlijk gezegd, opgelucht, want Beate heeft gelijk: Darshan schopte onze levens behoorlijk in de war."

"En Vedanja? Die stond haar ook heel na."

"Best mogelijk. Maar een moordenaar is hij niet, in geen geval."

"Hij heeft een strafblad vanwege mishandeling."

"Dat is allang verjaard."

"Had Vedanja een verhouding met Darshan?"

Heiner von Stetten zucht. "Ik weet het niet. Misschien. Maar als dat zo was, dan kon dat niet lang goed gaan. Darshan was echt heel ... royaal, heel ... licht. Ze lachte veel en graag en haar onafhankelijkheid was haar heilig. Ze nam wat ze nodig had, ze kwam, ze ging, allemaal in haar eigen ritme. Ze hield niet van conventies of van trouw, daar maakte ze geen geheim van."

"En Vedanja? Of wie ze verder nog 'wild' heeft gemaakt?"

"Vedanja is iemand die zekerheid nodig heeft. Heel bestendig, heel gevoelig. Ik weet zeker dat Darshan hem noch iemand anders zo dichtbij heeft gelaten dat zich daaruit liefde, laat staan een motief voor moord zou kunnen ontwikkelen."

"Dat is belachelijk en dat moet u als psycholoog weten. In mijn ogen is het nou juist een klassiek motief. Een man wil meer van een vrouw dan zij hem wil geven. Hij dringt zich steeds meer op en als zij dan weg wil, vermoordt hij haar. In de kranten staat dan: familiedrama, moord uit jaloezie of vertwijfelde daad uit liefde." Judiths stem klinkt hard, ze voelt hoe het bloed in haar slapen dreunt. "Alsof moord en liefde ooit met elkaar verenigbaar zouden zijn."

"Ik geloof niet dat Vedanja haar type was", zegt Beate von Stetten.

Rood haar, fletse huid, waterige koeienogen – Judith merkt dat haar pols versnelt. Vedanja is geen type waar vrouwen op vallen, daar heeft Beate von Stetten gelijk in. Maar zag hij dat zelf ook, of moest Darshan sterven omdat ze hem had afgewezen? En hoe zit het met Laura? Haar lichaamstaal leek er ondubbelzinnig op te wijzen dat ze Vedanja's aandacht hinderlijk vond. Ineens voelt Judith zich uitgeput. Alsof ze een marathon heeft gelopen, om er bij de finish achter te komen dat iemand is vergeten de tijd stop te zetten, en ze meteen nog een keer van start moet.

"Wie was dan wel 'Darshans type'?" vraagt ze en net op dat moment begint de telefoon op Heiner von Stettens bureau te rinkelen. De psycholoog hypnotiseert zijn vissen terwijl hij de hoorn tegen zijn oor houdt en luistert.

"Goed dan, zwaardenkoningin", zegt hij als hij het gesprek heeft afgerond. "Dat was Laura's moeder die zich zorgen maakt omdat ze van de receptie heeft gehoord dat Vedanja is gearresteerd. Ik heb haar beloofd dat ik nu direct naar haar dochter ga kijken."

Van de dag is alleen nog een lichtgroene streep licht onder grauwe wolken overgebleven wanneer ze de wei oplopen, de ramen van het gastenverblijf zijn donkere holtes. En weer neemt de ademloze angst uit haar nachtmerrie zo heftig bezit van Judith dat het pijn doet. Heiner von Stetten heeft daarentegen geen enkele haast. Hij neuriet een mantra terwijl hij irritant langzaam de houten trap van het gastenverblijf oploopt, aan Laura's deur klopt, wacht, nogmaals klopt. Eindelijk drukt hij de klink naar beneden en doet het licht aan. De kamer is leeg.

"Waar is ze?" Judith wringt zich langs hem heen.

Zichtbaar verward schudt de psycholoog zijn hoofd. "Ik begrijp het niet. Vedanja heeft toch gezegd dat ze ziek was. Dat hij haar thee heeft gebracht …"

"Wanneer was dat?"

"Dat weet ik niet meer. Vanmiddag? Misschien is ze hiernaast." Hij begint deuren open te doen en de naam van het meisje te roepen. Judith grijpt zijn arm vast.

"Wanneer hebt u Laura voor het laatst gezien?"

Hij wrijft met zijn vingers over zijn kale hoofd. "Ik weet het niet. Gisteren. Ze was vanochtend niet bij de meditatie. Ik dacht gewoon …"

"Trommel iedereen op, nu meteen." De angst ligt als een steen op Judiths maag. Ze moeten de Sonnenhof doorzoeken. En het bos. Ze moeten Vedanja aan het praten krijgen. De absurde gedachte schiet door haar heen dat ze vandaag afgezien van een croissant niks heeft gegeten. Alsof het daar nu om gaat. Ze grist haar mobiel uit haar jaszak en vloekt. Geen signaal. Ze moet een telefoon hebben. Ze begint te rennen, ze struikelt, blijft overeind. Heiner von Stetten volgt pal op haar hielen. Ze holt zijn kantoor binnen, grijpt de hoorn van de haak zonder acht te slaan op Beate von Stetten die wil protesteren.

"Niemand verlaat de Sonnenhof. Iedereen verzamelen boven in de yogaruimte, nu! Zo nodig zoek ik persoonlijk elke hoek van de ashram af naar Laura." Ze schreeuwt haar bevelen tegen de Von Stettens, terwijl ze wacht tot Manni opneemt.

Ze is een jager, een amazone, doelgericht en effectief tot in de kleinste vezel van haar lichaam. Alleen de angst laat zich niet wegdrukken. Het duistere voorgevoel niet meer genoeg tijd te hebben om Laura Nungesser te redden van een moordenaar die geen genade kent.

Het is donker en ze is alleen. Ze heeft een vieze smaak in haar mond en in haar hoofd hamert de pijn. De herinnering komt ongevraagd, in verblindende, jachtige beelden, zoals in het stroboscooplicht in de discotheek. Ze rende. Iemand droeg haar en praatte tegen haar en vervulde haar met een naamloze paniek. Jey, haar geliefde. Waarom? Het volgende beeld is een lichtstraal, het gefluister van de bomen, een voortdurend geknars. Een bank, een glas met bitter water dat uit haar hand is geglipt. Water, dorst. Moeizaam werkt Laura zich van onder de berg dekens vandaan. Ze voelt iets hards naast zich. Planken, een wand van planken. Ze leunt er met haar rug tegenaan. Het zweet gutst over haar lichaam. Waarom is ze zo zwak? De behoefte om zich gewoon weer op de matras te laten vallen en weg te suffen is overweldigend, maar haar angst is nog groter. *Je bent van mij, ik laat je nooit meer gaan*, had hij gefluisterd. *Je ontkomt me niet.* Maar ze wil zijn gevangene niet zijn.

Ze is een mol. Centimeter voor centimeter tasten haar vingers de gevangenis af. Houten planken, veel te dichtbij, bank, glasscherven en nattigheid, een ophangrekje, een lap stof aan de muur, daarachter iets laags, daar staat iets op. Een kaars. De hoop op licht jaagt opnieuw een vlaag van hitte door haar lichaam. Het duurt een eeuwigheid voor ze haar kleren vindt, half begraven onder de dekens. Geen aansteker, de zakken van haar fleecejack zijn leeg. Maar in het binnenzakje van haar spijkerbroek zit nog een boekje lucifers, dat heeft hij dus niet gevonden. Laura's handen trillen zo dat ze er pas bij de derde poging in slaagt de kaars aan te steken.

Meteen herkent ze de plek waar ze is. Jey heeft haar hier al eens eerder mee naartoe genomen, helemaal aan het begin toen ze in het bos waren overvallen door een onweersbui. Een oude wildkansel die hij met planken heeft dichtgetimmerd tot een boomhuis. Verborgen in de kroon van een beuk, ver weg van alle wegen. Mijn nest, mijn heiligdom, had hij gezegd. Niemand mag hier zijn zonder mij. Hij had het hangslot zorgvuldig afgesloten voordat ze na hun onderbreking weer naar beneden waren geklauterd. Destijds had Laura het romantisch gevonden, opwindend, nu vervult het haar met angst. Als niemand hier mag zijn zonder hem, waarom heeft hij haar dan alleen gelaten? En wat gebeurt er als hij terugkomt? Of komt hij niet meer terug en laat hij haar hier doodgaan?

De deur geeft geen centimeter mee. Naast de deur zijn silhouetten op de wand geschilderd. Hijzelf. En een vrouw, levensgroot en profil. Heel knap, heel slank, het hoofd in haar nek geworpen zodat haar borsten omhoog wijzen en de lange vlechten woest over haar rug dansen. Dat is niemand, dat is maar een droom, Laura, had Jey destijds gezegd toen hij merkte dat ze haar blik niet van de vrouw kon afhouden. Laura zet de kaars op tafel en staat op. Meteen springt haar eigen schaduw naast de vrouw. Dat had ze destijds al kunnen herkennen, waarom was ze zo naïef? Die muurschildering is geen droom, hij heeft die alleen maar kunnen maken omdat de vrouw van wie de schaduw is hier met hem in zijn heiligdom was. Wie is die vrouw? En wat is er met haar gebeurd?

Alles in Laura schreeuwt om te vluchten. Ze werpt zich met haar volle gewicht tegen de deur en verliest haar evenwicht, trapt met haar blote voet in een scherf. Het doet gruwelijk pijn en het bloedt. Hevig. Ze trekt de lap stof van de wand, wikkelt hem om de wond. Hij is bijna meteen doorweekt. Tranen lopen over haar wangen. Waarom heeft ze niet opgepast? Waarom doet ze altijd alles verkeerd? Ineens is de herinnering terug aan die gelukkige middag in de regen die zij hier met Jey heeft doorgebracht. Ze had steeds haar ogen moeten dichtdoen en dan had hij dingen voor haar tevoorschijn getoverd. Wijn, noten, gedroogde vruchten, wierookstaafjes, massageolie. Hij had niet gemerkt dat ze stiekem keek. Laura veegt de scherven aan de kant en knielt op de grond. Voorzichtig betast ze de zijwand van het bankje en vindt de inkeping zo diep als een vingertopje. Ze steekt haar vinger erin, drukt, en het zitgedeelte klapt omhoog.

Geen wijn, geen voedsel, maar een motorhelm en een zwartleren jack. Andi's helm, Andi's jack. Waarom heeft ze hem ook bedrogen? Waarom moest hij sterven? Wie heeft hem uit haar naam met een mailtje de dood in gelokt? Trillend drukt Laura het jack tegen haar borst.

Het duurt lang voordat ze nog een keer in de binnenkant van de zitbak durft te kijken. Er ligt nog iets in dat wellicht haar redding kan zijn. Een mobieltje. Maar wat ze ook probeert, het ding laat zich niet tot leven wekken. DARSHAN staat er op de achterkant. Een laatste boodschap van de schaduwvrouw wier identiteit Laura op dat moment – eindelijk – accepteert. Darshan. Laura's tanden klapperen, ze kan het niet helpen. Ze kruipt in Andi's jack en gaat ineengerold op de matras liggen, zo ver mogelijk bij de deur vandaan Ze weet nu dat ze geen kans heeft. Ze kan alleen maar wachten. Op hem, op Jey, die gezworen heeft dat hij van haar hield. Die ze vertrouwde, maar die in werkelijkheid een moordenaar is.

Dus dat is Judith Krieger in topvorm, hoofdinspecteur Krieger *at her very, very best*, denkt Manni als hij voor de Sonnenhof uit zijn Vectra springt. Als een engel der wrake bewaakt ze de buiteningang van de yogazaal, haar bruine lokken vlammen rond haar hoofd op als hellevuur, haar leren jasje is een pantser. Die kun je beter niet voor de voeten lopen, elke centimeter van haar lichaam straalt dat uit.

"Doorzoeken!" brult ze tegen de agenten die in optocht achter Manni aan het Schnellbachtal in zijn gereden. "Elke kamer, elke hoek, het hele terrein. We zoeken een meisje, Laura Nungesser, zeventien jaar, een meter zeventig lang, slank, bruine rastavlechten. Allemaal verspreiden! Zorg dat je handschoenen draagt. Als je klaar bent hier weer verzamelen."

Ze knikt tegen Manni alsof het de meest natuurlijke zaak van de wereld is dat zij het commando heeft overgenomen en hier haar eigen show opvoert, koste wat het kost.

"Voor zover ik weet is iedereen daarbinnen behalve Brandes, een yogaleraar en die meubelmaker, Benjamin Roth. Waar Brandes is, weten we. De andere twee – geen idee. Uwe Winden, de yogaleraar, heeft vandaag zijn vrije dag. Geen flauw idee wat hij dan doet, hopelijk zit ie bij McDonalds of in de bioscoop. De meubelmaker is waarschijnlijk meditatiebanken aan het afleveren." Ze stoot twee rookzuilen uit door haar neusgaten, net een wild geworden sprookjesdraak. Manni stelt zich voor hoe ze de bewoners van de ashram bijeen heeft gedreven, zonder wapen, zonder legitimatie, gewoon door die ongelooflijke energie en wilskracht, aangespoord door de woede die uit al haar poriën lijkt te stromen. Als Millstätt haar schorst – en er zit weinig anders voor hem op nu ze opnieuw tegen zijn orders ingaat, ook al hoopt Manni van ganser harte dat zijn baas haar dat zal vergeven – dan geeft Krieger hier in elk geval een furieuze afscheidsvoorstelling. Een inzet waar nog lang over zal worden gepraat bij de KK11.

Met wervelende manen stort ze zich op de nieuweling. "Ik wil van iedereen daarbinnen een verklaring van wanneer en waar ze Laura Nungesser voor het laatst hebben gezien en met wie. Lukt dat?"

"Ik …" De nieuweling kijkt besluiteloos naar Manni.

"Ja of nee?" Krieger drukt haar sigaret uit tegen de leuning, met onnodig veel kracht.

"Ja, natuurlijk."

"Doe wat hoofdinspecteur Krieger zegt, Ralf. En neem liefst nog twee mensen van Edling mee om je te helpen", adviseert Manni.

Weer knikt Krieger hem toe alsof ze al jarenlang maatjes zijn. "Hoe zit het met de hondenbrigade? Wie doorzoekt Laura's kamer?"

"De twee K's kunnen hier elk moment zijn." In het huis worden deuren dichtgeslagen, in de bijgebouwen gaan lichten aan en uit, geknerp van laarzen op kiezelpaden, delen van het gebouw en de omringende begroeiing lichten op in het schijnsel van zaklantaarns. Manni heeft Millstätt niet verteld dat deze grote operatie aan Judith Krieger te danken is. Een koppige verdachte met een strafblad, een verdwenen meisje, dat had volstaan om het hoofd van de KK11 eindelijk in actie te krijgen. Maar wat als blijkt dat Krieger zich vergist, als het meisje ergens vredig in een internetcafé zit of bij een vriendinnetje van school? Wat als ze weer de verkeerde hebben opgepakt?

"Die boswachter, waar is die?" Judith Krieger sleurt hem uit zijn overpeinzingen. "Iemand moet haar opbellen, nee, ga er liever gelijk heen. Die is toch zo close met Laura? Misschien weet zij iets, misschien is het meisje zelfs wel bij haar."

"Goed idee." Manni grijpt naar zijn mobieltje. Dood.

"Vergeet je mobiel. In dit godganse dal is geen signaal te krijgen." Krieger steekt nog een sigaret op, het pakje glimt goudkleurig in het schijnsel van de aansteker. ROKEN KAN DODELIJK ZIJN. Zijn collega staart naar die mededeling alsof ze hem voor het eerst ziet, dan stopt ze het pakje weer in haar jaszak. De zaklantaarns onder hen zwermen nu weer in het dal uit, een flakkerende groep lawaaiige glimwormpjes. Krieger leunt tegen de balustrade en inhaleert diep. Nu pas ziet Manni hoe bleek ze is. Haar zomersproeten steken onnatuurlijk fel af, haar ogen lijken enorm.

"Shit, Manni, hier vinden we haar niet." Ze staart in het duister, hij weet niet waarheen.

Hij staat naast haar tegen de balustrade geleund. "De K's komen hier zo, Judith. Als die jou hier zien... Je weet wel, Millstätt …"

"Kan me geen bal schelen", blaft ze. "Laat ie me eruit gooien. Maar eerst vind ik dat meisje."

Hij wil zeggen dat de teerling waarschijnlijk allang is geworpen, dat het meisje misschien al dood is, ergens in het bos verstopt, net als die andere, Darshan. Dat het weken kan duren voor ze haar vinden. Hij krijgt het niet over zijn hart, je moet het noodlot niet tarten. Bovendien weet ze dat zelf net zo goed als hij. Beneden op de parkeerplaats arriveert nog een auto, een rammelende Renault 5. Hannah Nungesser springt eruit en rent naar het gebouw toe, haar handen beschermend over haar buik.

"Laura! Waar zit ze? Laura!" Haar hysterische gekrijs snerpt door de nacht en bezorgt Manni rillingen over zijn rug. Wat die vrouw ook verkeerd mag hebben gedaan bij de opvoeding van haar dochter, ze heeft het niet verdiend om na haar man ook Laura nog eens te verliezen.

"Shit! Die heeft vast nog een keer hiernaartoe gebeld en toen heeft iemand zijn mond voorbijgepraat!" Judith Krieger trapt haar sigaret uit en sprint de houten trap af naar de parkeerplaats, Hannah Nungesser tegemoet. Deze keer moet Manni zijn uiterste best doen om haar bij te houden.

Beneden aangekomen loodst Krieger Hannah Nungesser behoedzaam maar onverbiddelijk mee om haar onder de hoede van een agente te brengen. "Ik beloof u dat we uw dochter vinden", praat ze op de moeder in. "Ja, ik weet hoe belangrijk dat is. Laat ons alstublieft ons werk doen."

En weer verschijnen er autolichten op de kronkelige weg naar het dal. Een paar seconden later komt het busje van de technische recherche in zicht. De nieuweling komt de trap af gestommeld en rent naar Manni toe.

"Niemand heeft Laura gezien sinds Vedanja gisterenavond met haar naar het verhoor is gegaan! Iedereen heeft hem zonder meer geloofd toen hij zei dat ze ziek in haar kamer lag!"

Het busje van de K's nadert. Manni pakt Krieger bij de schouders. "Ik neem het hier nu over. Ga jij naar Edling op het bureau en zorg dat je die Brandes klein krijgt. Ik kom zo snel mogelijk achter je aan."

Tot zijn verbazing gaat ze zonder problemen akkoord en duikt haar Passat in. Misschien kan Millstätt haar toch wel iets schelen. Hij weet niet zeker of de K's haar herkennen, wil er niet over nadenken, hij hoopt gewoon dat hij voorlopig gered is en niet hoeft te hakketakken over competenties en schorsingen.

Hij neemt een Fishermans Friend en geeft de nieuweling een mep op zijn schouder. "Rij naar het boswachtershuis en kijk of je daar iets te weten komt, Ralf."

De nieuweling knikt en draaft weg. Verderop slingert Kriegers Passat van de parkeerplaats af, op hetzelfde moment dat de K's hun motor afzetten en uit het busje springen. Terwijl hij hun tegemoet holt, recapituleert Manni de geografische omstandigheden van het Schnellbachtal.

Bij de oprit naar de Sonnenhof staan de wouten. Hij rijdt met zijn bestelwagen langs zonder vaart te minderen, alleen zijn handen grijpen onwillekeurig het stuur steviger vast. Wat is er aan de hand, waarom staan die daar? Hij voelt hoe zijn pols versnelt. Een onaangenaam vibreren. Zo snel heeft hij er niet op gerekend. Wat heeft hij fout gedaan? Het was verkeerd dat hij de afgelopen nacht voor Laura heeft gezorgd, dat ziet hij nu in. Te laat. Hij balt zijn rechtervuist en slaat op het dashboard. Laura, mijn godin, waarom doe je mij dit aan? Je ligt in de armen van een ander, vertelt mij niet wat je de wouten hebt verteld, gaat in je fantasie gewoon bij me weg, je holt van me weg, zodat er voor mij niks anders op zit dan je daarheen te brengen waar je ons niet kunt verraden.

De herinnering aan de afgelopen nacht smaakt net zo bitter als het poeder waarmee hij Laura uiteindelijk heeft gekalmeerd. Ze wilde hem in de steek laten, die kleine sloerie. Dacht dat ze slimmer was dan hij en dat ze hem kon verlinken bij die geliefde boswachter van haar. Maar hij was haar voor geweest. Hij heeft haar opgevangen en deze keer heeft hij beter opgepast dan bij … hij wil de naam niet denken, maar denkt hem toch. Darshan. Zoals die lachte, hem uitlachte. Alleen aan het einde, toen heeft ze niet meer gelachen. Ze was gevallen toen ze voor hem wegvluchtte, ze was rechtstreeks in het verderf gestort. En nu hebben ze haar gevonden, de boswachter heeft haar gevonden. Die had hij ook moeten aanpakken, begrijpt hij nu. Het was niet genoeg om haar de stuipen op het lijf te jagen, die liet zich gewoon niet de stuipen op het lijf jagen. Verdomme, verdomme, verdomme. Zijn vuist beukt op het dashboard. Hij had ervoor moeten zorgen dat de wouten dat geweer bij haar hadden gevonden, destijds toen ze Laura's gymleraar hebben gevonden. Hij had het niet terug moeten hangen onder het bed van de boswachter. Maar hoe had hij nou kunnen weten dat die wouten zo slordig zijn en niet goed zoeken?

Adrenaline pompt door zijn hele lijf terwijl hij met zijn bestelwagen een bosweg in rijdt en de motor uitzet. Hij moet erachter zien te komen wat de wouten willen bij de Sonnenhof. Misschien is het nog niet te laat. Misschien is nog niet alles verloren. Misschien hoeft hij Laura nog niet te verliezen. Hij bedenkt hoe hij haar heeft uitgekleed, haar ter ruste heeft gelegd in zijn heiligdom. Laura, mijn godin, je bent zo wondermooi. Dan schiet hem de wandschildering te binnen, zijn herinnering aan Darshan waar hij geen afscheid van had willen nemen. Ook dat was een fout, dat ziet hij nu in. En een nog grotere fout was het om Laura met Darshan alleen te laten, want wat als ze wakker wordt? Maar ze wordt niet wakker, daar heeft hij voor gezorgd, en bovendien is het nacht, ze kan de schildering niet zien. De hoop drijft zijn pols nog verder op. Hij zal haar nog wat van het poeder geven en dan zal hij haar beminnen en niemand zal hen daarbij storen.

Weer duiken de herinneringen aan Darshan op, ongevraagd, hardnekkig. Haar schreeuwende mond, ogen waarin geen liefde meer te zien was, geen lust, alleen nog ontzetting. Hij slaat met zijn voorhoofd tegen het stuur, hard, zodat de beelden verdwijnen. Hij wil er niet aan denken dat het met Laura net zo kan aflopen, dat ook haar liefde voor hem kan omslaan in angst en wat hij dan gedwongen is te doen. Hij weerstaat de verleiding om via zijn geheime korte route direct naar Laura toe te rijden. Straks, zegt hij tegen zichzelf. Straks. Eerst moet hij erachter zien te komen wat de wouten in de Sonnenhof zoeken. Hij start de motor en keert de wagen. Hij zal het pad langs het boswachtershuis nemen. Hij zal verdomd voorzichtig zijn. En in geval van nood heeft hij altijd het geweer nog.

Andi's motorjack heeft een geheim zakje, aan de binnenkant, meteen naast de rits. Laura weet niet hoeveel tijd er is verstreken tot ze geen tranen meer heeft en er met haar koude, trillende vingers naar op zoek gaat. Zonder te kijken schuift ze haar hand in Andi's geheime zakje. De voering is glad, een streling. Binnenin zitten twee vrij lange voorwerpen, het een wat platter, het ander wat harder. Ze haalt ze tevoorschijn. Een mueslireep en een Zwitsers zakmes. Andi's noodrantsoen. *Motorrijden vergt concentratie, Laura*, hoort ze hem zeggen. *Vandaar de mueslireep. Voor de bloedsuikerspiegel, als ik zou verdwalen. En zo'n mes kun je altijd wel gebruiken.* Ze eet de mueslireep en heeft het gevoel dat ze nog nooit zoiets voedzaams heeft gegeten. Ze kauwt elke hap lang en zorgvuldig. Als ze hem op heeft, heeft ze nog altijd vreselijke dorst en ze moet nodig plassen, maar ze is niet meer zo duizelig.

Ze onderzoekt het zakmes, klapt elk lemmet tevoorschijn. Mes, kurkentrekker, flesopener, vijl, schroevendraaier en zaag. Zaag!

De hoop geeft haar pure energie. Laura wil overeind springen, maar ze bezint zich en trekt eerst haar sportschoenen aan. De wond aan haar voet bloedt niet meer, maar zodra ze erop gaat staan begint het pijn te doen. Maakt niet uit. Laura pakt de kaars, die al vrij ver op is gebrand, en bekijkt de deur. Ze heeft toch wel iets geleerd de afgelopen maanden in de meubelmakerij, in elk geval voelt ze zich niet meer zo hulpeloos als voordat ze op de Sonnenhof kwam. Dus denk na, Laura! De grendel die Jey destijds van buitenaf met een hangslot heeft vastgemaakt zat ongeveer op heuphoogte. En inderdaad, daar zitten vier schroefkoppen, en daar nog eens twee. Kan het zo eenvoudig zijn? Zal ze, wanneer ze deze schroeven losdraait, de deur open kunnen doen? Ze probeert zich de precieze constructie te herinneren, logisch na te denken, ruimtelijk, maar het lukt niet.

Er is altijd een oplossing, Laura, je mag nooit opgeven – de stem van haar vader. Of had Andi dat gezegd? Hoelang zit ze hier trouwens al alleen in Jeys schuilplaats? Wanneer zou hij terugkomen? Wat zou hij doen als hij zou merken dat ze had geprobeerd zich te bevrijden? Hij zal me vermoorden. Die zekerheid ontneemt haar de adem en haar handen beginnen weer onbeheersbaar te trillen. *Je mag nooit opgeven, Laura.* Ineens moet ze ook aan haar moeder denken, aan de gemene dingen die ze tegen haar heeft gezegd voordat de politie haar ging verhoren. Ineens heeft ze er spijt van en is ze er helemaal niet meer zo zeker van dat haar moeder echt van haar af wil. Stel je voor dat niet alleen Laura's vader, maar ook Laura zelf nooit meer terugkomt? De tranen blijven maar over Laura's wangen stromen en ze moet nu zo nodig dat ze last krijgt van krampen. Ze moet hier weg en ze moet snel zijn. Sneller dan hij. Met razendsnelle vingers peutert Laura de schroevendraaier uit Andi's zakmes en begint de eerste schroef van haar gevangenis los te draaien.

Hoofdinspecteur Judith Krieger komt over hem heen als rode lava.

"Je zou graag iets met Darshan hebben gehad, nietwaar? Daar zijn getuigen voor. Maar die liet je een blauwtje lopen!"

Vedanja krimpt ineen en weet nog net te vermijden dat hij zich onsterfelijk blameert door zijn handen beschermend voor zijn gezicht te slaan. Maar hij kan niet vermijden dat haar lavagloed over zijn gezicht stroomt en het rood kleurt. Zwak. Net als toen, op school. Het lukt hem niet de blik van de hoofdinspecteur te doorstaan.

"Je was niet sexy genoeg, hè?" Ze spuugt het woord sexy zo ongeveer uit. "Probeer me nou niet wijs te maken dat het anders in elkaar zat!"

"Ze was mijn vriendin." Hij schaamt zich voor zijn huilerige stem, maar hij kan er niks aan doen.

"Ja vast! Laat me niet lachen, een aantrekkelijke vrouw zoals zij!"

Ze drijft de spot met hem, net als zijn schoolkameraden de spot met hem dreven, zoals Markus de spot met hem dreef toen die zijn vriendin van hem afpikte, zijn eerste, zijn allereerste vriendin. Vedanja kreunt, begraaft zijn brandende gezicht nu toch in zijn handen. "Darshan was niet zó'n vriendin", fluistert hij in zijn vochtige vingers. "Gewoon een maatje."

"Maar jij wilde meer, hè? Echt met haar neuken, toch? Haar bezitten?"

Een deur gaat open en wordt weer dichtgedaan. Hij spiedt tussen zijn vingers door. De andere inspecteur, die jonge die hem al de hele middag heeft zitten doorzagen. Ook dat nog. "Echt met haar neuken, net als de anderen. Heiner bijvoorbeeld." Onaangedaan praat Judith Krieger gewoon door. "En toen ze je niet wilde, toen het haar te gek werd met jou, toen Darshan naar India wilde zonder jou, toen kregen jullie ruzie en toen is ze gevallen en kon ze zich niet meer bewegen."

"Nee!"

"En toen werd je bang en toen heb je haar verzopen. En dat alleen omdat ze niet met je wilde neuken!"

"Nee."

"Nee?"

"Nee!"

"Kom op, vertel mij wat. Ik heb toch gezien hoe je Laura zat aan te gapen, hoe je amper je vingers van haar af kon houden. Nog zo'n mooi jong meisje als Darshan. En die wilde jou ook al niet."

Ze heeft gelijk. Darshan was tenminste nog een maatje, maar Laura haat hem, heeft een afkeer van hem. Hij voelt hoe Judith Kriegers lava van zijn gezicht in zijn T-shirt vloeit. Hij is een mislukkeling. Een zombie. Impotent. De half verdrongen herinnering aan zijn laatste erotische poging ontketent een nieuwe hittegolf.

"Ik heb ooit in een vrouwenhuis gewerkt." Onbarmhartig spuugt Judith Krieger haar verschrikkelijke woorden uit. "Geloof me, ik heb geen enkel begrip voor zedendelinquenten en vrouwenhaters. Ik maak je af."

Ze steekt een sigaret op, blaast de rook rechtstreeks in zijn gezicht. "Maar als je praat, dan zijn er misschien verzachtende omstandigheden te vinden."

Wat moet hij vertellen? Er valt niks te vertellen, hij heeft Darshan niet vermoord, hij weet niet wat die politieagente van hem wil, waarom ze hem zo kwelt. Vedanja kijkt op.

"Ik weet niet …"

"Alsjeblieft, doe me een lol. Net doen alsof Laura ziek is en in haar kamer ligt …" Abrupt verandert haar toonval, ze praat ineens vleiend. "Kom op, Vedanja, help me je meisje te vinden. Zeg me waar Laura is en dan laat ik je met rust."

"Is Laura weg?" Hij gilt. "Maar ze is ziek! Ze heeft koorts!"

"Waar is ze?"

Van bezorgdheid haalt hij zijn handen voor zijn gezicht weg. "In bed."

Judith Krieger schudt haar hoofd, ze doorboort hem met die vreemde turkooisomrande ogen. Ineens begrijpt hij dat ze niet kwaad is, maar dodelijk vermoeid en ongerust. De zomersproeten in haar gezicht lijken net donkere modderspatten. Zijn gedachten buitelen over elkaar heen, hij krijgt geen lucht meer. Laura is verdwenen, terwijl ze ziek is. En hij, in zijn eeuwige pogingen om iedereen te behagen, zijn misplaatste solidariteit met zijn medebewoners, met zijn ashram, heeft dat toegelaten omdat hij niet voor haar heeft gezorgd. Wat moet hij tegen Hannah Nungesser zeggen? Hij kijkt Judith Krieger nog steeds aan, herkent hoe de paniek die in hem opkomt zich weerspiegelt in haar bleke gezicht. Als ze weer begint te praten klinkt haar stem hees.

"Wie?"

"Ben." Het woord brandt in zijn keel.

"Ben? Benjamin Roth? De meubelmaker?"

Vedanja knikt.

"Weet je waar hij haar heen kan hebben gebracht?" De hoofd-inspecteur springt al overeind terwijl ze de vraag stelt. Kon hij nou maar helpen! Hij wil het zo graag, maar hij kan het niet, hij weet het niet. Judith Krieger steekt hem haar hand toe, zonder nadenken grijpt hij die. Haar handdruk is stevig en aangenaam koel.

"Toch bedankt."

Dan is hij alleen.

Lampen. Geschreeuw. Hondengeblaf. De wouten zitten overal. Dat kan alleen maar betekenen dat ze Laura zoeken. Of hem? Vedanja, die slappe lul, denkt hij. Die had ik uit de weg moeten ruimen. Hij had niet mogen toelaten dat het zover komt en dat de wouten hem arresteren. Die heeft natuurlijk zitten kletsen, hoewel hij beloofd heeft dat hij zijn mond houdt. Dat was trouwens makkelijk zat geweest, een beetje lullen, *ja, Vedanja, ik weet wel dat ik eigenlijk niets met haar had mogen beginnen, maar het is nu eenmaal gebeurd, we houden van elkaar. En alsjeblieft, nu Laura zo ziek is wil ik voor haar zorgen, oké, dat heeft ze nodig, verraad ons alsjeblieft niet.* Natuurlijk ging Vedanja akkoord, die is per slot van rekening pedagoog. En bovendien had hij een slecht geweten omdat hij met zijn fikken aan Laura had gezeten.

Ik had hem neer moeten knallen, net als die andere vent. Bens hand grijpt krampachtig het geweer van de boswachter vast. Hij ziet Darshans gezicht weer voor zich, onwillekeurig. *Ik ga naar India,* had ze gezegd. *Alleen. Laat me gaan, Ben, dit is mijn weg.* En hij had gedacht dat ze van hem hield. Idioot, denkt hij. Ineens moet hij denken aan Anna, zijn grote liefde, toen hij achttien was. Ook zij heeft hem verlaten, of was ze gedwongen geweest hem te verlaten, door haar vader? Hij zal het nooit weten, maar soms, wanneer hij Laura in zijn armen hield, was het net als met Anna. Een geschenk van het noodlot, een schadeloosstelling, dacht hij, en natuurlijk heeft hij dat geschenk van het noodlot geaccepteerd en geheiligd.

En nu heeft zij het kapotgemaakt. Laura, zijn godin. Ze heeft naar hem getrapt, ze wilde voor hem vluchten. Beneden in het dal zwermen de lichtjes nog verder uit. Hoe lang zal het duren voor ze daar beneden zijn schuilplaats hebben gevonden, zijn heiligdom? Kunnen de honden zijn geur opnemen? Zullen ze gewoon rechtstreeks de weg naar zijn geheime plek vinden? Het schiet hem te binnen dat het geregend heeft. Die ochtend, toen hij zijn heiligdom met daarin de slapende Laura had afgesloten. Hoe lang heeft het geregend? Lang genoeg? Hoe lang moet het regenen voordat zijn sporen zijn gewist?

Hij heeft geen schijn van kans. Dat inzicht schiet door zijn lichaam heen als een elektrische schok. Hij is hun nog de baas, nog wel, omdat hij het bos kent, zijn bestelwagen goed verstopt geparkeerd heeft en naar dit hooggelegen uitkijkpunt is geslopen. Maar er is geen kans dat hij met zijn godin kan leven. Het zal ochtend worden, er zullen nog meer wouten in het dal komen en ze zullen niet rusten voordat ze Laura hebben gevonden. En hem. Ze zullen niet rusten voordat ze alles kapot hebben gemaakt. De vastberadenheid die daarvoor nodig is heeft hij gelezen in de ogen van hoofdinspecteur Judith Krieger. Een vechtster. Ze zal hem niet met rust laten. Hij spuugt. Ook die heeft zich op Laura geworpen. Dat had hij moeten verhinderen. Hij had dit, hij had dat. Geen kans.

Hij heeft echt geen kans. Hij leunt tegen een boom, klemt het geweer tussen zijn knieën, drukt de loop tegen zijn voorhoofd. Eén kleine beweging van zijn wijsvinger en hij hoeft nooit meer aan Darshan te denken, aan de ontzetting in haar gezicht. Dan hoeft hij niet meer te leven met de herinnering aan Laura's eerste vriendje, die om zijn leven smeekte en die beloofde dat hij Laura nooit meer zou zien. Maar waarom had Ben hem moeten geloven? Hij heeft per slot van rekening gezien wat die vent een paar weken daarvoor met Laura had gedaan op de kansel, die smeerlap. En toch was het niet gemakkelijk geweest om die jammerende man te doden. Maar wat had hij dan moeten doen? Hij hield toch van haar, hij moest haar bij zich houden.

Hij beweegt de vinger aan de trekker een heel klein beetje, laat dan weer los. De wind blaast het gehuil van de politiesirenes de berg over. Beneden vervagen een paar lichtjes in het bos. Vergist hij zich of bewegen ze zich in de richting van zijn schuilplaats? Weer jaagt er een stoot adrenaline door zijn lichaam en deze keer bevrijdt het hem uit zijn verstarring. Misschien heeft hij toch nog een kans. Misschien vergist hij zich en houdt Laura nog altijd van hem en wacht ze al op hem, wil ze met hem leven, met hem vluchten. Ze kunnen een auto openbreken en met een beetje geluk kunnen ze binnen twee uur in België zijn. Een nieuw leven beginnen. Misschien in Zuid-Frankrijk. Of in Marokko.

Vast, ze wacht op hem, hoe heeft hij aan haar kunnen twijfelen? Hij moet haar redden, haar in zijn armen nemen en nooit meer loslaten, desnoods samen met haar sterven. Maar hij moet snel zijn. Sneller dan de wouten. Hij springt overeind, hangt zijn geweer over zijn schouder en begint te rennen.

Ze krijgt de schroeven die de grendel op zijn plek houden niet los, wat ze ook probeert. Ze moet zo nodig plassen, ze kan het niet meer ophouden. Ze gaat in een hoek op haar hurken zitten en plast in zijn heiligdom. Als hij daar achterkomt, zal hij haar dat nooit vergeven, zijn straf zal gruwelijk zijn, maar haar lichamelijke opluchting is enorm. Gelukkig loopt de urine snel tussen de spleten door op de grond. De schroeven zijn van buiten gefixeerd met moeren, die zou je met een tang moeten tegendraaien, begrijpt ze ineens. Maar er is niemand daarbuiten die dat voor haar zou kunnen doen. Ze kan niet naar buiten, ze zit gevangen. Verloren. Ze kan hem niet ontkomen. De kaars begint gevaarlijk te flakkeren, is bijna helemaal opgebrand. Nog even en ze zit in het donker gevangen.

De herinnering aan de spookachtige kilte in zijn stem helpt haar om zich nog een keer op te richten, hoewel ze trilt, hoewel de pijn in haar hoofd en keel niet te harden zijn. Weer schijnt ze de wanden af. Als Jeys schuilplaats vroeger een doodnormale wildkansel is geweest, dan moeten er schietgaten in hebben gezeten. Schietgaten, vrijheid! En ze heeft gelijk. Hier zijn de planken lichter van kleur. En er zitten schroeven. En deze schroeven kan ze wel losdraaien!

Hoe lang zal de kaars nog branden? Hoe lang is het geleden dat hij weg is gegaan? Wanneer zal hij terugkomen? De angst drijft haar voort. Ze draait de laatste schroef uit het hout. Ze trekt de plank weg en de koude nachtlucht stroomt haar gevangenis binnen, maakt dat ze nog meer moet trillen, blaast de kaars uit, maar geeft haar desondanks hoop. Laura steekt haar hoofd door het gat dat net breed genoeg is. Is hij daar beneden? Jey? Ritselt daar het loof onder zijn voetstappen? Laura's hart slaat als een bezetene, veel te hard. Ze wacht tot haar ogen aan het duister gewend zijn, ademloos. Het geritsel is weg. Het bos is stil. Er is niemand.

Links om de hoek is de ladder. Als ze haar lichaam door het gat perst en langs de buitenkant van de ladder kan klimmen is ze gered. Of ze kan naar beneden vallen. Weer hoort Laura geritsel. Alsjeblieft, lieve God, laat het een dier zijn! Ze heeft geen andere keus, ze heeft geen tijd, ze moet het riskeren. Ze stopt Darshans mobieltje zorgvuldig in Andi's geheime zakje, trekt het jack uit, gooit het door het schietgat naar buiten, gevolgd door haar trillende linkerbeen.

Een gruwelijk moment lang, een paar seconden, een paar minuten, ze weet het niet, denkt ze dat het gat te smal is, dat ze in het schietgat blijft steken, hulpeloos vastgeklemd als een muis in de val. Dan wurmt ze zich erdoor, splinters verscheuren haar handen en haar wangen, ze valt bijna, klampt zich vast en vindt met haar linkervoet steun op een van de dikke planken waarmee Jeys heiligdom in de boom gefixeerd is. De rest van de klimpartij is daarna een fluitje van een cent. Ze bereikt de ladder en staat even later al veilig op de grond, ze kruipt in de troostende warmte van Andi's jack, omgeven door de geur van zijn aftershave, zijn allerlaatste groet.

Ze vlucht het duister in, strompelt vooraan, zoekt op de tast haar weg langs de harige stammen en spitse takken die naar haar lijken te grijpen. Hoe ver is het van Jeys heiligdom naar de Sonnenhof? Een kwartier? Een uur? Ze kan het zich niet herinneren, ze vervloekt haar eigen onoplettendheid. Waar is de straat? Waarom heeft ze destijds niet op de weg gelet? Maar ze kan sowieso niet naar de Sonnenhof, want daar is híj. Het terrein wordt steiler. En ineens herinnert ze het zich. Boven, halverwege de berg, is het boswachtershuis, daar zijn ze toen langsgekomen, op die gelukkige middag, het was helemaal niet ver van Jeys schuilplaats, hooguit een halfuurtje. Diana, denkt Laura. Als ik maar eenmaal bij haar ben, als het me lukt het boswachtershuis te vinden, dan ben ik veilig. Ergens krijst een wild beest. Laura versnelt haar pas, hoewel haar voet bij elke stap pijn doet en bloedt.

Ze heeft hem verlinkt, zijn vertrouwen misbruikt, zijn heiligdom bezoedeld. Die kleine sloerie. En hem nog bestolen ook, de zitbank is net een wijd open bek die hem honend uitlacht. Hij schijnt met zijn zaklantaarn in alle hoeken. Onder de deken vindt hij een van haar truien, hij ademt nog een keer diep haar geur in. De grond is nat. Hij gaat op zijn hurken zitten en ruikt. Water. Nee, urine. Nog niet droog, het is dus nog niet lang geleden dat ze ervandoor is gegaan. Hij gooit haar trui op de matras. Een tomeloze woede drijft hem de ladder af. Waar kan ze zitten? De deur naar zijn heiligdom klappert in een trage windstoot heen en weer, het kan hem niet meer schelen. Hij weet dat hij hier niet meer terug zal komen. Ben heft zijn hoofd op, hij snuift, luistert. Waar kan ze zitten? Hoe moet hij haar vinden? Hij moet haar vinden, ze mag hem niet ontkomen, niet zij ook nog.

Diana Westermann. De boswachter, haar vriendin. Daar zou ze kunnen zitten, dat is een mogelijkheid. Meer dan een mogelijkheid, daar heeft hij haar keer op keer gespot. Hij heeft tien eindeloze minuten nodig om zijn bestelwagen te bereiken. Als hij op de rijksweg is aangekomen, overweegt hij even of hij het kan riskeren om rechtstreeks naar het boswachtershuis te rijden of dat de wouten zich daar ook al hebben geposteerd. Maar hij heeft geen tijd meer te verliezen, hij heeft sowieso niets meer te verliezen. Het pad dat de toegangsweg naar het boswachtershuis kruist schiet hem te binnen, dat is een mogelijkheid, en de auto kan hij dan nog net buiten het gezichtsveld van het huis neerzetten. Hij trapt het pedaal steviger in en de bestelwagen schiet vooruit. Ik krijg je wel, vuile sloerie. Het zilverbeslag van het geweer op de passagiersstoel glanst in het licht van het dashboard.

Het boswachtershuis is donker. Donker en afgesloten. Waar is Diana? Slaapt ze? Is het nacht? Laura is alle gevoel voor tijd kwijt. Piepkleine sterretjes staan aan de hemel bevroren, zou het dan echt midden in de nacht zijn? Maar waarom wordt Diana dan niet wakker, waarom hoort ze Laura's gebel niet? De opluchting, die oneindige, onbeschrijflijke opluchting die Laura had gevoeld toen ze het boswachtershuis ontwaarde, zodat ze het laatste stuk van haar dwaalweg door het bos als een pijl uit een boog had afgelegd, slaat opnieuw om in angst. Ze drukt nog eens op de bel, langer deze keer, ze hoort de echo ervan in het huis. Er roert zich niets, er klinkt geen hondengeblaf. Elke beweging veroorzaakt nieuwe zweetuitbarstingen over haar hele lijf, haar knieën voelen zo zacht als boter. De reservesleutel die Diana altijd op de veranda bewaart, ligt er niet meer. De garage is leeg. Misschien is het dus wel helemaal geen nacht. Misschien komt Diana zo naar huis. Misschien is er hoop.

Naast de voordeur staat een mand met afgevallen fruit. Laura eet een appel, spuugt de rotte plekken uit. Het smaakt walgelijk, maar het zurige sap lest haar immense dorst. Ze neemt er nog een. Het zweet loopt nog altijd in straaltjes over haar gezicht. Haar hoofdhuid onder haar haarband jeukt. Ze trekt het ding uit haar haar, hangt het over de deurkruk. Elk moment verwacht ze Diana's jeep te horen, Diana stapt uit, Ronja springt uit de auto en dan is alles goed. Diana zal haar beschermen, die weet wat ze moet doen. De politie bellen, wat dan ook.

Het diepe gebrom van een automotor dreunt door de nacht, komt dichterbij. Een nieuwe golf van opluchting slaat door Laura's lichaam. Ze doet een paar stappen naar de oprit, wil Diana tegemoet lopen, maar voordat de auto bij het boswachtershuis is aangekomen, verstomt het geronk van de motor.

Laura's opluchting verstikt in blinde paniek. Wie het ook is die die auto bestuurt, het is niet Diana, die zou haar jeep de garage in rijden. Hij. Jey. Ze weet het gewoon, met een ijskoude, absolute zekerheid. Haastige stappen knerpen over het grind, de straal van een sterke zaklantaarn kruipt de berg omhoog, vreet zich een weg door het duister en vindt Laura, probeert haar vast te houden. Maar deze keer is ze geen ree, deze keer weet ze wat er gebeurt als ze zich laat vasthouden. Ze rent weg, de weg naar de Sonnenhof af, het beschermende duister van het bos in. Ze rent voor haar leven.

Bij de afrit naar de Sonnenhof staat een politieauto met zwaailicht. Diana remt en draait het raampje naar beneden.

"Wat is er aan de hand?"

De agente is jong, amper twintig, en wiebelt van het ene been op het andere, alsof ze het koud heeft. "We zijn op zoek naar een meisje uit het cursuscentrum daar beneden, Laura Nungesser."

"Laura?" Net was Diana nog ontspannen, nu krimpt alles in haar ineen. Laura. Klein zusje. Alsjeblieft niet.

"Kent u haar?" De agente bekijkt Diana aandachtig.

"Ja. Wat is er gebeurd?"

De mobilofoon in de politieauto produceert een krakende woordenbrij. De agente maakt een ongeduldig gebaar, bekijkt het boswachtersembleem op Diana's voorruit en komt dan kennelijk tot de conclusie dat ze Diana kan vertrouwen.

"Er zijn twee moorden gepleegd in dit dal. Nu is er een meisje verdwenen. Er is een verdachte en die is op de vlucht."

"Wie is de verdachte? Iemand uit de Sonnenhof?"

"Benjamin Roth. Hij is het hoofd van de meubelmakerij daar."

Ze moet iets zeggen. Ze moet ophouden de agente zo aan te staren. Het lukt haar niet. De agente wenkt met haar arm richting straat.

"Meer mag ik niet zeggen. Rijdt u alstublieft verder, en mocht u iets ongebruikelijks opvallen, bel ons dan."

Later kan Diana zich niet meer herinneren hoe ze afscheid heeft genomen van de agente en hoe ze is weggereden en haar jeep over de rijksweg door Unterbach en ten slotte naar de oprit naar het boswachtershuis heeft gereden. Beelden wervelen door haar hoofd, een razende driedimensionale multivisionshow die niet gestopt kan worden. De kansel bij de Erlengrund, de kraaien. Laura, die een sjekkie draait en met Ronja ronddartelt. De bar in Keulen. Tom. Bomen die ogen hebben. Kates dochter en Rob. Blonde vlechten in de modder. Tamara. Diana zelf zoals ze door het bos holt en vertwijfeld naar Ronja roept. Het lugubere, luisterende gehijg aan de telefoon. En ze had nota bene gedacht dat het ergste achter de rug was. Voor het eerst hebben haar collega's haar vandaag meegevraagd naar het café. Daar hebben ze haar een spuuglelijk boeket van rozen, varens en varkentjesroze anjers overhandigd. Ze hadden haar een beetje willen foppen, haar met een paar telefoontjes door het hele district gejaagd. Achteraf schaamden ze zich daar wel voor, vooral gezien het feit dat ze meteen twee lijken had gevonden. Of ze hun nog een kans wilde geven, vroegen ze. Heel aardig – achteraf.

Natuurlijk heeft ze niet nee gezegd. En met de dreigende bood-schap in schapenbloed op de kansel en met de nachtelijke tele-foontjes hadden haar collega's niks te maken, dat hebben ze gezworen. En geen van hen had haar hond ontvoerd.

Nog meer beelden wervelen omhoog uit Diana's onderbewust-zijn. Ben zoals hij voor Ronja neerknielt en haar buik krauwt. Hoe de hond zijn handen likt terwijl Diana hem vraagt naar het mobieltje dat ze Vedanja heeft gegeven. En hoe raar Ben daarbij naar haar had gekeken. Heeft de agente gelijk? Was hij het? Was hij het die in Diana's huis is ingebroken? Heeft hij Ronja ont-voerd? Diana meent de adrenaline zo ongeveer op haar tong te kunnen proeven wanneer tot haar doordringt waarom Ronja nooit is aangeslagen.

Alsof ze op de bodem van de wagen Diana's onrust voelt, begint de hond te blaffen en haalt Diana terug naar het heden. Ze is zo thuis, de jeep rammelt al over de oprit. Veel te snel, ze weet nog net te verhinderen dat ze uit de bocht vliegt. Direct achter de bocht staat een bestelwagen. Bens bestelwagen. De auto is leeg, de laadbak hangt over de greppel. Het portier aan de bestuurders-kant staat open alsof de bestuurder zijn auto overhaast heeft ver-laten. Boven haar ligt het boswachtershuis, donker en verlaten. Diana vist haar tas met de Mauser onder haar stoel vandaan en laadt het geweer door voordat ze de laatste driehonderd meter naar het huis rijdt.

Ze ziet meteen dat er iets aan de deurkruk hangt. Laura's haar-band. Ze was dus hier. Bij de voordeur twee afgekloven klokhui-zen. Gekrijs in het bos. Het is maar een dier, probeert Diana zichzelf gerust te stellen. Maar wat voor een dier? Zo'n schreeuw heeft ze nog nooit gehoord. Ze kiest het alarmnummer van de politie terwijl ze Ronja aan de lijn neemt. De agent die opneemt kan haar niet verbinden met de leiding van het team in het Schnellbachtal, maar luistert naar wat ze te zeggen heeft en belooft dat hij het per omgaande zal doorgeven. "Blijf waar u bent en wacht op ons", adviseert hij voor ze ophangt.

Diana hurkt voor haar hond neer en begint haar te aaien. Ineens herinnert ze zich hoe gelukkig Laura was toen ze samen bomen hebben geblest. Ook dat doet pijn. Weer een kreet, gedempter deze keer. Ze weet dat het verstandiger zou zijn om op de politie te wachten, maar dat kan ze niet. Ze neemt Laura's haarband en houdt hem Ronja voor.

"Zoek, Ronja! Zoek Laura. Breng me naar Laura."

De hond blaft en trekt richting het bos. Diana hoopt intens dat ze niet te laat zijn.

Het lijkt wel alsof Manni een gedetailleerde kaart van het Schnellbachtal in zijn hoofd heeft opgeslagen; hij deelt de zoektroepen zo soeverein in alsof hij op de Sonnenhof geboren is. De ongedwongen manier waarop hij de agenten dirigeert bevalt haar wel. Inmiddels zijn ze bijna allemaal uitgezwermd en is het wat rustiger op de parkeerplaats. Judith biest bij Hans Edling een kop koffie. Ze heeft een pauze nodig. Ze kan zich niet herinneren wanneer ze voor het laatst heeft gegeten of geslapen, maar ze voelt honger noch vermoeidheid. De mededeling dat de meubelmaker van de Sonnenhof waarschijnlijk een tweevoudige moordenaar is, heeft op de ashram tot sprakeloze ontzetting geleid. Niemand begrijpt het. Later, wanneer deze nachtmerrie voorbij is, zullen ze het proberen te begrijpen, daar is Judith van overtuigd. Waarom worden sommige mensen moordenaars en anderen niet? Er is geen verklaring voor. Maar nu is het nog te vroeg, ze moeten eerst Benjamin Roth zien te vinden. En Laura. Sommige bewoners van de Sonnenhof menen dat de meubelmaker een schuilplaats in het bos heeft. Misschien heeft hij het meisje daar wel heen gebracht. Maar waar die schuilplaats dan mag wezen, dat weet niemand. Ergens in het bos.

Judith gaat in haar Passat zitten en sluit een ogenlik lang haar ogen. Ze moet zich beheersen. De woede die haar de afgelopen uren heeft voortgestuwd is overgedreven, de angst is gebleven. De angst te laat te komen. Haar hoogstpersoonlijke nachtmerrie, haar nederlaag. Ze doet haar ogen weer open. Het ergste is het wachten. Wachten tot een van de agenten een spoor vindt in het bos, zodat ze weer kunnen handelen. Hoe zal deze nacht aflopen? Hoe zal haar eigen leven er morgen uitzien? De gedachte dat ze waarschijnlijk op zoek moet naar een nieuwe baan, lijkt haar op dit moment draaglijk, zolang ze Laura Nungesser maar levend vinden. Judith tikt de laatste Benson & Hedges uit het pakje en steekt hem op, ze heeft geen idee hoeveel sigaretten ze vandaag al heeft gerookt. Wachten, denkt ze. Het tegengestelde van leven.

Manni ploft naast haar op de passagiersstoel.

"Rijden!" De ondertoon van zijn stem maakt dat ze meteen klaarwakker is.

"Waarheen?"

"De weg door het bos naar het boswachtershuis!"

De banden slippen door, ze neemt gas terug, slipt over de weg.

"Wat is er gebeurd?"

"De boswachter heeft gebeld. Ze weet zeker dat Laura bij het boswachtershuis op haar heeft zitten wachten. Helaas staat daar ook de bestelwagen van Benjamin Roth geparkeerd."

"Maar de nieuweling is daar toch, die had dat toch moeten merken!"

"Hij is teruggekomen omdat Diana Westermann niet thuis was. En hij bezweert dat hij noch de bestelwagen noch Laura heeft gezien."

"Wanneer?"

"Ongeveer een uur geleden."

Links en rechts alleen woud, ondoordringbaar, donker woud. De Passat hobbelt door een kuil, modderig water spat tegen de voorruit.

Een uur.

Veel te veel voorsprong voor een dader die zich in het nauw gedreven voelt en een meisje in zijn macht heeft. Judith grijpt het stuur vast en probeert nog een keer te versnellen. Meteen slippen de banden weer door.

"Shit!" Ze moet van die druk af, die waanzinnige druk. Ze zullen te laat komen. Ze zal Hannah Nungesser op de hoogte moeten stellen van de dood van haar dochter. Dat kan ze niet aan.

Waarom heeft de nieuweling niet gewacht bij het boswachtershuis? Waarom is ze er zelf niet naartoe gereden, ze wist toch dat de mogelijkheid bestond dat Laura daar zou zijn? Naast haar smijt Manni zijn mobilofoon vloekend op de achterbank.

"Achterlijke analoge mobilofoons! Waarom moeten wij ons nog steeds behelpen met technologie uit het stenen tijdperk?"

Ze heeft het idee dat ze de berg in slow motion op kruipen. Ze zullen te laat komen. De mannen zijn ergens in het dal verstrooid. Te voet, en ze kunnen hen niet bereiken. Weer slippen de banden van de Passat door. Lang. Te lang. Manni stapt uit, probeert te duwen. Zinloos. Ergens blaft een hysterische hond. Zonder een woord graait Judith de zaklantaarn uit het handschoenvakje en zet het op een lopen.

Hij heeft haar ingehaald. Hij heeft haar van de reddende weg naar de Sonnenhof geduwd, haar aan haar haren vastgegrepen en voor zich uit gedreven. Ze moest hem gehoorzamen, ze moet hem nog steeds gehoorzamen, want als ze dat niet doet, wordt de pijn ondraaglijk.

Aanvankelijk heeft ze gegild, ze had nooit gedacht dat ze zo'n geluid in zich had, dat zulk geluid sowieso bestond. Misschien heeft ze dus wel helemaal niet geschreeuwd en heeft ze het zich alleen maar ingebeeld. Maar de pijn was echt. Hij heeft haar hoofd tot achter in haar nek getrokken en haar hard op haar mond geslagen.

"Stil!" Een angstaanjagend toonloos gesis. Er is niets meer over van zijn mooie stem.

Nu hoeft ze niet meer te lopen, maar dat is nog erger. Op een kleine open plek heeft hij haar op de grond gegooid, zich boven op haar geworpen en zijn adem heeft haar gezicht verbrand als vuur. Eerst dacht ze dat hij met haar wilde vrijen. Ze wilde bijna dat hij met haar wilde vrijen, want dat had betekend dat ze nog een kans had, iemand die de liefde met je bedrijft, zal je toch niet doodschieten. Maar hij wilde niet met haar vrijen, hij wilde alleen maar zeker weten dat ze zou horen wat hij haar te zeggen had. Dat ze zou begrijpen hoe teleurgesteld hij in haar is. Sloerie, slet, hoer. Verraadster. Een eindeloze monoloog in die spookachtige stem, en dat hij daarbij huilt, beangstigt Laura nog meer.

Dan houdt hij ineens op met praten, hij staat op en pakt het geweer. En nu knielt ze voor hem neer en huilt. Ze snikt met harde, ongecontroleerde stoten, ze smeekt en bedelt om haar leven, maar het is net alsof hij haar niet hoort.

Daar blaft een hond. Jey kijkt om zich heen, maar slechts een moment. Het is te laat. Ze ontkomt hem niet. Hij legt op haar aan en schiet. Angst en pijn exploderen in Laura's hoofd. Het allerlaatste wat ze waarneemt is een schel licht.

Donderdag 13 november

"U kunt gaan. U wordt niet langer verdacht. We hebben de dader gevonden", zegt politieagent Korzilius die vandaag geen gel in zijn haar heeft en grauw ziet. Grauw als de lucht voor het raam van het ziekenhuis.

"We willen onze excuses aanbieden voor de overlast die we u hebben bezorgd."

Overlast. Een understatement van jewelste, denkt Juliane Wengert. Hij heeft haar huis overhoop gehaald, haar gearresteerd, haar dagenlang gekweld met zijn verhoren en zijn verdachtmakingen! Het woord is zo absurd ongepast dat ze bijna in lachen zou uitbarsten. Maar ze kan niet lachen.

"Wie is 'wij'?" vraagt ze in plaats daarvan.

Hij bloost daadwerkelijk een beetje en dat maakt dat ze voor het eerst enige sympathie voor hem voelt.

"Ik", zegt hij. "Ik bied mijn excuses aan."

"Wie heeft …" Juliane Wengert aarzelt, maar hij begrijpt haar ook zo.

"Wie de dader was?"

Ze knikt.

"Een meubelmaker die in het Schnellbachtal woonde. Op de Sonnenhof. In die ashram waar Laura Nungesser door haar moeder naartoe is gestuurd, zodat ze haar affaire met uw man zou vergeten."

"Waarom heeft hij Andreas vermoord?" Het is oneindig moeilijk dat uit te spreken, maar ze dwingt zichzelf. Ze moet leren ermee om te gaan, heeft de ziekenhuispsychologe gezegd. De pijn accepteren. Juliane Wengert merkt dat de tranen weer in haar ogen schieten. De ziekenhuispsychologe zal wel gelijk hebben, maar het doet wel vreselijk pijn.

"Voor zover we hebben kunnen reconstrueren was het een daad uit jaloezie. De dader was verliefd op Laura Nungesser, die op haar beurt een verhouding met hem begon terwijl ze tegelijkertijd ook uw man nog stiekem ontmoette. Die andere man kwam daar achter, lokte uw man uit naam van Laura naar het Schnellbachtal en vermoordde hem." De inspecteur schraapt zijn keel. "Hij was extreem bezitterig, ziekelijk. Een paar maanden eerder had hij zijn toenmalige vriendin, Darshan, vermoord omdat ze hem wilde verlaten." Weer schraapt hij zijn keel. Hij moet echt heel erg moe zijn, merkt ze. Onder zijn ogen liggen diepe schaduwen en hij is ongeschoren. Hij ziet eruit alsof hij de hele nacht heeft doorgehaald. "Het spijt me heel erg", besluit hij zijn verslag.

Even zwijgen ze allebei, dan schiet haar toch nog een vraag te binnen.

"Heeft hij bekend?"

"Nee, helaas." De inspecteur haalt met een vermoeid gebaar zijn hand door zijn haar. "Hij is dood."

"Dood?"

Korzilius knikt en lijkt nog iets grauwer te worden. "Hij had het meisje gekidnapt en wilde haar vermoorden. Een boswachter die ze vond heeft hem doodgeschoten en zo Laura op het laatste moment gered."

"Goeie god."

De rechercheur knikt afwezig, zijn blik gericht op het Siebengebirge dat zich aan de horizon boven de Rijn verheft. "Nogal dramatisch, ja."

"Maar is het dan wel bewezen dat hij mijn man heeft vermoord?"

"Ja, daar bestaat geen twijfel over. We hebben de helm en de portefeuille van uw man bij hem gevonden. Uiteraard krijgt u binnen een paar dagen zijn persoonlijke eigendommen terug en ook een uitvoerig verslag. Ik wilde u alleen zo snel mogelijk op de hoogte brengen van het feit dat u niet langer wordt verdacht."

Dus ik kan gaan, denkt Juliane Wengert als ze twee uur later voor de kliniek in een taxi stapt. Ik ben vrij, ik kan gaan. Maar waarheen? Dagenlang heeft ze naar haar villa verlangd, naar haar bad, haar bed, naar het moment waarop ze de haard kon aansteken en eindelijk alleen zijn.

"Waarheen?" vraagt de taxichauffeur. Ze ontmoet zijn ogen in de achteruitkijkspiegel, argwanende spleetjes.

Ze moet overlijdensberichten versturen, condoleances beantwoorden, een begrafenis organiseren. Maar haar aarzeling komt vooral voort uit de gedachte aan wat ze niet hoeft te doen: opruimen!

In het begin, toen Andreas net bij haar was ingetrokken en ze nauwelijks van elkaar af konden blijven, had ze zijn slordigheid nog charmant gevonden. Al die jacks, schoolschriften, bierflesjes, sportsokken, sleutels die ineens bij haar op de dressoirs, de tafels, de vloer rondslingerden, zelfs in de slaapkamer. Later hebben ze erover geruzied. En nu is het idee dat zijn slordigheid nooit meer in haar huis zal zijn ondraaglijk.

Ze geeft de taxichauffeur het eerste adres op dat haar te binnen schiet, dat van haar kapper. Kalm manoeuvreert hij zijn Mercedes het verkeer in. Maar zelf is ze niet kalm, misschien zal ze dat nooit meer zijn. Ze pakt haar mobieltje en wil iemand bellen. Ze heeft alleen geen idee wie.

Zondag 16 november

Ze kan het beeld niet vergeten, ze zal het nooit meer vergeten. Geen wit paard. Geen droom. De werkelijkheid. Diana Westermann knielt in het bos en houdt Laura in haar armen, wiegt haar zacht als een kind. Haar gezicht gaat schuil achter haar zilveren haar. *Alleskomtgoedalleskomtgoedalleskomtgoed.* Pas wanneer ze zich over haar heen buigen en de hond eindelijk ophoudt met blaffen, verstaan ze wat ze aan een stuk door herhaalt. En dan duurt het nog een paar afgrijselijke seconden totdat ze begrijpen dat niet het meisje dood is, maar haar kwelgeest, Benjamin Roth.

Ze zijn te laat gekomen, maar Laura leeft. *Ik heb hem doodgeschoten, hij wilde haar vermoorden.* Diana's woorden zijn amper te verstaan en meteen vervalt ze weer in haar monotone gezang. *Alleskomtgoedalleskomtgoedalleskomtgoed.* Dan pas begrijpt Judith dat ze die boodschap net zo goed voor zichzelf herhaalt als voor het meisje dat apathisch in haar armen ligt.

Een moment als een eeuwigheid, voor altijd in Judiths geheugen gebrand. Een moment dat alles in zich draagt: de angst uit haar nachtmerries. De twijfel aan de zin van het leven. Verdriet dat nooit ophoudt, maar dat wel draaglijk wordt. En toch hoop. Overlevingsdrang.

En dan is het moment voorbij, de eerste collega's komen de open plek op rennen, de wereld draait verder, routine volgt. Strijklicht, eerste hulp, dekens, hete thee. De twee K's. Karl-Heinz Müller zonder zijn gebruikelijke gefluit. En ten slotte Millstätt die stom van Manni naar Judith kijkt die naast elkaar voor hem staan – een team, eindelijk een team dat elkaar woordeloos begrijpt, dat naar elkaar toe is gegroeid, net op het moment dat ze bijna hadden verloren.

"Goed. Goed dan", zegt Millstätt. "We praten later wel." En dat hebben ze gedaan.

De telefoon gaat en Judith gaat met de hoorn in de vensterbank zitten.

"Laura redt het, ze praat weer, ik was net bij haar in het ziekenhuis!" Hannah Nungessers stem klinkt helder.

"Gelukkig, daar ben ik echt blij om", antwoordt Judith en ze heeft het gevoel alsof de rozen in haar kamer ineens beginnen te geuren. Eergisteren heeft Hannah Nungesser haar die enorme bos rode rozen gestuurd. BEDANKT DAT U MIJN DOCHTER HEBT GERED, staat er op het kaartje. *Ik heb uw dochter niet gered, dat heeft Diana Westermann gedaan*, had Judith gezegd. *Ik heb haar ook bloemen gestuurd*, had Hannah Nungesser geantwoord. *Maar door uw verhoor …* Judith liet het maar zo. En kennelijk was de vrouw haar echt dankbaar, waarom zou ze anders haar vreugde nu met Judith willen delen?

"Diana was er ook met haar vriend Tom." Hannah Nungesser lacht. "Het leek wel een soort familiereünie. Ze willen in het boswachtershuis een woongroep beginnen, met Laura. Tom is slagwerker en toetsenist, hij heeft een plek nodig om te oefenen zonder buren, zegt hij. Diana wil niet meer alleen wonen en ze wil graag een grote zus zijn voor Laura. En Laura wil weer naar school zodat ze later bosbouw kan studeren."

"Mooi, dat klinkt echt heel goed", zegt Judith. Ze zegt niet *Wat een illusie*, want wie weet, misschien werkt het. Een leven vol muziek en hondengeblaf en liefde, midden in het bos. Een leven met littekens. Diana zal een proces krijgen en hoe dat ook afloopt, ze zal ermee moeten leven dat ze iemand heeft gedood. En Laura zal wellicht nooit meer iemand kunnen vertrouwen. Maar misschien dat het die drie toch lukt.

De dag verliest zijn licht alweer, hoewel het helemaal niet echt licht is geworden. Judith trekt haar jas aan en neemt Hannah Nungessers rozen uit de vaas. Als ze twintig minuten laten het Melatenfriedhof op loopt, vallen er piepkleine ijssplintertjes uit de grauwe hemel. Twee oude vrouwen in zwarte bontmantels sjokken haar voorbij. Judith heeft moeite zich te oriënteren, twee jaar geleden, toen Patrick hier werd begraven, was het ook november, maar toen stond de zon volstrekt ongepast aan een staalblauwe hemel te stralen.

Eindelijk vindt ze de weg, naast de treurwilg en de stenen engel. Er zijn een hoop treurende jugendstilengelen op de oude grafstenen op het kerkhof, maar deze hier lijkt te glimlachen.

Ze legt de rode rozen op Patricks graf en draait een sjekkie. Dan nog een. Nog steeds valt er ijs uit de hemel en de duisternis valt snel in. Buiten de muren van het kerkhof raast het verkeer, maar hier is het stil. Net als in het bos, denkt Judith. Stilte die niets anders vergt dan het vermogen haar uit te houden. Millstätt heeft haar een jaar gegeven. Daar heeft ze hem om gevraagd, tijd, misschien een sabbatsjaar. Ze weet niet of ze ooit weer politieagent zal zijn, of ze dat wil.

Ze pakt haar mobieltje uit haar jaszak.

"Martin", zegt ze als hij opneemt.

Hij antwoordt niet, maar in zijn zwijgen zit iets, een vraag aan haar.

"Ja", zegt Judith. "Ja."

Dankwoord

Detectiveschrijver en voormalig hoofdinspecteur Reiner M. Sowa heeft het onderzoek in deze roman kritisch bekeken, de recherche van Keulen en patholoog-anatoom dr. Frank Glenewinkel hebben heel wat vragen beantwoord. Dr. Marion Karmann maakte mij vertrouwd met haar werk in de wouden van Afrika, boswachter Johanna Murgalla gidste me door het Bergische Land en Friedrich en Irene Schmitz hebben mijn kennis van jachtgeweren enorm vergroot. Gabriele Valerius en vele andere *sisters in crime* staan garant voor inspirerende vakpraat en netwerken in de beste zin van het woord.

Duizendmaal dank ook aan Anja, Barbara, Birgitt, Christina, Frank, Katrin, Momo & Torsten en Petra voor vriendschap en meer, en aan mijn familie.

Dit is een roman. Alle figuren, het verhaal en het Schnellbachtal zijn door mij verzonnen.

Gisa Klönne